KB105030

삼국지

2

삼국지 2
개정판

초판 1쇄 발행 • 2020년 12월 21일
초판 5쇄 발행 • 2024년 1월 30일

지은이 / 나관중
옮긴이 / 황석영
펴낸이 / 염종선
펴낸곳 / (주)창비
등록 / 1986년 8월 5일 제85호
주소 / 10881 경기도 파주시 회동길 184
전화 / 031-955-3333
팩시밀리 / 영업 031-955-3399 · 편집 031-955-3400
홈페이지 / www.changbi.com
전자우편 / lit@changbi.com

ISBN 978-89-364-3067-2 04820
ISBN 978-89-364-3291-1 (전6권)

2

·三·國·志·

삼국지

나관중 지음

황석영 옮김

창비

차례

2권

1권

3권

4권

5권

6권

• 일러두기

1. 이 책은 중국 인민문학출판사에서 발간한 간체자(簡體字) 『삼국연의(三國演義)』(1953년 초판; 2002년 3판 9쇄)와 강소고적(江蘇古籍)출판사의 번체자(繁體字) 『수상삼국연의(繡像三國演義)』(전10권, 1999년 초판)를 저본으로 했다.
2. 원문에 충실하게 번역하는 것을 원칙으로 하되, 원서의 불필요한 상투어들(각 회 끝의 "다음 회의 이야기를 들으시길且看下回分解", 본문 중의 "이야기는 두 머리로 나뉜다話分兩頭" 등)은 오늘의 독자들에게 맞게 현대화했다. 또한 생동감을 살리고 독자들의 이해를 돕기 위해 건조한 원문을 대화체로 한 부분이 있고, 주요 전투장면의 박진감을 살리기 위해 덧붙여 묘사하기도 했다.
3. 본문 중의 옮긴이주는 해당어를 우리말로 풀어옮기고 괄호 안에 그에 해당하는 한자를 병기한 뒤 이어붙이는 것을 원칙으로 했다.
4. 한시의 옮긴이주는 해당 시의 아래에 붙였다.
5. 본문 중의 삽화는 원서의 것을 쓰지 않고 현대적 감각에 맞추어 왕홍시(王宏喜) 화백에게 의뢰해 새로 그려넣었다.

21

호랑이굴을 벗어난 현덕

조조는 술을 마시며 영웅을 논하고
관우는 속임수로 성을 열어 차주를 참하다

동승은 조바심이 나서 마등에게 대답을 재촉한다.

“귀공께서는 누구를 말씀하시는 거요?”

“예주 목사 유현덕이오. 그 사람이 지금 이곳에 있는데, 어찌하여 함께 일을 의논하지 않으십니까?”

동승이 고개를 내젓는다.

“그 사람은 비록 황숙이라고는 하지만 지금 조조에게 의탁해 있는 처지인데, 어찌 우리와 함께하겠소이까?”

“내가 지난번 허전에서 사냥할 때 자세히 보았소. 조조가 황제를 대신하여 문무백관의 만세를 받을 때, 현덕의 등 뒤에 있던 관운장이 칼을 들어 조조를 죽이려 합디다. 그때 현덕이 눈짓으로 말렸는데, 그것은 조조를 도모할 마음이 없어서가 아니라, 주위에 조조의 심복들이 너무 많아서 혹시 실수라도 할까 염려해서가 아니었겠소. 공이 지금이라도 찾아가서 현덕을 시험해보시면 반드시 우리와 함께할 것이오."

마등의 말에 오석이 한마디 한다.

"그 일은 좀더 생각해보기로 하십시다. 절대로 서둘러서 될 일이 아니오."

그제야 자리에서 일어나 여섯명의 동지들은 모두들 돌아갔다.

이튿날, 어두운 밤을 틈타 동승은 황제의 조서를 품에 지니고 유현덕의 공관을 찾아갔다. 문지기가 들어가서 전하자, 현덕이 곧바로 나와서 작은 누각으로 동승을 안내한다. 주인과 손님이 자리에 앉자 관우와 장비가 현덕의 곁에 시립(侍立)했다. 현덕이 동승에게 조용히 묻는다.

"동국구께서 이렇듯 야밤에 오셨으니 도대체 무슨 일이십니까?"

동승이 대답한다.

"대낮에 말을 타고 장군께 왔다가는 조조가 의심하겠기에 일부러 이렇게 밤에 왔소이다."

유현덕은 아무런 대꾸도 하지 않고 술을 내오라 일렀다. 동승이 다시 입을 연다.

"지난번 사냥터에서 관운장이 조조를 죽이려 할 때, 장군께서는 어찌하여 눈짓으로 그를 제지하셨소이까?"

유현덕이 깜짝 놀라 말한다.

"공이 그것을 어찌 아셨소?"

"남들이야 못 보았겠지만, 이몸은 똑똑히 보았소이다."

현덕은 더 숨기지 못하고 얼버무린다.

"아우가 조조의 외람된 행동을 보고 그만 저도 모르게 격분했던 모양입니다."

현덕의 말에 동승은 갑자기 소맷자락으로 얼굴을 가리며 오열을 터뜨린다.

"조정의 신하들이 모두 운장만 같다면야 나라를 근심할 일이 무에 있겠소?"

유현덕은 혹시 조조가 자신을 시험해보기 위해 사람을 보낸 것은 아닌지 의심이 나서 짐짓 거짓말을 한다.

"조승상께서 나랏일을 잘 보고 계신데, 어찌하여 세상이 태평하지 않다고 근심하시오?"

동승은 그 말에 낯빛이 변하여 벌떡 자리에서 몸을 일으킨다.

"공은 한나라의 황숙이기에 일부러 찾아와서 털어놓고 말하는 것인데, 어찌하여 마음을 감추려고만 하시오?"

그제야 현덕도 말한다.

"혹시 국구께서 거짓으로 날 속이는 게 아닌가 하여 한번 시험해 본 것이오."

동승은 마침내 황제의 조서를 꺼내 현덕에게 보여준다. 현덕은 비분강개하여 어찌할 바를 몰랐다. 동승이 이번에는 다시 의장(義狀, 서약서)을 꺼내 보인다. 현덕이 받아보니 여섯 사람의 이름이 적혀 있다. 거기장군 동승, 공부시랑 왕자복, 장수교위 충집, 의랑 오석, 소신장군 오자란, 서량 태수 마등이다. 유현덕이 말한다.

"공께서 조서를 받들어 도적을 치신다니, 유비가 어찌 견마(犬馬)의 수고를 사양하리이까."

동승은 절하여 사례하고, 현덕에게 의장에 이름 올리기를 청했다. 현덕은 흔쾌히 응낙하고 곧 붓을 잡아 일곱번째로 '좌장군 유비'라고 서명했다. 동승이 말한다.

"앞으로 세 사람만 더 얻으면 열 사람이 되오. 동지 열 사람만 모이면 지체없이 도모할 생각이오."

유현덕이 고개를 끄덕이며 당부한다.

"부디 서두르지 마시고 차근차근 하십시오. 급하게 서두르다가 말이 새기라도 하는 날에는 큰일이외다."

이날밤, 동승은 현덕과 오래도록 의논하다가 5경(새벽 4시)이 되어서야 돌아갔다.

그날 이후 유현덕은 조조의 모해를 방비하기 위해 소일거리 하나를 만들었다. 사람들의 눈을 속이기 위해 후원에다 채소밭을 꾸민 것이다. 현덕은 세상일에 무심한 양 직접 씨앗을 뿌리고, 거름 주고, 풀 뽑고, 물을 주며 밭을 돌보았다. 관우와 장비가 불평을 한다.

"형님께서는 천하대사에는 도무지 무관심하고 소인들이나 하는 일로 소일하고 계시니, 대체 무슨 까닭이오?"

현덕은 빙그레 웃으며 한마디 할 뿐이다.

"너희들이 알 바 아니다."

이후 두 사람은 더이상 묻지 않았다.

어느날이다. 관우와 장비는 각기 볼일을 보러 나가고 현덕 혼자 채소밭에 물을 주고 있었다. 그때 아무 예고도 없이 허저와 장요가 수십명의 부하들을 거느리고 들어왔다.

"사군을 모셔오라는 승상의 영을 받았소이다."

현덕이 놀라서 묻는다.

"대체 무슨 일로 나를 부르십디까?"

허저가 대답한다.

"그건 저희도 모르겠습니다. 그저 가서 모셔오라고만 하였소."

현덕은 하는 수 없이 두 사람을 따라 승상부로 갔다. 조조가 웃으며 말을 건넨다.

"요즈음 집에 들어앉아 큰일을 하신다 하더이다."

현덕은 순간 가슴이 덜컥 내려앉으며, 얼굴이 흙빛으로 변했다. 조조가 현덕의 손을 덥석 잡더니 후원으로 들어가며 한마디 한다.

"근자에 채소 키우는 데 재미를 붙이셨다구요?"

그제야 현덕은 다소 긴장을 풀며 대답한다.

"그저 소일거리올시다."

조조는 매화나무 가지에 달려 있는 푸른빛 싱싱한 매실을 가리키며 말한다.

"내 저것을 보니 생각나는 게 있어서 오시라 했소. 지난해에 장수를 치러 갔을 때 도중에 물이 떨어져서 군사들이 목이 말라 애를 태웠지. 그래 내가 한가지 꾀를 내었소. 채찍을 들어 무턱대고 앞을 가리키며 저곳에 매화나무가 많다고 했더니, 군사들이 시디신 매실 생각에 저마다 입안에 침이 가득 고였던 모양이오. 그래 목마르다는 소리가 쑥 들어가지 않았겠소. 지금 저 매화를 보니 문득 그때 생각이 나서 웃음도 나는군요. 때마침 담가둔 술도 잘 익었기에 우리 집 작은 정자에서 한잔하자고 사군을 청한 거요."

현덕은 내심 안도의 숨을 쉬었다. 조조를 따라 후원에 있는 정자에 이르니 벌써 술상이 차려져 있었다. 상 위에는 푸른 매실이 쟁반 가득히 담겨 있고 술주전자도 놓여 있었다. 현덕은 조조가 권하는 대로 술잔을 기울이며 이야기를 나누었다. 술이 거나하게 오를 즈음 난데없이 검은 구름이 온 하늘을 뒤덮더니 굵은 빗줄기가 쏟아져내리기 시작했다.

"저기 용이 하늘로 오릅니다."

시중을 들던 하인이 손을 들어 하늘을 가리켰다. 조조와 현덕이 난간에 기대어 바라보니 과연 구름 속에서 용이 움직이는 형상이었다. 조조가 문득 현덕에게 묻는다.

"사군은 용의 변화를 아시오?"

현덕이 대답한다.

"자세한 것은 모릅니다."

조조가 말한다.

"용은 본시 제맘대로 몸을 크게도 하고 작게도 하며, 높이 올랐다가 아래로 숨기도 하는 물건인데, 크게는 구름을 일으키고 안개를 토해내며 작게는 몸집을 숨겨 형상을 감춘다오. 높이 오를 때는 우주 사이를 날고 아래로 숨을 때는 파도 속에 깊이 숨어버리오. 바야흐로 봄이 무르익어 용이 저렇듯 때를 만난 것이나 사람이 큰 뜻을 세워 천하를 종횡하는 것이나 매한가지라, 용의 됨됨이는 천하의 영웅과 비길 만하오. 현덕께서는 오랫동안 천하를 두루 돌았으니 당대 영웅들을 잘 아실 것이오. 어디 한번 말씀 좀 해보시오."

"저의 눈으로 어찌 영웅을 알아보겠소이까."

"너무 겸손한 말씀이오."

"저는 그저 승상의 은혜를 입어 조정의 벼슬을 얻었을 뿐입니다. 천하의 영웅을 알아보기엔 부족한 게 많지요."

조조가 거듭 말한다.

"얼굴은 대한 적이 없다 하여도 이름쯤은 들어서 알 게 아니오?"

유현덕이 마지못해 말한다.

"글쎄요, 회남의 원술은 군사와 양식이 넉넉하니 가히 영웅이라 할 수 있겠지요."

조조가 웃는다.

"원술은 그저 무덤 속의 마른 뼈다귀 같은 인물이오. 조만간 내가 사로잡고 말 것이니 두고 보시오."

현덕이 말한다.

"하북의 원소는 4대째 삼공을 지낸 집안이라 문하에 관리들이 많고, 기주땅에 범처럼 웅거하며 수하에 유능한 부하들이 많다니, 가히 영웅이라 할 만하겠지요."

"원소는 겉으로 위엄 있어 보이지만 본래 담이 작고, 일을 도모하기 좋아하나 결단성이 없어서, 큰일에는 몸을 아끼고 조그만 이익에는 목숨을 거니, 그를 어찌 영웅이라 하겠소."

"강하팔준(江夏八駿)이라 불리며 그 위엄이 구주(九州)에 떨쳐 있는 유경승은 어떻습니까. 가히 영웅이라 할 만하지 않겠습니까?"

"유표는 이름만 그럴듯하고 실속이 없으니 영웅이랄 수 없소."

"혈기가 왕성한 강동의 손책은 어떻습니까?"

"손책은 그 아비 손견 덕택에 이름을 얻었으니, 그 또한 영웅이라 할 수는 없소이다."

"익주의 유계옥(劉季玉)은 영웅이라 할 수 있을까요?"

"유장은 비록 한실의 종친이나 주인을 위해 집을 지키는 개에 불과하오. 어찌 영웅이라 하겠소?"

"그렇다면 장수·장로·한수 같은 사람들은 어떻습니까?"

조조가 손뼉을 치며 껄껄 웃는다.

"그렇듯 녹록한 소인배들이야 더 말할 것들도 못 되오."

"그들 외에는 아는 사람이 없습니다."

"모름지기 영웅이란 가슴에는 큰 뜻을 품고, 뱃속에는 좋은 꾀를 숨기고, 우주를 끌어안는 기틀과 천지의 뜻을 삼킨 자여야 하오."

현덕이 묻는다.

"당대에 그런 사람이 대체 누구란 말씀입니까?"

조조가 빙그레 웃으며 손가락으로 유현덕을 가리키고 다시 자신을 가리킨다.

조조는 유비에게 영웅론을 설파하다

"지금 천하영웅은 사군과 이 조조뿐이외다!"

현덕은 그 말에 소스라치듯이 놀라서 손에 들고 있던 젓가락을 바닥에 떨어뜨렸다. 그때 마침 큰비가 쏟아지려는지 우렛소리가 크게 울렸다. 현덕은 천연스레 몸을 숙여 떨어뜨린 젓가락을 집으며 혼잣말처럼 되뇐다.

"무슨 천둥소리가 이리 대단한고……"

그 모양을 보고 조조가 웃으며 묻는다.

"아니 장부도 천둥을 무서워한단 말씀이오?"

"성인도 심한 천둥소리와 세찬 바람에 얼굴빛이 변하였다는데, 어찌 두렵지 않겠소이까?"

유현덕은 조조가 영웅이라 설파하는 데 놀라 젓가락을 떨어뜨린 것이나, 때마침 크게 울린 천둥소리를 빙자하여 적당히 얼버무려 넘겼다. 이에 조조도 현덕의 소심함에 실소를 머금으며 더는 그를 의심하려 하지 않았다.

후세 사람들이 시를 지어 현덕의 지혜를 기렸다.

마지못해 범의 굴에 발을 들였다가	勉從虎穴暫趨身
한바탕 영웅론에 간담이 서늘해져	說破英雄驚殺人
천둥소리 빌려 교묘하게 둘러댔으니	巧借聞雷來掩飾
임기응변의 기막힌 말솜씨 귀신같구나	隨機應變信如神

비는 거세게 한바탕 쏟아지더니 이내 그쳤다. 그때 갑자기 두명

의 사내가 손에 보검을 쥐고 후원으로 뛰어들어왔다. 좌우의 사람들 누구 하나 그들을 막아내지 못하고 허둥대는데 어느새 두 사람은 정자 앞에까지 당도했다. 다름 아닌 관우와 장비다.

관우와 장비는 성밖으로 활을 쏘러 나갔다가 돌아와보니 현덕이 보이지 않았다. 허저와 장요가 조조의 명이라 하며 현덕을 데려갔다는 말을 듣고 황급히 승상부로 달려왔다. 어쩐지 불길한 생각에 막아서는 문지기들을 물리치고 이렇게 뛰어든 참이었다.

뜻밖에도 현덕은 조조와 마주 앉아 술을 마시고 있지 않은가. 두 사람은 가쁜 숨을 몰아쉬며 쥐고 있던 칼을 짚고 정자 아래 시립하고 섰다. 조조가 묻는다.

"두 사람은 어째서 왔는가?"

관우가 대답한다.

"승상께서 형님과 술을 드신다기에 검무라도 추어 흥을 돋울까 하여 왔소이다."

조조가 빙그레 웃으며 말한다.

"여기가 홍문(鴻門)의 잔치가 아니건만 항장(項莊)과 항백(項伯)이 무슨 소용인가?"(진秦나라 말년 유방과 항우가 패권을 다툴 때 홍문에서 벌인 잔치에서 항장이 검무를 추며 유방을 죽이려 하자 항백이 나서서 유방을 엄호한 고사)

유현덕도 돌아보며 빙그레 웃는다. 조조가 좌우에게 명한다.

"저기 두 번쾌(樊噲, 한고조 유방의 수하로 수차례 유방을 위기에서 구함)에게 술을 올려라."

두 사람은 조조에게 사례하고 잔을 받는다.

얼마 후 술자리가 파하여 세 사람이 함께 공관으로 돌아오는 길에 관운장이 한마디 한다.

"저희는 형님께 무슨 변고라도 생긴 게 아닌가 하여 얼마나 놀랐는지 모릅니다."

현덕은 두 사람에게 조조와 나눈 이야기며 젓가락 떨어뜨린 일을 말해준다. 그러자 관운장과 장비가 묻는다.

"형님, 그게 무슨 말씀인지 모르겠소."

현덕이 대답한다.

"내가 요즘 후원에서 채소를 기르는 것은 바로 내게 큰 뜻이 없음을 조조에게 알리기 위함이었는데, 뜻밖에도 조조가 나를 가리켜 영웅이라 하기에 너무 놀라 젓가락을 떨어뜨리고 말았다. 그래서 조조가 의심할까 두려웠는데, 다행히 천둥이 울려 그 때문에 놀란 것처럼 꾸며서 겨우 조조의 의심을 피할 수 있었다."

"형님께서는 참으로 지혜가 출중하시오."

관운장과 장비는 몇번이나 고개를 끄덕인다.

이튿날 조조는 또다시 술자리를 마련하여 현덕을 불렀다. 현덕이 조조와 더불어 한창 술을 마시고 있는데 아랫사람이 들어와 전한다.

"원소를 탐문하러 갔던 만총이 지금 막 돌아왔습니다."

조조는 곧 불러들여 묻는다.

"원소가 공손찬하고 싸워서 승패가 어찌 났느냐?"

"공손찬이 원소에게 대패했습니다."

만총의 말에 현덕은 소스라치게 놀라며 그 상황을 자세히 설명해줄 것을 청한다.

"공손찬은 전세가 불리해지자 성을 쌓고 성벽 위에는 높이가 수십길이나 되는 누각을 세웠는데 다름 아닌 역경루(易京樓)라 하옵더이다. 그곳에 곡식 30만석을 비축하여 지키며 군사들을 성밖으로 내보내 싸우게 했답니다. 군사들이 번갈아 성을 지키며 밖으로 나가 싸우던 중에, 원소의 군사들에게 포위당하여 구원을 요청하는 일이 생겼습니다. 그러자 공손찬은 '그런 일이 생길 때마다 매번 구해주면 다음에 싸우는 군사들 또한 자신들도 위험에 처하면 구해주겠거니 생각할 터인데, 그러면 어느 누가 죽을 각오로 싸움에 임하겠느냐'라며 외면하였다 합니다. 그러자 군사들 중에 원소에게 투항하는 자들이 속출하여 공손찬의 형세가 심히 불리하게 된 줄로 아뢰니다."

"그래서 어찌 되었나? 좀더 자세히 말해보게."

현덕이 다그친다.

"공손찬은 도움을 청하고자 허도로 사람을 보냈는데, 그가 그만 중도에서 원소의 군사에게 붙잡히고 말았답니다. 다시 '횃불을 들어 군호로 삼고 서로 합세하여 싸우자'는 내용의 서신을 장연(張燕)에게 보내려 했으나, 이 또한 서신을 전하러 가던 자가 원소의 군사에게 사로잡히는 바람에 실패로 돌아가고 말았지요. 원소는 그 서신을 역으로 이용하여 성밖에 불을 놓아 신호를 보냈는데, 공손찬은 원소의 계략인 것은 모르고 자신의 청에 따라 장연의 원병이 온 줄로 알아 몸소 군사를 거느리고 적진으로 뛰어들었습니다. 지키고 있던 원소의 복병들이 사방에서 들고일어나 공손찬은 군사를 태반이나 잃고 성안으로 피해 달아나더니, 그후로는 그저 성을 굳게 지킬 뿐 다시는 싸우려 하지 않았습니다. 그러나 생각지도 못하게 원소의 군사가 성밑으로 땅을 파서 군사를 들여보내 도처에 불을 지르며 싸움을 걸어왔지요. 공손찬은 마침내 도저히 대적할 수 없다 여겼는지 처자를 먼저 죽인 뒤 자신도 목을 매어 자결했다 전해집니다. 살던 집까지 모두 불타버렸답니다."

조조가 묻는다.

"이제는 원소의 기세가 대단하겠구먼?"

"그러하옵니다. 원소는 공손찬의 군사를 모두 손에 넣어 그 형세가 대단합니다. 원소의 아우 원술은 회남에서 교만과 사치가 극심하고, 군사와 백성 들을 돌보지 않아 인심을 크게 잃었습니다. 그래서인지 원술은 황제의 명호(名號)를 차라리 원소에게 주겠다 하고, 원소는 원술에게 옥새를 달라 하여 원술이 직접 가지고 가겠다고 약조했다 합니다. 아마도 원술은 회남을 버리고 하북으로 갈 듯합니다. 만약 이 두 사람이 세를 합하면 수습하기 어려울 것이니, 승상께서는 속히 대책을 세우시옵소서."

조조가 고개를 끄덕인다. 유현덕은 공손찬이 죽었다는 소식을 듣고 비통했다. 공손찬은 지난날 처음으로 자신을 천거해준 인물이 아니던가. 더불어 이 난리통에 조자룡의 행방조차 알 길이 없으니 답답한 마음 달랠 길이 없었다. 한편 그는 생각했다.

'바로 이때가 조조에게서 벗어날 수 있는 절호의 기회다. 이 순간을 놓치면 다시는 기회가 없을지 모른다.'

마음을 정하자 현덕은 곧 자리에서 일어나 조조에게 말한다.

"만약 원술이 원소에게 간다고 하면 반드시 서주를 지나야 할 것이오. 승상께서 제게 군사를 주신다면 중도에서 길을 끊고 공격하여 원술을 사로잡아 바치리다."

조조가 웃으며 쾌히 응낙한다.

"내일 황제께 아뢰고 즉시 떠나도록 하오."

이튿날 현덕은 황제를 뵙고 일을 설명한 뒤 자신의 뜻을 고하였다. 조조가 현덕에게 군사 5만을 주고, 수하의 장수 주령(朱靈)과 노소(路昭) 두 사람을 동행하게 했다. 현덕이 다시 궁으로 들어가 황제께 하직인사를 올렸다. 황제는 차마 붙잡지는 못하고 눈물만 흘렸다.

현덕은 자신의 공관으로 돌아와 밤새 병마를 수습한 다음 장군인(將軍印)을 차고 급히 길을 떠났다. 동승이 10리 밖에까지 따라나오며 현덕을 전송했다. 현덕이 말한다.

"동국구는 좀더 참고 계십시오. 제가 이번 길에 반드시 좋은 소식을 전하겠소이다."

동승이 말한다.

"공은 부디 지난번 맹약을 기억하고, 황제 폐하의 뜻을 저버리지 마시오."

현덕은 동승과 작별하고 군사를 재촉했다. 관운장이 말을 달리며 묻는다.

"형님께서는 이번 출정을 왜 이리 서두르시오?"

"여태까지 내 신세는 새장 속의 새요 그물에 걸린 물고기와도 같았다. 이 길이 바로 그물 안 물고기가 바다로 나아가는 길이며, 새장 속 새가 하늘로 날아오르는 기회인데, 어찌 마음이 급하지 않겠느냐."

현덕은 관우와 장비, 주령과 노소를 재촉해 더욱 빠르게 행군했다.

이때 곽가와 정욱은 전량(錢糧)을 두루 살피고 허도로 돌아왔는데, 조조가 현덕에게 군사를 내주어 서주로 보냈다는 소식을 듣고 황급히 들어와 말한다.

"승상께서는 어찌하여 유비에게 군사를 내주셨습니까?"

조조가 아무렇지도 않게 대답한다.

"원술이 원소에게 가는 길을 막으려고 그랬다."

정욱이 말한다.

"지난날 승상께서 유현덕을 예주목으로 삼으실 때, 저희들이 그를 없애라 말씀드렸건만 듣지 않으셨습니다. 한데 이번에는 군사까지 내주셨으니, 이는 곧 용을 놓아 바다에 들게 하고 범을 놓아 산으로 돌아가게 하는 것이라, 후일 무슨 수로 그를 다시 잡으시렵니까?"

곽가도 거든다.

"승상께서 유비를 없애지는 않더라도 잡아두셨어야 합니다. 옛

사람이 말하기를 한번 적을 놓치면 끝없는 화근을 몰고 온다 했거늘, 승상께서는 깊이 살피소서."

조조는 두 사람의 말을 듣고서야 자신이 경솔했다는 생각이 들었다. 그는 곧 허저에게 정병 5백을 주어 급히 뒤쫓아가서 현덕을 불러오라 일렀다. 허저는 명령을 받고 서둘러 출발했다.

유현덕이 군사를 거느리고 바삐 가는데 갑자기 뒤쪽에서 먼지가 자욱이 일어나며 한떼의 군마가 질풍같이 달려온다. 현덕이 두 아우를 돌아보며 말한다.

"필시 조조의 군사가 뒤쫓아오는 게 분명하다……"

현덕은 즉시 영을 내려 영채를 세우고 관우와 장비를 시켜 병장기를 잡고 좌우에 시립하게 했다. 그때 숨가쁘게 달려 뒤쫓아온 허저가 말에서 내려 영채 안으로 들어선다. 현덕이 묻는다.

"공은 무슨 일로 오셨소?"

허저가 말한다.

"명을 받들고 오는 중이오. 승상께서 상의하실 일이 있다고 즉시 돌아오시랍니다."

현덕이 정색을 하고 단호히 말한다.

"본시 장수가 군무로 밖에 있으면 때에 따라서는 임금의 명도 받지 않을 수 있소. 내 친히 황제께 말씀을 올렸고, 또한 승상의 분부를 받고 떠나온 터인데 새삼 또 무슨 의논할 말이 있단 말이오? 공은 돌아가 승상께 그대로 전하시오."

현덕의 대답에 허저는 할 말을 잃고 생각한다.

'현덕을 억지로 끌고 갈 수는 없다. 승상은 평소 현덕과 친한 사이가 아니었던가. 더구나 현덕을 데려오라 했을 뿐 듣지 않을 경우 죽이라든가 하는 다른 말도 없었다. 그대로 돌아가서 현덕의 말을 전하고 다음 분부를 기다리는 수밖에 없다.'

마침내 허저는 현덕에게 하직을 고하고 허도로 돌아갔다. 허저가 유비의 말을 전하자 조조는 한동안 결단을 내리지 못한다. 곽가가 말한다.

"유비가 돌아오려 하지 않는 걸 보면 가히 그의 속셈을 짐작할 만합니다."

정욱도 말한다.

"지금이라도 장수를 보내 뒤를 쫓게 하시지요."

조조가 말한다.

"주령과 노소 두 장수를 딸려보냈으니 그리 쉽게 변심할 순 없을 게야. 이미 보내놓고서 이제 와서 후회한들 무슨 소용이 있겠느냐?"

그러고는 더이상 현덕을 뒤쫓으려 하지 않았다.

후세 사람들이 시를 지어 현덕의 민첩한 행동을 칭송했다.

병마를 수습하여 총총히 떠나갔으니	束兵秣馬去匆匆
생각은 온통 의대 속의 황제 말씀뿐	心念天言衣帶中
흡사 쇠우리 벗어난 범처럼 내달으니	撞破鐵籠逃虎豹

쇠사슬 끊고 달아난 한마리 용이로다 頓開金鎖走蛟龍

한편, 서량 태수 마등은 유현덕이 떠나는 것을 본데다 변방의 정세가 위급하다는 보고도 있고 해서 즉시 서량으로 돌아갔다. 유현덕이 군사를 거느리고 서주에 이르자, 조조의 영을 받아 서주를 지키고 있던 거기장군 차주가 나와서 영접한다. 환영잔치가 끝나고 현덕이 부중으로 들어가니 손건과 미축 모두가 와서 인사한다. 현덕은 집으로 가서 잠깐 가족들을 만난 뒤에 사람을 보내 원술의 소식을 알아오게 했다. 정탐꾼이 돌아와서 전한다.

"원술은 지나친 사치로 백성들의 원망을 크게 산데다 근래에는 수하장수 뇌박과 진란의 무리가 군사를 이끌고 숭산으로 달아나버려서 형세가 말이 아닙니다. 원술은 원소에게 글을 보내 황제의 명호를 물려줄 뜻을 비친 모양인데, 이를 원소가 받아들였다 합니다. 원술은 병마를 수습하고 황제만이 사용할 수 있는 물건들을 챙겨서 머지않아 이곳 서주를 지나게 될 것입니다."

현덕은 관우·장비·주령·노소와 함께 군사 5만을 거느리고 곧장 성밖으로 나갔다. 마침내 원술의 선봉장 기령이 군사를 이끌고 왔다. 장비는 불문곡직하고 내달아 기령을 공격했다. 싸움을 시작한 지 10합이 채 못 되어 장비는 벽력같은 고함을 내지르며 기령을 한창에 말 아래로 거꾸러뜨린다. 이에 놀란 원술의 군사들은 사방으로 달아나버렸다.

원술이 급히 뒤따라와 싸움에 가세했다. 현덕은 즉시 군사를 셋으로 나누어 주령과 노소는 왼편에, 관우와 장비는 오른편에 두고, 한가운데는 현덕 자신이 맡아 대적할 태세를 갖추었다. 드디어 적병이 가까이 다다랐다. 유현덕은 문기(門旗) 아래 나서서 원술을 향해 크게 꾸짖는다.

"이 대역무도한 역적놈아! 내 황제의 명을 받들고 너를 치러 온 터이니, 당장 두 손을 묶고 항복하여 죄를 면하라!"

"자리나 짜고 짚신이나 삼던 천한 놈이 그 무슨 망발이냐? 네깐 놈이 감히 나를 업신여기다니, 도저히 참을 수가 없구나!"

원술이 크게 노하여 현덕을 꾸짖으며 급히 군사를 휘몰아 쳐들어온다. 유현덕이 군사를 슬쩍 뒤로 물리는 순간 좌우에 있던 주령·노소·관우·장비가 군사를 휘몰아 일시에 덮쳐들었다. 이때를 기다려 현덕도 다시 군사를 돌려 공격했다. 원술의 군사들이 흘린 피가 내를 이루고 쓰러진 시체가 들판을 뒤덮었으며, 가까스로 살아남은 군사들은 사방으로 뿔뿔이 흩어졌다.

원술이 구사일생으로 겨우 군사를 수습하여 달아나는데 산모퉁이에서 또다시 함성이 일더니 한떼의 군마가 내닫는다. 지난날 원술의 수하장수로서 지금은 숭산에 산채를 세운 뇌박과 진란의 무리였다. 원술은 또다시 무수한 돈과 양식을 빼앗기고 남은 군사의 태반을 잃었다. 급히 수춘으로 돌아가려던 원술은 도적떼의 습격으로 더 나아가지 못하고 강정(江亭)에 머물렀다.

남은 무리를 수습해보니, 1천여명 남짓의 노약자들뿐이다. 게다가 한창 더운 여름에 양식이 다 떨어져 남은 것이라고는 보리 30섬에 불과한데, 그나마도 군사들에게 나누어주고 보니 그 식구들은 먹을 양식이 없어 굶어 죽는 사람이 많았다.

원술은 거친 밥이 목에 걸려 넘어가지 않자 한숨을 내쉬며 말했다.

"여봐라, 목이 마르니 꿀물이나 한그릇 내오너라."

음식 시중을 들던 하인이 대답했다.

"꿀물이라니, 꿀물이 어디 있사옵니까? 있는 거라곤 오직 핏물 뿐이외다."

울화가 치민 원술은 버럭 소리를 지르다가 침상 아래로 푹 거꾸러지더니 한말가웃이나 되는 피를 토하고 그대로 죽어버렸다. 때는 건안 4년(199) 6월의 일이다.

후세 사람이 시를 지어 원술을 나무랐다.

한나라 말년 사방에서 영웅이 일어날 때	漢末刀兵起四方
분수 모르는 원술이 미친 듯 날뛰었구나	無端袁術太猖狂
대대로 높은 벼슬, 나라 은덕 생각 않고	不思累世爲公相
외람되이 스스로 제왕이라 일컫다니	便欲孤身作帝王
강포하다 외람스레 전국옥새 과시하며	強暴枉夸傳國璽
교만방자하여 천운을 받았다 떠들더니	驕奢妄說應天祥
갈증에 꿀물 한그릇 얻을 길 없이	渴思蜜水無由得
홀로 침상에 누웠다가 피 쏟고 죽어갔네	獨臥空牀嘔血亡

원술이 죽은 뒤, 조카 원윤(袁胤)은 숙부의 영구와 가족을 거느

리고 여강(廬江)으로 달아났으나 도중에 서구(徐璆)를 만나 온 가족이 몰살당하고 말았다. 행장을 뒤져 옥새를 찾아낸 서구는 그길로 허도로 가서 조조에게 바쳤다. 은근히 탐내던 보배를 손에 넣게 된 조조는 기쁨을 감추지 못하고 즉시 서구를 고릉(高陵) 태수로 봉하였다. 이렇게 옥새는 조조의 손에 들어가게 되었다.

한편 원술이 죽었다는 사실을 알게 된 현덕은 곧 표문을 써서 헌제께 올리고, 조조에게도 편지를 써서 주령과 노소에게 주어 허도로 돌려보냈다. 그런 다음 조조가 준 5만 군사를 거느리고 서주를 지키는 한편, 몸소 성밖으로 나가 흩어진 백성들을 불러모으고 다시 가업에 종사하도록 독려했다.

주령과 노소 두 장수는 허도로 돌아가 조조에게 보고한다.

"유현덕이 군마를 거느리고 그대로 서주에 머무르며 우리에게 돌아가라 하여 저희 두 사람만 왔습니다."

조조는 진노했다. 당장 두 장수의 목을 베려 하는데, 곁에 있던 순욱이 간한다.

"유비에게 군권을 맡기셨으니 저 두 사람인들 별 도리가 없었을 것입니다."

그 말에 조조는 두 사람을 용서하고, 순욱이 다시 입을 연다.

"일이 이렇게 된 이상 어쩌겠습니까? 거기장군 차주에게 은밀히 서신을 보내어 유비를 도모하도록 하소서."

조조는 즉시 서주로 사람을 보내 차주에게 자신의 뜻을 전했다.

조조의 밀명을 받은 차주는 진등을 청하여 계교를 묻는다. 진등이 말한다.

“그야 어렵지 않은 일이외다. 지금 유비는 관우·장비와 더불어 흩어진 백성들을 안돈하느라 성밖에 나가 있지 않소이까. 며칠 있으면 돌아올 터이니 장군께서는 군사를 옹성 근처에 매복해두고 기다리다가, 유비가 돌아올 때 영접하는 체하며 가까이 다가가 한칼에 베시오. 이몸은 성 위에서 기다리고 있다가 활을 쏘아 후군을 막으면 만사가 깨끗이 해결될 게요.”

차주는 진등의 계략에 따르기로 했다. 진등은 집으로 돌아가 아버지 진규에게 이 사실을 전했다. 진규는 진등의 말에 잠시 생각하는 얼굴이더니 이내 입을 연다.

“너는 즉시 이 일을 현덕에게 알려야 한다.”

진등은 급히 말을 달려 현덕을 찾아가다가 때마침 성으로 돌아오던 관우와 장비를 만나 이 일에 관해 자세히 알려주었다. 원래 관우와 장비는 먼저 돌아오고 현덕은 뒤처져 오던 중이었다. 차주가 조조의 밀령을 받고 형님을 해치려 한다는 말을 듣고 장비는 불같이 화를 내며 곧장 달려가 차주를 없애려 했다. 관운장이 말린다.

“차주가 이미 옹성 부근에 군사를 매복시켜놓고 기다린다 하니 섣불리 성안에 들어갔다가는 낭패를 보겠다. 내게 계획이 있으니, 오늘밤 우리가 조조의 군사처럼 위장하여 서주로 가서 차주를 밖으로 끌어낸 다음 불시에 급습하여 없애면 되느니라.”

장비는 관운장의 계책을 따르기로 했다. 다행히도 그들 휘하에는 남아 있는 조조의 군사들이 있어 깃발과 복색이 완벽하게 갖춰진 터였다.

그날밤 3경 무렵, 그들은 성밑에 이르러 성문을 열라고 외쳤다. 성 위에서 묻는다.

"누군지 밝혀라!"

관운장이 수하군사를 시켜 대답하게 한다.

"조승상의 분부를 받고 온 장문원(張文遠, 장요) 휘하의 군사요. 어서 차장군께 고하시오!"

차주가 이 소식을 전해듣고 급히 진등을 불러 의논한다.

"나가서 영접하지 않으면 상대의 의심을 살 게 분명하고, 영접하자니 만에 하나 속임수가 있을까 두렵구려."

마음이 꺼림칙해진 차주는 몸소 성루 위로 올라가 밖을 향해 소리친다.

"어두운 밤에 분간하기 어려우니, 내일 밝은 뒤에 보기로 하세!"

성밑에서 군사들이 대답한다.

"유비가 알았다가는 큰일이니 어서 문을 열어주시오!"

차주가 마음을 정하지 못하고 머뭇거리는데, 성밑에서는 어서 문을 열라고 아우성이다. 차주는 마침내 갑옷과 투구를 갖추고 1천 군사를 거느리고 성문을 열고 나갔다. 차주가 말을 달려 조교를 건너며 큰소리로 묻는다.

"장문원은 어디 있는고?"

그때 불빛을 받으며 관운장이 청룡도를 손에 들고 달려들며 큰

소리로 꾸짖는다.

"네 이놈, 어찌 감히 속임수를 써서 우리 형님을 해치려 하느냐!"

차주가 깜짝 놀라 맞서 싸운 지 몇합, 도무지 관운장을 당해낼 수 없자 말머리를 돌려 달아나려 했다. 성 위에서 이를 지켜보던 진등이 군사를 지휘하여 화살을 마구 쏘아댔다. 차주는 감히 성안에 들어갈 생각도 못하고 그대로 성을 끼고 달아났다. 관운장이 급히 뒤쫓아 마침내 단칼에 차주의 목을 베어들고 돌아와 성 위를 향해 외쳤다.

"역적 차주를 죽였으니 남은 자들은 모두 항복하라. 그리하면 죽이지 않겠다!"

그 말에 차주의 부하들이 창을 거꾸로 잡고 앞다투어 투항했다. 관운장은 즉시 차주의 머리를 들고 현덕에게로 가서 전후 사정을 자세히 고하였다.

유현덕이 깜짝 놀라 소리친다.

"만약 조조가 대군을 거느리고 쳐들어오면 어쩌려고 그런 짓을 하였느냐?"

관운장이 대답한다

"제가 장비와 함께 나아가 맞서 싸우겠습니다."

현덕은 마음이 놓이지 않았다. 현덕이 관우와 함께 서주성으로 들어가니 백성들이 나와 엎드리며 반갑게 맞이했다. 관부에 도착한 현덕은 우선 장비부터 찾았다. 어디로 갔는지 보이질 않더니, 얼마 후 장비는 차주의 가족을 남김없이 죽이고는 의기양양하여 돌아왔다. 현덕의 근심은 더더욱 커졌다.

"조조의 심복인 차주를 죽였으니 뒷일을 어찌 감당할꼬……"

곁에 있던 진등이 나서며 말한다.

"제게 조조를 물리칠 한가지 묘책이 있소이다."

고단한 신세로 범의 굴 벗어났거니와	旣把孤身離虎穴
무슨 묘계를 써 위기를 모면하랴	還將妙計息狼煙

진등의 계책이란 과연 무엇일까?

22

군사를 일으키는 원소

원소와 조조는 각기 군사를 일으키고
관우와 장비는 왕충과 유대 두 장수를 사로잡다

진등이 현덕에게 계책을 말한다.

"조조가 두려워하는 자는 바로 원소올시다. 원소는 지금 기주·청주·유주·병주 등지에 범처럼 웅거하고 있으며 무려 1백만에 이르는 군사와 문관·무장이 헤아릴 수 없이 많소이다. 어찌 원소에게 서신을 보내 구원을 청하지 않으십니까?"

"내 본래 원소와는 서로 왕래가 없던 터에 이번에 그의 아우 원술까지 죽게 했거늘, 원소가 행여 나를 도울 리가 있겠소?"

현덕의 대답에 진등이 다시 말한다.

"이곳 서주에 3대째 원소의 집안과 친분이 두터운 사람이 있습니다. 그분에게 도움을 청하여 서신 한통만 띄우면 원소는 반드시 우리를 도우러 올 것입니다."

"그 사람이 대체 누구요?"

"주공께서도 평소에 극진한 예로써 공경하던 어른이신데 어찌 잊으셨습니까?"

그제야 유현덕은 문득 깨닫는다.

"정강성(鄭康成) 선생 말씀이오?"

진등이 웃으며 대답한다.

"그렇습니다."

원래 정강성의 이름은 현(玄)으로, 학문을 좋아하고 재주가 많아 일찍이 마융(馬融)의 문하에서 학문을 배웠다. 마융이란 인물은 어지간한 괴짜로, 강의할 때면 으레 방 한가운데에 붉은 휘장을 드리우고 앞에 생도들을 앉힌 다음, 뒤에는 소리 잘하는 기생들을 불러 앉히고 양옆에는 시녀들을 둘러앉히는 기이한 버릇이 있었다. 그럼에도 불구하고 정현은 마융에게서 글을 배우는 3년 동안 단 한 번도 곁눈질을 한 적이 없어, 많은 제자들 가운데서 유독 마융의 마음을 사로잡았다. 시간이 흘러 정현이 학업을 마치고 돌아갈 때가 되자 마융은 길게 탄식하며 말했다.

"내 학문의 깊은 이치를 깨우친 자는 오직 정현뿐이로다."

주인이 그러하다보니 정현의 집안 하녀들까지도 모두 『모시(毛詩, 『시경』의 주해서)』를 외울 줄 알았는데, 그에 얽힌 재미있는 일화가 있다. 하루는 한 하녀가 정현의 뜻을 거스른 일이 있어 섬돌 아래에 무릎을 꿇고 앉아 있게 했다. 다른 하녀가 이 꼴을 보고 "어쩌다 진흙 속에 빠졌는고(胡爲乎泥中)?" 하고 놀리니, 벌을 받던 하녀 또한 지지 않고 "하소연하러 갔다가 괜한 노여움 샀다네〔薄言往愬逢彼之怒〕" 하고 응수했다. 그 집안의 풍아(風雅)함이 이러하였다.

정현은 환제(桓帝) 때에 그 벼슬이 상서(尙書)에까지 이르렀다. 그러나 훗날 십상시의 난을 만나 벼슬을 버리고 서주로 내려와 살고 있었다. 유현덕은 일찍이 탁군에 있을 때 정현을 스승으로 섬겼거니와, 서주목이 된 후에도 자주 찾아가 그에게 가르침을 청하며 극진히 공경해오던 터였다.

진등의 말에 비로소 정현을 떠올린 현덕은 몹시 기뻐하며 진등과 함께 그를 찾아갔다. 현덕이 찾아온 뜻을 밝히고 서신을 부탁하자 정현은 쾌히 응낙하고 붓을 잡아 서신 한통을 써주었다. 유현덕은 그 서신을 즉시 손건에게 주어 밤을 새워 달려가 원소에게 전할 것을 명했다.

정현으로부터 뜻밖의 편지를 받은 원소는 심사가 복잡했다.

'현덕이 내 아우를 쳐서 죽였으니 군사를 일으켜 돕는다는 것은 당치도 않은 일이다. 하지만 이렇게 정상서(鄭尙書)가 부탁을 해왔으니 그 뜻을 거절할 수도 없고, 가서 돕기는 해야겠는데……'

마침내 원소는 문관과 무관 들을 불러모아놓고 군사를 일으켜 조조를 공격할 일을 의논했다. 먼저 모사 전풍(田豐)이 말한다.

"해마다 군사를 일으켜 백성들의 살림은 극도로 피폐하고 창고는 텅 비어 있는데 또다시 대군을 일으키는 것은 옳지 않은 일입니다. 먼저 사람을 허도로 보내 우리가 공손찬을 꺾었다고 황제께 첩보를 올리십시오. 만약 첩보가 제대로 올려지지 않거든, 조조가 임금과 신하 사이를 가로막는다고 상소하십시오. 그리고 급히 군사를 여양(黎陽)에 주둔시키고, 다시 하내(河內)에 군선들을 결집하고 병기를 손질한 뒤 정병으로 하여금 변방을 지키게 한다면, 3년 안에 천하대세를 정할 수 있을 것입니다."

모사 심배(審配)의 견해는 달랐다.

"가당치 않은 말씀이오. 명공의 신무(神武)로 하북의 강성한 공손찬을 쳐부쉈으니, 이제 군사를 일으켜 도적 조조를 치기란 손바닥을 뒤집는 것보다 쉬운 일입니다. 부질없이 세월을 보낼 까닭이 어디 있사오리까."

이번에는 모사 저수(沮授)가 나선다.

"승리를 거두는 계책은 반드시 힘이 강성하다 해서 되는 게 아니외다. 조조는 이미 법령을 펴고 있으며, 잘 훈련된 군사들을 거느리고 있으니, 앉아서 꼼짝하지 못하고 당한 공손찬 무리와 비할 바가 아니오. 이제 첩보를 올리는 좋은 계책이 있는데 명분 없이 군사를 일으키는 것은 명공께서 취할 바가 아닙니다."

그러나 모사 곽도(郭圖)는 심배의 견해와 같았다.

"그건 옳지 않소이다. 조조를 치기 위해 군사를 일으키는 것이 어찌 명분 없는 일이겠소이까. 명공께서는 대업을 정하시되 정상서의 말씀대로 유비와 함께 대의를 세워 조조를 토멸해야 합니다. 그리하는 것이 위로는 하늘의 뜻에 부응하고, 아래로는 백성의 뜻에 따르는 길이옵니다."

네 사람의 모사가 서로 뜻이 달라 쉽게 결론을 내리지 못하고 있었다. 그때 마침 허유(許攸)와 순심(荀諶)이 들어온다. 원소가 두 사람을 반가이 맞이하며 좌중을 향해 말한다.

"두 사람의 식견이 대단하니 한번 들어봅시다."

두 사람이 인사를 올리고 자리에 앉기를 기다려 묻는다.

"정상서께서 서신을 보내왔는데 우리더러 군사를 일으켜 유비를 도와 조조를 치라 했소. 군사를 일으키는 게 옳소, 일으키지 않는 게 옳소?"

두 사람이 일제히 답한다.

"명공께서 많은 무리로 적은 무리를 무찌르고, 강한 형세로 약한 형세를 치며, 역적을 멸하여 한나라 황실을 바로잡는 일이니, 군사를 일으키시는 게 옳소이다."

원소가 고개를 끄덕인다.

"두 사람의 소견이 내 마음과 같소."

마침내 군사를 일으키기로 결정한 원소는 먼저 손건에게 이 사실을 정현에게 알리고, 현덕과 약속하여 함께 싸울 준비를 하도록 일렀다. 그리고 한편으로는 심배와 봉기(逢紀)로 하여금 군사를 통솔케 하고, 전풍·순심·허유를 모사로 삼은 뒤 안량과 문추를 장군으로 하여 기병 15만명과 보병 15만명, 도합 30만군을 일으켜 여양을 향해 진군하기로 했다. 출발 직전에 곽도가 나서서 말한다.

"명공께서 크게 군사를 일으켜 조조를 치시려면 먼저 조조의 악덕을 낱낱이 적어 각 군에 격문을 띄워 성토하십시오. 그래야만 명분이 확실해집니다."

원소는 그 말대로 서기 진림(陳琳)에게 격문을 쓰게 했다. 진림의 자는 공장(孔璋)으로, 일찍부터 재주가 남달랐다. 영제 때 주부(主簿)에 오른 진림은 대장군 하진(何進)에게 간했지만 받아들여지지 않고, 다시 동탁의 난을 만나 기주로 피해 내려와 있는 것을 원소가 불러들여 서기로 삼았다. 원소의 명을 받은 진림이 붓을 들어 그 자리에서 격문을 지으니 그 내용은 다음과 같다.

모름지기 현명한 임금은 위기를 헤아려 변란을 다스리고, 충신은 어려운 때를 근심하여 나라의 기강을 세운다 하였다. 따라서 비상한 사람이 있어야 비상한 일이 있고, 비상한 일이 있어야 비상한 공을 세울 수 있으니, 무릇 비상한 일은 진실로 비상한 사람에 의해서 비롯되는 것이리라.

지난날 진(秦)나라는 강했으나 임금이 나약하여 간신 조고(趙高)가 권력을 쥐고 제 마음대로 정사를 휘두르니, 사람들은 두려워 누구 하나 감히 바른말을 올리지 못하던 터에, 마침내 임금이 망이궁(望夷宮)에서 조고의 손에 죽었다. 이에 진나라 조종(祖宗)이 이룩한 업적은 물거품이 되고 궁궐은 불타 그 치욕스러운 이름이 천추에 남아 세상의 교훈이 되고 있다.

그후 여후(呂后, 한고조의 처) 말년에 여산(呂産)과 여록(呂祿)이 권력을 잡아 안으로는 남북 이군(二軍)을 통솔하고 밖으로는 양나라와 조나라를 다스렸다. 이는 황제의 궁중에서 제맘대로 일을 처리하며 황실을 능멸한 것이라, 세상 사람들이 모두 한심스럽게 여겼다. 이때 비분강개한 강후(絳侯) 주발(周勃)과 주허후(朱虛侯) 유장(劉璋)이 군사를 일으켜 역적의 무리를 주멸하고 태종(太宗, 한의 효문제)을 높이 받들자, 왕도(王道)가 융성하고 세상이 광명을 되찾았다. 이것은 곧 충신이 나라의 기강을 세운 본보기이다.

사공(司空) 조조의 할아비 중상시(中常侍) 조등(曹騰)은 좌관(左悺) 서황(徐璜)과 함께 사도(邪道)로 흘러서 온갖 요사한 짓을 다 하고 탐욕과 횡포를 일삼아 교화를 해치고 백성을 괴롭혔다. 그의 아비 조숭(曹嵩)으로 말하자면, 본래 조등의 양자로 들어가 성장했으며 뇌물을 써서 벼슬길에 올랐다. 그는 황제께 아첨하고 황금과 벽옥을 수레로 권문에 바쳐 재상의 지위에 오른 뒤 나라의 법도를 어지럽힌 자였다. 조조는 더러운 환관의 후예로, 인덕이 없고 교활하며, 표독하고 난을 일으키길 좋아하니, 세상의 재앙을 즐기는 자이다.

내가 군무를 도맡아 황건적을 소탕하고 나니 동탁이 뒤를 이어 국법을 어기고 난을 일으켰다. 그리하여 나는 장수의 몸으로 병장기를 들고 북을 울려 동하(東夏, 발해)로 진군하여 천하의 영웅들을 등용하고 허물 있는 자를 버렸다. 이 와중에 조조와 함께 일을 도모하고 군사를 내준 것은 그 응견지재(鷹犬之才)가 발톱과 이빨로 삼을 만하다고 여겼기 때문이다. 그러나 그는 경망되고 지모가 없는 위인인지라 경솔하게 진격하고 쉽게 후퇴하여 수많은 병마를 잃고 여러번 싸움에서 패하였다. 그럼에도 불구하고 나는 다시 조조에게 병마를 내주어 손실을 보충하게 하는 한편, 황제께 표문을 올려 동군 태수, 연주 자사에 임명하여 위세를 높여주고 권력을 세워주며 승전보가 울리기만을 기다렸다. 그런데 뜻밖에도 조조는 이를 기화로 발호(跋扈)하여 백성을 수탈하고 어진 사람들을 해쳤다.

구강(九江) 태수 변양(邊讓)은 인물이 준수하고 재주가 남달라 널리 이름이 알려진 사람으로, 바른말을 잘하고 결코 남에게 아첨하는 법이 없었다. 결국 조조의 눈 밖에 나서 머리가 잘리는 등 처참히 주륙당하고 처자까지도 몰살을 당하였다. 이때부터 선비들이 통분하고 백성들이 원망하는 소리가 드높아 필부 한 사람이 떨쳐일어서도 온 천하가 호응하기에 이르렀다. 결국 조조는 서주에서 도겸과 싸워 패하고 여포에게까지 패하여 기반을 잃고 동쪽 변방을 전전하게 되었다.

이때 나는 줄기를 강하게 하려면 가지를 쳐서 약하게 해야 한다고 여겨, 반역자 여포의 편을 들지 않고 다시 갑옷을 입고 깃발을 세워 떨쳐일어나니, 징과 북이 울리는 곳마다 여포의 무리는 흩어져 달아나고 말았다. 그리하여 조조는 몰락의 비운을 면하고 방백의 지위를 회복하게 되었으니, 이는 실로 연주의 백성들에게는 은덕을 베풀지 못한 채 조조에게만 큰 은혜를 베푼 꼴이 되고 말았다.

황제께서 환도하신 후, 동탁을 비롯한 도적들이 사방에서 들끓던 무렵 나는 공손찬의 공격을 막아내느라 기주 북쪽 변경을 떠날 겨를이 없었다. 그리하여 대신 종사중랑(從事中郞) 서훈(徐勛)으로 하여금 조조를 경사로 보내 종묘사직을 중수하고 어린 황제를 보좌할 것을 지시하였다.

그러나 방약무도한 조조는 황제를 협박하여 도읍을 옮긴 후 스스로 승상이 되었을 뿐만 아니라, 삼대(三臺)를 장악해 정사를 쥐고 흔들며 나라의 기강을 어지럽혔다. 이렇듯 왕실을 업신여긴 조조는 상벌도 제 마음대로 내렸으니, 마음에 드는 자는 오종(五宗)에 이르기까지 부귀영화를 누리게 하고 제 눈 밖에 난 자는 삼족을 멸하였다. 그뿐만 아니라 무리 지어 담론하는 이는 드러내놓고 처형하며, 비밀리에 모여서 말하는 무리는 쥐도 새도 모르게 죽여버리니, 벼슬아치들은 모두 입을 다물고 길을 오가는 자들은 눈짓만으로 뜻을 전할 뿐 하나같이 말을 경계한다. 조정의 대신들 역시 모양 좋게 자리만 채우고 있을 뿐 허수아비나 다름없다.

태위 양표도 일찍이 이사(二司, 사공과 사도)의 높은 지위에 있었건만 하찮은 일로 조조의 미움을 사서 죄도 없이 억울하게 화를 입었다. 조조는 이처럼 한결같이 사사로움에 따라 움직일 뿐 국법 따위는 전혀 염두에 두지 아니했다. 또한 의랑(議郞) 조언(趙彦)은 언제나 직언하는 자로서, 황제께서도 얼굴빛을 고치고 그의 말에 귀를 기울이며 존중하여 높은 벼슬까지 내리셨건만, 조조는 언로(言路)를 막아 자신의 지위를 지키기 위해 황제께 아뢰지도 않고 그의 직책을 빼앗은 다음 사형에 처하였다.

양(梁) 효왕(孝王)은 선제(先帝, 경제)의 모후(母后)에게서 태어난 형제간이라, 그 능묘와 주위의 나무들마저도 마땅히 귀히 여겨야 하건만, 조조가 군사를 거느리고 가서 무덤을 파헤치고 관을 쪼개 시체를 드러낸 뒤 그 속에 들어 있는 보물을 약탈했으니 황제께서도 눈물을 흘리시고 모든 백성들이 슬퍼하였다. 또한 조조는 발구중랑장(發丘中郎將)이네 모금교위(摸金校尉)네 하는 따위들을 두었는데, 이들이 지나는 곳마다 무덤이 파헤쳐져 백골이 드러나지 않는 법이 없었다. 조조가 이제 몸은 삼공의 지위에 있으나 하는 짓은 도적과 다름이 없어 나라의 체통을 손상시키고 백성을 괴롭히며 그 해독이 귀신에게까지 이를 지경이 되었다. 정치는 혹독하고 법이 까다로워서 조금만 움직여도 누구나 법망에 걸리고 함정에 걸려들게 마련인지라, 연주와 예주에는 가난하여 의지할 곳 없는 백성이 생기고, 도읍에는 한숨과 원망의 소리가 드높았다. 고금의 역사서에 무도한 신하가 무수히 나와 있지만, 그 잔인하고 참혹하기가 조조보다 심한 자는 없었으리라.

나는 외부의 간적을 치느라 정리하거나 교훈할 겨를이 없었던 탓에, 제 스스로 은인자중하여 뉘우치기를 기대했건만, 조조는 승냥이와 이리 같은 야심을 키워 역적질할 음모만 꾸미고 충성되고 의로운 신하들을 제거하여 한실을 약화시키고 있었다. 지난해 내가 북을 울려 공손찬을 치려 했을 때 적은 포위당하고서도 1년 동안이나 항거하였다. 조조는 몰래 공손찬에게 서신을 보내어 내통하고, 겉으로는 나를 돕는 체하면서 실제로는 공손찬을 도와 나를 공격하려 했으나, 사자가 잡히는 바람에 이 사실이 드러났고 공손찬도 죽어 조조는 도모하던 바를 이루지 못하였다.

조조가 지금 오창에 군사를 주둔시켜 강 건너를 지키고 있으니 이는 사마귀가 앞발을 들어 수레바퀴를 막으려 하는 것과 같도다. 이제 나는 한나라의 위령(威靈)을 받들어 천하의 대적 조조를 응징하려 하노라. 장창이 1백만이요, 뛰어난 장수가 1천을 넘고, 중황(中黃)·하육(夏育)·오획(烏獲)과 같은 용사가 굳센 활과 강한 쇠뇌로 무장했으며, 병주(幷州, 고간)는 태항산(太行山)을 넘고 청주(靑州, 원담)는 제수(濟水)와 탑하(漯河)를 건너며, 대군은 황하에 배를 띄워 앞서 나가고, 형주(荊州, 유표)는 완(宛)과 섭(葉) 고을의 배후를 쳐서 번개와 범처럼 적을 무찌르면, 타오르는 불로 쑥을 사르고 푸른 바다로 숯불을 끄는 듯하리니 그 누군들 멸하지 않겠는가.

조조의 장병 중에 싸울 만한 자는 모두 유주와 기주 출신이며, 그들은 조조를 원망하며 눈물을 흘려 북쪽 하늘을 바라보면서 고향을 그리워하고 있다. 그 나머지 연주·예주의 백성과 여포·장양의 옛 부하들도 싸움에 진 후 조조의 협박을 받아서 비록 한때 복종하고 있지만, 마음속에 상처가 깊어서 언제고 보복할 기회를 노리고 있다. 이제 나의 군대가 높은 언덕에 올라 북을 치고 나팔 불며 흰기를 들어 항복할 길을 열어놓으면 칼에 피가 묻기를 기다릴 것도 없이 저절로 무너지고 말리라.

이제 한나라 황실은 쇠약하고 기강이 흐려졌다. 조정에 비록 충신이 있다 하여도 포악한 자의 위협 때문에 그 뜻을 펼치기 어렵도다. 도성 안의 충성스러운 신하들도 모진 신하에게 눌려 있으니 어찌 그 절개를 펼 수 있으랴. 조조는 정예군사 7백을 두어 궁궐을 지키나니 이는 경호를 빙자하여 황제를 감금하는 것이라, 어느 때 변고가 일어날지 예측할 수 없다. 반역의 싹이 여기로부터 비롯되었다. 지금은 바야흐로 충신들이 나랏일에 목숨을 바치고, 열사들이 모여 공을 세울 때이니 어느 누가 힘쓰지 않을 수 있으랴.

조조가 또한 황제의 명을 사칭하여 사자를 각지에 보내어 병력을 모을 것이니, 먼 변방에서 속임수에 넘어가 군사를 내주고 세상을 거역하여 모역에 가담할까 두려워하노라. 이름을 더럽히고 천하의 웃음거리가 되는 일은 밝은 선비의 취할 바 아니리라. 오늘로 유주·병주·청주·기주의 4주(四州) 군사가 함께 진격하리니, 이 글이 형주에 이르거든 군사를 일으켜 건충장군(建忠將軍) 장수(張繡)와 힘을 합쳐 성세를 드날리며, 주(州)와 군(郡)은 의병을 일으켜 경계로 진격해 위세를 높이리라. 아울러 종묘사직을 바로잡으면 비상한 공적이 드러나게 되리로다. 조조의 수급을 가져오는 자에게는 5천호후(五千戶侯)를 봉하고, 5천만금을 내릴 것이며, 조조의 사병·편장·비장·장교 및 아전들 중 항복하는 자에 대하여는 그 죄를 묻지 않을 것이다.

이렇듯 은혜와 신의를 베풀고 규정에 따라 시상함을 천하에 포고하나니, 황제께서 간적 조조에게 핍박당하고 있는 사실을 널리 알려 일제히 떨쳐일어나 시행토록 할지어다.

원소는 격문을 읽더니 기쁨을 감추지 못했다. 즉시 격문을 각 고을에 돌리고, 관문이나 나루터 등 사람들이 오가는 곳마다 붙이도록 명했다.

격문이 허도에 이르자, 두통 때문에 자리에 누워 있던 조조에게 부하들이 격문을 구해다가 바쳤다. 격문을 본 조조는 모골이 송연해지며 온몸에 식은땀이 줄줄 흘렀다. 갑자기 두통이 가시는 듯 자리를 박차고 일어나 곁에 있던 조홍에게 다그쳐 묻는다.

"이 격문은 누가 지었다더냐?"

"진림의 글이라 합니다."

그 말에 조조는 픽 웃더니 대수롭지 않다는 듯이 말한다.

"본디 글이란 반드시 무략(武略)이 따라야 효과를 거둘 수 있는 법, 진림의 문체가 제아무리 유려한들 원소의 무략이 부족한 것을 어찌하겠느냐."

조조는 모사들을 불러모아 앞으로의 일을 의논했다. 공융이 이 소식을 듣고 조조에게 와서 말한다.

"원소의 세력이 매우 크니, 싸우지 말고 화친하는 게 옳습니다."

순욱이 웃으며 한마디 한다.

"원소는 쓸모없는 인물인데 화친할 필요가 있겠습니까?"

두통에 시달리던 조조가 진림의 격문을 읽다

공융이 다시 말한다.

"원소는 땅이 넓고 백성들도 요지부동이오. 게다가 수하에 있는 허유·곽도·심배·봉기 등은 모두 지략이 있는 인물이며, 전풍·저수 같은 인물은 충신이고, 안량과 문추는 용맹함이 삼군에서 으뜸이며, 그밖에 고람(高覽)·장합(張郃)·순우경(淳于瓊) 모두 천하의 명장이거늘, 어찌 원소를 쓸모없는 인물이라 하시오?"

순욱이 웃으며 대답한다.

"원소는 비록 군사가 많다 하나 질서가 없고, 전풍은 억세어서 윗사람에게 반항하며, 허유는 탐심이 많아 약지 못하고, 심배는 고집만 대단할 뿐 생각이 적고, 봉기는 과감하나 무능하오. 이 무리들이 서로 용납하지 못하는 판국이라 반드시 안에서 변고가 생길 것이오. 안량과 문추는 그저 필부의 용맹이니 한번만 싸워도 사로잡을 수 있을 것이고, 그밖의 녹록한 무리들이야 설사 1백만명이 있다 한들 입에 올릴 거리나 되오리까?"

공융이 대꾸를 하지 못하자 조조가 크게 웃으며 말한다.

"순욱의 예측에서 벗어날 수 있는 것은 없지."

조조는 즉시 전군(前軍)의 유대(劉岱), 후군(後軍)의 왕충(王忠)을 불러 군사 5만명에 승상의 기를 앞세우고 서주로 가서 유비를 치도록 명했다. 원래 유대는 연주 자사로서 조조가 연주를 취하자 항복하여 조조 수하의 편장이 된 사람이어서 왕충과 함께 군사를 거느리도록 한 것이다. 그리고 조조 자신은 몸소 대군 20만명을 영솔하고 여양으로 진군하기로 했다. 정욱이 말한다.

"유대와 왕충이 맡은 바 임무를 다할 수 있을지 걱정입니다."

조조가 끄덕이며 말한다.

"나도 그 사람들이 유비의 적수가 아닌 줄은 알고 있네. 그저 허장성세를 써보는 게야. 그래서 두 사람에게는 함부로 공격하지 말고, 내가 원소를 치고 나서 유비를 치러 올 때까지 기다리라고 했소."

유대와 왕충은 군사를 이끌고 서주를 향해 떠났다. 조조 자신도 군사를 이끌고 여양으로 향했다. 그후 원소와 조조 양 진영은 여양에서 서로 80리 거리를 두고 영채를 세운 채, 각각 보루를 높이 쌓고 참호를 깊이 팠다. 그러고는 8월부터 10월에 이르기까지 단 한 차례도 싸우지 않았다.

한편 원소의 수하장수 허유는 심배가 군사를 지휘하는 것에 불만이었으며, 저수 또한 원소가 자신의 계략을 채택해주지 않아 불평이 이만저만 아니었다. 이렇듯이 수하장수들은 서로 화합하지 못하여 나가 싸우려 하지 않았고, 원소는 이럴까 저럴까 의혹이 많아 주저하느라 쉽사리 공격에 나서지 못하고 있었다.

조조는 원소가 감히 싸움에 나서지 않자, 여포 수하에 있다가 항복해온 장수 장패를 불러 청주와 서주를 지키게 하고, 우금과 이전으로 하여금 하상(河上)에 주둔하게 했다. 또한 조인(曹仁)으로 하여금 대군을 총지휘하여 관도(官渡)에 주둔하도록 한 뒤, 자신은 나머지 군사를 거느리고 허도로 돌아가버렸다.

이 무렵 유대와 왕충은 5만의 군사를 이끌고 서주성에서 1백여 리 떨어진 곳에 영채를 세운 다음, 중군에 승상의 깃발을 세워놓고 기세만 올렸다. 경솔하게 움직이지 말라던 조조의 지시대로 감히 공격에 나서지 않고 오로지 하북의 소식만을 기다리고 있었다.

한편, 유현덕도 조조의 계략을 정확히 알 길이 없어 함부로 움직이지 않고 역시 사람을 하북으로 보내 적정을 탐문했다. 그런데 갑자기 조조가 사람을 보내 유대와 왕충에게 서주를 공격하라고 재촉했다. 유대와 왕충 두 장수는 진영에 앉아 이 일을 의논한다. 유대가 먼저 말한다.

"승상께서 성을 치라고 독촉하시니, 먼저 나서시오."

왕충이 대답한다.

"승상께서 공을 먼저 보내셨으니 공께서 먼저 나서야 하지 않겠소?"

"내가 주장(主將)인데 어찌 먼저 나서겠소."

"그렇다면 우리 두 사람이 함께 치기로 합시다."

"그럴 게 아니라 제비를 뽑아 정하는 게 좋겠소."

왕충은 제비뽑기에서 선(先) 자를 뽑아서 군사의 절반을 거느리고 서주성을 먼저 공격하게 되었다.

유현덕은 조조의 군사가 쳐들어온다는 보고에 급히 진등을 불러 의논한다.

"원소가 비록 여양에 주둔하고 있다지만 수하장수들이 서로 화합하지 못하여 아직도 싸움에 나서질 않고 있소. 게다가 여양의 군중에는 조조의 기가 없고 이곳 군중에 조조의 기가 있다고 하던데, 도대체 조조가 지금 어디에 있는지 모르겠소."

진등이 말한다.

"조조는 워낙 계략이 뛰어난 자입니다. 반드시 하북을 중히 여겨서 몸소 지휘하면서도 일부러 여양에 기를 세우지 않고 오히려 눈속임을 하느라 이곳에 기를 세운 게 분명하오이다. 조조는 이곳에 없을 것입니다."

유현덕이 고개를 끄덕이고는 관우와 장비를 돌아보며 말한다.

"아우들 중에 누가 가서 내막을 알아오겠느냐?"

장비가 벌떡 일어나며 말한다.

"내가 갔다오겠수."

현덕이 말한다.

"너는 성미가 급하고 난폭하여 아니 되겠다."

장비가 말한다.

"만일 조조가 있으면 사로잡아오겠소!"

관운장이 나선다.

"제가 가서 동정을 살펴보고 오지요."

"운장이 간다면 마음을 놓을 수 있지."

관운장은 3천 군사를 거느리고 서주성을 나섰다. 때는 초겨울이라 음산한 구름이 하늘을 덮고 눈발이 휘날렸다. 군사들을 거느리고 눈보라 속에 진을 친 관운장은 청룡도를 높이 치켜들고 적진을 향해 말을 달리며 외친다.

"왕충은 나와서 답하라!"

왕충이 말을 몰아나오며 마주 외친다.

"승상께서 여기 오셨거늘 너는 어찌하여 항복하지 않느냐!"

"승상께서 오셨다면 진 앞으로 나오라 일러라. 내 친히 뵙고 드릴 말씀이 있다!"

"승상께서 어찌 너 따위와 경솔히 대면하겠느냐?"

관운장이 대로하여 말을 몰아 앞으로 내달린다. 왕충 역시 창을 쥐고 맞선다. 두 말이 한데 어우러지는가 싶더니, 관운장이 돌연 말머리를 돌려 달아나기 시작한다. 왕충은 재빨리 뒤를 쫓는다. 산허리를 막 돌아선 순간, 갑자기 관운장이 말을 돌려세우고 큰소리로 외치며 왕충을 향해 달려든다. 맹렬하게 돌진하는 관운장의 기세에 놀란 왕충이 당해낼 수 없음을 알고 얼른 말머리를 돌려 달아나려 한다. 그러나 관운장은 때를 놓치지 않고 청룡도를 왼손으로 바꿔잡더니 민첩하게 오른손을 놀려 왕충의 갑옷자락을 움켜쥔다. 한순간에 왕충을 사로잡아 말 위에 얹어 본진으로 돌아오니, 이를 지켜본 왕충의 군사들은 사방으로 흩어져 달아났다. 관운장은 왕충을 서주성으로 압송하여 현덕 앞으로 끌고 갔다. 현덕이 왕충에게 묻는다.

"너는 누군데 감히 조승상을 사칭하는고?"

왕충이 아뢴다.

"어찌 감히 승상을 사칭하오리까. 다만 승상의 분부대로 허장성세했을 뿐이오. 사실 승상은 이곳에 아니 계시외다."

유현덕은 왕충에게 옷과 음식을 주고 잠시 감금해두라 이른 뒤, 유대를 사로잡은 후에 다시 상의하기로 했다. 그제야 관운장이 말한다.

"형님께서 화해하실 뜻이 있는 듯싶어 왕충을 사로잡아왔지요."

유현덕이 고개를 끄덕이며 말한다.

"잘 보았다. 익덕은 워낙 성미가 급하고 사나워서 행여 왕충을 죽이지나 않을까 염려되어 보내지 않았다. 저런 자들이야 죽인다 해도 별로 득될 게 없고, 잡아두면 그나마 화해할 빌미가 될 수 있겠지."

장비가 나선다.

"둘째형님이 왕충을 잡아왔으니, 나는 가서 유대를 잡아오겠수."

현덕이 답한다.

"유대는 전에 연주 자사를 지낸 사람으로 호뢰관(虎牢關)에서 동탁을 칠 때에도 제후의 신분으로 참가했다. 지금 조조의 전군(前軍)으로 싸움에 나섰다고 경솔히 판단해서는 아니 된다."

"그깟놈이 뭐라고 그리 말씀하시우. 나도 둘째형님처럼 반드시 사로잡아올 테요."

"말은 그렇게 한다마는 까딱 잘못하여 죽이기라도 하면, 대사를 그르칠까 염려되어 못 보내겠다."

"만약에 내가 잘못하여 그놈을 죽인다면 대신 내 목숨을 바치리다."

유현덕은 마침내 장비에게 3천 군사를 내주었다.

한편, 유대는 왕충이 사로잡혔다는 소식을 듣고 영채를 굳게 지킬 뿐 좀처럼 나서려 하지 않았다. 장비는 매일 영채 앞으로 나가 욕설을 퍼붓고 싸움을 걸었다. 그러나 유대는 다른 장수도 아니고 바로 장비가 온 것을 알고는 더더욱 움직이려 들지 않았다.

며칠이 지나도록 유대가 나오지 않자 장비는 한가지 계책을 생각해냈다. 오늘밤 2경에 유대의 영채를 급습한다고 군중에 영을 내렸다. 그러고는 낮부터 막사에서 술을 마시고 일부러 취한 척하며, 괜히 한 병사의 잘못을 트집잡아 호되게 매질한 다음 영채에 묶어놓고 호령을 했다.

"오늘밤 출병시에 이놈을 죽여서, 그 피로 기(旗)에 제사를 지낼 터이니 그리 알라."

그러고는 남몰래 뒤로 사람을 시켜 풀어주게 했다. 풀려난 병사는 영채를 빠져나가 그길로 유대의 영채로 달아났다. 그리고 오늘밤 2경에 장비가 기습하려 한다고 고해바쳤다. 유대는 도망나온 병사의 온몸에 나 있는 상처가 예사롭지 않은 것을 보고는 그의 말을 곧이들었다. 그래서 즉시 영채를 비워놓은 다음 영채 양편에 군사들을 매복시켜두었다.

그날밤, 장비는 군사를 세 길로 나누었다. 먼저 중로군 30여명은 영채 안으로 쳐들어가 불을 지르게 한 뒤, 나머지 양로군은 영채에 불길이 오르는 것을 신호 삼아 협공하라 일렀다. 그런 다음 장비 자신은 정병을 거느리고 나가서 유대의 퇴로를 끊어두었다.

드디어 2경, 중로군 30여명은 유대의 영채를 급습하여 불을 놓았다. 순간 유대의 복병이 사방에서 아우성치며 영채를 에워싸고 공격하려 한다. 바로 그때, 뜻밖에도 장비의 군사가 두 길로 나뉘어 쳐들어왔다. 유대의 군사들은 적군이 얼마나 되는지도 모르고 겁에 질려 사방으로 달아나버렸다.

유대는 패잔병을 이끌고 어렵게 혈로를 뚫고 달아나다가 드디어 장비와 마주쳤다. 좁은 혈로에서 맞부딪혀 피할 도리가 없게 된 유대가 칼을 휘두르며 장비에게 달려든다. 장비는 유대의 칼을 번개같이 피하고는 와락 달려들더니 허리를 꺾어 단숨에 사로잡아버린다. 그러자 유대의 군사들은 앞다투어 투항했다.

장비는 먼저 사람을 보내어 서주성에 이 소식을 알렸다. 현덕은 장비가 유대를 사로잡은 이야기를 자세하게 듣고는 관운장을 돌아보며 말한다.

"익덕이 본래 성미가 급하고 거칠었는데, 이제 계략까지 쓰게 되었으니 내 근심을 하나 덜었구나."

유현덕은 운장과 함께 몸소 장비를 맞이하러 성곽을 나섰다. 군사를 거느리고 돌아온 장비가 현덕에게 보라는 듯이 말한다.

"형님! 밤낮 나더러 성미가 급하고 난폭하다 했는데, 오늘 보시니 어떻수?"

"내가 심한 말로 주의를 주지 않았으면 네가 그처럼 계략을 썼겠느냐?"

그러자 장비는 큰소리로 한바탕 웃고 말았다. 유현덕은 결박당해 온 유대를 보더니 얼른 말에서 뛰어내려 군사들을 꾸짖어 물리친 뒤, 몸소 결박을 풀어주면서 사죄한다.

"내 아우 장비가 장군의 위엄을 이렇듯 모독하였소이다. 부디 용서해주기 바라오."

현덕은 유대를 성안으로 맞아들여 부중으로 데리고 갔다. 그러고는 가두어두었던 왕충도 불러다가 연회를 베푼다.

"지난날 차주가 이몸을 없애려 하여 어쩔 수 없이 죽였거늘, 승상께서는 이몸이 무슨 모반이라도 한 줄 의심하시어 이렇게 두분 장군을 보내셨나보외다. 나는 승상께 큰 은혜를 입어 항시 어찌 보답할까 생각하는 터인데 감히 모반할 리가 있으리까. 두분 장군은 허도로 돌아가시어 좋은 말씀으로 이 뜻을 승상께 전해주신다면 천만다행으로 알겠소이다."

유대와 왕충이 답한다.

"귀공께서 우리의 목숨을 보존해주신 은혜를 무엇으로 보답하겠습니까. 돌아가는 길로 승상께 말씀을 올려, 우리 두 집안 식구들의 목숨을 걸고서라도 귀공을 위해 보증하오리다."

유현덕은 사례하고 이튿날 두 사람에게서 빼앗은 군마를 모두 되돌려준 다음 성밖에까지 나가 전송했다. 유대와 왕충이 미처 10리도 못 갔을 때였다. 갑자기 북소리가 크게 울리더니 장비가 군사를 거느리고 달려와 길을 막아선다.

"우리 형님은 도무지 생각이 없는 양반이다. 애써 잡은 적장을 어찌하여 풀어준단 말이냐. 이놈들, 꼼짝 말고 게 섰거라!"

유대와 왕충은 소스라치게 놀라 말 위에서 부들부들 떤다. 장비는 고리눈을 부릅뜨고 장팔사모를 굳게 쥐고는 사정없이 덤벼든다. 바로 그때, 뒤에서 한 사람이 나는 듯이 달려와 소리친다.

"장비야, 도대체 이게 무슨 무례한 짓이냐!"

장비가 돌아보니 바로 관운장이다. 그제야 유대와 왕충은 마음을 놓았다. 관운장이 말한다.

"이미 형님께서 놓아보내셨거늘, 너는 어찌하여 그 뜻을 따르지 않느냐?"

"이번에 보내면 다음에 또 올 거요."

"다시 오거든 그때 죽여도 늦지 않다."

두 사람의 말을 듣고 있던 유대와 왕충이 황급히 나서며 말한다.

"승상께서 저희들 삼족을 멸한다 해도 다시는 오지 않을 거외다. 그러니 부디 마음 놓으시고, 너그러이 용서하시오."

장비가 두 사람을 번갈아 보며 말한다.

"조조가 직접 온다 해도 내 한놈도 절대로 살려보내지 않을 것이다. 이번만은 특별히 너희들의 머리를 붙여두는 것이니 그리 알고 가거라."

유대와 왕충은 목을 움츠리고 급히 떠나갔다. 관우와 장비가 돌아와 현덕에게 고한다.

"아무래도 조조가 다시 올 것 같습니다."

"그럼 어찌했으면 좋겠느냐?"

현덕이 근심스러워하자 곁에 있던 손건이 말한다.

"서주는 적의 공격을 받기 쉬운 곳이라 오래 있을 곳이 못 됩니다. 군사를 나누어 소패와 하비성에도 주둔시켜 서로 긴밀하게 오가면서 조조를 막는 게 좋을 듯합니다."

유현덕은 손건의 말대로 관운장에게 하비성을 지키도록 지시한 뒤, 감부인과 미부인을 함께 보내 그곳에 머물도록 했다. 감부인은 본래 소패 사람이며 미부인은 미축의 누이다. 또한 손건·간옹·미축·미방 등에게는 남아서 서주를 지키게 하고, 현덕 자신은 장비와 함께 소패에 주둔하기로 했다.

한편 허도로 돌아간 유대와 왕충은 조조에게 말했다.

"유비는 결코 승상을 배반하지 않았습니다."

유현덕을 두둔하는 두 사람의 말에 조조는 진노했다.

"이놈들, 나라를 욕되게 하는 무리로다. 네까짓 것들을 남겨두었다가 무엇에 쓴단 말이냐!"

불같이 화가 난 조조가 호령했다.

"이놈들을 끌어내 즉시 목을 베어라!"

이 일을 후세 사람들이 시로 읊었다.

개돼지가 어찌 범의 상대가 되랴 犬豖何堪共虎鬪
물고기와 새우가 용과 싸우는 격이로다 魚鰕空自與龍爭

두 사람의 목숨은 어찌 될 것인가?

23
재사 예형과 의인 길평

예형은 벌거벗고 역적을 꾸짖고
의원 길평은 독약을 쓰려다 형벌을 받다

조조가 유대와 왕충을 목을 베려 하자 공융이 나서며 간한다.

"두 사람이 본래 유비의 적수가 아닌데, 이들의 목을 벤다면 장졸들의 인심을 잃을까 걱정되옵니다."

조조는 고개를 끄덕이더니 참수형을 면해주는 대신 유대와 왕충을 파직해버렸다. 그러고는 스스로 군사를 일으켜 유현덕을 공격하려 한다. 이때 공융이 다시 간한다.

"지금은 한겨울 추위가 혹독하니 군사를 일으키는 것은 적절치 못합니다. 봄까지 기다렸다가 움직여도 늦지 않을 것이외다. 그러니 먼저 사람을 보내 장수와 유표를 회유한 다음 다시 서주성 공격을 도모하소서."

조조가 공융의 말을 받아들여 먼저 유엽(劉曄)을 양성(襄城)으로 보내 장수를 회유하게 했다. 유엽은 양성에 도착하자 모사 가후(賈詡)를 찾아가 조조의 공덕이 얼마나 높은지 칭송했다. 가후는 유엽을 자신의 집에 머무르게 했다. 이튿날 가후는 장수를 찾아가 이야기를 나눈다.

"허도에서 유엽이 왔소이다."

"무엇 때문에 왔다 합디까?"

"조조가 장군과 손을 잡고 싶은 모양이오."

그때 아랫사람이 들어와 원소가 사람을 보내왔다고 고한다. 장수는 즉시 불러들이라고 지시했다. 원소의 사자가 들어와 장수에게 서신을 올렸다. 받아보니 원소 역시 손을 잡자는 내용이다. 가후가 사자에게 묻는다.

"근래에 군사를 일으켜서 조조를 쳤다고 들었는데 승패가 어찌 되었는가?"

사자가 대답한다.

"지금은 한겨울 추운 때라 잠시 군사를 거두었습니다. 장수 장군과 형주의 유표 장군 모두 국사(國士)의 풍모가 있는 분들이어서 이렇듯 청하는 것입니다."

가후가 소리 높여 크게 웃는다.

"네 돌아가서 원소에게 일러라. '그래 아우 하나도 포용하지 못하는 자가 무슨 수로 천하의 국사들을 포용하겠다는 것이냐' 하더라고 말이다!"

가후는 손에 들고 있던 원소의 서신을 찢어버리고는 사자를 꾸짖어 내쫓았다. 장수가 은근히 불안하여 가후에게 묻는다.

"원소의 군세가 강하고 조조는 약한 터에 함부로 서신을 찢고 사자를 꾸짖어 보냈으니, 만약에 원소가 군사를 일으켜 쳐들어온다면 어쩌려고 그러시오?"

가후가 답한다.

"마침 조조가 사람을 보내어 손을 잡자 하니, 그리하는 게 좋겠소이다."

"지난날 내가 조조와 원수가 되었거늘, 어찌 나를 용납하겠소?"

가후가 차근차근 설명한다.

"세가지 면에서 조조를 따르는 게 옳소이다. 첫째, 조공은 황제의 명을 받들어 천하를 정벌하는 것이니 마땅히 그를 따르는 게 옳소. 둘째로, 원소는 지금 형세가 강성하니 우리가 적은 군사를 이끌고 저를 따른다 하여도 반드시 우리를 중히 여기지 않을 것이오. 그러나 조공은 형세가 약하니 우리를 얻으면 반드시 환영할 것입니다. 마지막으로, 조공은 오패(五覇)의 뜻을 품은 사람이라 반드시 사사로운 원한을 풀고 덕을 사해에 밝히려 할 것이니, 장군은 의심하지 마시고 조공을 따르는 게 마땅하오."

장수는 가후의 말을 듣고 유엽을 만나기로 했다. 유엽은 장수를 만나자 우선 조조의 덕을 칭송한 뒤 말한다.

"승상께서 만약 지난날의 원한을 잊지 않고 계시다면, 뭐 하러 나를 장군께 보내셨겠습니까?"

장수가 크게 기뻐하며 즉시 가후와 함께 유엽을 따라 허도로 향했다. 조조를 만난 장수는 섬돌 아래서 공손히 절을 올렸다. 조조는 황급히 내려와 장수를 붙들어 일으키며 말한다.

"지난날 있었던 사소한 일들은 다 잊어버리도록 하오."

조조는 즉시 장수를 양무장군(揚武將軍)에 봉하고, 가후는 집금오사(執金吾使, 지금의 경찰청장)로 삼았다. 그리고 장수에게 서신을 보내어 유표를 회유하라 일렀다. 가후가 조조에게 진언한다.

"유경승(劉景升, 유표의 자)은 명사들과 사귀기를 좋아하니, 글 잘하기로 유명한 사람을 보내셔야 비로소 항복할 것입니다."

조조가 순유를 돌아보고 묻는다.

"누구를 보내는 게 좋겠소?"

순유가 대답한다.

"공문거(孔文擧, 공융의 자)가 적당하옵니다."

조조가 고개를 끄덕인다. 순유는 그길로 공융을 찾아가 조조의 뜻을 전했다.

"승상께서 글 잘하기로 유명한 문사를 보내 유경승을 회유하려 하는데, 귀공께서 그 일을 맡아보면 어떻겠소이까?"

공융이 말한다.

"나의 절친한 친구 중에 예형(禰衡)이란 사람이 있소. 자는 정평(正平)이라고 하는데 그 재주가 나보다 열배는 더 하오. 이 사람은 단지 그 소임을 다할 수 있을 뿐 아니라 가히 황제를 보필할 만한 인물이오. 내 이 사람을 황제께 천거하리다."

공융은 곧 헌제에게 표문을 올렸다.

신이 듣자오니, 옛날 요임금 때 홍수가 나자 이를 다스리기 위해 널리 인재를 구하였다 하고, 한무제는 황제의 위에 오르자 나라의 기강을 튼튼히 하기 위해 천하의 어진 인사를 구했는데, 사방에서 모여들었다고 합니다. 폐하께서 나라를 이어받으신 뒤로 변고가 뒤를 이어서 성심(聖心)이 하루도 편하신 날이 없었습니다. 그러한 때에 다행히 황천이 굽어살피시어 천고에 보기 드문 인물이 나왔사옵니다.

신이 보건대, 평원(平原)의 처사 예형은 나이 스물네살에 자는 정평이라 하옵는데, 자질이 맑고 곧으며 재주가 뛰어나서 처음 글을 익히자 곧 그 깊은 뜻을 깨우쳤습니다. 눈에 한번 스친 것을 입으로 외우고, 귀로 한번 들은 것을 마음에 잊지 않으며, 성품과 도(道)가 합치되고 생각은 신에 가까우니, 홍양(桑弘羊, 전한 때 상인의 아들로 암산에 능한 이재가)의 깊은 생각과 안세(張安世, 전한 때 재상으로 기억력이 뛰어남)의 기억력도 예형에 비추어보면 대수롭지 않다 할 것이옵니다. 그뿐만 아니라 사람됨이 성실하고 정직하며 얼음과 눈 같은 지조가 있어서 남의 착한 일을 들으면 기뻐하고 악을 보면 미워하나니, 임좌(任座, 전국시대 위나라 신하로 직언을 잘해 상객이 됨)의 도타운 행실과 사어(史魚, 춘추시대 위나라 사람. 영공이 어진 거백옥을 두고 어질지 못한 미자하를 임용하자 죽음으로써 간함)의 곧은 절개도 그에 비할 바가 아닙니다. 뭇 잡새를 어찌 한마리의 물수리에 비길 수 있겠사옵니까.

감히 청하옵건대, 예형을 조정에 등용하면 반드시 쓸모가 있을 것입니다. 사리에 밝고 변설에 능하여 조정의 기상이 새로워질 것이며, 지모가 심원하고 일을 과감히 결단하여 국난을 진정시키기에 족할 것입니다. 지난날 가의(賈誼, 전한의 문인이자 정론가)는 속국(흉노匈奴)의 고관에게 수작을 당했을 때 선우(單于, 흉노의 황제)를 귀순토록 만들었으며, 종군(終軍, 전한 사람으로 한과 남월의 화친을 위해 활약한 사자)은 긴 갓끈으로 강한 월(越)나라 임금을 결박지어오려 했으니, 약관의 나이로 이적(夷狄)을 견제하여 그 이름이 선대에까지 칭송되고 있습니다. 근래에는 노수(路粹)와 엄상(嚴象)이 남다른 재주로 대관에 발탁된 줄로 알고 있습니다만, 예형은 참으로 그들에 못지않은 인물입니다. 만일 예형이 등용되어 날개를 활짝 펴고 용이 천상을 날아오르듯 자미성(紫微星)에 무지갯빛을 드리운다면, 많은 선비들의 존재를 확연히 비추어 사문(四門)이 화목해질 것이옵니다. 미묘한 천상의 음악에는 반드시 천하 장관이 있고 황실에는 귀한 보물이 쌓여 있게 마련이나, 기실 예형 같은 인재는 세상에 그리 많지 않은 줄로 아옵니다. 격초(激楚) 양아(陽阿, 둘 다 고대의 악곡)는 그 가사와 곡이 매우 절묘해 기예인들이 탐내고, 비토(飛兎)와 요뇨(騕褭, 둘 다 고대의 명마)는 걸음이 빠르고 분방해서 왕량(王良)과 백락(伯樂)이 애타게 구하던 바이니, 신이 어찌 구구히 아뢰지 않을 수 있사오리까? 폐하께오서는 선비를 취하는 데 매우 신중하신 줄로 아오나 반드시 시험해보시기 바랍니다. 그리하여 예형을 불러들이실 때

갈의(葛衣, 아무 직분 없는 선비)로써 알현하게 하시어, 만일 취할 만한 점이 없다면 신에게 기망한 죄를 물으소서.

헌제가 표문을 읽고 이를 조조에게 주니, 조조는 곧 사람을 보내어 예형을 불러들였다. 부름을 받고 온 예형이 인사를 올렸으나 조조는 그에게 자리도 권하지 않는다. 예형은 문득 하늘을 우러러보며 크게 탄식한다.

"천지가 광활하나 사람은 하나도 없구나!"

조조가 묻는다.

"내 수하에 있는 수십명이 모두 당대의 영웅이거늘, 어찌 사람이 없다고 하는가?"

예형이 되묻는다.

"대체 누가 영웅이란 말씀이오?"

"순욱·순유·곽가·정욱은 생각이 깊고 지혜가 뛰어나니 비록 소하(蕭何)와 진평(陳平)이라도 따르지 못할 것이고, 장요·허저·악진·이전은 용맹이 뛰어나니 비록 잠팽(岑彭)·마무(馬武, 둘 다 한 광무제 때 명장)라도 따르지 못할 것이다. 그뿐만 아니라 여건(呂虔)과 만총(滿寵)이 종사(從事)를 맡고 우금과 서황은 선봉을 맡았다. 또한 하후돈은 천하의 기이한 인재고 조인은 복이 많은 장수거늘, 어찌 사람이 없다 하는고?"

조조의 말에 예형이 껄껄 웃으며 대꾸한다.

"공의 말씀이 틀렸소이다. 지금 말씀하신 인물들은 이몸도 잘 알고 있는데, 순욱은 남의 집 문상이나 다니면 제격이고, 순유는 무덤이나 지키고, 정욱은 관문이나 여닫고, 곽가는 글이나 읊조리면 딱 맞을 위인입니다. 또한 장요는 북이나 치고, 허저는 마소나 먹이고, 악진은 조칙이나 읽고, 이전은 격문이나 띄우고, 여건은 칼이나 갈고 쇠나 두드려 창검을 만들라 하고, 만총은 술이나 거르며 지게미나 마시면 딱 알맞을 것이오. 우금은 등짐으로 흙을 날라 담이나 쌓고, 서황은 개돼지나 잡는 백정 노릇을 시키면 제격일 것이오. 하후돈은 덩치만 큰 '완체장군(完體將軍)', 조인은 돈을 긁어모으는데 이골이 난 '요전태수(要錢太守)'이니, 그 나머지들이야 모두 허우대만 멀쩡한 옷걸이 아니면 밥통, 술주머니, 고기부대일 뿐, 들어 말할 거리나 있겠소이까?"

조조가 분노한다.

"그런 너는 무엇에 능하단 말이냐!"

"나로 말하자면 천문지리에 관하여 환하게 꿰뚫고 있으며, 삼교구류(三敎九流, 유·불·선 3교와 유가·도가·음양가·법가·명가·묵가·종횡가·잡가·농가의 아홉갈래 사상)에 대해 모르는 게 없소이다. 위로는 임금을 요(堯)·순(舜)임금처럼 만들고 아랫사람들은 공자(孔子)와 안연(顏淵) 같은 덕을 갖추게 할 수 있으니, 어찌 세간의 속된 무리와 더불어 논할 수 있겠소이까?"

곁에서 듣고 있던 장요가 발끈하여 칼을 빼들고 예형 앞으로 나서려 했다. 조조가 곁눈으로 제지하며 말한다.

"마침 북치는 자가 하나 부족했는데, 앞으로 아침조회 때나 잔치

때 예형에게 북을 치게 하여라!"

예형은 사양하지 않고 선뜻 대답하고 물러갔다. 장요가 묻는다.

"그놈의 말이 불손하기 짝이 없는데, 주공께서는 어찌하여 죽이지 않고 살려두십니까?"

조조가 대답한다.

"그자가 일찍이 허명(虛名)으로 천하에 알려져 있다. 그런 그를 내가 죽여버린다면 세상 사람들이 모두 나를 가리켜 도량이 작다고 비웃을 것이다. 그래서 북치는 자로나 만들어 욕을 보일 셈이다."

이튿날 조조는 부중에 연회를 베풀어 여러 사람들을 청했다. 그리고 북치는 자에게 북을 울리라 명한다. 예형이 조조의 영을 받고 북을 치러 가려는데, 나이든 관리가 귀띔을 한다.

"북을 칠 때는 반드시 새옷으로 갈아입어야 한다우."

예형은 대꾸 없이 헌옷을 입은 채 들어가서 북채를 들고 어양삼과(漁陽三撾)를 치는데, 그 음절이 지극히 묘하고 은은히 여운을 남기는 것이 마치 금석(金石)의 소리 같았다. 연회에 참석한 사람들은 예형의 북소리를 듣는 순간 저도 모르게 비분강개하여 하나같이 눈물을 흘린다. 조조의 좌우에 있던 사람들이 예형을 향해 큰소리로 꾸짖는다.

"어찌하여 옷을 갈아입지 않았느냐?"

그 말이 떨어지기 무섭게 예형은 입고 있던 헌옷을 서슴없이 훌훌 벗어던지고는 알몸으로 나섰다. 뜻하지 않은 상황에 놀란 손님들이 모두 눈을 가리고 차마 바로 보지 못한다. 잠시 후 예형은 얼

예형은 벌거벗고 북을 쳐 조조를 꾸짖다

굴빛 하나 변하지 않고 바지를 집어 천천히 입었다. 조조가 노하여 꾸짖는다.

"예가 어딘 줄 알고…… 묘당 위에서 이 무슨 무례한 짓인고!"

예형이 대답한다.

"임금을 속이는 짓이 바로 무례한 짓이오. 나는 부모님께서 물려주신 청백한 몸을 드러냈을 따름이외다."

조조가 다시 꾸짖는다.

"네가 청백하다니 그럼 누구는 더럽단 말이더냐!"

예형이 소리를 가다듬어 마주 꾸짖는다.

"네가 어진 사람과 어리석은 사람을 분간하지 못하는 것은 눈이 탁한 탓이요, 시서(詩書, 『시경』과 『서경』)를 읽지 않았으니 이는 네 입이 탁한 것이다. 또한 옳은 말을 받아들이지 않으니 이는 귀가 탁한 탓이요, 고금 역사에 정통하지 못하니 이는 네 몸이 탁한 탓이요, 제후를 용납하지 못하니 이는 네 배가 탁한 탓이요, 항시 찬역할 뜻을 품으니 이는 마음이 탁한 탓이다. 나는 천하의 명사인데 네가 나를 북이나 치게 하니, 이는 곧 양화(陽貨)가 공자를 업신여기고, 장창(臧倉)이 맹자를 욕하는 것과 다를 바 없느니라. 그래 천하를 얻으려는 자가 이렇듯 사람을 우습게 안단 말이냐!"

조조의 낯빛이 변했다. 곁에 있던 공융은 혹시 조조가 예형을 죽일까 두려워 조용히 일어나 한마디 한다.

"예형의 죄는 노역수에 처해 마땅하오이다. 이제 보니 명왕(明王)의 꿈을 밝히기엔 부족함이 있을 듯합니다."

조조가 손가락으로 예형을 가리키며 말한다.

"너를 형주로 보낼 터이니, 가서 유표를 잘 타일러서 나에게 항복하게 한다면 내 너를 대신으로 삼으마."

예형이 고개를 가로저었지만, 조조는 말 세필에 안장을 지우라고 좌우를 향해 분부했다. 그러고는 종자 두명을 시켜서 억지로 예형을 말에 태우고 양쪽에서 끌고 가게 한 다음, 문무관원들에게 동문(東門) 밖에 나가서 술자리를 열어 그를 전송하라 명했다. 순욱이 사람들을 돌아보며 말한다.

"예형이 오거든 다들 앉은 채로 일어나지 맙시다."

얼마 후 예형이 말에서 내려 동문으로 나왔다. 그러나 아무도 본체도 않고 자리에 앉아서 움직이지도 않았다. 예형이 문득 목을 놓아 통곡한다. 순욱이 묻는다.

"무엇 때문에 곡을 하는가?"

"송장이 들어 있는 관만 있으니 어찌 곡을 안할 수 있으리요."

사람들이 일제히 노기띤 음성으로 소리친다.

"우리가 모두 송장이라면, 그래 너는 머리도 없는 미친 귀신이다!"

예형이 태연히 대답한다.

"나는 한나라 조정의 신하요 조조의 무리가 아니거늘, 어찌 머리가 없겠느냐."

장요와 허저, 그밖에도 몇 사람이 크게 노하여 칼자루로 손을 가져갔다. 순욱은 손을 들어 이들을 막으며 말한다.

“쥐새끼 같은 놈 때문에 구태여 칼을 더럽힐 게 뭐 있겠느냐!”

예형이 다시 대꾸한다.

“비록 쥐새끼라 하지만 그래도 내게는 사람의 천성이 있거늘, 너희들이야말로 벌레 같은 무리로다.”

사람들은 화를 내며 돌아가버렸다.

예형은 형주에 도착했다. 유표를 만난 그는 연신 그의 덕을 칭송했다. 그러나 사실은 모두 은근히 비꼬아 욕하는 수작이라 유표는 심히 불쾌했다. 유표는 곧바로 예형을 강하(江夏)로 보내어 황조(黃祖)를 만나게 했다. 아랫사람 하나가 유표에게 묻는다.

“예형이 무엄하게도 주공을 조롱했는데 어찌하여 그자를 그냥 두셨소이까?”

“예형이 여러차례 면전에서 욕하였건만 조조는 그를 죽이지 않았다. 아마도 세상 인심을 잃을까 두려워서일 것이다. 그래 내 손을 빌려 예형을 죽이려고 나에게 보낸 것인데, 내가 뭐 하러 조조의 속셈에 놀아나 어진 사람을 해쳤다는 소리를 듣겠느냐. 예형을 다시 황조에게 보낸 것은 내가 생각이 없는 사람이 아니라는 것을 조조에게 보이기 위함이다.”

그 말에 모든 사람들이 고개를 끄덕이며 감탄해 마지않는다. 그때 원소 쪽에서도 사신을 보내왔다는 전갈이 올라왔다. 유표는 여러 장수들을 불러모아 의논한다.

“조조가 예형을 보냈는데, 또 원소에게서도 사자가 왔으니 누구를 따르는 게 옳겠소?”

종사중랑장(從事中郞將) 한숭(韓嵩)이 대답한다.

"조조와 원소 두 영웅이 서로 대결하고 있으니, 장군께서 만약 큰뜻이 있으시다면 이 기회를 잡아서 적을 물리쳐야 하오이다. 만일 그게 아니라면 두 사람 중에서 좀더 나은 쪽을 택하여 투항하는 게 옳을 것입니다. 조조는 용병에 능한데다가 천하의 걸출한 장수들과 현명한 인물들이 휘하에 모여 있으니, 반드시 조조가 먼저 원소를 무찌를 것입니다. 그가 원소를 이기고 나면 다시 군사를 강동으로 움직일 것인데, 그리되면 장군께서 막아 싸우기가 어렵게 됩니다. 제 소견으로는 차라리 형주를 조조에게 바치고 그 뒤를 따른다면 조조가 반드시 장군을 극진히 대접할 것이외다."

유표가 말한다.

"공은 우선 허도에 가서 동정을 살펴보고 오시오. 의논은 그뒤에 하기로 합시다."

한숭이 고개를 내저으며 말한다.

"임금과 신하는 자고로 의리가 있는 터라, 제가 지금은 장군을 섬기고 있어 비록 끓는 물 속이든 불 속이든 명령만 하시면 뛰어들 것입니다. 장군께서 만약 위로는 황제를 받들고 아래로는 조공에게 복종하실 생각이라면 저를 허도로 보내셔도 좋소이다. 하지만 아직도 의심이 많아 결단을 내리지 못하고 그저 동정이나 살피고 오라고 나를 보내신다면 이는 옳지 않소이다. 제가 허도로 갔다가 만일 황제께서 벼슬이라도 하나 내리시면, 저는 황제의 신하가 된 것이니 다시는 장군을 위하여 죽지 못하게 되오리다."

그럼에도 유표는 명한다.

"우선 내 말대로 허도에 가서 동정을 살펴보고 오시오. 내게 따로 생각이 있으니……"

한숭은 마침내 유표에게 하직을 고하고 허도로 향했다.

허도에 도착한 한숭은 조조를 찾아갔다. 조조는 한숭을 시중(侍中)으로 삼고 영릉(零陵) 태수에 봉하였다. 순욱이 의아하여 조조에게 묻는다.

"한숭은 우리의 동정을 살피러 왔을 뿐 아니라 공로가 조금도 없는데, 어이하여 이렇듯 중요한 벼슬을 내리십니까? 또 예형에게서 아무 소식도 없건만 그 일에 대해 조금도 묻지 않는 것은 어인 까닭이시오?"

조조가 간단히 답한다.

"예형이 내게 너무 심하게 욕을 하여 유표의 손을 빌려 죽이려 한 것인데, 다시 물을 게 뭐 있겠는가."

조조는 한숭에게 형주로 돌아가서 유표에게 귀순을 권유하라는 명을 내렸다. 조조의 명을 받고 돌아온 한숭은 먼저 황실의 성덕을 칭송하며, 유표에게 아들을 보내 황제를 받들게 하라고 권했다. 유표는 한숭의 말을 듣고 크게 노하여 꾸짖는다.

"네가 조조를 한번 보고 오더니 두 마음을 품는구나."

그러고는 한숭의 목을 베려고 한다. 그러자 한숭이 큰소리로 외친다.

"장군께서 저를 저버린 것이지 어찌 제가 장군을 저버린 것이오?"

괴량(蒯良)이 나서며 말한다.

"한숭이 허도로 가기 전에 주공께 여쭌 말씀이 있지 않습니까?"

그제야 유표는 마음을 돌렸다. 이때, 사람이 들어와서 고하기를 황조가 예형을 죽였다고 한다. 유표가 어찌 된 일인가 물었더니 소상히 대답했다.

"황조가 예형을 맞아들여 더불어 술을 마시다 만취하자, 이렇게 물었다고 합니다. '그대가 보기에 허도에 인물이라고 할 만한 자가 누가 있더냐?' 하자, 예형이 답하기를 공문거(孔文擧, 공융)는 큰아이 노릇을 하고, 양덕조(楊德祖, 양표의 아들 양수)는 작은아이 노릇을 하니, 두 사람을 제하고는 별로 인물이라 할 사람이 없소' 하더랍니다. 그러자 황조가 다시 '그럼 나는 어떠한가?' 하니, 예형이 '그대는 사당 안의 귀신 같아서 비록 제삿밥은 얻어먹지만 아무런 영험도 없으니 민망하외다!' 했답니다. 황조가 발끈하여 '네가 나를 나무토막으로 만든 인형으로 아는구나!' 하더니 그 자리에서 칼을 빼들어 목을 베었는데, 목숨이 끊어질 때까지 예형의 입에서 욕설이 그치지 않았다 합니다."

유표는 예형의 죽음에 대해 자세히 들으며 그의 재주가 아까워 탄식을 금할 수 없었다. 그는 예형을 앵무주 가에다 후히 장사 지내주었다.

후세 사람들이 예형의 죽음을 탄식한 시가 있다.

황조의 사람됨 후덕한 인물에 견줄 수 있으랴 黃祖才非長者儔
그 손에 예형은 이 강머리에서 죽음을 당했구나 禰衡珠碎此江頭
이제 앵무주 물가를 지나며 옛일 생각하니 今來鸚鵡洲邊過
오직 푸른 강물만 무정하게 흐르누나 惟有無情碧水流

조조는 예형이 황조의 손에 죽었다는 소식에 껄껄 웃는다.

"썩은 선비의 혓바닥이 칼날 되어 제 몸을 스스로 찌른 격이로다."

조조는 유표가 끝끝내 항복하려 하지 않자, 곧 군사를 일으켜서 형주를 치려 했다. 이를 보고 순욱이 간한다.

"원소를 아직 평정하지 못하고 유비를 멸하지 못하였는데, 강한(江漢)의 유표 때문에 군사를 일으키려 하시는 것은 심장은 돌보지 않고 팔다리에만 마음을 쓰시는 격입니다. 먼저 원소를 멸하고 다음에 유비를 무찌른다면 주공께선 강한지역을 일거에 평정하실 수 있사오리다."

조조는 그 말을 옳게 여겼다.

한편 동승은 유현덕이 떠난 후 왕자복 등과 은밀하게 조조를 없앨 의논을 했으나 도무지 묘책이 서질 않았다.

어느덧 해가 바뀌어 건안 5년(200) 정월 초하룻날이었다. 동승은 조복을 갖추어 입고 입궁했다가, 조정에서 하례 때 조조가 보인 교만방자한 태도에 울분을 삭이지 못하고 집으로 돌아와 병석에 눕고 말았다. 황제는 동국구가 병들어 누웠다는 소식을 듣고 즉시 태의(太醫)를 보내 병을 진찰하게 했다. 그런데 이 사람은 낙양 사람으로 성명은 길태(吉太), 자는 칭평(稱平)인데, 사람들은 그를 길평(吉平)이라고 불렀고, 당대의 이름 높은 명의였다.

길평은 동승의 부중에서 밤낮으로 곁을 떠나지 않고 약을 쓰며 가만히 병자의 동정을 살펴보았다. 한데 동승이 때때로 남몰래 한숨을 깊이 쉬는 게 아무래도 마음의 병이 깊어 보였으나, 감히 그 까닭을 물어보지 못하였다.

정월 대보름날이었다. 날이 저물어 길평이 하직을 고하고 돌아가려 하자 동승이 만류하며 함께 술을 마시자고 청한다. 길평과 밤늦도록 술잔을 기울이던 동승은 부지불식간에 취하여 옷을 입은 채 잠이 들고 말았다. 막 잠이 들었는가 싶은데 시종이 들어와 고한다.

"왕자복 일행이 오셨습니다."

동승이 황급히 일어나 왕자복 일행을 서재로 맞아들이니, 자리에 앉기도 전에 왕자복이 말한다.

"이제야 일을 이루었소이다!"

"일을 이루었다니, 무슨 말씀이오?"

동승이 급히 묻자, 왕자복은 희색이 만면하여 답한다.

"유표가 원소와 손을 잡고 50만 대군을 일으켜 열 길로 나누어 쳐들어오고, 마등은 한수(韓遂)와 합세하여 서량군 72만을 거느리고 북쪽으로 쳐들어와서, 조조가 허도에 있는 군마를 모조리 끌고 나가 막으라 한 까닭에 지금 성중이 텅 비었소이다. 우리 다섯 집의 부하들만 모아도 1천여명은 될 것이니, 이들을 거느리고 조조의 부중으로 쳐들어가 포위해버립시다. 마침 오늘 조조가 정월 대보름 잔치를 크게 연다고 하니, 필시 아무런 방비도 없을 거요. 이런 기회를 놓쳐서는 아니 되오."

동승은 몹시 기뻐 즉시 하인들을 불러 각기 병기를 몸에 지니도록 했다. 자신도 갑옷과 투구를 갖춰입은 뒤 창을 들고 말에 올라 모두 궐문에서 만나 한꺼번에 쳐들어가기로 했다. 밤이 되어 약속한 대로 다섯 집의 부하들이 모여들었다. 동승은 손에 보검을 들고 유유히 걸어들어가, 후당에서 연회를 베풀고 있는 조조의 무리를 향해 큰소리로 호령했다.

"역적 조조는 꼼짝 마라!"

칼을 번쩍 들어 한번 내려치니, 조조가 그 자리에서 쓰러진다. 순간 동승은 제 소리에 놀라 눈을 떴다. 남가일몽(南柯一夢, 꿈처럼 헛된 한때의 부귀영화를 뜻함)이었다. 그때까지도 동승은 조조를 꾸짖고 있었다.

길평이 그를 흔들어 깨우며 말한다.

"그대는 조공을 해치려는 것이오?"

깜짝 놀란 동승은 눈을 휘둥그렇게 뜨고 길평을 바라보며 감히 대답을 못한다. 길평이 조용히 말한다.

"동국구께서는 조금도 두려워 마시오. 소인이 비록 한낱 의원에 지나지 않으나, 일찍이 한나라를 잊은 적이 없소이다. 소인은 대감께서 날마다 탄식하는 것을 뵈면서도 감히 그 까닭을 묻지 못했는데, 이제 꿈속에서 하시는 말씀으로 대감의 뜻을 알게 되었소이다. 부디 감추려 마시고 소인을 쓸 데가 있으면 말씀해주시오. 설사 구족이 멸한다 할지라도 털끝만큼도 후회하지 않으리다."

길평의 말을 듣고 동승은 손으로 얼굴을 가리며 울었다.

"그대가 말은 비록 그렇게 하지만, 진심이 아닐까 두렵네."

길평이 손가락을 깨물어 피로써 맹세한다. 동승은 그제야 길평을 데리고 서재로 들어갔다. 그러고는 말없이 황제께서 내리신 조서를 내보이니, 길평은 비분강개하여 한동안 흐느껴 울었다.

"지금까지 일을 도모하지 못한 것은 유현덕과 마등이 모두 멀리 떠나버린데다 도무지 이렇다 할 묘책이 없었기 때문이네. 그래서 내가 병이 들었구먼."

동승의 말에 길평이 대답한다.

"이제 대감들께서 그렇게 심려하지 않으셔도 됩니다. 조조의 목숨은 소인의 손에 달려 있소이다."

"그게 무슨 말인가?"

"조조는 평소 두풍(두통)을 앓고 있는데, 병세가 이미 골수까지 파고들어 여간 괴로워하는 게 아닙니다. 그래서 병만 나면 소인을 불러다가 약을 쓰고 있는 터라, 수일 내에 다시 소인을 부를 것입니다. 그때 독약 한첩만 쓰면 될 것을 가지고, 구태여 군사를 동원할 필요가 있겠소이까?"

동승이 무릎을 치며 말한다.

"옳거니! 만일 그리만 된다면야 그대의 공으로 한나라 사직을 구하는 일이니, 부디 힘써주오."

길평이 하직을 고하고 돌아간 뒤 동승은 은근히 기뻐해 마지않았다. 동승이 발길을 돌려 후당으로 향하는데, 으슥한 구석에서 인기척이 들렸다. 가만히 다가가서 살펴보니 뜻밖에도 하인 진경동(秦慶童)이 시첩 운영(雲英)과 한창 수작을 부리고 있었다.

동승은 몹시 화가 나서 시종들을 불러 그 자리에서 그들을 잡아 죽이려 했다. 그러나 부인이 극구 만류하는 바람에 목숨은 붙여주기로 하고 각각 곤장 40대씩을 친 다음, 진경동만 냉방 안에다 쇠사슬로 묶어 가두어버렸다. 가슴 깊이 원한을 품은 진경동은 밤이 이슥해지길 기다려 쇠사슬을 끊고 담을 넘어 달아나버렸다. 그는 그길로 조조의 부중으로 찾아가 고발했다. 조조는 진경동을 밀실로 불러들여 묻는다.

"다름이 아니오라, 오자란·왕자복·충집·오석·마등, 이렇게 다섯 사람이 들락거리며 우리 대감과 은밀히 의논하는 일이 있는데, 소인 요량으로는 아무래도 승상을 도모하려는 것 같사옵니다. 그리고 우리 대감께서 가끔 흰 비단 끝자락을 꺼내 보시는데, 뭐라 씌어 있는지는 모르겠습니다. 한데, 또 오늘 저녁에는 병환을 보러 온 의원 길평이 대감 앞에서 손가락을 깨물어 맹세를 하는 걸 소인이 엿보았습니다."

조조는 진경동을 부중에 숨겨두었다. 한편 동승은 진경동이 쇠사슬을 끊고 달아났다는 사실을 알았지만, 어디론가 멀리 달아났으려니 하고 찾을 생각도 하지 않았다.

그 이튿날, 조조는 두풍을 앓는 체하며 부중으로 길평을 불러들였다.

'흥, 드디어 천하의 역적 조조의 운명이 다하는구나.'

길평은 이렇게 생각하며, 남몰래 독약을 감춰가지고 조조의 부중으로 들어갔다. 병상에 누워 있던 조조는 길평이 들어오는 것을 보더니, 즉시 약을 쓰라고 분부를 내린다.

"이 약 한첩이면 쾌차하실 것입니다."

길평은 즉시 약탕관을 가져오라 하여 조조가 보는 앞에서 몸소 약을 달였다. 약이 반쯤 졸아들자 길평은 아무도 모르게 독약을 탔다. 그러고는 두 손으로 공손히 약그릇을 들고 조조에게 바쳤다. 이미 독이 들어 있는 줄 알고 있는 조조는 늑장을 부리며 좀체로 마시려 들지 않았다. 길평이 말한다.

"따뜻할 때 드시지요. 이 약을 드시고 땀을 내시면 곧 쾌차하실 것입니다."

조조가 자리에서 일어나 앉으며 말한다.

"너도 유서(儒書)를 읽었으니 예의를 알 것이다. 임금이 병들어 약을 먹을 때는 신하가 먼저 맛을 보고, 아비가 병들어 약을 먹을 때는 자식이 먼저 맛을 보는 법이다. 너는 내 심복부하거늘, 어째서 먼저 맛을 보지 않고 내게 권한단 말이냐?"

길평은 그제야 일이 탄로났음을 눈치챘다.

"약이란 병을 다스리느라 먹는 것이거늘, 구태여 다른 사람이 맛을 보아 무얼 합니까?"

길평이 대뜸 앞으로 나서며 한손으로 조조의 귀를 움켜쥐고, 우격다짐으로 귓속에 약을 들이부으려 했다. 조조는 재빨리 머리를 뒤로 젖히며 손으로 약그릇을 쳐낸다. 약그릇이 바닥에 나동그라지며 약물이 고스란히 쏟아져버렸다. 그러자 약물이 쏟아진 바닥의 전돌들이 갈라졌다. 조조가 미처 입을 열기도 전에 벌써 좌우 사람들이 와락 달려들어 길평을 뜰아래로 끌어내렸다.

"내게 무슨 병이 있겠느냐. 단지 너를 시험해보려 한 것뿐인데, 과연 나를 해칠 마음을 품고 있었구나!"

조조는 즉시 건장한 옥졸 20명을 불러서 길평을 후원으로 끌고 가 고문준비를 하게 했다. 조조가 정자 위에 앉아 있고, 길평은 단단히 결박당한 채 땅바닥에 쓰러져 있으나 얼굴빛 하나 변하지 않고 털끝만큼도 두려워하는 빛이 없다. 조조가 웃으며 말한다.

"한낱 의원 주제에 어찌 감히 나를 해치려 들었더냐? 누군가 너를 사주한 게 틀림없으니, 그 이름만 대면 네 죄를 용서해주마."

길평은 얼굴을 똑바로 들고 조조를 보며 꾸짖는다.

"너야말로 임금을 속인 역적이라 세상 사람들이 모두 너를 죽이려 하거늘, 어찌 나 한 사람뿐이겠느냐?"

조조가 거듭거듭 다그쳐 묻자, 길평이 버럭 화를 내며 말한다.

"남의 부탁이나 받고 한 일이 아니다. 내가 너를 죽이려다 이꼴이 되었으니 잔말 말고 어서 나를 죽여라!"

머리끝까지 화가 솟구친 조조가 옥졸들에게 분부한다.

"저놈을 매우 쳐라!"

옥졸들이 두시간을 연달아 독하게 매질하니, 가죽이 터지고 살이 찢어져 땅바닥이 피로 흥건히 젖어들었다. 조조는 길평을 때려 죽이면 대질할 길이 없을까 염려되어 곧 부하를 시켜 길평을 끌어내 잠시 쉬게 했다.

이튿날 조조는 연회를 베풀어 모든 대신을 불렀다. 동승만이 병을 핑계로 오지 않았을 뿐, 왕자복을 비롯한 네 사람은 혹시 조조가 의심할까 두려워서 모두 연회에 참석했다. 술이 두어순배 돌아가자, 조조가 좌중을 둘러보며 말한다.

"별로 즐길 만한 놀이가 없으니, 내 한 사람을 불러다가 여러분의 술이 확 깨게 해드리겠소."

조조는 곧 20명의 옥졸에게 분부를 내린다.

"그놈을 이리로 끌고 오너라!"

잠시 후 옥졸들이 길평에게 큰칼을 씌운 채 끌고 와서 섬돌 아래 꿇린다. 조조가 말한다.

"여러분은 모르시겠지만, 바로 저놈이 악당과 결탁하여 조정을 배신하고 나를 해치려다 천벌이 내려서 저리 되었소이다. 저놈이 뭐라 하는지 한번 들어봅시다."

조조의 매우 치라는 분부에 따라 옥졸들이 곤장을 치기 시작했다. 얼마 안 가 길평은 그만 혼절하고 만다. 옥졸들이 찬물을 끼얹자 길평은 다시 깨어났다. 길평은 눈을 부릅뜨고 이를 갈며 조조를 꾸짖는다.

"이 역적 조조야! 뭣 때문에 아직도 나를 죽이지 않느냐?"

조조가 묻는다.

"이번 일을 공모한 놈들이 여섯이라 하던데, 그럼 네놈까지 일곱이더냐?"

길평은 그 말에는 대답도 않고 큰소리로 꾸짖기만 한다. 왕자복을 비롯한 네 사람은 바늘방석에 앉아 있는 기분으로 서로를 쳐다볼 뿐이다. 조조가 다시 옥졸을 시켜서 길평을 혹독하게 매질한 다음, 혼절하면 또다시 찬물을 들이붓고 정신을 차리면 매질을 거듭하여 기어코 자백을 받아내려 했다. 그러나 길평은 조금도 굽힘이 없었다. 조조가 옥졸을 시켜 길평을 끌어다 다시 가두라 일렀다.

연회가 끝나고 모든 사람들이 돌아가려는데, 조조가 유독 왕자복 등 네 사람만 남게 했다. 네 사람은 혼이 빠져나가는 듯한 어지럼증을 느꼈지만 꼼짝도 못하고 주질러앉는다

"그대들에게 묻고 싶은 말이 있어 남으라 했소. 도대체 네 사람은 동승과 무슨 일을 의논했는가?"

조조의 물음에 왕자복이 대답한다.

"의논한 것이 없소이다."

"그럼 흰 비단조각에 씌어 있는 건 대체 무언가?"

왕자복을 위시하여 모두들 모른다고 답했다. 조조가 좌우를 돌아보며 진경동을 끌고 오라고 분부를 내렸다. 왕자복이 진경동에게 묻는다.

"네놈이 대체 어디서 무엇을 보았다고 그러느냐?"

"당신들이 아무도 안 보는 데서 수군거리며 의논을 나누고, 뭐라고 글을 쓰고 하지 않았습니까?"

진경동이 이렇게 대꾸하자 왕자복이 조조에게 말한다.

"이놈은 국구의 시첩과 정을 통하다가 들켜서 벌을 받아 주인을 무고하는 것이니 승상은 믿지 마십시오."

조조가 말한다.

"길평이 나를 독살하려 한 짓이 동승이 시킨 일 아니라면 누구 짓이란 말인가?"

왕자복 등은 끝까지 모른다고 하자, 조조가 말한다.

"지금 이 자리에서 사실대로 고하면 용서하겠으나, 일이 모두 드러난 다음에는 추호도 용서치 않을 것이다."

왕자복 등이 여전히 모르는 일이라 우기자, 조조는 소리 높여 부하를 불러 네 사람 모두 옥에 가두라 일렀다.

이튿날, 조조는 부하들을 거느리고 동승의 집으로 찾아갔다. 동승은 몸소 나와 조조를 맞아들였다. 함께 들어가 자리를 잡고 앉자, 조조가 먼저 입을 열어 묻는다.

"어제 연회에는 어찌하여 나오지 않으셨소?"

동승이 말한다.

"몸이 아직 낫지 않아 가지 못했소이다."

"국구의 병환은 내가 아오. 나라를 근심해서 생긴 병 아니오?"

동승이 깜짝 놀라 대꾸를 못하는데, 조조가 다시 묻는다.

"국구께서는 길평의 일을 아시오?"

"모르오."

"어허, 그 일을 국구께서 어찌 모른다 하시오?"

조조가 싸늘하게 웃으며 대꾸한 뒤, 좌우 사람들에게 분부한다.

"그놈을 끌고 와라. 놈을 보면 국구대감께서 금세 병환이 나으실 게다."

당황한 동승은 어찌할 바를 몰랐다. 잠시 후 20명의 옥졸들이 길평을 끌어다가 섬돌 아래 세웠다. 길평은 조조를 향해 욕설을 퍼부었다.

"이놈 역적 조조야!"

조조는 손을 들어 길평을 가리키며 동승에게 말한다.

"저놈이 왕자복을 비롯한 네 사람과 공모하여 조정을 배반하고 나를 죽이려 했소. 그래 내 이미 네 사람은 잡아서 정위(廷尉)에게 넘겼으나 아직 한 사람을 잡지 못하였소."

그러고는 길평에게 다시 묻는다.

"누가 너더러 나를 독살하라 하더냐? 어서 바른대로 실토하지 못할까!"

길평은 굴하지 않고 눈을 부릅뜨며 호통을 친다.

"하늘이 나를 시켜 역적을 죽이려 하셨다!"

조조가 노하여 다시 매질하게 하니, 길평의 몸은 성한 곳이 없어 더이상 형벌을 가할 데가 없을 정도였다. 자리에 앉아 이 광경을 지켜볼 수밖에 없는 동승의 가슴은 칼로 에이는 듯했다. 조조가 길평에게 묻는다.

"본래 손가락이 열개이거늘 네놈은 어찌하여 아홉개밖에 남지 않았느냐?"

"내 손가락을 끊어 역적을 죽이기로 맹세했다!"

조조는 칼을 가져오라 하더니 댓돌 아래로 내려가 길평의 남은 손가락 아홉개를 모조리 끊어버렸다.

"이제 남은 손가락을 모두 끊어내었으니, 어디 다시 한번 맹세해 보아라!"

그래도 길평은 굴하지 않는다.

"아직 입이 남았으니 역적을 삼킬 수 있고, 혀가 붙어 있으니 역적을 욕할 수 있다!"

조조는 더욱 노하여 옥졸에게 분부한다.

"놈의 혀를 뽑아버려라!"

그 말을 듣고 길평이 황망히 말한다.

"잠시 멈춰라. 내 더는 견딜 수 없구나. 실토할 테니 잠시 결박을 풀어다오."

"좋다. 결박을 풀어주는 것쯤이야 어려울 것도 없지."

조조의 명에 따라 결박이 풀렸다. 길평은 간신히 몸을 일으켜 멀리 황제가 계시는 궁궐을 향해 절을 올렸다.

"신이 나라를 위하여 역적을 죽이지 못했으니, 이것도 하늘의 운수이옵니다."

그러고는 그대로 섬돌에다 머리를 부딪쳐 자결하고 말았다. 조조는 길평의 사지를 찢어 도성문에 내걸게 했다. 건안 5년(200) 정월의 일이었다.

사관(史官)이 시를 지어 길평의 충성을 찬양했다.

한나라 국운이 기울자	漢朝無起色
병든 나라 고치려는 의원 길평이 나왔도다	醫國有稱平
간악한 무리를 제거하기로 맹세하고	立誓除奸黨
몸 바쳐 황제에 보답할 뜻을 세웠으니	捐軀報聖明
형벌이 혹독할수록 그 말이 열렬하고	極刑詞愈烈
비록 참혹하게 죽었지만 그 기백 살아 있네	慘死氣如生
열 손가락 잘려나가 피 흐르는 곳에	十指淋漓處
그 이름 천추에 길이 빛나리라	千秋仰異名

길평이 죽자 조조는 진경동을 끌어오게 했다.

"국구는 이 사람을 알아보시겠소?"

동승이 크게 노한다.

"달아난 종놈이 여기 있구나. 내 당장에 쳐죽이리라!"

"이자는 이번 역모를 고발한 지대한 공이 있거늘, 뉘 감히 죽이겠다 하는가."

"승상은 어찌하여 도망간 종놈의 말만 들으려 하십니까?"

"왕자복의 무리를 모두 잡아다가 자백을 받은 터에, 네가 그래도 아니라고 잡아뗄 셈이냐!"

조조는 즉시 부하들을 시켜 동승을 끌어내린 다음, 집 안을 샅샅

이 뒤지게 했다. 드디어 동승의 침실에서 황제께서 내리신 옥대와 조서, 그리고 연판장을 찾아냈다. 조조는 자세히 들여다보더니 싸늘하게 비웃으며 말한다.

"쥐새끼 같은 무리들이 어찌 감히 이럴 수 있단 말이냐."

그는 곧 동승의 식솔들을 모조리 잡아다 감금하라 명하였다. 부중으로 돌아간 조조는 모사들을 불러모아 조서와 옥대 등을 내보이며 황제를 폐위시키고, 새로 황제를 세울 일을 의논했다.

몇줄 붉은 밀조 물거품으로 돌아가고	數行丹詔成虛望
한장 맹약의 글이 재앙을 불렀도다	一紙盟書惹禍殃

헌제의 운명은 어찌 될 것인가?

24
조조의 만행

조조는 귀비를 죽이는 만행을 저지르고
유비는 패하여 원소에게 가다

조조는 황제의 옷과 옥대, 비밀조서를 본 뒤 모사들을 모아놓고 헌제를 폐하고 덕이 있는 황제를 새로 세울 것을 의논했다. 정욱이 간한다.

"주공께서 위엄을 사방에 떨치고 능히 천하를 호령하실 수 있는 것은 한나라 황실을 받들고 있기 때문입니다. 아직 지방의 제후들을 평정하지 못했는데 갑자기 황제를 폐위한다면 반드시 난리가 일어날 것입니다."

조조는 정욱의 말을 듣고 황제의 폐위를 단행하지 않았다. 그 대신 동승의 무리 다섯 사람과 그 집안사람들을 압송하여 처형하니, 이때 죽은 사람의 수가 모두 7백여명이 넘었다. 그 참혹한 모습에 성안 사람들은 관원이나 일반 백성을 막론하고 눈물을 흘리지 않는 자가 없었다.

후세 사람들이 시를 지어 동승을 찬탄했다.

밀조를 옥대 속에 넣어서 전하니	密詔傳衣帶
황제의 말씀이 궁궐 밖으로 나왔도다	天言出禁門
지난날 일찍이 어가를 구하더니	當年曾救駕
이날 또다시 천은을 입었도다	此日更承恩
나라 근심으로 병석에 누우니	憂國成心疾
꿈속에서나마 간흉을 제거했네	除奸入夢魂
그 충정 천고에 전해지거늘	忠貞千古在
일의 성패야 논해 무엇하리	成敗復誰論

또 왕자복 등 네 사람의 죽음을 기린 시가 있다.

흰 비단폭에 이름 써 충의를 맹세하여	書名尺素矢忠謀
강개한 그 뜻 군은에 보답하려 했네	慷慨思將君父酬
나라 위한 충정에 온 식구가 죽었으나	赤膽可憐捐百口
그 일편단심 천추에 빛나도다	丹心自是足千秋

조조는 동승의 무리를 모조리 처형하고 나서도 화가 풀리지 않아 칼을 차고 궁궐 안으로 쳐들어갔다. 바로 동귀비(董貴妃)를 죽이기 위해서다. 동귀비는 동승의 누이동생으로, 얼마 전 황제의 총애

를 입어 회임한 지 다섯달째였다.

한편 헌제는 후궁에서 복황후와 마주 앉아 동승에게서 아무 소식이 없는 것을 궁금해하던 참이었다. 그런데 갑자기 조조가 얼굴에 노기를 띠고 칼을 찬 채 들어서는 것을 보고 황제는 대경실색했다. 조조는 대뜸 입을 열었다.

"동승이 역모한 일을 폐하께서는 모르셨습니까?"

황제가 되묻는다.

"동탁은 이미 처형되지 않았소?"

순간 조조는 소리를 버럭 지른다.

"동탁이 아니라, 동승 말씀이오!"

황제는 온몸이 떨려 어찌할 바를 모른다.

"짐은 모르는 일이오."

"손가락을 깨물어 피로 쓴 조서를 벌써 잊었단 말이오?"

황제는 아무런 대꾸도 하지 못한다. 조조는 무사들에게 동귀비를 잡아오라고 호령했다. 황제가 간곡히 청한다.

"동비는 회임한 지 다섯달째이니, 부디 가엾게 여겨 목숨만은 살려주시오."

"하늘이 돕지 않았던들 나는 벌써 죽은 목숨이오. 어찌 이 계집을 남겨두어 후환을 키우리까."

복황후가 간절히 청한다.

"냉궁(冷宮)에 가둬두었다가 몸이나 풀고 나거든 죽이셔도 늦지 않을 것입니다."

조조가 싸늘하게 대답한다.

"역적의 종자를 남겨두었다가 훗날 제 어미의 원수를 갚게 하란 말이오?"

끌려 온 동귀비가 울며 고한다.

"승상, 나를 죽이되 시체나마 온전히 보존하게 해주오"

조조는 곧 흰 비단을 가져오게 했다. 황제가 동귀비의 손을 잡는다.

"부디 황천에 가더라도 짐을 너무 원망하지 말라."

겨우 이 말을 건넨 황제의 눈에서는 눈물이 비오듯 흘러내린다. 복황후도 목놓아 통곡한다. 조조가 노하여 말한다.

"아녀자처럼 이렇게 울기만 하시겠소."

조조는 더이상 지체하지 않고 동귀비를 궁문 밖으로 끌어내 목 졸라 죽이게 했다.

후세 사람들이 동귀비의 죽음을 탄식한 시가 있다.

봄날 궁전에서 받은 은총 또한 황송한데	春殿承恩亦枉然
애통하다, 임금의 씨마저 함께 목숨 잃다니	傷哉龍種幷時捐
당당한 황제의 권위로도 구하지 못하고	堂堂帝主難相救
소맷자락으로 가린 얼굴에 눈물만 샘솟듯	掩面徒看淚湧泉

조조는 궁문을 지키는 자를 불러 엄명을 내린다.

"지금부터는 황제의 종족이든 외척이든, 내 허락 없이 궁문을 드

조조는 동귀비를 목졸라 죽이다

나드는 자가 있거든 즉시 참하라. 경비를 소홀히 한 자도 마찬가지로 벌을 받을 것이다."

조조는 그러고도 마음이 놓이지 않아서 다시 심복부하만으로 3천명을 가려뽑아 어림군(御林軍)으로 삼고, 조홍(曹洪)으로 하여금 통솔하게 했다.

조조가 모사 정욱을 불러 말한다.

"동승의 무리를 없앴지만 아직도 유비와 마등의 무리가 남아 있질 않은가? 이들까지 마저 없애야겠는데 어찌하면 좋겠는가?"

정욱이 말한다.

"마등은 서량에 주둔하고 있어서 쉽사리 공격하기 어렵습니다. 먼저 서신을 보내 그를 위무하여 의심하지 않게 한 후에 유인하여 잡는 게 좋겠습니다. 또 유비는 지금 서주에 있으면서 부하들을 세 곳으로 나누어 기각지세(掎角之勢)를 이루었으니 그 역시 가볍게 칠 수 없습니다. 더욱이 원소가 관도(官渡)에 군사를 주둔시키고는 항시 허도를 넘보고 있는 터라, 만약 우리가 동쪽으로 서주를 치러 나선다면 유비는 반드시 원소에게 구원을 청할 것이고, 원소는 우리의 빈틈을 타서 허도를 습격할 테니 무슨 수로 당해내리까?"

조조가 말한다.

"그렇지 않네. 유비는 뛰어난 인물이라 지금 치지 않고 내버려두었다가 점점 세력이 커지면 참으로 도모하기 어려울 것이야. 원소는 비록 세력이 강하다고 하나, 원래 천성이 의심이 많아 제대로 결단을 내리지 못하는 위인이라 오히려 근심할 게 없지."

이렇게 한창 의논하고 있는데 곽가가 들어왔다. 조조가 다시 곽가에게 묻는다.

"동쪽으로 유비를 치려 하는데, 원소가 그 틈을 타서 허도를 급습할까 걱정일세. 그대 생각은 어떤가?"

곽가가 말한다.

"원소는 의심이 많아 결단이 늦고, 수하의 모사들은 서로 투기가 심하니 근심하실 게 없소이다. 또 유비로 말하면 새로 군사들을 모아들인 까닭에 중심이 서지 않은 터라, 승상께서 군사를 거느리고 가서 한번 북을 울리면 능히 이길 수 있을 것입니다."

"그대의 뜻이 내 뜻과 같도다!"

조조가 크게 기뻐하여, 즉시 20만 대군을 일으켜 다섯 길로 나누어 서주를 향해 떠났다.

한편 조조 진영의 동정을 탐지한 정탐꾼은 곧장 서주에 이 사실을 알렸다. 손건이 먼저 하비성으로 가서 관운장에게 알리고, 다시 소패로 가서 현덕에게 보고했다. 현덕은 손건과 더불어 계책을 의논했다.

"이 일은 원소에게 구원을 청할 도리밖에 없소."

현덕은 즉시 서신을 써서 손건에게 주어 하북으로 가게 했다. 손건은 먼저 전풍(田豊)을 찾아가 돌아가는 상황을 자세히 전한 다음, 원소 뵙기를 청했다. 전풍은 즉시 손건을 데리고 가서 원소를 만나게 해주었다. 손건이 들고 온 유비의 서신을 올렸다. 그런데 원소는 초췌하게 여윈데다 의관조차 제대로 여미지 못하여 몹시 흐트러져 보인다. 전풍이 묻는다.

"주공께서는 무슨 일이 있으십니까?"

원소가 힘없이 대답한다.

"참으로 죽고만 싶은 심정이오."

"그게 무슨 말씀이오니까?"

"내 슬하에 다섯 아이를 두었으니, 그중 어린놈이 가장 총명하여 각별히 아껴온 터였소. 한데 그애가 지금 옴이 올라서 목숨이 위태로우니, 내 다른 일을 의논할 경황이 있겠소?"

전풍이 고한다.

"지금 조조가 동쪽으로 유현덕을 치러 떠나 허도가 텅 비었으니, 이틈에 군사를 거느리고 가서 공격한다면, 위로는 황제를 보존하고 아래로는 도탄에 빠진 만백성을 구하는 일입니다. 이는 참으로 좋은 기회이니 명공께서는 어서 결단을 내리소서."

넋이 나간 원소가 답한다.

"나도 좋은 기회인 줄은 알지만, 내 마음이 산란하여 아무래도 군사를 일으켰다가는 이롭지 않을 듯싶소."

"무엇 때문에 그리 마음이 산란해하십니까?"

"다섯 아이 가운데 그애가 남달리 뛰어났는데, 만에 하나 잘못되기라도 하는 날에는 내 운명도 다한 것이나 같소."

원소는 전풍이 재차 권했으나 끝내 결단을 내리지 못하고 손건에게 말한다.

"그대는 돌아가서 유예주를 뵙거든 내 처지를 자세히 말씀드리고, 만약 조조와 대적하다 일이 잘못되거든 즉시 나를 찾아오시면 내 힘껏 돕겠다고 전하시오."

전풍은 들고 있던 지팡이로 땅을 내리치며 말한다.

"하늘이 내려준 기회를 한낱 어린아이 병 때문에 놓치고 말다니, 참으로 아깝도다!"

전풍은 발을 헛디뎌 넘어지며 탄식했다.

손건은 다시 밤을 새워 소패로 돌아왔다. 그러고는 유현덕에게 사정을 낱낱이 고하였다. 원소가 반드시 군사를 내주리라 믿고 있던 유현덕은 크게 놀라며 낙망한 기색이 역력하다.

"이 노릇을 대체 어찌한단 말이냐?"

장비가 나선다.

"형님, 염려 마시우. 조조의 군사는 먼 길을 달려와 피곤할 게요. 그러니 먼저 그들의 영채를 습격하면 틀림없이 조조를 쉽게 물리칠 수 있을 거유."

그 말을 듣고 유현덕이 말한다.

"내 평소에는 너를 그저 힘센 장수로만 알았거늘, 앞서 유대를 잡아들일 때 능히 계교를 쓰더니, 이제 또 이렇게 묘책을 내놓는데 그 역시 병법에 맞는 말이구나."

유현덕은 마침내 장비의 계교대로 군사를 나누어 조조의 영채를 습격하기로 했다.

한편, 조조는 대군을 이끌고 소패를 향해 전진하고 있었다. 그런데 갑자기 광풍이 사납게 일더니, 아기(牙旗, 진두에 세우는 대장기)의 깃대 중간이 뚝 부러지는 것이 아닌가. 조조는 군사를 멈추게 한 후 급히 모사들을 불러 길흉을 물었다. 순욱이 되묻는다.

"바람이 어디에서 불어왔으며, 무슨 빛깔의 기가 부러졌습니까?"

조조가 말한다.

"바람은 동남쪽에서 불어왔고, 모퉁이에 있는 청홍 두 색깔의 아기일세."

"그럼 별다른 일은 아닙니다. 오늘밤 유비가 영채를 기습하러 올 조짐입니다."

조조가 말없이 머리를 끄덕이는데, 모개(毛玠)가 들어와서 묻는다.

"방금 동남풍이 불어와 청홍 아기가 부러졌는데 주공께서는 무슨 징조라고 생각하시는지요?"

조조가 되묻는다.

"공의 생각은 어떻소?"

"어리석은 소견일지 모릅니다만, 오늘밤에 누군가 우리 영채를 습격해올 것 같습니다."

후세 사람들은 이 일을 두고 이렇게 한탄했다.

아아, 황실의 후예가 형세 고단한지라	吁嗟帝胄勢孤窮
군사를 나누어 적을 들이칠 계획 세웠는데	全仗分兵劫寨功
하늘도 무심해라 아기는 왜 부러지는가	爭奈牙旗折有兆

조조가 말했다.

"하늘이 우리에게 징후를 보였으니, 마땅히 방비해야 할 것이다."

조조는 군사를 아홉 부대로 나누어, 한 부대만 전진하여 거짓으로 영채를 세우게 한 다음 나머지 여덟 부대는 매복시켜놓았다.

그날밤 달빛은 유난히 희미했다. 유현덕은 소패성에 손건을 남겨둔 채, 자신은 왼쪽에, 장비는 오른쪽에 군사를 두패로 나누어 진군했다. 장비는 자신의 계책이 들어맞으리라 믿어 의심치 않았으므로 날쌘 기마병을 거느리고 자신만만하게 앞으로 나서서 조조의 영채 안으로 뛰어들었다. 그러나 뜻밖에도 영채 안은 쓸쓸한 기운이 감돌았다. 병마도 보이지 않더니, 갑자기 사방에서 불빛이 번쩍이며 함성이 터져나온다.

장비는 일순간 적의 계략에 휘말렸음을 깨닫고 황급히 밖으로 빠져나왔다. 나와 보니, 동쪽에서는 장요, 서쪽에서는 허저, 남쪽에서는 우금, 북쪽에서는 이전, 동남쪽에서는 서황, 서남쪽에서는 악진, 동북쪽에서는 하후돈, 서북쪽에서는 하후연 등이 일제히 함성을 올리며 달려든다.

장비는 좌충우돌하며 닥치는 대로 치고 베며 나아갔다. 그러나 휘하의 군사들이 본래 조조의 군사들이었던지라 사태가 다급해지자 모두들 앞다투어 항복해버린다.

장비는 정신없이 싸우다가 서황과 정면으로 마주쳐 한바탕 싸움을 벌였다. 그런데 문득 뒤를 보니 악진이 말을 몰고 무서운 기세로 달려오는 것이 아닌가. 장비는 혈로를 뚫고 간신히 빠져나왔다. 따르는 자는 겨우 수십기에 불과했다. 소패로 돌아가려 했으나 이미 길이 끊긴 뒤였고, 서주나 하비로 가려 해도 조조의 군사들이 가로막고 나설 게 틀림없었다. 그래서 장비는 망탕산을 향해 말을 달렸다.

유현덕도 조조의 영채를 공격하러 군사들을 거느리고 문 가까이 다다랐다가 홀연 천지를 진동하는 함성과 더불어 뒤쪽에서 한무리의 적군이 달려드는 바람에 군사 태반을 잃고 말았다. 그때 하후돈이 군사를 거느리고 거듭 공격해와 간신히 혈로를 뚫고 달아났다. 그런데 이번에는 하후연이 맹렬하게 추격해왔다. 현덕이 뒤를 돌아보니 수하에 따르는 군사는 겨우 30여기였다.

유현덕은 급히 말을 몰아 소패로 돌아가려 했다. 그러나 얼마 못 가서 바라보니 소패성에서 불길이 치솟고 있었다. 현덕은 길을 돌려 서주나 하비성으로 돌아가려 했으나, 조조의 군사들이 온 산과 들을 까맣게 뒤덮어 이미 길이 끊긴 터였다.

현덕은 아무리 궁리를 해보아도 갈 곳이 없었다. 그제야 조조와의 싸움이 여의치 않거든 찾아오라고 했다는 원소의 말이 떠올랐다. 현덕은 당분간 원소에게 의탁하여 달리 방법을 찾는 도리밖에 없다고 판단하고 청주를 향했다.

그러나 얼마 못 가서 북소리가 울리더니 한떼의 군사들이 몰려와 길을 막았다. 바로 이전의 무리였다. 현덕은 맞서 대항할 엄두도 못내고 홀로 북쪽을 향해 달아났다. 이전의 무리는 유현덕의 군사들을 사로잡아 돌아갔다. 유현덕은 하루 3백리씩을 달려, 마침내 청주성에 이르렀다.

"성문을 열라!"

문지기가 성명을 묻고는 자사에게 고했다. 청주 자사는 바로 원소의 맏아들 원담(袁譚)이었다. 원담은 평소에 현덕을 공경하고 있던 터라, 곧 성문을 열게 하고 몸소 나와 영접했다.

현덕을 맞아들인 원담이 찾아온 까닭을 물으니, 현덕은 조조와 싸우다가 패하여 잠시 몸을 의탁하러 오는 길이라 답했다. 원담은 현덕을 역관으로 안내하여 편히 쉬게 했다. 이튿날 부친 원소에게 서신을 보내는 한편, 시중들 사람과 말을 골라 현덕을 호송하게 했다.

유현덕이 평원(平原) 경계에 이르렀을 때였다. 어느새 원소가 많은 사람들을 거느리고 업군(鄴郡) 30리 밖에까지 나와 현덕을 영접한다. 유현덕이 절하여 사례하니 원소는 황급히 답례한다.

"지난번에 어린 자식이 병을 얻은 탓에 공의 청을 수락하지 못하여 내내 마음이 편치 못했소이다. 그런데 이렇듯 공을 만나뵙게 되었으니 평생에 그리던 마음이 이제야 풀리는 듯싶소이다."

유현덕이 말한다.

"외롭고도 곤궁한 유비는 오래전부터 문하에 오려 하였으나, 기회가 닿지 않아 이렇듯 늦어졌소이다. 이제 조조에게 패하여 적들의 손에 처자를 남겨두고 빠져나오고 보니, 장군께서 천하의 선비들을 도량 있게 받아주신다기에 부끄러움을 무릅쓰고 찾아왔습니다. 이몸을 거두어주신다면 맹세코 그 은혜에 보답하겠습니다."

원소는 크게 기뻐하며 현덕을 후하게 대접하고, 기주성으로 돌아가 함께 지내기로 했다.

그날밤, 조조는 소패를 손에 넣고 연이어 서주를 공격했다. 미축과 간옹은 성을 지킬 도리가 없어 그대로 달아나버렸고, 진등이 뒤에 남아 조조에게 서주성을 바쳤다.

조조는 대군을 거느리고 서주성으로 들어가 먼저 백성들을 위무하는 한편, 모사들을 불러모아 하비성 공략할 일을 의논했다. 순욱이 나서서 말한다.

"하비성은 지금 관운장이 유현덕의 처자를 보호하고 있어 죽음을 각오하고 지킬 터이니, 한시바삐 서두르지 않으면 원소에게 빼앗기고 말 것입니다."

조조가 말한다.

"관운장은 그 무예와 사람됨이 천하에 보기 드문 인걸이라, 내 평소 귀히 여겨오던 터이니 기어코 수하에 거두고 싶네. 그러니 사람을 보내 항복을 권하는 게 좋을 듯싶소."

그 말에 곽가가 나선다.

"관운장은 본래 의기를 중히 여기는 사람이라 결코 항복하지 않을 것입니다. 섣불리 사람을 보내 투항을 권했다가는 도리어 해를 입기 십상입니다."

이때, 아래쪽에서 한 사람이 나서며 말한다.

"일전에 관운장을 만난 교분이 있으니, 제가 한번 가서 항복을 권해보겠습니다."

그는 다름 아닌 장요였다. 정욱이 만류한다.

"장문원이 비록 관운장과 교분이 있다고는 하지만, 제가 보기에는 관공을 몇마디 말로 설득하기는 어렵소이다. 한가지 계책이 있으니, 관운장을 물러설 수도 나올 수도 없는 진퇴양난에 빠뜨린 후에 문원이 가서 달랜다면 반드시 승상에게 올 것입니다."

맹호를 겨누어 쇠뇌를 걸어놓고　　整備窩弓射猛虎
좋은 미끼 끼워 큰 자라 낚으려네　　安排香餌釣鼇魚

정욱의 계책이란 과연 무엇일까?

25

사로잡힌 관운장

토산에서 세가지를 약속받고 항복한 관운장은
백마현에서 포위를 풀어 조조를 구해주다

정욱이 계책을 말한다.

“운장은 만인(萬人)을 대적할 인걸인 까닭에 지모(智謀)가 아니면 사로잡기 어렵습니다. 지금 유비 수하에서 항복해온 군사를 하비성으로 들여보내 도망쳐왔노라고 고하게 한 다음, 성안에 들어가 우리와 내통하도록 하십시오. 그런 뒤에 관운장을 밖으로 유인하여 싸움을 거는 한편 정예군사들로 하여금 돌아갈 길을 끊게 하고 투항할 것을 권한다면 쉽사리 뜻을 이룰 수 있을 것입니다.”

조조는 즉시 유비 수하에서 투항해온 군사 수십명에게, 하비성으로 들어가 관운장에게 싸움에 패하여 도망왔노라고 보고하게 했다. 관운장은 서주의 옛 병사들이라 아무런 의심 없이 성안에 받아들였다.

이튿날, 하후돈이 선봉에 서서 5천 군사를 거느리고 하비성 아래 이르러 싸움을 청했다. 관운장은 성문을 굳게 닫고 좀처럼 응하지 않았다. 하후돈이 군사를 시켜 성 아래서 욕설을 퍼붓자, 관운장은 마침내 크게 노하여 3천 군사를 거느리고 성밖으로 나왔다.

두 사람이 어우러져 싸우기를 10여합, 하후돈이 갑자기 말머리를 돌려 달아난다. 관운장이 그 뒤를 바싹 쫓는다. 하후돈은 달아나다가 돌아서서 싸우고, 짐짓 싸우다가 달아나기를 거듭한다. 관운장은 어느새 하후돈의 뒤를 무려 20여리나 쫓았다. 문득 하비성이 잘못될까 두려워진 운장이 군사를 돌려 성으로 돌아가려 했다.

바로 그때, 한방의 포소리가 울리더니 왼쪽에서는 서황이, 오른쪽에서는 허저가 군사를 휘몰아나와 앞길을 가로막는다. 관운장이 혈로를 뚫고 나아가는데, 길 양편에서 복병이 갑자기 화살을 비오듯 퍼부어댄다. 관운장은 도저히 그곳을 지나갈 도리가 없어, 군사를 되돌리려 했다. 순간 서황과 허저가 함께 달려든다. 관운장은 있는 힘을 다하여 두 사람을 물리치고 다시 길을 찾아 하비성으로 돌아가려 했다. 하후돈이 다시 군사를 몰고 나와 길을 막는다. 관운장은 해가 저물도록 맞서 싸웠으나, 도무지 하비성으로 돌아갈 길을 찾지 못하다가 겨우 토산을 발견하고는 산 위에 군사를 주둔시켜놓고 잠시 휴식을 취하였다. 조조의 대군은 토산을 몇겹으로 에워쌌다.

관운장이 토산 위에서 멀리 하비성을 바라보니 성안에서 치솟는 불길이 하늘마저 태울 기세였다. 도망온 체하고 하비성에 들어간 군사들이 성문을 열어주어, 조조가 몸소 대군을 거느리고 성안으로 들어가서는 불을 놓아 관운장의 마음을 어지럽힌 것이었다.

관운장은 경황이 없고 불안하여 밤중에 몇번이나 군사를 이끌고 산 아래로 내려가려 했다. 그러나 그때마다 조조의 군사들이 화살을 비오듯 쏘아대는 바람에 다시 산 위로 피하는 수밖에 없었다.

노심초사하며 밤을 지새우고 먼동이 틀 무렵, 관운장은 다시 군사를 정돈하여 산을 내려오려 했다. 그때 홀연히 한 장수가 말을 몰고 급히 산 위로 올라왔다. 바로 장요였다. 관운장은 장요를 맞이하며 묻는다.

"문원(文遠, 장요의 자)은 나와 싸우러 온 거요?"

"아니오. 옛 정리를 생각하여 특별히 만나러 온 것이외다."

장요는 한마디 한 연후에 황망히 손에 들었던 칼을 버리고, 말에서 내려 관운장 앞으로 다가갔다. 두 사람은 예를 갖추어 인사를 나누고, 산등성이에 나란히 앉았다. 관운장이 묻는다.

"그럼 그대는 나에게 항복을 권하러 온 것이오?"

장요가 대답한다.

"그도 아니오. 지난날 형께서 아우를 구해주셨는데, 이제 아우가 어찌 형장을 구해드리지 않으리까."

"그렇다면 그대는 나를 도와 함께 싸우려고 온 거요?"

"그도 아니오."

"그러면 대체 무슨 일로 온 것이오?"

"이번 싸움으로 유현덕과 장비는 살았는지 죽었는지도 모르는 판국이고, 지난밤 조공께서는 이미 하비성을 손에 넣었소이다. 군사나 백성들은 단 한명도 상하지 않았으며, 사람을 보내서 현덕의 가족을 호위하여 놀라지 않게 했으니, 제가 형을 뵈러 온 연유는 오직 이 말씀을 전해드리기 위함이외다."

장요의 말을 듣고 관운장은 화를 낸다.

"그 말을 듣자하니 나에게 항복하라고 설득하는 것이 아니고 무엇인가! 내 비록 지금 궁지에 몰렸으나 죽음을 그저 고향으로 돌아가는 것 정도로밖에 여기지 않으니, 그대는 속히 돌아가라. 내 곧 산을 내려가 싸울 것이다."

장요가 웃으며 말한다.

"형께서 그리 말씀하시면 천하의 웃음거리가 될 뿐이오."

"내 충성과 의리를 위하여 죽는데 어찌 천하의 웃음거리가 되랴."

"형께서 지금 이곳에서 죽는다면 세가지 죄를 면하기 어려울 것이외다."

관운장이 눈을 부릅뜬 채 묻는다.

"세가지 죄라니, 무슨 말인가?"

"애초에 유사군(현덕)이 형과 도원에서 형제가 되기로 결의하던 날, 생사를 같이하기로 맹세했소. 이제 유사군은 싸움에 패하여 간 곳을 모르오. 형이 이곳에서 싸우다 죽는다면 유사군이 다시 와서 형의 힘을 빌리려고 해도 이루지 못할 터이니, 이 어찌 지난날의 맹세를 저버리는 일이 아니리까. 이것이 바로 한가지 죄올시다. 또 유사군께서는 가족을 형께 부탁하셨거늘, 이제 형께서 속절없이 돌아가시고 나면 감부인과 미부인은 장차 의지할 곳이 없을 것이오. 이는 유사군의 부탁을 저버리는 일이니, 그것이 바로 두번째 죄올시다. 또한 형께서는 무예가 뛰어나고 널리 경사(經史)에 통달하거늘, 유사군과 더불어 한나라 종묘사직을 붙들어 일으킬 생각은 아니하고 부질없이 끓는 물과 불 속으로 뛰어들어 한낱 필부의 용기를 발휘한다면, 이 어찌 의리에 맞는 행동이리까. 바로 이것이 세번째 죄라 하겠소. 형이 이렇듯 세가지 죄를 지으려 하시니 아우가 나서서 고하지 않을 수 없소이다."

관우가 한참 동안 침묵하더니 입을 연다.

"나에게 세가지 죄가 있다고 하니, 대체 나더러 어쩌라는 말씀이오?"

"지금 조공의 군사가 사방을 에워싸고 있소. 만일 형이 항복하지 않으신다면 목숨을 보전하기 어려울 것이오. 헛되이 죽으면 아무런 이익도 없소이다. 우선 조공에게 항복하셨다가 차차 유사군의 소식을 알아본 연후에 알게 되는 대로 즉시 유사군께로 돌아가신다면, 첫째 유사군의 두 부인을 온전히 모실 수 있으니 좋고, 둘째로 도원결의를 어기지 않으니 좋고, 셋째 장차 의로운 일을 위하여 유용한 몸을 보전하니 좋을 것이오. 이렇듯 세가지나 이로운 점이 있으니 형은 부디 깊이 생각해보시오."

묵묵히 듣고 있던 관운장이 다시 입을 연다.

"그대가 나에게 세가지 이로운 점을 말했으니, 나도 세가지 약조를 구할 것일세. 만일 승상께서 들어주신다면 지금 당장 갑옷을 벗고 항복하겠으나, 들어주지 않는다면 차라리 세가지 죄를 범할지언정 죽음만이 있을 뿐이네."

"승상께서는 도량이 너그러우신데 어찌 받아들이지 않겠소이까. 세가지 약조나 어서 말씀해보시오."

"첫째, 내가 유황숙과 함께 한나라 종묘사직을 바로 세우기로 맹세했으니, 이제 내가 항복하더라도 오직 한나라 황제께 하는 것이지 결코 조조에게 항복하는 것이 아니며, 둘째, 두분 형수님께 유황숙의 봉록을 내려 부양하되 지위 고하를 막론하고 아무도 거처에 들이지 않을 것이며, 셋째, 유황숙이 어디 계신지 아는 날에는 천리라도 만리라도 가리지 않고 돌아갈 것이오. 이 세가지 가운데 하나라도 승낙하지 않으면 맹세코 항복하지 않겠소. 그대는 어서 가서 승상의 회답을 받아오시오."

장요는 즉시 말을 타고 산을 내려와 조조에게 고했다.

"첫째 한나라 황제께 항복하는 것이지 승상께 항복하는 게 아니라고 했소이다."

조조는 웃으며 말한다.

"내가 한나라의 승상으로 있으니, 내가 곧 한나라다. 그러니 그것은 되었고."

장요가 다시 고한다.

"두번째는 두 부인에게 황숙의 봉록을 내리시고, 누구를 막론하고 그 처소에 함부로 드나들지 못하게 하시랍니다."

조조가 말한다.

"황숙의 봉록이야 내가 갑절을 주리라. 내외를 엄금하는 것은 본래 나의 가법(家法)이므로 그것도 어렵지 않은 일이다."

"마지막으로 현덕의 소식을 아는 날에는 천리, 만리라도 기어코 찾아가겠다고 하옵니다."

이번에는 조조가 고개를 가로젓는다.

"그렇다면 내가 뭐 하러 관운장을 거두어 쓰겠느냐. 그것만은 들어주기 어렵겠다."

조조의 반응에 장요가 다시 간한다.

"승상께서는 평범한 사람에 대한 대접과 국가적 인물에 대한 예우가 다르다던 예양(豫讓)의 말을 못 들으셨습니까? 승상께서 유현덕보다 더 후하게 대해주어 관운장의 마음을 잡으시면 어찌 복종하지 않겠습니까?"

조조가 고개를 끄덕인다.

"문원의 말이 옳도다. 내 세가지 조건을 모두 들어주겠다."

장요는 다시 말을 타고 토산으로 가서 관운장에게 조조의 말을 전했다. 관운장이 다시 이른다.

"알았소. 다만 한가지 청할 게 있소. 승상께서 잠시만 군사를 거두어주시면, 성으로 들어가서 두분 형수님께 여쭤본 다음 기꺼이 항복하겠소."

장요가 다시 돌아가서 조조에게 이 뜻을 고하니, 조조는 즉시 영을 내려 30리 밖으로 군사를 물렸다. 순욱이 말한다.

"안됩니다. 속임수인지도 모릅니다."

조조가 자신 있게 말한다.

"관운장은 의리가 있는 사람이오. 반드시 신의를 저버리지 않을 것이오."

조조가 군사를 멀리 물리자, 관운장은 군사를 거느리고 하비성으로 돌아갔다. 성안 백성들이 모두 안정된 모습임을 확인한 그는 두분 형수님을 뵈러 부중으로 들어갔다. 감부인과 미부인은 관운장이 돌아왔다는 소식을 듣고 급히 나와서 맞았다. 관운장은 섬돌 아래에서 절을 올린 다음 고한다.

"두분 형수님을 놀라시게 한 것은 모두 저의 죄입니다."

두 부인이 묻는다.

"황숙께서는 지금 어디 계신가요?"

"어디로 가셨는지 알 길이 없습니다."

"아주버님께서는 이제 어찌하실 건가요?"

"제가 성밖으로 나가 죽기살기로 싸웠으나 토산에서 적들에게 포위되고 말았습니다. 장요가 와서 항복을 권하기에 제가 세가지 약조를 내걸었는데 조조가 모두 허락했고, 특히 군사를 뒤로 물려주어 이렇게 성안에 들어오게 되었습니다. 그러나 아직 두분 형수님의 의향을 몰라 함부로 결정하지 못하고 있습니다."

감부인과 미부인이 묻는다.

"세가지 약조가 무엇입니까?"

관운장이 전후 사정을 자세히 설명해주었다. 다 듣고 나서 감부인이 말한다.

“어제 조조 군사가 성안에 들이닥쳐 우리는 모두 죽을 줄만 알았는데, 뜻밖에 털끝도 건드리지 않고, 적의 병사 한 사람도 얼씬거리지 못하게 하더이다. 아주버님께서 이미 응낙하셨다면 우리한테 다시 물으실 것도 없습니다. 한가지 걱정이 있다면, 훗날 조조가 아주버님을 황숙께 보내주지 않을까 하는 것이지요.”

“저에게 다 생각이 있으니 두분 형수님은 마음을 놓으십시오.”

“아주버님께서 모든 일을 알아서 처리하세요. 우리 같은 아낙에게 물어보실 필요 없습니다.”

밖으로 나온 관운장은 기병 수십명을 거느리고 조조를 만나러 갔다. 조조가 몸소 원문 밖까지 나와 영접했다. 관운장이 말에서 내려 절을 올리자 조조 또한 황급히 답례했다. 운장이 말한다.

“패장을 죽이지 않으시니 그 은혜에 감사드리오.”

조조가 말한다.

“내 일찍부터 운장의 충의를 사모하던 차에, 오늘 이렇게 보게 되니 평생소원이 이루어진 듯하오.”

관운장이 다짐을 두듯 말한다.

“문원을 통해 세가지 약조를 받았습니다. 승상께서는 부디 신의를 저버리지 마소서.”

“이미 승낙한 일이오. 내 어찌 신의를 지키지 않겠소?”

“이몸은 황숙이 계신 곳을 아는 날에는 물불을 가리지 않고 반드시 찾아 떠날 것이외다. 혹여 사정이 여의치 않아 승상께 하직을 고하지 못하더라도 깊이 책망치 마소서."

"유현덕이 살아 계시다면 당연히 공을 보내드리겠소. 하나 전란 중에 이미 돌아가셨을지도 모르는 일이니, 천천히 수소문하여 알아보도록 합시다."

관운장은 다시 절을 올려 사례한다. 조조는 곧 잔치를 베풀어 대접했다.

이튿날 조조는 대군을 거느리고 허도를 향해 출발했다. 관운장은 두 형수를 수레에 태워 친히 호송한다. 그날밤, 운장 일행이 역관에 들었을 때였다. 조조는 짐짓 예법을 어지럽힐 속셈으로 관운장과 두 부인을 한방에 들게 했다. 관운장은 곧 등불을 밝혀들고 문밖에 서서 밤을 지새우는데, 피곤한 빛이라고는 조금도 찾아볼 수 없었다. 조조는 이 말을 전해듣고 더욱더 운장을 공경하게 되었다.

허도로 돌아온 조조는 집 한채를 내주어 관운장 일행을 거처하게 했다. 운장은 그 집을 안채와 바깥채로 나누어, 늙은 병사 10명을 배치하여 안채를 지키게 하고 자신은 바깥채에 기거했다.

조조가 관운장을 데리고 입궐하여 헌제께 알현하니, 헌제는 운장을 편장군(偏將軍)으로 봉하였다. 관운장은 사은숙배(謝恩肅拜, 임금의 은혜에 감사해 절하는 것)하고 물러나왔다.

이튿날 조조는 부중에 성대한 잔치를 베풀어 수하의 모든 모사와 장수 들을 불러모으고, 관운장을 귀빈의 예우로 상좌에 앉혔다. 그리고 비단과 금은으로 만든 그릇을 선물했다. 운장은 이것들을 모두 두 형수들에게 보내 간수하게 했다.

허도에 돌아온 뒤 조조는 관운장을 극진히 대접했다. 사흘에 한번씩 작은 잔치를 베풀고 닷새에 한번씩은 성대한 잔치를 베풀었다. 또한 미인 10명을 뽑아 운장을 시중들게 했다. 하지만 운장은 그들을 모두 안채로 들여보내 두 형수를 모시게 했으며, 사흘에 한번씩은 꼭 안채 문밖에 서서 두 형수의 안부를 여쭈었다. 그때마다 두 형수는 운장에게 물었다.

"황숙의 소식은 좀 들으셨습니까?"

몇번이나 되묻고 나서, 두 형수는 다시 말한다.

"그럼 아주버님도 편히 쉬시지요."

그제야 관우는 밖으로 물러나오곤 했다. 조조는 이 말을 전해듣고 탄복을 금치 못했다.

하루는 조조가 관운장이 입고 있는 녹색 비단 전포가 너무 낡은 것을 보고 곧 몸의 치수를 재어 좋은 비단으로 전포를 한벌 지어 운장에게 선사했다. 운장은 새 전포를 받아입더니 그 위에 다시 낡은 전포를 걸치는 것이 아닌가. 조조가 빙그레 웃으며 말한다.

"운장께서는 참으로 검소하시구려."

관운장이 정색하고 대답한다.

"검소해서 그런 것이 아닙니다. 이 낡은 전포는 유황숙께서 내리신 것이라, 이 전포를 입으면 형님의 얼굴을 보는 듯합니다. 승상께서 새로 내리신 전포 때문에 형님께서 주신 것을 어찌 잊을 수 있겠습니까. 그래서 이렇듯 위에 걸쳤습니다."

"관공은 참으로 의리 있는 사람이오."

조조는 운장을 칭찬해 마지않았다. 그러나 내심 그리 즐거울 수만은 없었다.

하루는 관운장이 바깥채에 있는데, 갑자기 안채를 지키는 늙은 군사가 달려와 아뢴다.

"두 부인께서 대성통곡하다 그만 쓰러지셨는데, 도무지 무슨 이유인지 모르겠습니다. 장군께서 어서 들어가보십시오."

관운장은 급히 의관을 정제하고 안채 문밖에 무릎 꿇고 앉아 여쭈었다.

"두분 형수님께서는 어인 연유로 그리 애통해하십니까?"

감부인이 말한다.

"지난밤 꿈에 황숙께서 흙구덩이에 빠져 계시더이다. 잠에서 깨어나 미부인과 그 일을 얘기하다보니, 아무래도 황숙께서 구천지하(九泉地下)에 계신 것만 같아서 그럽니다."

그 말을 듣고 운장이 조용히 고한다.

"꿈속의 일을 어찌 믿으신단 말씀입니까. 이는 모두 형수님께서 형님 생각에만 골몰하신 까닭이겠지요. 그러니 그리 심려하지 마십시오."

이때 조조가 사람을 보내 관운장을 잔치에 초대했다. 운장은 두 형수에게 인사하고, 즉시 조조의 부중으로 들어갔다. 조조는 운장의 얼굴에 눈물자국이 번진 것을 보고 어찌 된 일이냐고 물었다. 관운장이 대답한다.

"두분 형수님께서 형님 생각으로 통곡을 하시니, 저도 모르게 비감해진 모양입니다."

조조는 좋은 말로 위로하며 연이어 술을 권하였다. 취기가 제법 돌자 관운장은 손을 들어 수염을 쓰다듬으며 말한다.

"살아서 능히 나라에 보답하지 못하고, 형님마저 저버리고 말았으니, 이런 부질없는 인간이 또 있겠습니까?"

조조는 그 말에는 대꾸하지 않고 운장의 수염을 칭찬한다.

"운장의 수염이 장한데, 그 수가 얼마나 되겠소?"

"제 수염이 수백가닥은 되는데 매년 가을철이 되면 몇개씩 빠집니다. 그리하여 겨울이 되면 수염이 상하지 않도록 비단주머니를 만들어 싸고 다니지요."

조조는 비단으로 수염주머니를 만들어 운장에게 주며 수염을 잘 보호하라고 일렀다. 이튿날 아침, 관운장이 입궐하여 조회 때 황제를 뵈었다. 황제는 관운장의 가슴에 길게 드리워진 비단주머니를 보고 묻는다.

"그게 무엇이오?"

운장이 아뢴다.

"신의 수염이 매우 길어, 승상이 비단주머니를 만들어주고 수염을 보호하라 했사옵니다."

헌제가 관운장에게 비단주머니를 열어 보이게 하니, 과연 운장의 수염이 배 아래까지 길게 늘어졌다.

"참으로 미염공(美髯公, 수염이 아름다운 사람)이로다."

황제가 감탄해 마지않으니, 이때부터 사람들은 모두 관운장을 미염공이라 불렀다.

어느날이었다. 잔치를 마치고 관운장이 승상의 부중을 나서는데, 그가 탄 말이 유달리 수척해 보였다. 조조가 한마디 묻는다.

"공의 말이 왜 이리 말랐는가?"

운장이 대답한다.

"천한 이몸이 육중하여 말이 견디지 못하고 이리 말랐나봅니다."

조조는 즉시 사람들에게 명하여 말 한필을 끌어오라 일렀다. 잠시 후 끌려온 말은 온몸이 불덩어리처럼 붉은빛이 돌며 매우 위엄있어 보이는 것이 보기 드문 준마였다. 조조가 말을 가리키며 묻는다.

"귀공께서는 이 말을 알아보겠소?"

"여포가 생전에 타던 적토마가 아니옵니까?"

"바로 그렇소."

조조는 안장과 고삐를 갖추어 운장에게 내주었다. 운장은 몹시 기뻐하며 두번 절하여 조조에게 사례했다. 조조가 별로 좋지 않은 얼굴로 한마디 한다.

"내가 일전에 미인들을 보내고, 또 금이며 비단을 보냈건만 한번도 공의 절을 받은 적이 없었는데, 한필의 말을 받고 그리 기뻐서 두번 절을 하니, 그래 사람은 천하고 말은 귀하단 말씀이오?"

관운장이 말한다.

"이 말은 하루에 천리를 간다고 하더이다. 다행히 이 말을 얻게

조조는 관운장에게 적토마를 하사하다

되었으니, 형님이 어디 계신지 알게 되면 하루 만에 달려갈 수 있지 않겠소이까?"

조조는 아연실색하며 적토마를 하사한 일을 후회했다. 관운장은 아랑곳없이 하직인사를 올리고 적토마를 타고 돌아갔다.

후세 사람들이 시를 지어 관운장을 찬양했다.

위엄이 삼국을 덮는 당세의 영웅이라 威傾三國著英豪
한방에 들자 문밖에서 밤새운 그 의기 드높아라 一宅分居義氣高
간교한 승상 부질없는 예로 대접하나 奸相枉將虛禮待
관우 이 사람 조조에게 항복하지 않음을 어찌 알았으리 豈知關羽不降曹

조조가 장요를 불러 묻는다.

"내 운장을 그다지 박하게 대접하지 않았는데 그는 항상 떠날 생각만 품고 있으니, 대체 어찌하면 좋겠는가?"

장요가 말한다.

"제가 가서 운장의 속마음을 알아보고 오겠습니다."

이튿날, 장요가 관운장을 찾아가 예를 올리며 물었다.

"내가 형을 승상께 천거했는데, 혹시 승상께서 형을 섭섭히 대하신 일이라도 있는지요?"

관운장이 대답한다.

"나 역시 승상의 은덕에 깊이 감사하고 있소. 다만 내 비록 몸은 여기 있으나, 마음은 한시도 유황숙을 잊은 적이 없소."

"형의 말씀은 참으로 옳지 않은 것 같소이다. 처세함에 경중을 분간하지 못한다면 장부가 아니니, 현덕공이 형을 대접하기로 아마 승상보다 더하지는 못했을 것인데, 어찌하여 늘 떠날 생각만 하신단 말씀입니까?"

"승상께서 내게 내리신 크나큰 은혜를 알고 있으나, 이미 유황숙께 후은을 입었고 생사를 같이하기로 맹세까지 한 터라 그분을 저버릴 수는 없소. 언제까지나 이곳에 머물러 있지는 않을 것이오. 내 반드시 공을 세워 승상의 은혜를 갚은 다음에 이곳을 떠날 생각이오."

"만약에 현덕공이 이 세상 사람이 아니라면 그땐 형은 어디로 가실 생각이오?"

"그렇다면 땅속까지라도 형님을 따라가겠소."

장요는 운장이 끝내 머물러 있을 생각이 아님을 알고 돌아가서 그대로 조조에게 고했다. 조조는 듣고 나서 길게 한숨을 내쉰다.

"주인을 섬기되 그 근본을 잊지 않으니, 운장은 참으로 천하의 의사(義士)로다!"

순욱이 곁에서 한마디 한다.

"승상께 공을 세운 후에 떠나겠다 했으니, 공을 세울 기회를 주지 않는다면 떠나지 못할 것입니다."

조조는 말없이 고개를 끄덕였다.

한편, 원소에게 의탁하고 있는 유현덕은 밤낮으로 시름에 잠겨 있었다. 어느날 원소가 물었다.

"현덕공은 어찌하여 늘 시름에 잠겨 있는 거요?"

현덕이 말한다.

"두 아우의 소식을 알지 못하고, 처자마저 조조의 손에 잡혀 있소이다. 위로는 나라에 보답하지 못하고 아래로는 집을 보전하지 못하였는데, 어찌 근심하지 않겠습니까?"

"내 허도를 공격하리라 생각한 지 오래였는데, 이제 봄이 되어 날이 좋으니 군사를 일으킬 때가 왔소이다."

원소는 즉시 모사들을 모아놓고 조조를 쳐부술 계책을 상의했다. 모사 전풍(田豐)이 나서서 간한다.

"지난번 조조가 서주를 치러 나가 허도가 텅 비었을 때 공격했어야 합니다. 지금은 조조가 서주를 손에 넣어 그 위세가 강성하니 가볍게 대적할 수 없습니다. 좀더 돌아가는 사정을 살핀 뒤에 다시 기회를 보아 움직이는 게 좋을 듯합니다."

"그럼 내 다시 생각해보겠노라."

그러고 원소는 현덕에게 묻는다.

"전풍이 나더러 지키고만 있으라 하는데, 공의 생각은 어떠하오?"

"조조는 임금을 속인 역적이온데, 명공께서 그런 자를 토벌하지 않으면 천하에 대의명분을 잃으실까 두렵소이다."

원소는 고개를 끄덕인다.

"현덕공의 말씀이 옳소이다."

마침내 원소는 군사를 일으키기로 했다. 다시 전풍이 나서서 간했으나, 원소는 화를 내며 전풍을 꾸짖는다.

"그대들은 문(文)을 희롱하며 무(武)를 가볍게 여기니, 나로 하여금 대의를 잃게 하려는 겐가!"

전풍이 머리를 조아리며 거듭 간한다.

"만일 신의 충언을 귀담아듣지 않고 출정하신다면 이롭지 않을 것입니다."

원소가 격노하여 즉시 전풍의 목을 베려는 것을 곁에 있던 유현덕이 극구 만류했다. 전풍은 죽음을 면했으나 결국 옥에 갇히는 신세가 되고 말았다.

저수(沮授)는 전풍이 옥에 갇힌 것을 보고, 집으로 돌아가 일가친척들을 모두 불러모았다. 그러고는 가진 재산을 모조리 나누어 준 다음, 하직인사를 고했다.

"내 이번 싸움에 출정하여 승리를 얻는다면 더없이 좋은 일이나, 만일 패한다면 반드시 목숨을 보존키 어려울 것이다."

모여 있던 사람들이 모두 눈물을 흘리며 저수를 떠나보냈다.

원소는 장수 안량(顔良)을 선봉으로 삼아 백마(白馬)땅을 공격하게 했다. 저수가 간한다.

"안량은 비록 용맹스러우나 성품이 편협하니, 그에게 모든 일을 맡겨서는 안됩니다."

그 말에 원소는 단호하게 대꾸한다.

"안량은 나의 상장(上將)이다. 네가 무얼 안다고 감히 그런 말을 하느냐!"

마침내 원소의 대군은 여양(黎陽)을 향해 진군했다.

동군 태수 유연(劉延)은 이 위급한 상황을 급히 허도에 알렸다. 조조는 즉시 군사를 일으켜 적을 맞이할 의논을 했다. 이 말을 전해들은 관운장이 조조의 부중으로 찾아왔다.

"승상께서 군사를 일으키신다는 이야기를 들었소이다. 저를 선봉으로 삼아주십시오."

조조가 말한다.

"장군의 수고까지 빌릴 만한 일이 아니오. 위급한 일이 생기면 그때 청하리다."

관운장은 하는 수 없이 물러나왔다.

조조는 군사 15만을 이끌고 세 부대로 나누어 출정했다. 도중에 유연의 급보를 연거푸 받게 되어 조조는 먼저 5만 군사를 거느리고 몸소 백마로 나아가 토산에 의지하여 진영을 세웠다. 멀리 앞을 바라보니, 산 아래 냇물이 흐르는 드넓은 벌판에 안량의 정병 10만이 진세를 벌였는데, 그 강성함에 놀라지 않을 수 없었다. 조조는 여포의 옛 부하장수 송헌(宋憲)을 돌아보며 물었다.

"듣자하니 너는 여포 수하에 있던 맹장이라 하던데, 한번 안량과 대적해보겠느냐?"

송헌이 응낙하고 즉시 창을 빼들고 말을 몰아 적진 앞으로 내달린다. 칼을 비껴들고 말을 문기(門旗) 아래 세우고 있던 안량도 고함을 지르며 말을 박차고 달려나왔다. 창과 칼이 만나 어울려 싸우기를 3합이 못 되었는데, 어느새 안량은 송헌의 목을 베어 진영 앞에 떨구어버렸다. 조조가 깜짝 놀라며 감탄한다.

"참으로 용맹스러운 장수로다!"

이번에는 위속(魏續)이 나선다.

"나의 오랜 친구를 죽였으니, 나가서 반드시 원수를 갚겠소이다."

조조가 허락하자, 위속은 창을 들고 말에 올라 진영 앞에 나서더니 안량을 큰소리로 꾸짖었다. 안량은 대답도 않고 내달아 단칼에 위속을 두동강내어 거꾸러뜨리고 말았다. 조조가 낙망하여 말한다.

"이제 누가 안량을 대적하겠느냐?"

"이몸이 출정하겠소이다!"

한 장수가 내달아오니, 바로 서황이다. 서황이 말을 몰고 나가 안량과 맞서 싸우기를 20합, 서황은 더 대적하지 못하고 패하여 본진으로 돌아왔다. 모든 장수들은 두려움에 떨며 감히 싸우겠다고 나서는 자가 없었다. 조조는 군사를 거두었다. 안량 또한 군사를 거느리고 물러갔다.

조조가 연달아 두 장수를 잃고 심란해하자 정욱이 나서며 말한다.

"안량을 당해낼 장수가 꼭 한 사람 있습니다."

"그가 대체 누구냐?"

"관운장이지요."

"나는 운장이 공을 세우고 떠나버릴까 두렵다."

"유비가 만약 죽지 않고 살았다면, 반드시 원소에게 의탁해 있을 것입니다. 이때 운장을 앞세워 원소의 군사를 물리치면, 틀림없이 원소가 유비를 의심하여 죽일 것이니, 유비가 죽고 나면 운장이 과연 어디로 가겠소이까?"

조조는 크게 기뻐하면서 곧 사람을 허도로 보내 관운장을 불렀다.

관운장은 안채로 들어가 두 형수에게 하직을 고했다. 두 형수가 말한다.

"이번에 가시거든 황숙의 소식을 꼭 좀 알아보세요."

두 형수의 허락을 받고 물러나온 관운장은 청룡도를 들고 적토마에 올라 종자 몇 사람만 데리고 곧바로 백마로 떠났다. 조조가 운장을 황급히 맞아들이며 말한다.

"안량이 연달아 두 장수를 죽였소. 도무지 안량을 당해낼 자가 없어서 이렇듯 공을 청했소."

"제가 나가보겠습니다."

조조가 관운장에게 술 한잔을 권하는데, 급하게 군사가 들어와 고한다.

"안량이 다시 와서 싸움을 청합니다."

조조가 관운장과 함께 토산에 올라가 자리 잡고 앉았다. 하후돈·하후연·장요·서황·허저·이전·악진 등 조조 수하의 맹장들이 좌우에 둘러섰다. 조조는 산 아래 안량이 쳐놓은 진세를 가리켰다. 과연 기치(旗幟)가 선명하고 창검이 햇빛을 가리니, 그 모습이 당당하고 위엄이 넘친다.

"하북의 군사들이 저리도 웅장하니 걱정이오."

“제 눈에는 흙으로 만든 닭이나 개로밖에 안 보입니다.”

관운장의 대답에 조조가 다시 손을 들어 가리킨다.

“저기 대장기와 일산 아래 수놓은 전포와 황금 갑옷을 입고 칼을 들고 말 위에 오른 자가 바로 안량이오.”

관운장은 눈을 들어 흘낏 바라보았다.

“제 눈에는 안량이 흡사 푯대를 꽂아놓고 제 목을 팔러 나온 놈 같소이다.”

“너무 가볍게 보아서는 안되오.”

조조가 한마디 하자, 운장이 몸을 일으키며 말한다.

“제 비록 재주는 없으나, 수만 군사 속으로 쳐들어가 안량의 목을 베어 승상께 바치오리다.”

곁에 있던 장요가 한마디 한다.

“원래 전장에서는 희롱하는 말이 없는 법이오. 관공은 적을 너무 쉽게 보지 마시오.”

관운장은 분연히 적토마에 올라 청룡도를 손에 들고 산 아래로 달려내려갔다. 봉황 같은 눈을 부릅뜨고, 누에 같은 눈썹을 곧추세우며 적진으로 뛰어드니, 하북 군사는 운장이 휘두르는 청룡도의 기세에 놀라 물결치듯 양옆으로 갈라서며 길을 내준다.

이때 대장기 아래 서 있던 안량은 말을 몰고 달려오는 관운장에게 입을 열어 무언가 말하려 했다. 그러나 관운장이 탄 적토마가 워낙 빨라서 번개같이 달려들더니, 안량이 미처 손쓸 겨를도 없이 청룡도가 휙 하고 번뜩였다. 안량은 그만 관운장의 단칼에 말 아래로 고꾸라지고 말았다.

관운장은 훌쩍 말에서 뛰어내려 안량의 머리를 베어 적토마의 목 아래 매달고, 다시 몸을 날려 말에 올라탔다. 그러고는 청룡도를 휘둘러 적군을 물리치며 적진을 뚫고 나온다. 그야말로 무인지경이었다. 하북 군사는 너무도 놀라 변변히 대항도 못하고 저절로 흩어져버리고 말았다.

그 틈을 이용하여 조조의 군사들이 달아나는 적들을 공격하니, 하북 군사 가운데 죽은 자의 수를 이루 헤아릴 수 없었고, 이때 빼앗은 말과 병기 역시 부지기수였다. 관운장이 말을 달려 토산 위에 오르자, 모든 장수들이 운장을 치하했다. 운장은 조조 앞으로 나아가 안량의 머리를 바쳤다. 조조가 찬탄하여 말한다.

"장군의 무예는 참으로 신의 경지요."

운장은 겸사한다.

"저의 재주야 그리 칭찬할 만한 게 못 됩니다. 제 아우 장익덕은 백만의 적진에서도 적장의 목 취하기를 제 주머니 속의 물건 꺼내듯 합니다."

조조는 크게 놀라 좌우를 돌아보며 주의를 주었다.

"이 다음에 장익덕을 만나거든 가볍게 대적하지 말라."

그러고는 잊지 않도록 그 이름을 전포 깃에 적어두라고 했다.

한편, 싸움에 패하여 달아난 안량의 군사는 도중에 원소를 만나 그간의 일을 고했다.

"얼굴빛이 붉고 수염이 매우 긴 장수가 청룡도를 휘두르며 필마로 진중에 쳐들어와서 안장군의 목을 단칼에 베어가는 바람에 대패했습니다."

원소가 크게 놀라 묻는다.

"대체 그 장수가 누구란 말이냐?"

저수가 말한다.

"필시 유현덕의 아우 관운장일 것입니다."

화가 치민 원소는 손가락으로 현덕을 가리키며 호통친다.

"네 아우가 나의 아끼는 장수를 죽였으니, 이는 필시 사전에 내통한 것일 터이다. 너 같은 놈을 살려두어 무엇에 쓰겠느냐. 이놈을 당장 끌어내 목을 베어라!"

처음 만나서는 윗자리 손님으로 모시더니 初見方爲座上客
이제는 댓돌 아래 죄수가 되었구나 此日幾同階下囚

유현덕의 목숨은 어찌 될 것인가?

26
관운장의 충의

원소는 전투에 패해 장수를 잃고
관운장은 관인을 걸어두고 곳간을 봉하다

원소는 분을 이기지 못해 유현덕을 죽이려 한다. 현덕이 조용히 앞으로 나서며 말한다.

"명공께서는 어찌하여 한쪽 말만 듣고 이제까지의 정을 끊으려 하십니까? 저는 싸움에 패하여 서주를 잃고 난 다음에 운장이 살았는지 죽었는지도 모르고 있었습니다. 천하에 모습이 같은 자가 적지 않은데, 얼굴빛이 붉고 수염이 길다고 하여 어찌 모두 관운장이라 할 수 있으리까. 명공께서는 깊이 통촉하소서."

본래 원소는 주관이 뚜렷하지 않은 터라, 현덕의 말을 듣고는 이내 저수를 꾸짖는다.

"네 말만 듣고 하마터면 좋은 사람을 죽일 뻔하였구나!"

원소는 다시 유현덕을 장막으로 청해 높이 앉힌 다음, 함께 안량의 원수를 어찌 갚을까 의논했다. 이때 장막 앞에 있던 한 장수가 나서며 말한다.

"안량은 나와 형제 같은 사이인데 역적 조조에게 죽임을 당했으니, 내 어찌 그 원한을 갚지 않을 수 있겠소이까!"

유현덕이 보니, 신장이 8척이요 얼굴은 해태와 흡사한 그는 바로 하북의 명장 문추(文丑)였다. 원소가 크게 기뻐하며 말한다.

"네가 아니면 안량의 원수를 갚지 못할 것이다. 10만 군사를 줄 터이니 즉시 황하를 건너 역적 조조를 추살(追殺)하라."

저수가 만류한다.

"그건 안됩니다. 우리는 우선 연진(延津)에 주둔하고, 또 군사를 나누어 관도를 지키는 것이 상책입니다. 경솔히 황하를 건넜다가 만일 큰 변이라도 생기면 모두들 돌아오지 못할 것입니다."

원소가 버럭 화를 낸다.

"너희 문신들은 매번 군사들의 사기를 떨어뜨리고, 맥없이 세월만 보내며 대사를 그르칠 작정이구나. 자고로 싸움은 신속하게 하는 것이 제일이라는 말도 모르느냐?"

저수는 하늘을 우러러 깊이 탄식한다.

"윗사람은 자기 뜻만 앞세우고 아랫사람은 자신의 공만 앞세우려 하니, 과연 내가 유유히 흐르는 황하를 두번 다시 건널 수 있을지 의문이로다."

저수는 그후로는 병을 핑계로 다시는 의논하러 나오지 않았다.

유현덕이 말한다.

"이몸은 명공께 큰 은혜를 입었으나 갚을 길이 없더니, 이번에 문추 장군과 함께 출정하여 첫째는 명공의 은덕을 갚고, 둘째는 그 사람이 진짜 운장인지 확실히 알아보고 오겠소이다."

원소가 기뻐하며 문추를 불러서 분부한다.

"현덕과 함께 전군(前軍)을 통솔하도록 하라."

문추가 말한다.

"유현덕은 여러번 패한 장수라 군사들을 움직이는 데 이롭지 않습니다. 주공께서 기어이 그를 보내시겠다면, 소장은 3만 군사를 나누어주어 그로 하여금 후군을 맡도록 하겠습니다."

이렇게 해서 문추는 7만 군사를 거느리고 앞장섰고, 유현덕에게는 3만 군사를 이끌고 뒤를 따르게 했다.

한편 조조는 관운장이 안량의 목을 단칼에 베어오는 것을 보고는 전보다 더욱 흠모하고 공경하게 되었다. 그리하여 조정에 표문을 올려 운장을 한수정후(漢壽亭侯)에 봉하고, 관인(官印)까지 만들어주었다.

이때 파발꾼이 급히 달려와 보고한다.

"원소가 다시 맹장 문추로 하여금 황하를 건너 연진의 위쪽에 군사를 주둔시키게 했사옵니다."

조조는 먼저 사람을 보내 백성들을 서하(西河)로 옮기게 하고, 몸소 군사를 이끌고 진군했다.

"후군을 앞세워 전군으로 삼고, 전군으로 후군을 삼으라. 또한 군량과 마초를 앞세우고 군사들은 그 뒤를 따르도록 하라."

조조가 영을 내리자 여건(呂虔)이 묻는다.

"군량과 마초를 앞세우고 군사들더러 뒤따르라고 하시는 까닭이 무엇입니까?"

조조가 답한다.

"뒤에 군량과 마초를 두면 노략질을 당하지 않더냐. 그래 앞에 둔 것이다."

여건이 다시 묻는다.

"만약 적군이 앞에서 노략질을 하면 어쩌시렵니까?"

"그건 그때가 되면 자연히 알게 될 것이다."

여건은 조조의 답을 듣고도 도무지 그 속뜻을 알지 못했다. 조조는 전군을 앞세워 군량이며 마초 같은 군수품을 싣고 연진으로 향하게 하고, 자신은 천천히 후군을 이끌고 나아갔다. 그때 갑자기 전군에서 함성이 일어난다. 조조가 급히 사람을 보내 어찌 된 상황인지 보고 오게 했다. 이윽고 파견했던 사람이 황급히 돌아와 전한다.

"하북의 맹장 문추가 쳐들어오자, 군사들이 모두 군량이며 마초를 내버리고 사방으로 흩어져 달아나고 있습니다. 한데 후군은 이렇듯 멀리 있으니 참으로 큰일입니다."

조조는 채찍을 들어 남쪽 산 언덕을 가리키며 영을 내린다.

"잠시 저 위쪽으로 피하도록 하라."

군사들은 모두 언덕으로 올라갔다. 조조는 다시 영을 내린다.

"모두들 갑옷을 벗고 숨을 돌리도록 하라. 그리고 말들도 풀어주어 쉬게 하여라."

그때 함성이 크게 일며 문추의 군사들이 몰려온다. 수하 장수들이 조조에게 말한다.

"적군이 저렇듯 쳐들어오니, 급히 마필을 수습하여 백마로 피해가도록 하십시오."

순유가 나서서 여러 장수들에게 급히 말한다.

"이것은 바로 적을 유인하는 계책이오. 백마로 피해가다니 그게 무슨 말인가."

조조가 순유를 돌아보며 빙그레 웃었다. 순유만은 조조의 속마음을 알아차렸던 것이다.

문추의 군사들은 군량과 마초를 얻고 나자, 이번에는 마필을 빼앗느라 대오를 이탈하여 제멋대로였다. 그제야 조조는 군사들에게 영을 내려 일제히 내려가 적을 포위하라 명한다. 제각기 말을 잡으려고 이리저리 날뛰던 문추의 군사들은 불의의 습격에 정신없이 저희끼리 밀고 밟히고 하는 것이 아닌가. 문추가 호령을 내렸으나 이미 때가 늦어 수습할 도리가 없다. 문추 혼자 말을 몰고 달아나는데, 조조가 언덕 위에서 문추를 가리키며 말한다.

"하북의 맹장 문추를 누가 가서 사로잡아 오겠느냐?"

장요와 서황이 달려나가며 큰소리로 외친다.

"이놈 문추야, 어딜 달아나려는 게냐. 당장 멈췄거라!"

문추가 돌아보니 두 장수가 뒤따라오고 있었다. 문추는 잠시 철창을 안장에 수습해두고 활에 살을 메겨 장요를 겨누고 쏘았다.

"적장이 활을 쏜다!"

서황의 고함소리에 장요는 급히 고개를 숙여 화살을 피했는데, 날아든 화살은 장요의 투구를 맞추어 투구끈이 끊어지고 말았다. 장요가 다시 힘을 내어 뒤쫓는데 두번째 화살이 그가 타고 있던 말머리에 꽂힌다. 말이 앞굽을 꿇고 거꾸러지는 바람에 장요 또한 땅바닥에 나뒹굴었다. 문추는 돌아서며 장요를 치러 급히 달려들었다.

그때 서황이 큰도끼를 수레바퀴처럼 휘두르며 달려와 문추의 앞을 가로막는다. 문추와 서황이 맞서 싸우는데 갑자기 함성과 함께 문추의 뒤에서 하북 군사들이 달려온다. 서황은 혼자 힘으로 더이상 대적할 수 없어 말머리를 돌려 달아났다. 문추가 급히 서황의 뒤를 추격해 황하 기슭에 이르니, 홀연히 10여기의 인마가 깃발을 펄럭이며 달려온다. 칼을 들고 앞장서 오는 장수를 보니, 바로 관운장이다.

"적장은 달아나지 마라!"

관운장은 호령하며 청룡도를 치켜들고 문추에게 달려들었다. 문추는 철창을 들어 운장의 청룡도를 몇번 막아보았으나 힘에 부쳐 당해낼 수가 없다. 겁에 질린 문추는 말머리를 돌려 황하를 따라 급히 달아난다. 운장은 적토마를 바삐 몰아 뒤를 쫓더니 문추의 등 뒤에서 청룡도를 높이 들어 한번 번뜩였다. 말은 그대로 달려가는데 말 위에 탄 문추의 목이 피를 뿜으며 날아가 말 아래로 굴러떨어졌다.

조조는 언덕 위에서 관운장의 칼에 문추의 목이 떨어지는 것을 보고, 곧 군사를 휘몰아 적진으로 뛰어들었다. 혈로마저 찾을 수 없던 하북 군사의 태반은 황하에 빠져 죽었다. 그리고 앞서 빼앗겼던 식량이며 마초와 말들은 고스란히 조조의 군사들이 되차지했다.

관운장이 수하 몇명만을 거느리고 동서를 넘나들며 싸우고 있을 때, 유현덕은 강 건너에서 3만 군사를 거느리고 오는 중이었다. 파발꾼이 달려와 보고한다.

"이번에도 얼굴이 붉고 수염 긴 장수가 문추 장군을 베었습니다."

유현덕이 황급히 말을 달려가 황하 건너편을 바라보니 한떼의 인마가 나는 듯이 오가는데, 깃발에 씌어진 글자는 바로 '한수정후 관운장(漢壽亭侯 關雲長)' 일곱자가 분명하다. 현덕은 하늘을 우러러 마음속으로 천지신명께 감사를 올렸다.

'내 아우가 죽지 않고 조조에게 가 있었구나.'

현덕은 즉시 관운장을 불러 만나고 싶었으나, 조조의 대군이 몰려와 하는 수 없이 군사를 수습하여 돌아섰다.

이때 원소는 앞서 보낸 문추를 도우려고 관도에 이르러 막 영채를 세운 참이었다. 곽도(郭圖)와 심배(審配)가 와서 고한다.

"이번에도 문추를 죽인 장수가 운장이었건만, 유비는 짐짓 모르는 체하고 있습니다."

"그 귀 큰 도적놈이 어찌 감히 이럴 수가 있단 말이냐!"

원소가 분을 참지 못하고 있을 때, 유현덕이 돌아왔다. 원소는 즉시 좌우에 명한다.

"저놈을 끌어내 당장 참수하라!"

현덕이 다급히 말한다.

"제가 무슨 죄를 저질렀다고 이러십니까?"

원소가 다시 소리 높여 말한다.

"네놈이 또다시 아우를 시켜 나의 아끼는 장수를 죽여놓고, 어찌 죄가 없다 하느냐!"

현덕이 조용히 말한다.

"죽기 전에 한마디만 아뢰도록 허락해주십시오. 조조는 본래 저를 몹시 싫어합니다. 이것은 모두 조조가, 제가 명공께 의탁하고 있으면서 명공을 도울까 두려워하여 특별히 운장으로 하여금 두 장수를 죽이게 한 것이니, 바로 명공의 손을 빌려 이 유비를 없애려는 계책이오니, 바라건대 명공께서는 깊이 헤아려주십시오."

원소가 현덕의 말을 듣고 보니 딴은 그럴 법한 일이었다.

"현덕의 말이 옳도다. 너희 때문에 하마터면 어진 사람을 해쳤다는 소리를 들을 뻔했구나."

원소는 좌우를 꾸짖어 물린 다음, 현덕을 장상(帳上)으로 청했다. 현덕이 원소에게 깊이 사례한다.

"명공의 관대하신 은혜를 또 입었으나 보답할 길이 없소이다. 부디 심복을 통해 운장에게 밀서를 전할 수 있도록 허락해주십시오. 운장은 제 소식만 알면 기필코 밤낮을 가리지 않고 달려올 것이외다. 그리하여 운장이 명공을 도와 함께 조조를 멸하고, 안량과 문추의 원수를 갚으면 어떠하오리까?"

그 말에 원소는 매우 기뻐한다.

“운장만 얻는다면야 안량과 문추보다 열배는 나을 게요. 어서 글을 써서 보내도록 하시오.”

현덕은 운장에게 보낼 서신을 썼으나, 막상 들려보낼 사람이 마땅치 않았다. 원소는 무양(武陽)으로 물러나 잇달아 수십리에 걸쳐 영채를 세우고 군사를 움직이지 않았다.

한편 조조는 하후돈으로 하여금 군사를 거느리고 관도의 요충지를 지키게 하고, 자신은 대군을 거느리고 허도로 돌아갔다. 조조는 먼저 큰 잔치를 베풀고 모든 관원들을 모아놓고 관운장의 공로를 치하했다. 이윽고 조조가 여건에게 말한다.

“지난번 전투에서 내가 군량과 마초를 앞세운 것은 바로 적을 유인하고자 함이었느니라. 그러나 내 의중을 읽은 이는 오로지 순유한 사람뿐이었다.”

좌중의 사람들이 탄복해 마지않는다. 한창 술잔이 오가는 중에 갑자기 여남(汝南)에서 보고가 들어왔다.

“여남의 황건적 유벽(劉辟)과 공도(龔都)가 날뛰어서, 조홍이 여러번 싸움에 나섰으나 이기지 못하여 원군을 청합니다.”

이 말을 듣고 운장이 앞으로 나선다.

“이 관아무개가 견마지로(犬馬之勞)를 다하여 여남의 도적들을 무찌르고 돌아오겠소이다.”

조조가 말한다.

“운장이 이미 큰공을 세워 그것도 아직 보답하지 못하고 있는 터에, 어찌 또다시 수고를 끼칠 수 있겠소?”

"저는 아무 일 않고 있으면 오히려 병이 납니다. 바라건대 다시 한번 출정하게 해주십시오."

조조는 관운장의 뜻을 장하게 여겨, 군사 5만을 내주고 우금과 악진을 부장으로 삼아 떠나게 했다. 그때, 순욱이 조조에게 은밀히 말한다.

"관운장은 항시 유현덕에게 돌아갈 마음을 품고 있습니다. 만약 유비의 소식을 아는 날에는 반드시 떠날 것이오니, 자주 출정시키지 않는 게 좋습니다."

조조가 대답했다.

"이번에 공을 이루고 돌아오면, 다시는 내보내지 않겠소."

관운장은 군사를 이끌고 여남 근처에 영채를 세웠다. 그날밤이었다. 영채 밖에서 두명의 염탐꾼을 붙잡아들였는데, 운장이 자세히 살펴보니 그 가운데 한 사람이 바로 손건(孫乾)이다. 관운장이 깜짝 놀라 즉시 좌우를 물리친 다음 다급히 묻는다.

"서주를 잃고 공과 헤어진 후 도무지 종적을 알 길이 없었는데, 어찌하여 여기에 와 있소?"

손건이 말한다.

"그때 서주에서 겨우 목숨을 건져 여기저기 떠돌다가 여남에 이르렀소이다. 천만다행으로 유벽이 거두어준 덕택에 지금까지 몸을 의탁하고 있었소. 그런데 장군께서는 어쩌다가 조조에게 붙어 계시오? 그리고 감부인과 미부인은 무고하신지요?"

관운장은 손건에게 그동안의 일을 자세히 이야기했다. 다 듣고 나서 손건이 말한다.

"요즈음 현덕공께서 원소에게 의탁하고 계시다는 소문을 들었소이다. 가서 찾아뵈려던 참인데 기회가 없었소. 그러다 이번에 유벽과 공도 두 사람이 원소에게 귀순하여 조조를 치기로 했는데, 마침 장군께서 이곳에 오셨다는 말을 듣고 내 일부러 염탐꾼이 되어 장군을 뵙고 소식을 전하러 온 것이외다. 내일 싸움에서 우리가 짐짓 패한 체하며 물러갈 것이니, 장군께서는 속히 두 부인을 모시고 원소에게로 가서 현덕공을 뵙도록 하십시오."

관운장은 놀랍고도 기쁜 마음에 당장이라도 달려갈 태세였으나, 이내 표정이 어두워진다.

"형님께서 원소에게 가 계시다니 밤을 새워서라도 달려가고 싶은 심정이나, 걱정이 앞서는구려. 내가 원소가 아끼는 장수를 둘이나 죽였으니, 혹시 무슨 변고나 생기지 않을까 염려되오."

"그렇다면 내가 저쪽에 가서 형편을 알아보고 오겠소. 그다음에 장군께 알려드리리다."

"형님을 한번이라도 다시 뵈올 수만 있다면 만번을 죽어도 후회하지 않을 것이오. 이번에 허도로 돌아가면 먼저 조조에게 하직을 고하겠소이다."

그날밤 관운장은 비밀리에 손건을 떠나보냈다.

다음 날 관운장은 즉시 군사를 이끌고 나아갔다. 공도가 말을 타고 앞으로 나서자 운장이 말한다.

"네놈들은 어찌하여 조정에 반대하는고?"

공도가 말한다.

"주인을 배반한 주제에 무슨 낯으로 나를 욕하느냐!"

"내가 어째서 주인을 배반했다 하느냐?"

"유현덕이 원소에게 몸을 의탁하고 있거늘, 너는 조조를 섬기고 있으니 어인 까닭이냐?"

관운장은 더이상 아무 말도 하지 않고, 춤추듯 칼을 휘두르며 말을 몰아나간다. 공도는 맞서 싸울 생각도 않고 그대로 말머리를 돌려 달아난다. 관운장이 급히 말을 몰아 추격하자, 갑자기 공도가 고개를 돌리며 말한다.

"옛주인의 은혜는 잊을 수 없는 법, 공은 속히 진군하십시오. 우리는 여남땅을 버리고 떠나겠소."

관운장이 공도의 뜻을 알고 군사를 휘몰고 나가니, 유벽과 공도 두 사람은 거짓으로 패한 체하며 사방으로 흩어져 달아나버렸다. 운장은 마침내 여남땅을 탈환하여 백성들을 안심시킨 후에, 다시 허도로 돌아갔다.

조조는 여남땅을 되찾았다는 소식을 듣고 관운장을 맞이하여 군사들에게 상을 내리고 잔치를 베풀어 그 공을 치하했다. 잔치가 끝나고 관운장은 거처로 돌아가 안채 문밖에서 두 부인에게 인사를 올렸다. 감부인이 묻는다.

"아주버님께서는 두번이나 출정하셨는데, 그래 유황숙의 소식은 알아오셨는지요?"

관운장은 평소와 같이 대답한다.

"황숙의 소식은 듣지 못했습니다."

관운장이 물러나자, 두 부인은 서로를 붙들고 목놓아 울었다. 두 부인의 곡성이 너무나 애절하여, 내문을 지키던 늙은 병사가 문밖에서 여쭈었다.

"어인 일로 그리 통곡하시옵니까?"

감부인이 말한다.

"관장군께서 황숙의 소식을 모른다고만 하시는데, 아마도 황숙께서 이미 이 세상 사람이 아닌 모양이다. 그래서 말씀을 안하시는 게 아니겠느냐."

그러고서 두 부인은 또다시 애절하게 운다. 관운장을 따라 출정했던 늙은 병사가 듣다 못해 살며시 고한다.

"부인께서는 울음을 거두십시오. 황숙께서는 지금 하북의 원소에게 가 계시답니다."

두 부인이 깜짝 놀라 묻는다.

"그대가 어찌 아느냐?"

늙은 병사가 말한다.

"소인은 이번에 관장군님을 모시고 출정했는데, 어떤 장수가 진중에 와서 말하는 것을 들었사옵니다."

감부인은 급히 관운장을 불러 책망한다.

"황숙께서는 일찍이 아주버님께 섭섭히 대하신 일이 없거늘, 지금 조조의 은혜를 입었다 하여 지난날의 의리를 잊으셨단 말입니까? 도대체 황숙의 소식을 우리에게 감춘 연유가 무엇입니까?"

관운장이 머리를 조아리며 고한다.

"형님께서 지금 하북에 계신 것은 사실입니다. 하오나 두분 형수님께 사실대로 아뢰지 않은 것은 만에 하나라도 이 말이 새나갈까 두려워서였습니다. 모름지기 이런 일은 천천히 도모해야지, 급히 서둘러서는 아니 됩니다."

감부인은 그제야 노여움을 풀고 말한다.

"그럼 아주버님께서 일을 서둘러주세요."

관운장은 물러나와 떠날 계책을 골몰히 생각하는데, 심사가 불안했다.

그때 조조의 부장 우금이 유비가 하북에 있다는 소문을 듣고 돌아와 조조에게 보고했다. 조조는 장요에게 관운장의 동정을 살펴오라는 분부를 내렸다. 관운장이 답답하고 초조한 마음으로 앉아 있는데, 문득 문지기가 장요가 찾아왔음을 알렸다. 장요는 들어와 자리에 앉자마자 운장에게 축하의 인사를 한다.

"형장께서 이번 여남길에 유황숙이 계신 곳을 아셨다니 이렇게 기쁘실 데가 어디 있겠소이까?"

관운장은 수심에 잠긴 얼굴로 대꾸한다.

"옛주인이 어디 계신지 알면서도 뵙지 못하고 있는 터에 무엇이 기쁘겠소?"

장요가 다시 묻는다.

"형과 유현덕의 관계를 저와의 관계와 비교해보면 어떻소이까?"

"그대와 나 사이는 붕우지간이지만, 나와 유현덕은 붕우이자 형제이며 형제이자 군신의 관계니, 어찌 비교할 수 있겠소?"

"현덕이 하북에 계신 줄 알았으니, 형께서는 그곳으로 가실 생각이시오?"

"지난날의 약속을 내 어찌 저버리겠소. 문원은 부디 나를 위하여 승상께 잘 여쭈어주시오."

장요가 돌아와서 조조에게 그대로 전했다. 조조는 한동안 잠잠히 있다가 한마디 한다.

"내게 운장을 붙들어둘 계교가 있다."

관운장은 장요를 돌려보내놓고, 또다시 떠날 계책을 생각하느라 앉으나 서나 편치가 않은데 시종이 전하기를, 옛친구가 찾아왔다고 한다. 찾아온 이를 청해들였으나 관운장으로서는 도무지 모르는 얼굴이다. 관운장이 묻는다.

"공은 대체 뉘시오?"

"저는 남양땅에 사는 원소의 부하 진진(陳震)입니다."

이 말을 듣고 운장은 깜짝 놀라 급히 좌우를 물리친다.

"선생께서 나를 찾아온 데는 필시 깊은 까닭이 있겠지요?"

진진은 말없이 품속에서 서신 한통을 꺼내어 운장에게 내민다. 펼쳐보니 바로 현덕의 필체가 아닌가.

유비는 그대와 더불어 도원에서 결의하여 함께 죽기를 맹세했건만, 이렇게 중도에서 서로 헤어져 은혜도 잊고 의리도 끊게 될 줄 뉘 알았으리오. 그대가 참으로 공명을 얻고 부귀영화를 누릴 생각이라면, 기꺼이 그대에게 내 목을 바칠 터이니 온전히 공을 세우라. 글로 말을 다하지 못하고, 오직 죽을 날만을 기다릴 뿐이로다.

관운장은 유비의 글을 읽고 목놓아 울었다.

"내가 형님을 찾지 않은 것이 아니라 다만 계신 곳을 몰랐을 뿐이거늘, 어찌하여 부귀영화를 위해 옛 맹세를 저버린다 하십니까?"

진진이 말한다.

"유황숙께서는 그대를 생각하는 정이 심히 간절하시오. 옛 맹세를 저버리지 아니했다면 어서 가서 뵙도록 하시지요."

관운장이 말한다.

"사람이 천지간에 태어나서 시작과 끝이 없다면 이는 군자가 아니오. 나는 이곳에 올 때 입장을 분명히 했으니 떠날 때에도 분명히 하고 가야 하오. 편지를 써드릴 터이니 먼저 형님께 올려주시오. 조조에게 하직을 고한 다음 두분 형수님을 모시고 갈 터이니 그때까지 기다려달라 전해주시오."

진진이 묻는다.

"만약 조조가 보내주지 않는다면 어쩔 생각이오?"

"차라리 죽을지언정 이곳에 머물러 있지는 않겠소."

"그러시다면 공께서는 빨리 답신을 쓰셔서 현덕공의 마음을 풀어드리십시오."

관운장이 곧 붓을 들어 답신을 쓰니, 그 뜻은 대강 다음과 같다.

일찍이 듣자니, 의리는 마음을 저버리지 않고 충성은 죽음을 돌보지 않는다 하더이다. 관우도 어릴 때부터 글을 읽어 조금쯤은 예(禮)와 의(義)를 배운 터라, 양각애(羊角哀)와 좌백도(左伯桃)의 옛일(전국시대 막역지간의 벗으로, 좌백도가 양각애를 위해 죽은 일을 가리킴)을 읽을 때마다 세번 탄식하고 눈물을 흘렸나이다. 지난번 하비성을 지킬 때, 안에는 양식이 떨어지고 밖에는 원병이 없어 죽으려 했사오나, 두분 형수님이 계신 까닭에 감히 목숨을 버리지 못하고 잠시 조공에게 의탁하여 후일을 기약한 것이옵니다. 근래에 여남에 갔다가 비로소 형님 소식을 들었으니, 이제 조조를 하직하고 두분 형수님을 모시고 돌아가려 하옵니다. 만일 관우가 딴마음을 품는다면 천지신명과 사람이 결코 용서치 않을 것입니다. 가슴을 쪼개어 속마음을 보이려 하여도 필설로 전할 수 없습니다. 형님을 뵐 날이 그리 멀지 않았으니, 바라옵건대 이 아우를 굽어살피소서.

관운장은 진진에게 답신을 주어 보낸 다음, 안채로 들어가 두 형수에게 정황을 알렸다. 그러고는 즉시 조조의 부중으로 들어가 조조에게 하직인사를 올리려 했다. 조조는 관운장이 무슨 일로 왔는지 아는 까닭에, 문에다 면회를 사절한다는 회피패(廻避牌)를 걸어 놓았다. 관운장은 답답한 심사를 안고 돌아와 자신이 데리고 왔던 부하들에게 분부한다.

"수레와 말을 대령하도록 하여라. 그리고 그동안 승상께서 내리신 물건은 그대로 두고, 티끌 하나라도 가져가서는 안될 것이다."

이튿날 관운장은 또다시 조조의 부중으로 찾아갔다. 하지만 여전히 문에는 회피패가 걸린 채, 조조는 운장을 보려 하지 않았다. 관운장은 생각다 못해 장요를 찾아갔다. 그러나 장요 역시 병을 핑계로 운장을 만나려 하지 않았다. 운장은 생각했다.

'필시 조승상이 나를 보내려 하지 않는 게 틀림없다. 그러나 나는 이미 떠나기로 결정했거늘, 한시라도 여기에 머물러 있을 까닭이 무엇인가.'

관운장은 마침내 붓을 들어 조조에게 하직의 글을 썼다.

관우는 일찍이 유황숙을 섬겨 생사를 같이하기로 맹세했으니, 황천후토(皇天后土, 하늘과 땅의 신)께서도 들어서 아는 일입니다. 지난번 하비성을 잃었을 때 관우가 청한 세가지 약조를 승상께서는 이미 응낙하셨습니다. 이제 옛주인이 원소의 군중에 계신 것을 알았으니, 옛 맹세를 돌이켜 생각할 때 어찌 저버릴 수 있겠습니까. 비록 승상의 은혜가 두터우나, 옛 의리를 잊기 어려워 이렇듯 글로써 하직인사를 올리오니, 승상께서는 부디 굽어살피소서. 아직 갚지 못한 남은 은혜는 반드시 뒷날에 보답하겠소이다.

관운장은 사람을 시켜 조조의 부중에 서신을 전하게 했다. 조조에게서 받은 금이며 은 등을 모조리 곳간에 넣고 문을 봉한 뒤 한수정후의 인(印)은 당상 높이 걸어두었다. 감부인과 미부인을 수레에 태우고, 자신은 적토마에 올라 청룡도를 들고서, 처음에 데리고 왔던 부하 20여명으로 하여금 두 부인을 태운 수레를 호송케 하여 북문을 향해 길을 나섰다.

북문에 이르자 그곳을 지키고 있던 장수가 길을 가로막았다. 관운장이 칼을 쳐들고 눈을 부릅뜬 채 큰소리로 꾸짖으니 북문을 지키던 군사들이 모두 피해 달아난다. 관운장은 북문을 나선 뒤 종자(從者)를 돌아보고 분부했다.

"너희들은 수레를 모시고 앞서 가도록 하라. 뒤를 쫓는 자가 있으면 내가 물리칠 터이니, 행여 두분 부인이 놀라시지 않게 하여라."

운장의 분부를 받은 종자들은 수레를 모시고 하북을 향해 걸음을 재촉했다.

한편, 조조는 수하의 문무관원들을 불러모아놓고 관운장의 일을 의논하고 있었다. 이때 사람 하나가 와서 관운장의 서신을 전한다. 조조는 운장의 글을 읽고 소스라치게 놀랐다.

"관운장이 드디어 떠났구나!"

조조가 망연해하는데 이번에는 북문을 지키는 수문장이 급히 달려와 고한다.

관우는 관인을 들어 곳간을 봉하고 두 형수와 유비를 찾아 떠나다

"관운장이 수레를 호송하는 20여명의 군사를 데리고 북쪽을 향해 떠났사옵니다."

또한 관운장의 거처에서 일하던 사람도 와서 알린다.

"관장군이 승상께서 내리신 금이며 은 등을 모두 곳간에 봉해놓고, 10명의 미인은 따로 내실에 두었으며, 한수정후의 인은 당상에 걸어놓았습니다. 승상께서 보내신 사람들은 다 남겨놓고 처음에 데리고 왔던 종자들과 쓰던 물건들만 수습하여 북문으로 나갔습니다."

조조가 또다시 한숨을 토하는데, 장수 한 사람이 썩 나서며 큰소리로 외친다.

"철기 3천만 내주시면 즉시 가서 관운장을 사로잡아와 승상께 대령하겠소이다."

사람들이 바라보니, 그는 바로 장군 채양(蔡陽)이었다.

만길의 교룡굴을 빠져나오려	欲離萬丈蛟龍穴
3천명 범 같은 군사를 만나도다	又遇三千狼虎兵

채양이 관운장을 추격하려 하니 결과가 어찌 될 것인가?

27
홀로 천릿길을 달리다

미염공은 필마단기로 천릿길을 달리고
한수정후는 다섯 관문에서 여섯 장수를 베다

조조의 장수들 가운데 관운장과 특히 교분이 두터운 이는 장요 말고도 서황이 있었다. 나머지 장수들도 대개 관운장을 마음속으로부터 존경하고 복종했으나, 유독 채양만은 운장을 못마땅하게 생각했다. 이때문에 운장이 떠나갔다는 말을 듣자 그를 추격하겠다고 나선 것이다. 조조는 채양의 말에 고개를 저었다.

"관공이 옛주인을 잊지 않고 이렇듯 오고 가는 것이 분명하니, 진정한 장부가 아니냐? 마땅히 너희들도 본받을 일이다."

오히려 채양을 꾸짖어 물리치니 모사 정욱이 한마디 한다.

"승상께서는 관우를 극진히 대접해주셨는데, 제대로 하직인사조차 올리지 않고 보잘것없는 글 한장으로 승상의 위엄을 모독했으니, 그 죄는 실로 적지 않습니다. 게다가 이대로 원소 진영으로 가게 내버려두시는 것은 그야말로 범에게 날개를 붙여주는 격이올시다. 역시 뒤쫓아가서 관우를 죽여 후환을 없애는 것이 좋을 듯합니다."

그 말에도 조조의 마음은 흔들리지 않는다.

"이미 지난번에 관공에게 약조한 일이다. 이제 와서 어찌 신의를 저버리겠는가? 그도 제 주인을 위한 일이니 내버려두라."

조조는 장요를 돌아보며 탄식하듯 말한다.

"운장은 내게 받은 보물들을 모두 곳간에 넣어 봉해버리고 한수정후의 인도 걸어놓고 떠났으니, 이것은 재물로도 그 마음을 움직이지 못하고 봉록으로도 그 뜻을 바꿀 수 없음이라. 참으로 깊이 공경받아 마땅한 인물이로다. 제가 가도 아직 멀리는 못 갔을 터이니, 문원은 곧 뒤쫓아가서 운장더러 잠시 기다리라고 하라. 내 그에게 노자(路資)와 전포를 주어 후일의 기념으로 삼을까 한다."

장요는 조조의 분부를 받고 혼자 먼저 달려가고, 곧이어 조조가 수십기를 거느리고 뒤따랐다.

본래 관운장이 탄 적토마는 하루에 천리도 달릴 수 있었지만, 두 형수를 태운 수레를 호송하느라 빨리 달리지 못했다. 관운장이 적토마의 고삐를 늦춰잡고 천천히 가고 있을 때였다. 갑자기 등 뒤에서 고함소리가 들렸다.

"운장은 잠시 멈추시오!"

관운장이 고개를 돌려 바라보니, 장요가 말을 타고 급히 쫓아오고 있었다. 운장은 수레를 모는 종자에게 분부한다.

"너는 큰길만을 바라고 곧장 가거라."

그러고는 말을 멈추고 장요를 향해 묻는다.

"그대는 나더러 다시 돌아가자고 온 것인가?"

장요는 가까이 다가와 말을 멈춘 다음 대답한다.

"아니올시다. 형장이 먼 길을 가신다는 소식을 듣고 승상께서 특별히 배웅하시겠다고 나를 먼저 보내 잠시 멈추게 하신 것이오. 다른 뜻은 없으니 걱정 마오."

"승상께서 철기를 거느리고 오신다 해도 나는 죽기로써 싸울밖에."

관운장은 말을 다리 위에 세운 다음 청룡도를 치켜들고 남쪽을 바라보았다. 아니나 다를까, 티끌이 자욱하게 이는데 조조가 앞장을 서고, 그 뒤에 허저·서황·우금·이전 등의 무리 수십명이 급히 말을 몰아 달려오고 있다. 조조는 관운장이 청룡도를 치켜들고 다리 위에 말을 세우고 있는 것을 보자, 장수들에게 명하여 말을 멈추고 좌우로 늘어서게 했다. 관운장은 사람들 손에 병기가 없는 것을 보고서야 비로소 마음을 놓았다. 조조가 묻는다.

"운장은 어이하여 이렇게 급히 떠나시는가?"

관운장이 말 위에서 허리를 굽혀 인사하고 대답한다.

"일찍이 말씀드렸거니와, 옛주인이 하북에 계시다는 소식을 들어 급히 떠나지 않을 수 없었습니다. 승상께 하직인사를 올리고자 누차 승상의 부중을 찾아갔으나 결국 뵙지 못하여 하는 수 없이 대신 글월을 올렸습니다. 황금을 곳간에 넣어 봉하고 관인은 걸어놓았습니다. 승상께서는 부디 지난날에 약조하신 일을 저버리지 마십시오."

조조가 말한다.

"내가 천하의 신의를 얻으려 하는 터에 어찌 입 밖에 낸 말을 저버릴 수 있겠소. 그저 장군께서 먼 길을 가시는데 행여 노자라도 부족하면 어쩌나 염려되어, 작별인사도 드릴 겸 달려온 것이오."

조조가 말을 맺자, 한 장수가 말 위에서 황금을 담은 쟁반을 받쳐들고 왔다. 관운장은 받으려 하지 않는다.

"그동안 승상께서 누차 내리신 것이 아직도 많이 남았소이다. 이 황금은 가지고 계셨다가 군사들의 상금으로 쓰시지요."

조조가 말한다.

"이 약소한 예물로는 장군이 세운 크나큰 공의 만분의 일도 갚지 못하오. 굳이 사양할 것이 무엇이오?"

"변변치 못한 수고를 가지고 뭘 그러십니까?"

조조가 호방하게 웃으며 말한다.

"운장은 천하의 의사(義士)건만 내가 박복하여 붙잡아두지 못하는구려. 비단 전포 한벌로 약소하게 나의 마음을 표할까 하오!"

한 장수가 말에서 내려 두 손으로 비단 전포를 받들어 운장에게 바친다. 관운장도 마땅히 말에서 내린 다음 전포를 받아들었어야 하나 혹시 무슨 변고라도 생길까 염려하여 내리지 못하고, 청룡도 끝으로 비단 전폿자락을 걸쳐올려 몸에 둘렀다.

"승상께서 내리신 전포를 잊지 않겠소이다. 그럼, 뒤에 다시 뵈올 날이 있으리이다."

다시 한번 몸을 굽혀 예를 올린 다음, 말머리를 돌려 마침내 다리를 건너 북쪽을 향해 떠났다. 곁에서 줄곧 지켜보던 허저가 마땅치 않은 어조로 말한다.

"저렇듯 무례한 자를 어찌하여 그냥 보내십니까?"

"저는 일인일기(一人一騎)요, 우리는 수십인이니 어찌 의심이 없겠는가. 내 이미 그를 보냈거늘 추격할 수는 없는 일이다."

조조는 말머리를 돌려 성으로 돌아오면서도 관운장에 대한 미련이 남아 연신 탄식소리가 새어나왔다.

조조와 작별한 관운장은 적토마를 급히 몰아갔다. 하지만 어찌 된 일인지 30리를 가도록 앞서 보낸 수레를 찾을 수가 없다. 관운장이 몹시 당황하여 사방으로 찾아다니는데, 갑자기 산 위에서 큰 소리로 부르는 사람이 있었다.

"관운장, 잠시 멈추시오."

관운장이 고개를 들어 바라보니, 비단옷을 입고 머리에 황건을 쓴 한 소년이 1백여명의 군사를 거느리고 산에서 내려오고 있었다. 그의 손에는 창 한자루가 들려 있고 말 목에는 사람 머리가 매달려 있다.

"그대는 누군가?"

소년은 말을 달려 운장의 앞에 다다르자, 급히 손에 들었던 창을 내던지고 말에서 뛰어내리더니 땅바닥에 엎드려 절을 올린다. 관운장은 혹시 무슨 속임수가 아닌가 하여 청룡도를 고쳐잡으며 다시 묻는다.

"장사는 성명을 말하라."

소년이 공손히 아뢴다.

"저는 본래 양양 사람으로 요화(廖化)라고 하며, 자는 원검(元儉)입니다. 세상이 어지러워 5백여명의 무리를 이끌고 강호를 떠돌아다니며 약탈을 하여 살아가고 있었습니다. 일찍부터 두원(杜遠)이라는 자와 함께 떠돌아다녔는데, 오늘 두원이 산밑을 순시하다 두 부인을 잡아왔습니다. 제가 종자에게 물었더니, 두분께서는 바로 유황숙의 부인들로, 관장군께서 호송한다 하더이다. 그래서 제가 즉시 풀어주자고 했으나 도무지 두원이 말을 듣지 않아 할 수 없이 두원을 베어 죽이고 산을 내려와 이렇듯 죄를 청하고, 두원의 머리를 바치려 하옵니다."

관운장이 급히 묻는다.

"두 부인께서는 지금 어디 계신고?"

"산채에 계십니다."

관운장이 급히 모셔오라 명하니, 요화는 곧 졸개를 산으로 올려보냈다. 얼마 후 1백여명의 무리가 두 부인의 수레를 앞뒤로 호위하고 내려왔다. 관운장은 말에서 내려 청룡도를 종자에게 맡긴 다음, 두 손을 맞잡고 수레 앞으로 다가서서 문안을 올렸다.

"두분 형수님께서는 얼마나 놀라셨습니까?"

두 부인이 말한다.

"요장군이 아니었더라면 두원이놈에게 욕을 당할 뻔하였소."

운장이 좌우를 돌아보며 묻는다.

"요화가 어떻게 두 형수님을 구했는가?"

종자들이 대답한다.

"두원은 수레를 빼앗아 산 위로 끌고 올라가 요화에게 한 부인씩 나누어 데리고 살자고 했습니다. 요화가 저희에게 두 부인의 근본을 묻고는 다시 산 아래로 모셔다드리려 했으나, 도무지 두원이 듣지를 않아 그만 요화가 두원을 죽이기에 이른 것입니다."

관운장은 요화에게 사례했다. 요화는 운장에게 부하들과 함께 자신을 거두어달라고 청했다. 하지만 운장은 요화가 본래 황건적의 잔당인 것이 마음에 걸려 좋은 말로 물리친 다음, 그가 내미는 황금과 비단도 완곡하게 거절했다. 요화는 하는 수 없이 관공에게 하직 인사를 올리고 수하의 무리를 수습하여 산속으로 사라져버렸다.

운장은 두 부인에게 조조가 전포를 내린 일을 고한 다음, 다시 길을 재촉하여 나아갔다. 어느덧 날이 저물었다. 관운장 일행은 한 촌장을 찾아가 하룻밤 쉬어가기를 청했다. 머리와 수염이 하얗게 센 노인이 나오더니 묻는다.

"장군은 뉘시오?"

관운장이 공손하게 대답한다.

"유현덕의 아우 관운장이올시다."

"바로 안량과 문추를 베어버린 관장군 아니시오?"

"그러하오."

노인은 크게 놀라 안으로 청한다.

"아이구, 관공이시구려. 어서 안으로 드시지요."

"수레에 두분 형수님이 계십니다."

노인은 곧 처자를 불러내서 두 부인을 영접하게 하고 운장과 더불어 초당으로 들어갔다. 관운장은 두 부인의 곁에 손을 모아잡고 공손히 서 있었다. 노인이 말한다.

"관공께서도 이리 앉으시지요."

"두분 형수님이 계신데 어딜 감히 앉으리까?"

노인은 처자들에게 두 부인을 내실로 모셔들이게 한 다음, 몸소 초당에서 운장을 대접했다.

"주인장 성씨는 어찌 되십니까?"

운장의 물음에 노인이 대답한다.

"이 사람의 성은 호(胡)요 이름은 화(華)외다. 환제 때 의랑으로 있다가 그만두고 이렇게 여기 내려와 지내고 있소이다. 집의 아이 호반(胡班)이 지금 형양(滎陽) 태수 왕식(王植) 밑에 종사로 있는데, 황송하오나 장군께서 혹시 그곳을 지나시거든 이 사람의 글을 좀 전해주실 수 있겠소?"

"그리하리다."

운장은 쾌히 응낙했다. 이튿날, 조반을 일찍 마친 관운장은 전날 호화 노인이 전해달라 청한 서신을 챙긴 다음, 두 부인을 모시고 낙양을 향해 떠났다.

관운장 일행은 낙양을 향해 가는 중에, 관문 하나를 지나게 되었다. 바로 동령관(東嶺關)이다. 동령관을 지키는 장수는 공수(孔秀)라는 자인데, 군사 5백명을 거느리고 있었다. 공수는 관운장이 수레를 호위하고 당도했다는 보고를 받고 맞이하러 나왔다. 관운장은 말에서 내려 공수와 인사를 나누었다.

"관장군께서는 어디로 가시오?"

"승상께 하직을 고하고 하북으로 형님을 뵈러 가는 길이외다."

"하북의 원소는 승상의 적이오. 장군께서 그리로 가신다면 승상의 증명서는 가지셨겠지요?"

"갈 길이 바빠서 미처 얻지 못하였소."

"증명서가 없다면, 사람을 허도로 보내서 승상께 알아본 뒤에야 보내드릴 수 있소. 그동안 이곳에서 기다리고 계셔야 하오."

"갈 길이 바쁜데 언제 그러고 있겠나?"

"하나 법도가 그러하니 어찌할 수 없소."

"그럼 기어이 나를 보내줄 수 없다는 말인가?"

"꼭 가야 한다면 나머지 사람들을 인질로 두고 가시오!"

관운장은 공수의 무례한 말을 듣고 노하여 청룡도를 높이 들어 단칼에 베어 죽이려 했다. 공수는 재빨리 말을 몰고 관문 안으로 달아나버렸다. 관문으로 들어간 공수는 북을 울려 군사들을 모은 다음, 말 타고 갑옷 입고 다시 운장을 향해 쳐나왔다.

"네가 감히 이곳을 지날 수 있을 것 같으냐?"

공수의 호령소리에 관운장은 수레를 한쪽으로 물리게 했다. 그런 다음, 청룡도를 번쩍 쳐들고 아무 말 없이 말을 몰아나간다. 공수는 창으로 응전한다. 공수와 운장이 맞붙어 싸운 지 단 1합에 청룡도가 공중에서 바람 가르는 소리를 내더니, 공수의 목이 말 아래로 툭 떨어져버렸다. 그것을 본 군사들은 혼비백산하여 내빼기 바빴다. 운장은 어지러이 달아나는 군사들을 향해 말한다.

"내 부득이 공수를 죽였으나 너희들과는 아무 상관 없는 일이다. 부디 조승상께 공수가 너무 무례하게 굴어 어쩔 수 없었노라고 전해다오."

군사들은 일제히 돌아와 운장의 말 앞에 엎드려 절을 올렸다. 관운장은 즉시 두 부인의 수레를 호위하여 관문을 벗어나 낙양을 향해 떠났다.

낙양 태수 한복(韓福)은 이 소식을 전해듣고 크게 놀랐다. 급히 여러 장수들을 모아놓고 의논하는데, 아장(牙將) 맹탄(孟坦)이 나서며 말한다.

"관운장이 승상의 증명서도 없이 하북으로 간다 하면 틀림없이 사사로이 달아나는 것이라, 만약 막지 않는다면 반드시 위로부터 문책이 따를 것이외다."

한복이 걱정스러운 듯이 말한다.

"관공은 본디 천하의 맹장이라, 안량과 문추도 모두 그의 손에 죽었다. 그러니 우리가 무슨 수로 막아낸단 말인가? 그를 잡으려면 계략을 써야 한다."

맹탄이 말한다.

"제게 좋은 계책이 있습니다. 먼저 녹각(鹿角, 사슴뿔 모양의 방책)

을 만들어 관문 입구를 둘러막읍시다. 그런 다음 운장이 나타나면 소장이 군사를 이끌고 맞서 싸우다가 거짓으로 패한 체하고 돌아오겠소. 그때 운장이 반드시 저를 뒤쫓을 테니 장군께서는 관문 안에 숨어 있다가 활을 쏘아 맞히십시오. 운장이 화살을 맞고 말에서 떨어지면 곧바로 생포하여 허도로 보내시오. 승상께서 반드시 후한 상을 내리실 것이외다."

이렇게 계책을 정할 즈음, 관운장 일행이 이미 관문 앞에 이르렀다는 소식이 전해졌다. 한복은 급히 활에 화살을 메긴 채 1천명의 군사를 이끌고 나가 관문 앞에 벌여세운 다음, 운장 일행을 맞으며 묻는다.

"그대는 누구요?"

관운장이 말 위에서 몸을 굽혀 인사한다.

"한수정후 관운장이오. 어서 문을 여시오."

한복이 다시 묻는다.

"승상의 증명서는 가지고 있겠지요?"

"급히 떠나오느라 미처 받지 못하였소."

"나는 승상의 명을 받들어 혹시 첩자들이 오가지 않는지 지키고 있소이다. 만약 증명서가 없다면 이는 몰래 도망치는 것이 틀림없으니, 이곳을 지날 생각은 아예 하지 마시오."

관운장은 노하여 두 눈을 부릅떴다.

"동령관의 공수도 이미 내 손에 죽었거늘, 한복 너도 그렇게 죽고 싶으냐!"

한복이 좌우를 돌아보며 소리쳤다.

"누가 나서서 저놈을 잡겠느냐!"

말이 떨어지기 무섭게 맹탄이 쌍검을 휘두르며 앞으로 나섰다. 운장은 수레를 뒤로 물러나게 한 다음, 맹탄에게 달려들었다. 서로 어우러져 싸운 지 3합이 못 되어 맹탄이 문득 말머리를 돌려서 달아났다. 관운장을 유인하려는 계책이었다. 하지만 누가 알았으랴, 적토마가 그렇게 빠를 줄이야.

관운장의 적토마가 순식간에 맹탄을 따라붙더니 청룡도가 번쩍 치켜올려졌다. 눈 깜짝할 사이에 맹탄은 운장이 내려친 청룡도에 벌써 몸이 두쪽으로 갈라져 땅바닥으로 고꾸라지고 말았다.

한편 관문 안에서 화살을 메겨들고 서 있던 한복이 말머리를 돌리는 관운장을 향해 힘껏 화살을 쏘았다. 시위를 떠난 화살이 관운장의 왼쪽 팔에 깊이 박히자, 운장은 입으로 화살을 물어 뽑았다. 팔에서 피가 샘솟듯 흘러나온다.

관운장은 그대로 말을 몰아 한복에게로 달려든다. 낙양관의 군사들은 모두 간담이 서늘하여 짓쳐들어오는 관운장의 위세에 눌린 채 대적할 꿈도 못 꾸고 사방으로 갈라지며 길을 터준다. 관운장은 미처 한복이 손을 놀릴 새도 없이 청룡도를 번쩍 들어 단칼에 베어 버렸다.

관운장이 수레를 호위하고 관문을 나서니, 누구 하나 막아서는 자가 없었다. 관운장은 비단을 찢어 상처를 동여맨 다음, 혹시 뒤쫓는 무리가 있지 않을까 하여 밤낮없이 사수관(汜水關)을 향해 걸음을 재촉했다.

사수관을 지키는 장수는 병주(幷州) 태생 변희(卞喜)라는 자였다. 그는 본래 황건적의 잔당으로 조조에게 항복하여 이곳을 지키고 있었다. 그는 유성추(流星鎚, 두개의 추를 사슬로 이어 한쪽 추는 방어하는 데, 다른 한쪽은 공격하는 데 씀)라는 병기를 썼는데, 무거운 철추를 날려 상대를 공격하는 재주가 있었다.

변희는 동령관과 낙양에서 있었던 일을 전해듣고 한가지 계책을 꾸몄다. 관문 앞에 진국사(鎭國寺)라는 절이 있었는데, 그 안에다 도부수 2백여명을 미리 매복시켜놓고, 운장을 절로 청해들여 술잔 던지는 것을 군호로 삼아서 죽여 없앨 계획이었다.

만반의 준비를 갖추고 나니, 관운장 일행이 도착했다. 변희는 급히 관문 밖으로 나가 공손히 운장을 영접했다. 변희가 이렇듯 예를 갖추어 맞이하자, 관운장도 말에서 내려 인사를 했다. 변희가 말한다.

"장군께서는 이름을 천하에 떨치셨으니, 어찌 우러러보지 않을 수 있겠습니까? 이제 유황숙께로 돌아가신다고 하니 그 충의가 참으로 대단하외다."

관운장은 변희에게 부득이 공수와 한복을 죽일 수밖에 없었던 연유를 이야기했다. 그러자 변희가 말한다.

"장군께서 그 두 사람을 죽인 것은 옳은 일이었소. 제가 승상을 뵙고 장군을 대신하여 경위를 말씀드릴 터이니 심려 마십시오."

관운장은 크게 기뻐하며 두 부인을 모시고 사수관을 지나 진국사에 이르렀다.

"장군, 잠시 여기서 쉬었다 가시지요?"

진국사에 이르자 변희가 청하였다. 관운장은 의심없이 말에서 내렸고, 절간의 모든 승려들은 종을 울리며 운장 일행을 맞아들였다. 진국사는 본래 한나라 명제(明帝)의 어전향화원(御前香火院, 황실의 제를 올리던 곳)으로, 승려는 모두 30여명이었다. 그 가운데 운장과 한 고향 사람인 보정(普淨)이라는 승려가 있었다. 보정은 관운장을 해치려는 변희의 속셈을 알고서 어떻게든 이 일을 알릴 생각으로 운장에게 말을 걸었다.

"장군께서 포동(蒲東)땅을 떠나신 지 몇해나 되셨습니까?"

관운장이 말한다.

"벌써 20년이 되었구려."

보정이 다시 묻는다.

"장군께서는 소승을 알아보시겠는지요?"

"고향을 떠난 지 너무 오래되어 기억이 나질 않소이다."

"소승의 집은 장군댁과 바로 개천 하나를 사이에 두고 마주 보고 있었습니다."

변희는 보정이 관운장과 고향 얘기를 주고받는 것을 보고, 혹시 계략이 누설될까 두려워 물리치려 했다.

"관장군을 연석으로 모시려는데 중놈이 무슨 잔소리가 이리도 많으냐!"

관운장이 말린다.

"한 고향 사람을 만났는데 어찌 옛이야기가 없겠소."

보정은 얼른 이 틈을 잡아, 운장에게 청한다.

"차를 한잔 대접해드릴 테니 잠시 제 방으로 가시지요."

관운장이 말한다.

"두분 형수님께서 수레에 계시니 그분들 먼저 드리도록 하시오."

보정은 얼른 상좌에게 명하여 두 부인에게 먼저 차를 올리게 했다. 그런 다음 운장과 방으로 들어서면서 보정은 은근슬쩍 자신의 허리에 차고 있는 계도(戒刀, 마장魔障을 막기 위해 승려들이 지니는 칼)를 들어 보이며 운장에게 가만히 눈짓을 했다. 관운장은 보정의 뜻을 금방 알아채고 따르는 종자에게 단단히 일렀다.

"청룡도를 들고 바짝 뒤를 따르라."

변희는 관운장을 법당에 차려놓은 연석으로 청했다. 관운장이 변희에게 한마디 한다.

"그대가 나를 이 자리에 청한 것은 호의에서요, 아니면 다른 뜻이 있소?"

당황한 변희가 미처 대답을 하지 못하는데, 운장은 법당에 늘어져 있는 휘장 속에 도부수들이 숨어 있는 것을 발견했다.

"네 이놈, 내 너를 호인이라 여겼는데, 어찌 감히 이럴 수가 있느냐!"

변희는 자신의 계략이 이미 드러난 것을 알고는 좌우를 돌아보며 큰소리로 외쳤다.

"이놈을 죽여라!"

그 순간 휘장 속의 도부수들이며 좌우에 늘어서 있던 변희의 군사들이 한꺼번에 관운장에게 달려들었다. 하나 그가 누구인가. 바로 천하의 맹장 관운장이 아닌가. 운장은 번개같이 칼을 빼들고 휘두르며 닥치는 대로 베어버렸다.

변희는 급히 법당에서 빠져나와 복도로 달아난다. 관운장은 칼을 버리고 종자에게서 청룡도를 받아들고는 변희를 뒤쫓는다. 달아나던 변희가 몰래 운장의 얼굴을 향해 유성추를 던졌다. 운장은 청룡도를 들어 날아오는 유성추를 받아치면서 동시에 한칼에 변희의 허리를 베어 두동강을 내버렸다.

관운장은 급히 몸을 돌려 두 부인이 있는 곳으로 달려갔다. 수레를 에워싸고 있던 수많은 군사들이 운장이 달려오는 것을 보고는 한꺼번에 사방으로 흩어져버렸다. 무사히 위기를 면한 관운장은 보정에게 사례한다.

"스님이 아니었더라면 그놈들에게 해를 입을 뻔했소이다."

보정이 대답한다.

"소승도 여기 머물 수 없게 되었으니 아무래도 옷과 바리때를 수습하여 떠날까 하옵니다. 후일 다시 뵐 날이 있을 터이니, 장군께서는 부디 몸조심하십시오."

관운장은 보정에게 재차 사례한 다음, 수레를 호위하고 형양땅을 향해 나아갔다.

형양 태수 왕식은 낙양 태수 한복과 집안끼리 절친한 사이였다.

왕식은 한복이 관운장의 손에 죽었다는 소식을 전해듣고는, 수하의 무리들과 더불어 그를 없앨 계책을 세우고 군사들에게 관문을 굳게 지키라 일렀다. 이윽고 관운장 일행이 당도했다. 관운장은 왕식에게 인사한 다음, 유황숙을 뵈러 하북으로 가는 길이라고 이야기하자 왕식이 말한다.

"장군께서 말을 타고 오느라 힘드셨을 테고 두분 부인들께서도 수레 위에 흔들리며 오셔서 피로할 터이니, 우선 성으로 들어가 역관에서 하룻밤 푹 쉬고 내일 아침에 떠나도록 하시지요."

관운장은 왕식의 환대가 극진하여 두 형수에게 성으로 들어가길 청했다. 역관 안에는 모든 준비가 갖추어져 있었다. 왕식은 잔치를 열어 청했으나, 운장은 사양했다. 그러자 왕식은 사람을 시켜 술과 음식을 역관으로 보내왔다.

관운장은 그간 오는 길마다 어려움이 많았으므로 두 부인에게 저녁식사를 마치고는 편히 쉬시도록 했다. 종자들에게도 휴식을 취하게 하고, 말들에게도 충분히 먹이를 주라 일렀다. 관운장 역시 오랜만에 갑옷을 벗고 편히 쉴 생각이었다.

한편, 왕식은 은밀히 종사 호반을 불러 분부를 내렸다. 호반은 바로 관운장이 일전에 만난 촌장 노인 호화의 아들이다.

"관우는 승상을 배신하고 몰래 허도를 빠져나와 여기까지 오는 동안 태수들과 수하장수들을 죽였으니 그 죄가 몹시 크다. 그러나 무예가 출중하여 당해내기 어려우니, 오늘밤 너는 군사 1천명을 거느리고 역관을 포위하라. 군사들에게 횃불을 들게 하여 3경(밤

12시)에 일제히 불을 놓아, 운장의 일행을 모조리 태워죽여야 한다. 내가 군사를 거느리고 너를 도울 것이다."

호반은 왕식의 분부를 받고 물러나와 가만히 군사를 점검하는 한편, 불이 쉽게 붙도록 마른 나무와 관솔기름 따위를 역관 문밖에 쌓아두게 한 후, 때가 오기를 기다렸다. 밤이 깊어지기를 기다리던 호반은 문득 생각했다.

'관운장의 이름은 오래전부터 들어왔는데 어떻게 생긴 사람인지 알지 못하니, 한번 들어가서 보고 나와야겠다.'

호반은 역관으로 들어가 역리에게 물었다.

"관장군은 어디 계시냐?"

"대청 위에서 책을 읽고 계시는 이가 바로 관장군이오."

호반은 발소리를 죽이고 대청 가까이 다가갔다. 가만히 살펴보니 관운장은 당상에 등불을 밝히고 앉아서 왼손으로 수염을 쓰다듬으며 책을 보고 있었다. 호반은 자기도 모르는 사이에 찬사가 입밖으로 흘러나왔다.

"과연 하늘이 내린 인물이로다!"

이때 관운장이 어둠 속을 향해 묻는다.

"거기 누구냐?"

호반은 모습을 드러내고 운장에게 절하여 고한다.

"형양 태수 밑에 종사로 있는 호반이올시다."

"종사 호반이라……"

혼잣말로 되뇌어보던 운장이 다시 묻는다.

관운장은 깊은 밤 등불을 밝히고 수염을 쓰다듬으며 책을 읽다

"그러면 그대가 바로 허도 성밖에 사는 호화 노인의 아들인가?"

"그러하옵니다."

관운장은 즉시 종자를 불러 짐 속에 든 서찰을 가져오라 일렀다. 운장에게서 건네받은 서찰을 읽고 나서 호반은 탄식했다.

'아아, 하마터면 충의지사를 죽일 뻔했구나!'

호반이 운장에게 가만히 고한다.

"왕식은 지금 관장군을 해치려고 만반의 준비를 해놓았습니다. 이미 군사를 풀어 역관 주위를 포위하고 있는데, 3경이 되면 일제히 불을 놓을 것이오. 장군께서는 한시바삐 행장을 수습하여 떠나도록 하십시오. 성문은 소인이 먼저 가서 열어놓겠습니다."

관운장은 크게 놀라 황급히 갑옷을 들쳐입고 청룡도를 챙겨 적토마에 올라탔다. 그리고 두 부인을 수레에 태워 역관을 빠져나갔다. 어둠 속을 가만히 살펴보니, 과연 역관을 포위한 군사들이 저마다 횃불을 든 채 경비를 서고 있었다. 관운장은 수레를 재촉하여 성문에 다다랐다. 때마침 호반이 성문을 열어놓고 기다리고 있었다. 운장은 두 부인을 호위하고 급히 그곳을 빠져나갔다. 그길로 호반은 불을 놓으러 역관으로 돌아갔다.

관운장 일행이 한마장쯤 갔을 때였다. 갑자기 등 뒤에서 말발굽 소리가 요란하여 돌아보니, 수많은 군사가 횃불을 들고 뒤쫓아온다. 앞서 달려오던 왕식이 호령한다.

"관운장은 게 섰거라!"

관운장은 말고삐를 늦춰잡으며 돌아서서 크게 꾸짖었다.

"이 조무래기 같은 놈아! 내 일찍이 너와 원수진 일이 없거늘, 어찌하여 불을 놓아 죽이려 했느냐?"

왕식은 운장의 말을 콧등으로 듣고 창을 치켜올리며 급히 말을 몰아 달려오더니 곧장 운장의 가슴을 향해 창을 내지른다. 운장은 번개처럼 몸을 비틀어 피하면서 단칼에 왕식의 허리를 베어 두동강을 내버린다. 이 광경을 본 왕식의 수하군사들은 앞다투어 달아나버렸다. 관운장은 다시 수레를 재촉하여 전진했다. 운장은 마음속으로 호반에게 깊이 감사했다.

관운장 일행은 활주(滑州) 경계에 이르렀다. 활주 태수 유연(劉延)은 관운장이 온다는 소식을 듣고 기병 수십기를 이끌고 나와 영접했다. 운장은 말 위에서 허리를 숙여 인사한다.

"태수께서는 그동안 별일 없으셨소?"

유연이 묻는다.

"관공께서는 지금 어디로 가시는 길인지요?"

"승상께 하직하고 형님을 뵈러 가는 길이오."

"유현덕은 원소에게 가 있는데, 원소는 바로 승상의 원수 아니오? 그런데도 승상께서 공을 가게 내버려두셨단 말씀이오?"

"지난날 이미 나와 약조한 일이었소이다."

유연이 걱정하는 어조로 말한다.

"지금 황하를 건너는 관문을 하후돈의 부장인 진기(秦琪)가 지키고 있는데, 아마도 장군을 보내지 않을 것이외다."

"그렇다면 태수께서 배 한척을 내주시오."

"배가 없는 것은 아니지만 내가 어찌 내드릴 수 있겠소?"

"지난번 소장이 안량과 문추를 베어 태수를 구해드렸거늘, 배 한척도 못 내어준단 말씀이오?"

"하후돈이 알면 틀림없이 문책할 것입니다."

관운장은 유연이 아무짝에도 쓸모없는 인물임을 알고는 그대로 수레를 재촉하여 황하를 건너는 관문을 향해 나아갔다. 과연 진기가 군사를 거느리고 와서 물었다.

"거기 누군가?"

관운장이 대답한다.

"한수정후 관아무개요."

"지금 어디로 가는 길이오?"

"형님 유현덕을 만나러 하북으로 가는 길이니 강을 건너게 해주시오."

"승상의 증명서를 가졌소?"

"내 승상의 지시를 받지 않는 몸인데, 증명서는 무슨 증명서요?"

"나는 하후돈 장군의 영을 받들고 이곳을 지키고 있소이다. 증명서가 없다면 겨드랑이 밑에 날개가 돋쳤다 해도 절대로 이 강을 건널 수 없소이다."

관운장은 크게 노했다.

"그대는 내 갈 길을 막았던 자들이 모조리 내 손에 죽었다는 사실을 알고 있는가?"

"네가 죽인 것은 모두 이름 없는 장수들뿐, 내 아무렴 네 손에 죽을 것 같으냐?"

"그래 네놈이 안량이나 문추보다 낫다는 말이냐?"

진기가 대로하여 칼을 휘두르며 달려든다. 관운장이 맞서 달려나가 서로 어우러진다. 그러나 진기는 번개같이 내리친 운장의 칼을 맞고 그대로 머리가 떨어져나간다. 수하군사들이 모조리 달아나려 하자, 운장이 호령한다.

"나를 거역한 자는 이미 죽었으니, 구태여 달아날 필요 없다. 속히 배를 내어 우리가 강을 건너게 하라!"

대장을 잃은 군사들은 연신 굽신거리며 배를 끌어다 언덕에 대었다. 관운장이 두 부인을 모시고 무사히 황하를 건너니, 이제 그곳은 원소의 영토였다. 불현듯 생각해보니, 허도를 떠나 이곳까지 오는 동안 다섯 관문을 지나오면서 여섯 장수를 베었다. 후세 사람들이 이 일을 시로 전했다.

관인 걸어두고 황금 봉해두고 조승상을 떠나서	挂印封金辭漢相
형님 찾아 아득히 먼 길 돌아가네	尋兄遙望遠途還
적토마에 올라 천릿길을 달리는데	馬騎赤兎行千里
청룡언월도의 서슬로 다섯 관문 지났도다	刀偃靑龍出五關
장하도다 그 충의는 우주에 가득 차서	忠義慨然沖宇宙
그 영웅 이로부터 강산을 뒤흔들리	英雄從此震江山
홀로 가며 오관참장, 참으로 무적이라	獨行斬將應無敵

그 이름 붓끝에 올라 길이 전해지도다 今古留題翰墨間

적토마에 올라앉은 관운장은 스스로 탄식했다.

'내가 도중에 사람들을 죽일 뜻이 없었으나, 일의 형세가 부득이 하여 저지른 노릇. 그러나 조공이 알게 되면 반드시 나를 은혜 모르는 사람이라 할 것이다.'

관운장이 다시 두 부인을 모신 수레를 호위하며 길을 재촉하는데, 문득 저편에서 한 사람이 말을 타고 달려오며 소리 높여 부른다.

"관공께서는 잠시 멈추시오."

관운장이 말을 세우고 보니, 그 사람은 다름 아닌 손건이었다. 관운장이 묻는다.

"지난번 여남에서 작별한 후로 다른 소식이 있소?"

손건이 대답한다.

"그때 장군께서 회군하신 뒤, 다시 여남땅을 탈환한 유벽과 공도는 나를 하북으로 보내 원소와 결탁하고, 현덕공을 청하여 함께 조조 칠 계교를 의논하려 했습니다. 그런데 뜻밖에도 상황이 어지러웠습니다. 하북의 장수들은 서로 시기가 심하지요. 전풍은 여전히 옥에 갇혀 있고, 저수는 내쫓겨서 뜻을 펴지 못하고 있으며, 심배와 곽도는 서로 권세만 다투는데, 원소는 의심이 많고 주견이 없소. 유황숙과 상의하여 그곳을 빠져나와, 지금 황숙께서는 여남땅으로 유벽을 만나러 가셨소이다. 주공께서는 혹시 장군이 원소에게 가셨다가 해를 입지나 않을까 염려하여, 나로 하여금 이렇게 영접을 보내셨소이다. 속히 여남으로 가시지요."

관운장은 손건에게 두 부인을 뵙도록 했다. 두 부인이 손건에게 유황숙의 동정을 물으니, 손건이 대답한다.

"그간 원소가 두번이나 황숙을 죽이려 했으나 다행히 지금은 몸을 피하여 여남땅에 계십니다. 두 부인께서도 어서 가셔서 황숙을 만나십시오."

이 말을 듣고 두 부인은 얼굴을 가리고 눈물을 흘렸다. 관운장은 손건의 말을 듣고 방향을 돌려 여남을 향해 두 부인을 모시고 가는데, 갑자기 뒤에서 말발굽소리가 어지럽게 들려왔다.

"관운장은 달아나지 말라!"

놀라 뒤를 돌아보니 뜻밖에도 조조의 장수 하후돈이었다.

관문 지키던 여섯 장수 속절없이 죽었거늘 六將阻關徒受死
일군이 길을 막아 또다시 싸울 판이로다 一軍攔路復爭鋒

관운장은 과연 이 위기를 어떻게 벗어날 것인가?

28
삼형제의 재회

채양을 베어 형제가 의심을 풀고
고성에서 군신이 다시 대의를 위해 모이다

관운장이 손건과 함께 두 부인을 모시고 여남땅으로 가는데, 뜻밖에도 하후돈이 3백여기를 거느리고 뒤쫓아왔다. 관운장은 손건에게 당부한다.

"공은 수레를 호위하고 부지런히 가시오."

그러고는 청룡도를 고쳐잡고 하후돈을 향해 큰소리로 말한다.

"조승상께서 넓은 도량으로 나를 보내셨건만, 너는 어찌하여 나를 쫓는가?"

하후돈이 대꾸한다.

"승상께서 아무런 공문도 전해오지 않았는데, 그대는 도중에 우리 장수들을 죽이고 나의 부장마저 베었으니 참으로 무례하기 짝이 없구나. 내 반드시 너를 사로잡아 승상께 바치리라."

하후돈이 말을 마치더니 창을 쥐고 달려드는 바로 그때, 뒤에서 한 사람이 말을 타고 나는 듯이 달려온다.

"장군은 운장과 싸우지 마시오."

관운장은 말고삐를 쥐고 움직이지 않고 있는데, 사자가 와서 품에서 공문을 내보이며 하후돈에게 말한다.

"승상께서 관운장의 충의를 사랑하시는 터라, 혹시 도중에 길을 막는 자가 있을까 염려되어 특별히 나에게 공문을 주시어 각처로 돌아다니게 하셨소이다."

"저자가 도중에 우리 장수들을 죽였다는 사실을 승상께서는 알고 계신가?"

"아직 모르고 계십니다."

"그렇다면 내가 저자를 사로잡아 승상께 바친 후 다시 그 분부를 기다리겠다."

"내가 너를 두려워할 줄 아느냐!"

관운장은 화가 나서 청룡도를 번쩍 치켜들고 말을 몰아 하후돈을 공격했다. 하후돈도 창을 고쳐쥐고 대적한다. 두 사람이 채 10합을 싸우기 전에 또다른 사람이 나는 듯이 말을 달려와 소리친다.

"두분 장군은 잠시 멈추시오!"

하후돈이 창을 내리고 사자에게 묻는다.

"승상께서 관운장을 사로잡아 오라 하시더냐?"

"아니오. 승상께서는 혹시나 관문을 지키는 장수들이 관장군을 막고 못 가게 할까 염려되어 저를 시켜 각처에 공문을 돌리도록 하셨소."

하후돈이 다시 묻는다.

"저자가 가는 길목에서마다 장수들을 죽였다는 사실을 승상께서는 아시는가?"

"그건 모르고 계시오."

"그렇다면 놓아보낼 수 없다!"

하후돈은 즉시 군사들을 지휘하여 관운장을 포위했다. 관운장이 크게 노하여 다시 칼을 들고 싸우려 하는데, 문득 또 한명의 장수가 말을 타고 달려온다.

"운장과 원양(元讓, 하후돈의 자)은 싸우지 마시오!"

모든 사람들이 소리 나는 곳을 바라보니, 다름 아닌 장요였다. 관운장과 하후돈이 말을 세우고 기다리니, 장요가 와서 말한다.

"승상의 지엄한 분부를 받들고 왔소이다. 승상께서는 운장이 관문을 지키는 장수를 죽인 것을 아시고, 혹시 도중에 막는 사람이 있을까 걱정하여, 나를 보내 각처 관문에 포고하여 운장을 그대로 보내라 명하셨소."

하후돈이 말한다.

"진기는 채양의 조카로, 채양이 특별히 나에게 맡겼는데 운장의 손에 죽었소. 어찌 그냥 두란 말씀이오?"

장요가 말한다.

"돌아가서 내가 채장군에게 잘 말씀드리리다. 승상께서 이미 운장을 보내주셨는데, 공들은 함부로 승상의 뜻을 어기지 마시오."

하후돈은 그제야 말머리를 돌려 군사들을 거두고 물러갔다. 장요가 관운장을 보고 묻는다.

"이제 운장께서는 어디로 가시려오?"

관운장이 대답한다.

"형님께서는 원소에게 의탁해 있지 않다고 들었소. 이제부터 천하를 두루 돌아다녀서라도 형님을 찾아뵐 작정이외다."

"현덕이 어디 있는지 모른다면, 운장께서는 다시 승상께 돌아가시는 게 어떠실지……"

장요가 은근히 권하는 말에 운장이 빙그레 웃으며 답한다.

"그럴 수야 있겠소. 문원은 돌아가시거든 부디 승상을 뵙고 내가 사죄하더라 전해주시오."

운장은 장요와 손을 맞잡고 작별인사를 나누었다. 장요는 하후돈과 함께 돌아갔다.

관운장은 수레를 뒤쫓아가 손건에게 방금 있었던 일을 전했다. 관운장과 손건이 말머리를 나란히 하고 관도를 따라 달린 지 며칠이 지났다. 갑자기 하늘에서 큰비가 내려 관운장 일행의 행장이 흠뻑 젖었다. 멀리 바라보니 산기슭에 장원(莊園) 한채가 서 있었다. 관운장은 수레를 재촉하여 장원을 찾아갔다. 한 노인이 나와 일행을 맞으니, 관운장이 성명을 밝히고 하룻밤 묵어가기를 청했다. 노인이 말한다.

"저의 성은 곽(郭)이요 이름은 상(常)이올시다. 대대로 이곳에 살면서 장군의 큰 이름을 들은 지 오래였는데, 천행으로 오늘 이렇게 뵙게 되었구려."

노인은 즉시 두 부인을 후당으로 모신 다음, 양을 잡고 술을 걸러 초당에서 관공과 손건을 대접했다. 일행은 비에 젖은 행장도 말리고, 말들에게도 마초를 먹였다.

황혼 무렵이었다. 한 소년이 또래 서넛과 함께 밖에서 들어와 초당으로 올라왔다. 곽상이 소년을 불러들인다.

"이리 와서 장군님께 절을 올려라."

그러고는 관운장에게 말한다.

"이놈이 제 자식이올시다."

관운장이 한마디 묻는다.

"어디서 오는 길인가?"

그러자 곽상이 대신 대답한다.

"사냥 나갔다가 돌아온 모양이올시다."

소년은 관운장에게 절을 올리고는 다시 밖으로 나가버렸다. 곽상이 눈물을 지으며 말한다.

"우리는 대대로 낮에는 밭을 갈고 밤에는 글을 읽는 집안이온데, 유독 하나밖에 없는 자식이 본업에 힘쓰지 않고 그저 사냥질만 일삼으니, 그야말로 가문의 불행이외다."

관운장이 좋은 말로 위로했다.

"이 난세에는 무예라도 갈고닦으면 공명을 얻을 수 있는데, 어찌 불행이라 하시오?"

장원의 주인은 고개를 내젓는다.

"저놈이 무예라도 제대로 익힌다면 사람 노릇을 하겠지만, 그저 돌아다니며 방탕을 일삼으니 참으로 근심거리올시다."

관운장은 다시 위로할 말이 없어 함께 장탄식만 하였다.

어느덧 밤이 깊어 곽상은 처소로 물러가고, 관운장은 손건과 함께 자리에 들려는 참이었다. 갑자기 후원에서 말 울음소리와 사람들 소리가 떠들썩하게 들려왔다. 운장이 자리에서 일어나 종자를 불렀으나 대답하는 자가 없었다. 괴이하게 생각한 운장이 손건과 함께 칼을 들고 나가보니, 주인 곽상의 아들은 바닥에 쓰러져 소리를 지르고, 종자들은 건달패와 치고받으며 야단법석이었다.

"대체 무슨 일이냐?"

관운장이 묻자, 종자가 곽상의 아들을 가리키며 고한다.

"이자가 적토마를 훔치러 왔다가 말발굽에 차여 쓰러져 있었습니다. 떠들썩한 소리를 듣고 무슨 일인가 하고 달려왔더니 건달패들이 오히려 소인들에게 덤벼들지 뭡니까?"

"쥐새끼 같은 놈이 어딜 감히 내 말에 손을 댄단 말이냐?"

운장이 노기띤 음성으로 꾸짖었다. 안에서 노인이 뛰어나와 운장 앞에 무릎을 꿇고 고한다.

"불초한 자식이 이따위 짓을 하였으니, 그 죄 실로 만번 죽어 마땅하옵니다. 하나 늙은 어미가 저것도 자식이라고 애지중지하는지라, 부디 너그럽게 용서해주십시오."

"과연 불초한 자식이구려. 주인장 말씀대로 참으로 자식을 아는 이는 부모밖에 없는 듯하오. 내 주인 영감의 얼굴을 봐서 용서하겠소이다."

관운장은 마침내 건달패를 꾸짖어 물러가게 하고, 종자들에게 말을 잘 지키라 이른 뒤 손건과 함께 초당으로 돌아와 쉬었다.

이튿날 아침, 곽상은 아내와 함께 초당으로 나와서 절을 올리고 사례했다.

"불초한 자식이 죽을죄를 지었건만 살려주셨으니 그 은혜를 무엇으로 갚겠소이까?"

관운장이 말한다.

"그 아이를 이리 데려오시오. 내 좋은 말로 타일러보리다."

노인은 난색을 표한다.

"이놈이 또 4경(새벽 2시) 무렵에 몇명의 건달패들과 함께 나가버리고 없지 뭡니까?"

관운장은 주인에게 하룻밤 신세진 것을 사례한 다음, 두 부인을 수레에 모시고 장원을 나섰다. 관운장이 손건과 말머리를 나란히 하고 산길을 접어들어 한 30리쯤 갔을 때였다. 갑자기 산등성이 뒤에서 시끌벅적한 소리가 들리더니 손에 병장기를 든 1백여명의 무리들이 몰려나왔다. 무리들 앞의 말을 탄 두 사람이 우두머리인 모양이었다. 그중 한놈은 머리에 황건을 두르고 전포를 입었으며, 또 다른 한놈은 바로 곽상의 아들이었다. 머리에 황건을 두른 자가 앞으로 나서며 큰소리로 외친다.

"이몸은 천공장군 장각의 부장이다. 즉시 적토마를 내놓고 간다면 그대로 보내주겠다!"

관운장은 큰소리로 웃음을 터뜨렸다.

"이 미친 도적놈아. 네놈이 장각을 쫓아다녔다니, 유비·관우·장비 세 형제의 이름은 들어서 알고 있겠구나."

다시 황건을 두른 자가 말한다.

"나는 얼굴이 붉고 수염 긴 자가 관운장이라는 말만 들었을 뿐, 아직 본 적은 없다. 한데 네놈은 누군데 그리 묻느냐?"

관운장은 청룡도를 내려세우더니, 비단주머니를 열어 긴 수염을 드러냈다. 황건을 두른 자가 허둥지둥 말에서 뛰어내려 즉시 곽가 아들놈의 덜미를 잡아 말에서 끌어내려 꿇어앉히더니, 관운장의 말 앞에 넙죽 절을 올렸다. 관운장이 묻는다.

"네놈은 누구냐?"

"소인의 성은 배(裵)요, 이름은 원소(元紹)올시다. 장각이 죽은 뒤로 의지할 곳이 없어, 무리들을 모아 산속에 들어와 웅거해왔는데, 오늘 새벽에 이놈이 찾아와서 자기 집에 천리마를 몰고 온 과객이 들었으니 가서 그 말을 약탈하자고 했습지요. 그런데 이렇게 장군을 뵙게 될 줄은 천만뜻밖이옵니다."

배원소의 말이 끝나자 곽가의 아들도 연신 절을 올리며 관공에게 애원한다. 관운장이 엄하게 꾸짖는다.

"특별히 네 아비의 낯을 보아 용서하는 것이니, 다시는 내 눈앞에 나타나지 말라."

곽상의 아들은 머리를 감싸쥐고 줄행랑을 놓았다. 관운장이 다시 배원소에게 묻는다.

"나를 본 일이 없다면서 어찌 내 이름은 알았더냐?"

배원소가 아뢴다.

"여기서 20리쯤 떨어진 곳에 와우산(臥牛山)이 있습죠. 그 산속에 주창(周倉)이라는 관서(關西) 사람이 살고 있는데, 두 팔로 천근 무게를 들 정도로 힘센 장사입니다. 기골이 장대하며 메기 같은 수염을 길렀는데 그야말로 풍채가 당당하지요. 원래 황건적 장보 수하의 장수였는데, 장보가 죽은 뒤에 그 사람 역시 무리를 모아 산속에 웅거하고 있습니다. 그 사람이 항시 관장군 말씀을 하여 소인도 우러러뵐 기회가 없는 것을 한스럽게 여기던 터에, 이렇듯 뵙게 되니 감개가 무량하옵니다."

배원소의 이야기를 다 듣고 나서 관운장이 정색을 하고 타이른다.

"녹림은 호걸들이 의탁할 곳이 못 되니, 그대들은 앞으로 각기 사악함을 버리고 올바른 길로 돌아가 다시는 그런 곳에 몸담지 말도록 하라."

배원소가 황공하여 절을 올리는데, 저편 숲속에서 한떼의 인마가 몰려왔다.

"저기 앞서 오는 자가 필시 주창일 것입니다."

관운장은 말을 세우고 기다렸다. 과연 얼굴이 검고 키가 큰 사람이 창을 들고 졸개들을 거느리고 오다가 문득 관운장을 보더니, 놀라는 한편 기뻐해 마지않는다.

"이분이 바로 관장군님이시다!"

주창은 황급히 말에서 뛰어내려 운장의 말 앞에 엎드렸다.

"주창이 배례(拜禮)드립니다."

관운장이 묻는다.

"그대가 어찌 한눈에 나를 알아보는가?"

"일전에 황건적 장보를 따라다닐 때 뵌 적이 있사옵니다. 도적의 몸으로 감히 장군을 모실 수 없어 한스러워하던 터에, 오늘 이렇게 천행으로 장군을 뵙게 되었으니 더 바랄 것이 없습니다. 장군께서는 부디 저를 내치지 마시고, 수하에 거두어 보졸이라도 삼아주신다면, 죽어도 여한이 없겠습니다."

관운장이 듣자니 그의 말이 진심인 듯하여 한마디 묻는다.

"그대가 만일 나를 따르겠다면 부하들은 어찌할 것인가?"

"따르겠다는 자는 데려갈 것이고, 원치 않는 자는 제 갈 데로 보내겠습니다."

주창의 말이 떨어지자, 수하의 무리들이 이구동성으로 외친다.

"원하지 않을 놈이 어디 있습니까? 저희도 따르겠습니다!"

관운장은 잠시 생각해보다가 말에서 내려 두 부인이 타고 있는 수레 앞으로 다가가 여쭈었다. 감부인이 말한다.

"아주버님께서는 허도를 떠나신 후 여기까지 오는 동안 줄곧 허다한 간난을 겪으셨습니다. 하나 군사를 따르게 한 일이 없었고, 지난번 요화가 따르겠다고 할 때에도 들어주지 않으셨거늘, 어인 일로 주창의 무리를 받아들이려 하시는지요? 저희 여자들의 좁은 소견으로는 짐작하기 어려우니, 아주버님께서 알아서 하시지요."

"형수님 말씀이 옳으십니다."

관운장은 이렇게 말하고, 수레 앞에서 물러나왔다. 그러고 나서 주창에게 말한다.

"내가 박정해서가 아니다. 내 두분 형수님 말씀을 따르지 않을 수 없으니, 너희들은 산속에 들어가 때를 기다리도록 하라. 내가 먼저 형님을 만난 다음에 반드시 너희들을 부를 것이다."

주창이 머리를 조아리며 간곡히 청한다.

"제가 생각이 짧아 길을 잘못 들어 도적이 되었으나, 이렇게 장군을 뵌 것은 하늘의 해를 본 것이나 진배없습니다. 그런데 어찌 그냥 산으로 들어가라 하십니까? 만약에 여럿이 따르는 게 불편하시다면, 다른 무리들은 모두 배원소에게 맡기고 저 혼자 걸어서라도 장군님을 따르겠습니다. 천길만길이라도 두렵지 않습니다."

관운장은 주창의 뜻을 다시 두 부인에게 고했다. 그러자 감부인이 말한다.

"한두 사람이라면 무방할 듯합니다."

관운장이 주창에게 이 뜻을 전하자, 주창은 기뻐 어쩔 줄 모르며 부하들을 모조리 배원소더러 맡으라 했다. 그러자 배원소가 시무룩하여 말한다.

"소인도 관장군님을 따라가겠소!"

주창이 좋은 말로 달랜다.

"자네마저 따라나서고 보면 저 사람들은 모두 뿔뿔이 흩어질 게 아닌가. 그러니 자네가 통솔하고 있게나. 내 관장군님을 모시고 갔다가 있을 곳만 정해지면 그길로 자네들을 데리러 오겠네."

배원소는 썩 내키지 않는 낯빛으로 무리들을 거느리고 산속으로 들어갔다.

관운장은 주창을 수하에 거두고, 다시 수레를 호위하여 여남을 향해 떠났다. 또다시 관우 일행이 길을 따라가기를 며칠이 지났는데, 멀리 산성 하나가 보였다. 관운장이 농부를 불러 묻는다.

"저기가 어디냐?"

"고성(古城)이라는 곳인데, 두어달 전에 장비(張飛)라는 장수가 수십명의 말 탄 군사를 거느리고 와서 이 고을 관리들을 모조리 내쫓고 성을 차지했습니다. 군사를 모으고 말을 사들이는 한편, 식량과 마초를 쌓기 시작했는데, 이제는 세력이 커져서 4~5천의 군사가 있다 합니다. 어찌나 사나운지 일대에 그를 대적할 자가 없다 하더이다."

관운장은 이 말을 듣고 크게 기뻐했다.

"서주를 잃고 헤어진 다음 도무지 아우가 어디로 갔는지 몰랐는데, 누가 여기 와 있으리라고 생각이나 했겠는가?"

관운장은 즉시 손건에게 성으로 들어가서 장비에게 두분 형수님을 영접하도록 하라고 일렀다.

본래 장비는 망탕산에서 한달 남짓 지내다가, 유현덕의 소식이 궁금해 산을 내려와 알아보던 중에 우연히 이곳 고성을 지나게 되었다. 장비는 식량이 없어 무턱대고 관가에 들어가 군량을 빌려달라고 했다. 그러나 고을 관리가 도무지 말을 들어주지 않자, 화가 난 장비는 관리를 내쫓아버리고 관인마저 빼앗은 다음 마침내 고성을 점령했던 것이다.

이날 손건은 관운장의 영을 받고 먼저 성으로 들어가 장비에게 예를 올린 다음, 현덕이 원소에게 있다가 여남으로 간 일이며, 관운장이 허도에서 두분 형수님을 모시고 온 일 등을 낱낱이 고했다.

"지금 운장이 두분 형수님을 모시고 북문에 와 계시니, 장군께서는 어서 가서 맞아들이시오."

장비는 한마디 대꾸도 없이, 즉시 갑옷에 투구를 쓰고 장팔사모를 손에 쥐고는 말에 뛰어올랐다. 그러고는 군사 1천여명을 거느리고 북문을 향해 달려가는 것이 아닌가. 손건은 놀라는 한편, 심상치 않은 장비의 서슬에 감히 묻지도 못한 채 그를 따라 북문으로 달려갔다.

관운장이 바라보니 꿈에도 그리던 아우 장비가 달려오고 있었다. 이에 관운장은 기쁨을 이기지 못한 나머지 청룡도를 주창에게 맡기고 마주 달려나갔다. 그런데 어찌 된 일인가. 장비는 반가워하기는커녕 고리눈을 부릅뜨고 범 같은 수염을 곧추세우고는 잡아먹을 기세로 으르렁거리는데, 그 소리는 마치 마른하늘을 울리는 벼락소리와도 같았다.

"이 역적놈아!"

장비는 관운장이 미처 숨을 고를 새도 없이 장팔사모를 휘둘러댄다. 깜짝 놀란 관운장이 피하면서 장비에게 말한다.

"아우, 이게 무슨 짓인가, 도원결의를 잊었는가!"

장비도 맞고함을 지른다.

"이 의리 없는 놈아, 네가 무슨 낯으로 나를 보러 왔느냐?"

"어찌하여 나에게 의리가 없다고 하느냐?"

"형님을 배반하고 조조에게 항복하여 벼슬을 받은 놈이 무슨 염치로 나를 보러 왔단 말이냐? 내 오늘 너와 사생결단을 하고 말겠다!"

"그것은 네가 모르고 하는 소리다. 내 입으로는 다 말하기 어려우니, 두분 형수님께 직접 여쭈어보아라."

수레 안에서 관우와 장비가 주고받는 수작을 들은 두 부인은 주렴을 걷어올리고 장비를 불렀다.

"셋째 아주버님, 왜 이러십니까?"

장비가 말한다.

"형수님들은 잠시만 기다리시우. 내 저 의리 없는 놈을 쳐죽인 뒤에 두분을 성안으로 모시겠수."

감부인이 말한다.

"둘째 아주버님은 두 형제분들이 계신 곳을 몰라 부득이 조조에게 잠시 의탁하고 계시다가, 이번에 황숙께서 여남에 계시다는 말씀을 듣고 온갖 고생을 겪으시며 우리를 여기까지 호위해주셨습니다. 제발 오해를 푸세요."

미부인도 한마디 거든다.

"둘째 아주버님이 허도에 머물러 계셨던 것은 참으로 부득이한 일이었습니다."

장비는 귀담아들으려 하지 않는다.

"형수님들이 저놈한테 속아서 그런 말씀을 하시는 거요. 충신은 차라리 죽을지언정 욕을 보지 않는 법이니, 대장부가 어찌 두 주인을 섬길 수 있겠소!"

보다 못한 손건이 곁에서 한마디 한다.

"운장께서는 특별히 장군을 찾아오신 길이오. 이 무슨 무례한 짓입니까?"

장비는 오히려 손건에게 고함을 지른다.

"무슨 어림도 없는 수작이냐? 좋은 마음으로 날 찾아왔을 리 없다. 필경 나를 잡으러 온 것이다."

잠자코 있던 관운장이 한마디 한다.

"만일 너를 잡으러 왔다면 어찌하여 군사를 거느리지 않고 그냥 왔겠느냐?"

장비는 손을 들어 관운장의 등 뒤를 가리키며 말한다.

"저기 오는 게 군사가 아니고 무엇이냐!"

관운장이 바라보니, 과연 먼지를 자욱하게 일으키며 한떼의 인마가 달려온다. 바람에 나부끼는 깃발을 보니 조조의 군사가 틀림없다.

"네가 이래도 할 말이 있느냐?"

장비는 장팔사모를 고쳐잡고 관운장에게 덤벼들었다. 관운장이 황급히 손으로 막으며 한마디 한다.

"잠시만 기다려라. 내 저기 오는 장수를 베어서 너에게 진심을 보여주마."

"그렇다면 내가 북을 세번 울릴 테니, 그동안에 적장의 목을 가져오너라."

관운장은 쾌히 응낙하고 주창에게서 청룡도를 받아들었다. 어느새 조조의 군사가 관운장의 앞에 이르렀다. 선봉에 선 장수는 바로 채양이었다. 채양이 관운장을 보고 칼을 빼든 채 말을 몰아나오면서 큰소리로 말한다.

"네놈이 내 조카 진기를 죽이고 이곳으로 도망쳐왔구나. 내 승상의 분부를 받들어 네놈을 사로잡으러 왔느니라!"

관운장은 두말 않고 청룡도를 번쩍 쳐들고 달려나갔다. 때마침 장비가 몸소 북채를 쥐고 북을 울렸다. 첫 북소리가 채 끝나기도 전에 관운장의 청룡도가 번뜩이더니 채양의 목을 쳐 떨어뜨렸다. 순간 채양의 수하군사들은 사방으로 흩어져 달아난다. 관운장은 급히 적토마를 몰아 기수를 사로잡고는 묻는다.

"너희들은 어찌하여 나를 쫓아 여기까지 왔느냐?"

잔뜩 겁에 질린 기수가 입을 연다.

"채양이 관장군께서 조카를 죽였단 말을 전해듣고 분노한 나머지, 당장 하북으로 가서 장군과 싸우려 했습니다. 하나 승상께서 허락하지 않으시고, 대신 군사를 내주면서 여남땅으로 가서 유벽을 치라 명하여 그리로 가는 중이었지요. 소인은 이곳에서 장군을 뵈올 줄은 미처 몰랐습니다."

관운장이 기수를 장비 앞으로 끌고 가 사실대로 말하게 했다. 장

장비의 첫 북소리가 끝나기 전에 관운장은 채양의 목을 베다

비는 기수에게 관운장이 허도에서 어찌 지냈는지 세세히 캐물었다. 기수가 처음부터 끝까지 하나도 빼놓지 않고 낱낱이 고하니, 그제야 장비는 관운장을 믿게 되었다.

바로 그때였다. 성안에서 군사 한명이 급히 달려와 아뢴다.

"남문 밖에 말 탄 사람 10여명이 달려오는데, 어떤 사람들인지 알 수가 없습니다."

장비는 의심이 생겨 급히 남문으로 가보았다. 과연 성문 밖으로 장병 10여명이 말을 달려오는데, 모두들 가벼운 활과 짧은 전통을 메고 있을 뿐이었다. 그들은 장비를 보고는 서둘러 말에서 뛰어내리며 반가워했다. 바로 미축과 미방 형제였다. 장비 역시 말에서 뛰어내려 그들을 반겨 맞이했다. 미축이 말한다.

"서주성을 잃고 난 다음 우리 형제는 고향으로 달아났소이다. 그곳에서 사람을 시켜 사방으로 소식을 알아보았더니, 운장은 조조에게 항복했다 하고, 주공은 하북에 계시다 하며, 간옹도 하북으로 갔다고 하더이다. 하지만 장군이 계신 곳만은 몰랐소이다. 그러던 참에 어제 길에서 우연히 과객을 만났소. 그 사람 말이 지금 고성에 장씨 성을 가진 장군이 들었는데, 그 모습이 이러저러하다고 하더이다. 그래 우리 생각에 장군일 게 틀림없다고 짐작하고 이렇게 찾아왔는데, 천만다행으로 만나뵙게 되었소이다그려."

장비가 말한다.

"방금 전에 운장 형님께서 손건과 함께 두분 형수님을 모시고 오셨소. 그리고 큰형님 계신 곳도 알았다오."

장비의 말을 듣고 미축과 미방은 크게 기뻐했다. 그들은 장비와 더불어 관운장을 만나본 뒤에, 두 부인께 문안인사를 올렸다.

장비는 두 부인을 영접하여 성으로 들어갔다. 관아에 들어가 자리에 앉자, 두 부인은 그동안 관운장이 지내온 일을 낱낱이 고했다. 그 애기를 듣자 장비는 가슴이 에이는 듯 통곡을 했다.

"형님, 아우의 절을 받으시우!"

장비가 관운장에게 절을 올리는 것을 곁에서 보고 있던 미축과 미방도 감격에 겨워 눈물을 흘렸다. 장비도 그동안 지내온 일을 털어놓은 다음, 곧 잔치를 크게 베풀었다. 오랜만에 이들은 밤이 이슥하도록 즐거이 술을 마셨다.

다음 날, 관운장이 여남으로 유현덕을 찾아가려 하니, 장비도 따라나서겠다고 서둘렀다. 관운장이 말한다.

"너는 두분 형수님을 모시고 여길 지켜라. 내 먼저 손건과 함께 가서 형님이 어찌 지내시는지 보고 오겠다."

장비가 잠시 생각해보더니 그러마고 흔쾌히 응낙하여, 관운장은 손건과 함께 기병 4~5명만을 거느리고 여남땅으로 출발했다. 여남에 도착하니, 유벽과 공도가 나와서 맞이했다. 관운장이 급히 묻는다.

"황숙께서는 어디 계시오?"

유벽이 대답한다.

"황숙께서는 며칠 지내시다가 이곳에 군사가 적은 것을 보시고는, 다시 원소와 상의해야겠다고 하북으로 가셨소이다."

관운장은 맥이 풀린 듯 낙망했다. 손건이 말한다.

"낙망할 게 뭐가 있습니까? 일이 이렇게 되었으니 우리가 하북으로 가면 되지 않겠소?"

관운장은 손건의 말을 듣고 그 자리에서 유벽·공도와 작별한 다음 먼저 고성으로 돌아왔다. 장비에게 사정을 말하니, 또다시 장비가 하북으로 함께 가겠다고 한다. 관운장이 고개를 젓는다.

"이곳은 우리들이 몸을 둘 유일한 근거지인데, 어찌 소홀히 하겠느냐. 내가 손건과 함께 원소에게로 가서 형님을 모셔올 테니, 너는 여기 남아서 성을 지켜야 한다."

장비가 걱정스레 말한다.

"형님은 원소의 장수 안량과 문추를 죽이질 않았소? 혹시 무슨 변이라도 생기면 어쩝니까?"

"그건 상관없다. 거기 가서 형편껏 처신할 생각이다."

관운장은 주창을 불러들여 묻는다.

"와우산의 배원소에게 있는 인마가 얼마냐?"

"4~5백은 족히 될 것입니다."

"그럼 나는 가까운 길로 유황숙을 찾아뵈러 갈 터이니, 너는 와우산으로 가서 배원소와 그 무리들을 거느리고 큰길로 나와 나를 기다려라."

주창은 관운장의 분부를 받고 급히 떠났다. 관운장은 손건과 함께 20여기만을 거느리고 하북으로 떠났다. 하북의 경계에 다다르자 손건이 말한다.

"장군께서 섣불리 들어가실 게 아닙니다. 이곳에서 잠시 쉬고 계십시오. 내가 먼저 가서 황숙을 뵙고 따로 상의하겠소이다."

"그럼 그리하시오."

관운장은 손건을 먼저 보내고, 마을에 있는 한 장원으로 부하들을 거느리고 찾아들었다. 관운장이 쉬어갈 것을 청하자, 한 노인이 지팡이를 짚고 나왔다. 관운장이 인사를 올린 후 이곳에 오게 된 사정을 이야기하자 노인이 말한다.

"이 사람도 성이 관씨요, 이름은 정(定)이외다. 오래전부터 장군의 높은 이름을 들어왔는데 이렇듯 뵙게 되니 참으로 천행이올시다!"

노인은 두 아들을 불러내 관운장에게 인사를 시키고, 관운장의 일행을 편히 쉬게 해주었다.

한편, 손건은 혼자 기주로 가서 유현덕을 만나 그동안의 일들을 자세히 설명했다. 현덕이 말한다.

"간옹도 여기 있으니 불러다 함께 의논하세."

그러고는 가만히 사람을 보내서 간옹을 불러들였다. 간옹과 인사를 나누고 나서 손건은 어떻게 하면 이곳을 무사히 빠져나갈 수 있을지 의논했다. 간옹이 말한다.

"내게 좋은 생각이 있습니다. 주공께서 내일 원소를 찾아가 형주의 유표를 설득하여 함께 조조를 치겠다고 하십시오. 그러면 반드시 원소가 응할 터이니, 그 틈에 떠나시면 조금도 어려울 게 없을 것입니다."

"참으로 좋은 계책이구려. 한데 공은 나를 따라 떠날 수 없지 않겠소?"

"제게는 따로 빠져나갈 방법이 있으니 염려하지 마소서."

이튿날 유현덕은 원소를 찾아가 말했다.

"유경승(劉景升, 유표)이 형주와 양양의 아홉 군(郡)을 다스리는데 군량도 넉넉하고 군사들도 잘 훈련되었다 합니다. 그와 함께 조조를 칠 일을 의논하면 좋을 듯싶습니다."

원소가 말한다.

"지난번에도 내가 사람을 보냈는데 응하려 하지 않더이다."

"유경승은 저와 같은 종씨이니, 가서 간곡히 설득하면 반드시 거절하지 않을 것입니다."

"그렇지. 유표를 얻는 게 유벽보다야 훨씬 낫지. 그럼 귀공이 수고해주시구려."

원소는 선선히 유현덕의 청을 응낙했다. 그러고는 덧붙이기를 잊지 않는다.

"근래에 듣자니 관운장이 조조를 떠나 이쪽으로 오고 있다던데, 오거든 내 반드시 안량과 문추의 원수를 갚을 생각이오."

"명공께서 일전에 운장을 쓰겠다 하셨기에 제가 사람을 보내 부른 것인데, 이제 무슨 까닭으로 죽이겠다 하십니까? 더구나 안량과 문추가 두마리 사슴이라면 운장은 한마리 호랑이거늘, 사슴 두마리를 잃고 호랑이 한마리를 얻었는데 무얼 더 바랄 게 있겠소이까."

현덕의 말에 원소가 껄껄 웃는다.

"내 운장을 아끼는 터라 농담으로 한 말이오. 귀공은 부디 사람을 보내 속히 오게 하시오."

"마침 손건이 여기 왔는데, 그를 보내기로 하지요."

"그게 좋겠소."

원소가 기뻐하며 선선히 허락했다. 유현덕이 물러난 뒤, 간옹이 나서서 말한다.

"현덕이 이번에 가면 되돌아오지 않을지도 모릅니다. 제가 따라가서 첫째는 유표를 함께 설득하고, 둘째는 현덕을 감시하겠습니다."

"좋은 생각이오."

원소는 두말없이 간옹에게 현덕과 함께 떠나라고 허락했다. 이것을 본 곽도가 간한다.

"지난번에 유비가 유벽을 설득하러 갔으나 일을 이루지 못하고 돌아왔습니다. 한데 또 간옹과 함께 형주로 보내십니까? 그들은 반드시 돌아오지 않을 것입니다."

원소는 곽도의 말을 듣지 않았다.

"공연한 의심이다. 그래서 간옹을 함께 보내지 않느냐."

곽도는 한숨을 짓고 물러났다.

유현덕은 손건에게 먼저 성을 나가서 관운장에게 알리도록 했다. 그리고 자신은 간옹과 함께 원소에게 하직인사를 올린 다음 말을 타고 성을 나섰다. 부지런히 말을 달려 기주성에 이르니, 손건이 나와서 관운장이 머물고 있는 곳으로 안내했다. 일찌감치 문밖에 서서 기다리던 관운장은 유현덕이 다가오자 엎드려 절을 했다. 현덕과 운장이 손을 마주 잡고 우는데, 흐르는 눈물이 그칠 줄을 모른다.

유현덕과 관운장 등이 초당에 올라가 자리를 잡고 앉자, 노인은 아들 형제를 데리고 나와 뵙도록 했다. 유현덕이 주인의 성명을 묻자, 관운장이 대신 대답한다.

"이 사람은 저와 같은 성씨요, 맏아들 관녕(關寧)은 학문을 하고, 둘째아들 관평(關平)은 무예를 배운다고 합니다."

관운장의 말이 끝나자 관정이 현덕에게 말한다.

"어리석은 소견으로는 둘째아들놈을 관장군께 딸려보냈으면 하는데, 어떠하올지요?"

유현덕이 묻는다.

"그 아이가 올해 몇살입니까?"

"열여덟입니다."

현덕이 잠시 생각해보더니 대답한다.

"어르신네의 뜻이 그러하시다면, 아드님을 아우의 아들로 삼게 하면 어떻겠소이까? 그렇잖아도 아우에게 여태 아들이 없소이다."

관정은 크게 기뻐하며, 곧 관평에게 관운장을 아버지로 받들고, 유현덕을 큰아버지로 섬기라 일렀다. 유현덕은 원소가 뒤쫓아올 것이 두려워 급히 행장을 수습하여 떠나려 했다. 그러자 관평도 관운장을 따라서 함께 나섰다. 관정은 5리 밖에까지 나와서 배웅하고 돌아갔다.

관운장은 주창과 이미 약조한 일이 있는 까닭에 와우산 쪽으로 길을 재촉했다. 한참 달려가던 중에 수십명을 이끌고 오던 주창과 마주쳤다. 주창은 여러군데 상처를 입어 제대로 몸을 가누지 못했다. 관운장은 주창을 데리고 가서 먼저 현덕에게 인사를 올리게 한 다음 물었다.

"도대체 어찌 된 일이냐? 왜 이 사람들만 데리고 오느냐?"

주창이 울상을 지으며 답한다.

"제가 와우산에 채 당도하기도 전에 한 장수가 필마단기로 달려와서 한창에 배원소를 찔러죽인 다음 부하들에게 모조리 항복을 받아내고 산채를 빼앗아 점거하고 있지 뭡니까? 제가 가서 불러내니, 겨우 이 아이들만 따라나서고, 다른 놈들은 무서워 벌벌 떨고 있는 겁니다. 너무 분하여 그 장수와 싸움을 벌였는데, 여러차례 싸웠건만 이기질 못하고 이렇게 세군데나 창에 맞았사옵니다."

현덕이 묻는다.

"그 사람이 어떻게 생겼고, 이름은 뭐라 하던가?"

"생김새는 거구에다 풍채가 좋고 용맹스러운데, 이름은 모르겠습니다."

관운장이 앞장서고, 현덕이 뒤를 따라 와우산으로 몰려갔다. 산 밑에 이르자, 주창더러 나서서 온갖 욕설을 퍼부어 상대방을 자극

하도록 일렀다. 머지않아 한 장수가 갑옷 차림에 투구를 쓰고 창을 거머쥔 채 무리들을 거느리고 산밑으로 내려온다. 유현덕이 앞으로 말을 몰고 나아가며 큰소리로 물었다.

"혹시 조자룡(趙子龍)이 아닌가?"

그 장수가 눈을 들어 현덕을 보고는 얼른 말에서 뛰어내려 엎드려 절한다. 그는 과연 상산 조자룡이었다. 유현덕과 관운장도 말에서 내려 서로 부둥켜안으며 어떻게 이곳에 오게 되었는지 물었다. 조운이 대답한다.

"제가 사군(使君)과 헤어진 뒤로 공손찬의 수하로 돌아갔는데, 공손찬은 사람들의 말을 듣지 않고 싸우다가 원소에게 패하여 불타 죽었습니다. 그뒤 원소가 몇번이나 사람을 보내 부르더이다. 하지만 원소는 사람을 쓸 줄 아는 위인이 아니기에 가지 않았고, 서주로 사군을 찾아가려고도 생각했습니다. 그런데 소문을 듣자니 이미 서주도 결딴이 나서 운장은 조조에게로 가고, 또 사군은 원소에게 의탁하시고 있다 하더이다. 저는 그동안 수차례 사군을 찾아갈까 마음먹었다가도 원소가 나를 어찌 대할지 몰라, 몸 둘 곳을 찾아 헤매다가 우연히 이곳을 지나게 되었는데, 그때 배원소가 무리를 거느리고 산에서 내려와 저의 말을 빼앗으려 했습니다. 그래서 배원소를 찔러죽이고 내친김에 산채를 빼앗아 근거로 삼았던 것입니다. 그리고 며칠 전에 장비 장군이 고성에 있다는 말을 듣고 찾아가려 했으나 참말인지 알 수가 없어 주저하던 중에 오늘 이렇게 사군을 만나게 되었습니다."

유현덕이 크게 기뻐하며 그간의 크고 작은 일들을 다 이야기하자, 관운장도 그간의 일을 이야기했다. 현덕이 말한다.

"내 처음에 자룡을 만났을 때부터 그리운 정이 많았는데, 이렇듯 만났으니 참으로 천행이 따로 없구나."

"이몸이 천하를 떠돌며 여러 주인을 섬겨보았으나, 일찍이 사군 같은 어른이 없었습니다. 오늘 이렇게 모시게 되었으니 평생의 원이 이루어졌습니다. 제 비록 오장육부를 꺼내어 땅에 뿌리고 죽는 한이 있다 해도 아무 여한이 없겠습니다."

조자룡은 곧바로 산채를 불살라버린 다음 무리들을 이끌고 유현덕을 따라 고성으로 향했다.

한편 모든 소식을 전해들은 장비는 미축·미방과 함께 미리 나와 있다가 유현덕과 관운장 일행을 맞아들였다. 모두들 서로 절을 하며 예를 차린 다음 그간의 일을 털어놓았다. 또한 두 부인이 관운장이 겪은 일들을 이야기하니, 유현덕이 감탄해 마지않았고, 소를 잡고 말을 잡아 하늘과 땅에 감사의 절을 올린 후 군사들을 위로했다.

유현덕은 이렇게 삼형제가 다시 모이고, 또 좌우에 빠진 사람이 없는데다 새로 조자룡까지 얻고 보니 필생의 기쁨을 누리는 듯했다. 그뿐만 아니라 관운장 역시 아들 관평을 얻고 수하에 주창을 얻었으니 그 기쁨 비할 데가 없었다. 그리하여 며칠 동안 주연을 베풀어 군신이 모두 즐기며 취하도록 술을 마셨다.

후세 사람이 이 일을 찬탄하여 읊은 시가 있다.

전날 형제들이 산지사방 갈라져 當時手足似瓜分
소식마저 끊긴 채 감감히 지내다가 信斷音稀杳不聞
오늘날 의리로 다시 모두 뭉치니 今日君臣重聚義
이 곧 용이 구름을 만나고 범이 바람을 만난 듯 正如龍虎會風雲

이리하여 현덕·관우·장비·조운·손건·간옹·미축·미방·관평·주창이 거느리는 군사가 모두 4~5천명에 이르렀다. 현덕이 고성을 버리고 여남으로 떠나려 하는데, 마침 유벽과 공도가 사람을 보내 그곳으로 오기를 청한다. 현덕은 즉시 군사를 거느리고 여남으로 가서, 그곳에서 새로 군사를 모으고 마필을 사들이며 점차 천하를 도모할 뜻을 세웠다.

한편, 원소는 현덕이 형주의 유표를 핑계 삼아 달아난 것을 알고 진노했다.

"내 당장 군사를 일으켜 놈을 응징하리라!"

곽도가 만류한다.

"유비 따위야 걱정할 것 없습니다만, 조조가 문제입니다. 조조는 워낙 강적인지라 제거하지 않으면 후환이 두렵습니다. 유표 역시 비록 형주땅을 차지하고 있다 해도 우리의 적수는 되지 못합니다. 강동의 손책이 그 위세가 삼강(三江)을 뒤흔들고 여섯 고을이나 되는 땅과 많은 장수와 무사들을 휘하에 거두었으니, 그와 결탁하여 조조를 치는 것이 시급한 일인 줄로 아룁니다."

원소는 곽도의 진언을 받아들였다. 곧 글을 써서 진진에게 주어 강동의 손책에게로 보냈다.

하북에서 영웅이 사라지려니 祇因河北英雄去
강동에서 호걸이 나타나는구나 引出江東豪傑來

사태는 어떻게 전개될 것인가?

29

손권의 등장

소패왕 손책이 노하여 우길을 죽이고
푸른 눈의 손권은 앉아서 강동을 거느리다

강동에서 패권을 쥐고 있던 손책(孫策)은 풍족한 양식에 강한 군사들을 거느리고 안정된 나날을 보내고 있었다. 건안(建安) 4년(199), 손책은 유훈(劉勳)을 쳐서 여강(廬江)을 취하고, 다시 우번(虞翻)을 시켜 예장(豫章) 태수 화흠(華歆)에게 격문을 띄워 항복을 받아내니, 이로써 그는 명성과 위세를 크게 떨쳤다.

손책은 장굉(張紘)을 허창(許昌, 허도)으로 보내 황제께 승리의 소식을 알리는 표문을 올렸다. 조조는 손책의 강성함에 은근히 탄식했다.

"사자새끼와 싸우게 되었으니 힘들게 되었구나!"

그는 대책을 강구한 끝에 조인의 딸을 손책의 어린 아우 손광(孫匡)에게 보내 혼인을 시킨 후, 손책의 사자인 장굉은 허도에 붙잡아두었다. 이때 손책은 대사마(大司馬) 벼슬을 내려줄 것을 청했으나 조조는 이를 거절했다. 이에 원망하는 마음을 품은 손책이 호시탐탐 허도를 칠 기회를 엿보는데, 이를 눈치챈 오군(吳郡) 태수 허공(許貢)이 조조에게 밀서를 보냈다.

손책으로 말하면 그 효용(驍勇)함이 항우와도 같으니 조정에서는 그에게 큰 벼슬을 내리시어 허도로 불러들이십시오. 그러지 아니하고 이대로 변방에 방치해둔다면 장차 큰 화근이 될 것입니다.

사자는 밀서를 가지고 강을 건너려다가 그만 강변을 지키던 병사들에게 붙잡히고 말았다. 사자는 곧 손책의 부중으로 압송되었다. 서신을 읽고 격분한 손책은 그 자리에서 사자의 목을 벤 뒤 허공에게 사람을 보내 짐짓 의논할 일이 있다며 청하였다.

멋모르고 달려온 허공이 예를 차리기가 무섭게 손책은 서신을 내보이며 꾸짖었다.

"네 이놈, 나를 죽을 곳으로 보낼 생각이었더냐!"

그러고는 무사에게 명하여 당장 끌어내 목매달게 했다. 이 소식을 전해들은 허공의 가솔들은 그 화가 자신들에게도 미칠세라 일제히 집을 버리고 종적을 감추었고, 문객들 중 세 사람만 허공의 원수를 갚지 못해 한스러워하고 있었다. 하루는 손책이 군사를 거느리고 단도현(丹徒縣) 서산(西山)에서 사냥한다는 말을 듣고 숲속으로 들어가서 기회를 엿보았다.

손책은 큰 사슴 한마리를 발견하고는 말을 달려 산 위로 올라갔다. 한창 사슴의 뒤를 쫓던 중에 그는 숲속에서 창과 활을 들고 서 있는 세 사람을 목격하고 말을 멈추며 물었다.

"너희들은 누구냐?"

"한당(韓當)의 군사로, 여기서 사슴을 잡고 있었습니다."

손책은 말머리를 돌렸다. 그가 막 지나치려는 순간 세 사람 중 하나가 번개같이 창을 들어 그의 왼편 넓적다리를 찔렀다. 손책은 깜짝 놀라 차고 있던 칼을 빼어 급히 내리쳤다. 그러나 칼날이 쑥 빠지며 손에 칼자루만 남는 것이 아닌가.

이때를 놓치지 않고 또 한 사람이 활을 쏘았다. 화살은 곧장 날아가 손책의 뺨에 꽂힌다. 손책은 뺨에 꽂힌 화살을 뽑아 자기 활에 메겨서는 재빨리 상대방을 향해 되쏘았다. 활을 쏘았던 자가 외마디 비명을 지르며 가슴을 안고 쓰러진다. 남은 두 사람은 손책의 좌우에서 달려들더니 거칠게 창을 휘두르며 큰소리로 외친다.

"우리는 허태수댁 문객으로, 주인의 원수를 갚으러 왔다!"

손책은 사냥을 나온 터라 몸에 지닌 병장기가 없어 활로 겨우 막아내며 달아나는데, 두 사람은 악착같이 달라붙으며 공격을 멈추지 않았다. 손책의 몸은 온통 창에 찔려 피투성이가 되었다. 타고 있는 말 또한 상처를 입어 위태로운 지경에 놓였는데, 마침 정보가 군사들을 거느리고 나타났다. 손책이 소리 높여 외친다.

"어서 이놈들을 죽여라!"

허공의 세 문객이 사냥 중인 손책을 습격하다

정보는 부하들을 이끌고 일제히 달려들어 허공의 문객들을 난도질하여 죽였다. 손책은 간신히 위기를 벗어났다. 그러나 얼굴은 온통 피투성이요 상처가 깊어 위급한 상황이었다. 정보는 칼로 전포자락을 찢어 상처를 싸맨 다음 손책을 떠메고 오회(吳會)로 돌아와 치료받게 했다.

후세 사람이 허공의 세 문객을 칭송한 시가 있다.

손책의 지혜와 용기 강동에 떨치더니	孫郎智勇冠江湄
산속으로 사냥갔다가 공격을 받았더라	射獵山中受困危
허씨 집 세 문객이 의리로써 죽으니	許客三人能死義
주인 위해 몸을 바친 예양도 못 미치리라	殺身豫讓未爲奇

중상을 입고 돌아온 손책은 치료를 받고자 사람을 보내 명의 화타(華佗)를 청해오도록 했다. 그러나 화타는 이미 중원으로 가버린 지 오래여서 그의 제자가 대신 왔다. 화타의 제자가 손책의 상처를 살펴보고는 단단히 주의를 준다.

"활촉의 독이 이미 뼛속까지 침투한 터이니 백일 동안 꼬박 정양하셔야만 뒤탈이 없습니다. 만일 화를 내시거나 하여 충격을 받는다면 상처를 치료하기가 매우 어려울 것입니다."

손책은 워낙 성정이 급한 위인인지라 그날로 당장 치료하지 못하는 것만 한탄하며 그럭저럭 20여일을 보냈다. 그러던 어느날 허도에 머물고 있던 장굉에게서 사람이 왔다. 손책은 당장 사자를 불러들여 그간의 소식을 물었다. 사자가 말한다.

"조승상이 심히 주공을 두려워하고, 그 수하의 모사들도 다들 두려워하는데, 유독 곽가만이 예외입니다."

"곽가가 무슨 말을 하더냐?"

손책의 물음에 사자가 머뭇머뭇하며 얼른 말을 잇지 못한다.

"곽가란 놈이 무어라 하더냐고 묻질 않느냐?"

성미 급한 손책이 노기를 띠고 재차 다그쳐 묻자 사자는 마지못해 고한다.

"곽가가 조승상께 말하기를, 주공을 두려워할 것이 없다고 했답니다. 주공은 위인이 경솔하여 방비가 없을 뿐만 아니라, 천성이 급하고 꾀가 적어 한낱 필부(匹夫)의 용맹을 지닌 것뿐이니, 훗날 반드시 소인배들의 손에 죽고 말리라고 했답니다."

이 말을 듣고 손책은 크게 노했다.

"그런 하찮은 놈이 어찌 감히 나를 요량할 수 있단 말이냐! 내 맹세코 허도를 쳐서 본때를 보여주리라."

상처가 낫기를 기다리지 못하고 손책은 곧 장수와 모사들을 불러 출병할 일을 의논했다. 장소가 간한다.

"의원의 말을 잊으셨습니까? 백일 동안은 정양하셔야 비로소 뒤탈이 없으리라 했는데, 어찌하여 한때의 분노를 참지 못하고 이렇듯 귀한 몸을 함부로 하십니까?"

이때 원소의 사자 진진이 도착했다는 보고가 들어왔다. 손책이 사자를 불러들여 온 이유를 물으니, 서로 힘을 합해 조조를 치자는 원소의 뜻을 전하러 왔다 한다.

손책은 크게 기뻐하며 그날로 모든 장수들을 성루로 불러모으고 잔치를 베풀어 진진을 융숭히 대접했다. 술이 몇순배 돌았는데 갑자기 모든 장수들이 수군대며 서로 말을 주고받더니 분분히 일어나 아래로 내려가는 게 아닌가. 손책이 이상한 생각이 들어 물으니, 곁에 섰던 자가 아뢴다.

"우신선(于神仙)이라 하는 사람이 지금 막 성루 밑을 지나던 참인데, 이를 본 장수들이 모두 절을 하러 내려간 것입니다."

손책은 자리에서 일어나 난간을 의지하여 아래를 내려다보았다. 학창의(鶴氅衣) 차림의 한 도인이 명아주 지팡이를 짚고 길 한복판에 서 있는 모습이 눈에 들어왔다. 그 주위에는 몰려나온 백성들이 일제히 향을 피우고 다투어 절을 하느라 여념이 없었다. 손책은 화가 나서 호통을 친다.

"저런 요망한 놈을 봤나? 당장 내려가 저놈을 잡아오너라!"

사람들이 아뢴다.

"고정하십시오. 저 어른의 성명은 우길(于吉)이라 하는데 동방(東方)에 거처하며, 이곳 오회땅을 왕래한 지 오래입니다. 그동안 부적을 태운 물로 수많은 백성들의 병을 고쳐왔는데, 그 영험이 어찌나 놀라운지 칭송이 자자한 터입니다. 사람들이 그를 신선이라 부르는 것도 그런 연유이니, 주공께서는 함부로 욕보이려 하지 마십시오."

손책은 더욱 노한다.

"무슨 말이 그리 많으냐? 잔말 말고 냉큼 잡아들이렷다. 만일 내 영을 어기는 자가 있으면 즉시 목을 베리라!"

부하들은 마지못해 누각을 내려가 우길을 옹위해 올라왔다.

"보아하니 미친놈 같은데, 너는 어찌 감히 인심을 현혹하려 하느냐?"

손책의 꾸짖음에 우길은 담담히 대답한다.

"빈도(貧道)는 낭야궁(琅琊宮)의 도인(道人)이외다. 순제(順帝) 때 산에 들어가 약초를 캐다가 양곡천(陽曲泉)가에서 『태평청령도(太平青領道)』라는 신서(神書)를 얻었는데, 무려 백여권에 달하는 이 책에는 놀랍게도 수많은 질병을 치료할 수 있는 방술(方術)이 적혀 있었소이다. 이 책을 얻은 후 빈도는 오직 하늘을 대신하여 선화(宣化)하기를 힘써 널리 만인을 구제했을 뿐 이제껏 털끝만치도 남의 재물을 취한 적이 없거늘, 어찌하여 인심을 현혹한다 하시오?"

손책이 다시 꾸짖는다.

"네가 추호도 남의 것을 취한 적이 없다 하면, 의복과 음식은 어디서 얻은 것이냐? 그러고 보니 네놈은 황건적 장각의 무리가 아닌가. 내 오늘 너를 죽이지 않았다가는 반드시 후환이 될 것이다."

그러고는 곧 좌우를 꾸짖어 죽이라 명하니, 장소가 나서며 간한다.

"우도인이 강동에서 살아온 수십년 동안 한번도 죄를 범한 적이 없는데 무슨 까닭으로 죽이려 하십니까? 이는 정녕 법도에 맞지 않는 처사입니다."

손책이 말한다.

"저따위 요망한 자를 죽이는 일이 개돼지를 잡는 것과 무엇이 다르겠는가?"

주위의 여러 관원들이 애써 만류하고 진진 또한 손책의 마음을 돌려보려 간곡히 간하였다. 그러나 손책은 좀처럼 노여움을 풀려 하지 않고 끝내 우길을 옥에 가두고 말았다. 이로써 잔치는 깨어지고 관원들은 모두 뿔뿔이 흩어져 돌아갔다. 진진 역시 쉬어야겠다고 하며 역관으로 돌아가고, 손책도 부중으로 돌아왔다.

이 일은 내시들에 의해 손책의 모친 오태부인(吳太夫人)에게 전해졌다. 부인은 깜짝 놀라 손책을 후당으로 불러들여 타일렀다.

"네가 우신선을 옥에 가두었다는 얘기를 들었다. 우신선은 많은 백성들의 병을 고쳐주어 군사와 백성의 존경과 추앙을 받는 분이니, 결코 해쳐서는 아니 된다."

손책이 대답한다.

"그 요망한 놈이 요술을 부려 사람을 현혹하려 하니 반드시 없애버려야 합니다."

오태부인은 재삼 좋은 말로 우길을 풀어줄 것을 권했지만 손책은 들으려 하지 않았다.

"어머님은 바깥 사람들의 근거 없는 말을 믿지 마십시오. 제가 알아서 처리하겠습니다."

그러고는 밖으로 나와 옥리에게 우길을 데려오도록 명했다. 손책의 명이 떨어지자, 옥리는 허둥지둥 달려가 옥에 갇힌 우길에게 그제야 족쇄를 채우랴 목에 칼을 씌우랴 정신이 없다. 우길을 신선으로 받들며 공경해오던 터라, 손책의 엄명에 마지못해 그를 옥 안에 가두면서도 차마 몸에 형구를 갖추지는 않았던 것이다.

이를 눈치챈 손책은 크게 화가 나서 옥리를 무섭게 꾸짖고는 우길의 몸에 더욱 큰 칼과 족쇄를 채워 다시 가두도록 했다. 그러자 장소 등 수십명이 연명(連名)으로 글을 올려 우신선의 구명을 청했다. 손책이 그들을 불러들여 크게 꾸짖는다.

"공들은 모두 학문을 한 사람들인데, 어찌 이다지도 사리판단을 할 줄 모르는가? 옛날에 교주(交州) 자사 장진(張津)이 사교(邪敎)에 빠져 북치고 거문고 타고 분향하면서 늘 붉은 두건으로 머리를 싸매고 출병할 때마다 신의 도움을 받아 위력을 떨친다고 큰소리치더니, 결국은 적군의 손에 죽고 말았다. 이러한 일이란 아무짝에도 쓸모없이 백해무익한 일임을 그대들은 어찌하여 아직도 깨닫지 못하는가? 내가 우길을 죽이고자 하는 것은 사교를 금하여 백성들로 하여금 헛된 망상에서 깨어나게 하려는 것이다."

여범(呂範)이 나서서 아뢴다.

"제가 듣기로 우도인은 능히 기도로써 바람을 부르고 비를 내리게 할 수 있는 위인이라 합니다. 때마침 극심한 가뭄으로 백성들이 고초를 겪고 있는 터인데, 우길에게 비를 내리게 하여 속죄토록 하심이 어떨는지요?"

"좋다. 그 요사스러운 자가 하는 꼴을 구경이나 해보자."

손책은 우길을 끌어내 칼과 족쇄를 벗겨주고, 단(壇)에 올라 비를 빌도록 명했다. 우길은 즉시 목욕하고 옷을 갈아입고 나서 스스로 자신의 몸을 결박하더니 햇볕이 쨍쨍 내리쬐는 단 위에 올라섰다. 백성들이 소문을 듣고 이를 구경하기 위해 몰려와 인산인해를 이루었다. 우길이 사람들을 향해 말한다.

"내가 비를 빌어 세길이나 되는 단비를 내리게 하여 만백성을 구한다 할지라도 결국 죽음을 면치는 못하리라."

사람들이 이구동성으로 말한다.

"영험을 보이신다면 주공께서도 감복하여 반드시 목숨을 살려주실 것입니다."

우길은 고개를 흔들며 조용히 탄식할 뿐이다.

"이미 내 운수가 다하여 피할 수 없으니 어찌하리오!"

이때 손책이 몸소 단 앞으로 나와서 영을 내린다.

"만약에 오시(午時, 낮 12시)까지 비가 내리지 않으면 즉시 우길을 화형에 처하도록 하라."

그러고는 군사들을 시켜 장작을 쌓아놓고 때가 되기를 기다렸다. 시간이 흘러 어느덧 오시가 가까워올 무렵이었다. 난데없이 광풍이 일어나더니 바람이 휩쓰는 곳마다 시커먼 구름이 모여들었다. 손책이 소리친다.

"이미 오시가 다 되었건만 하늘에 구름만 끼었을 뿐, 비는 결국 내리지 않으니 참으로 요사스러운 놈이 아니냐!"

손책은 더이상 기다리려 하지 않고 좌우를 꾸짖어 우길을 장작더미 위에다 올려놓고 불을 지르게 했다. 시뻘건 불꽃이 바람을 따라 빠른 속도로 번지기 시작했다. 그런데 이게 웬일인가. 문득 한줄기 검은 연기가 하늘을 찌르며 번개가 일더니, 천둥소리가 천지를 진동하며 장대비가 퍼붓듯이 쏟아져내려 삽시간에 주변은 온통 물바다를 이루었다. 족히 세길이 넘는 단비였다.

이때였다. 장작더미 위에 누워 있던 우길이 느닷없이 하늘을 우러러 한소리 크게 외쳤다. 순간 놀랍게도 구름이 씻은 듯이 걷히며 비가 멎더니 다시 해가 나온다.

이를 지켜보던 모든 관원들과 백성들은 서로 앞을 다투어 우길에게로 달려들어 그를 부축하여 땅에 내려서게 했다. 그들은 우길의 결박을 풀어준 다음 연달아 절을 하며 칭송을 아끼지 않는다. 관원들은 물론 모든 백성들이 하나같이 옷이 젖는 것도 아랑곳하지 않고 물속에 엎드려 우길에게 절하는 것을 보자 손책은 참을 수 없이 화가 났다.

"날이 개고 비가 오는 것은 천지의 정한 이치이다. 이 요사스러운 놈이 공교롭게도 때를 만나 위기를 모면한 것에 지나지 않거늘, 너희들은 어찌하여 이렇듯 혹해서 날뛰는 게냐?"

손책은 곧 보검을 빼들고 좌우에게 속히 우길을 참하라 명했다. 그의 추상같은 호령에도 불구하고 여러 관원이 나서며 힘써 만류했다. 그럴수록 손책의 노기는 더욱더 하늘을 찌를 듯했다.

"너희들이 우길을 도와 나에게 모반할 작정이구나!"

삽시간에 주위는 얼어붙은 듯 조용해졌다. 무서운 한마디에 일제히 입을 다물어버린 것이다. 손책은 무사들을 꾸짖어 단칼에 우길의 목을 치게 했다. 베어진 머리가 툭 떨어졌다. 그런데 끊어진 우길의 목에서 한줄기 푸른 기운이 치솟더니 동북쪽으로 사라지는 것이었다. 손책은 곧 우길의 시체를 저잣거리에 전시하여 그의 요망한 죄를 다스린 본보기로 삼게 했다.

그날밤, 놀라운 일이 벌어졌다. 난데없는 비바람이 크게 일어 밤이 다하도록 그치질 않더니, 날이 훤히 밝을 무렵 우길의 시체와 머리가 사라져버렸다. 시체를 지키던 군사는 깜짝 놀라 손책에게 이 사실을 고했다. 손책이 노하여 그 군사를 죽이려 하는데, 홀연 한 사람이 당 앞으로 천천히 걸어나온다. 가만히 바라보던 손책은 소스라치게 놀랐다. 그는 다름 아닌 우길이 아닌가.

더욱 노한 손책은 장검을 빼들어 곧 우길을 찍으려 했다. 그러나 미처 손을 놀릴 사이도 없이 손책은 뒤로 나자빠지며 그대로 혼절해버렸다. 좌우 사람들이 급히 안아다 침상에 눕혔다. 손책은 한참만에 깨어났다. 급히 달려온 손책의 어머니 오태부인은 아들이 깨어난 것을 보고 말한다.

"네가 죄 없는 신선을 죽이더니 이렇듯 화를 당하는구나."

손책은 어처구니가 없다는 듯 웃으며 대꾸한다.

"저는 어렸을 때부터 아버님을 모시고 출정하여 사람 죽이기를 삼 베듯 했지만 그로 인해 화를 입은 적은 단 한번도 없었습니다. 이제 그 요사스러운 놈을 죽여 큰 화근을 제거한 터에, 제가 화를 당한다니 무슨 말씀입니까?"

"그렇지가 않아. 네가 도무지 신선을 믿지 못하고 일을 이 지경에 이르게 했으니 지금부터라도 좋은 일을 하여 살풀이를 해야겠다."

"인명은 재천이라 했거늘 제아무리 요망한 놈이라도 저를 어쩌겠습니까? 그러니 어머님도 제 걱정은 마시고 살풀이 따위를 하잔 말씀은 마십시오."

오태부인은 아무리 권해보았자 소용없음을 알고 가만히 사람을 시켜 치성을 드리게 했다.

그날밤 2경(밤 10시)쯤 되었을까. 손책이 내당에 누워 있는데, 갑자기 한줄기 음산한 바람이 일면서 등불이 꺼질 듯하다가 밝아지고 다시 꺼질 듯 가물거리더니 돌연 확 밝아졌다. 그러고는 언제 나타났는지 검은 그림자가 손책의 머리맡에 다가와 서 있었다. 손책이 애써 마음을 진정시키며 그림자를 올려다보자, 그는 다름 아닌 우길이었다. 손책이 소리를 버럭 질러 꾸짖는다.

"내 평생 요망한 무리를 죽이고 천하를 편안케 하겠노라 맹세했다. 이미 저승 귀신이 된 네가 어찌 감히 내게 범접하느냐?"

손책은 머리맡에 놓인 칼을 잽싸게 집어던졌다. 순간 우길의 모습은 온데간데없이 사라졌다.

오태부인이 이 말을 듣고 더더욱 걱정하자, 손책은 어머니를 안심시키기 위해 아픈 몸을 이끌고 문안을 갔다. 오태부인이 아들에게 말한다.

"성인께서도 말씀하시기를 '귀신의 덕이 성(盛)하다' 하였고, 또한 '상하(上下)의 신에게 자신을 빌라' 하셨으니, 귀신의 일을 무시할 수는 없다. 네가 우도인을 까닭 없이 죽이고도 어찌 앙갚음이 없기를 바라겠느냐? 내 이미 사람을 옥청관(玉淸觀)으로 보내 치성을 드리게 했으니, 네가 직접 가서 절하고 빌면 자연 편안해질 게다."

손책은 감히 어머니의 분부를 거역할 수 없어서 마지못해 가마를 타고 옥청관으로 갔다. 도사가 나서서 맞아들이며 손책에게 분향재배하기를 청했다. 손책은 여전히 내키지 않는 마음으로 향만 사르고 절은 하지 않았다. 그런데 문득 향로에서 피어오르던 연기가 흩어지지 않고 엉기면서 무슨 덮개 모양을 이루더니, 그 위에 우길이 단정히 올라앉아 있는 게 아닌가. 화가 난 손책이 우길을 향해 침을 뱉고 저주하며 급히 전각을 나오려는데, 이번에는 우길이 앞질러 문앞에 서서 눈을 부릅뜨고 그를 노려본다. 손책이 좌우를 돌아보며 묻는다.

"너희들은 저 요귀가 보이지 않느냐?"

시종들이 한소리로 대답한다.

"요귀라니요? 아무것도 보이지 않습니다."

손책은 더욱 노했다. 그는 황급히 허리에 찬 칼을 빼어 우길을 향해 던졌다. 그 순간 누군가가 칼에 맞아 푹 거꾸러지니, 그는 엉뚱하게도 이전에 우길의 머리를 벤 군졸이었다. 그는 칼끝이 머리에 정통으로 꽂힌 채 눈·코·입·귀 일곱 구멍으로 피를 흘리며 죽고 말았다.

손책이 시체를 끌어내 장사 지내게 하고 옥청관을 나오려는데,

다시 우길이 관문 밖에서 안을 향해 달려들어온다.

"이 옥청관은 요귀들이 들끓는 곳이구나!"

손책은 당장 명을 내려, 자신이 지켜보는 앞에서 무사 5백명을 동원해 전각을 헐어버리게 했다. 무사들이 지붕에 올라 기와를 벗기려 하자, 우길이 지붕 위에서 기와를 벗겨 아래를 향해 어지러이 내던진다. 손책은 길길이 날뛰며 격분하여 소리쳤다.

"본관 도사를 끌어내고 전각을 불살라버려라!"

불길이 활활 이는데, 이번에는 그 속에 우뚝 서 있는 우길의 모습이 다시 역력히 보인다.

손책은 끓어오르는 분노를 안은 채 부중으로 돌아왔다. 우길의 형상은 잠시도 손책을 떠나려 하지 않았다. 어느새 부중 문앞에 버티고 선 우길을 발견한 손책은 안으로 들어가지 않고 곧 군사를 일으켜 성밖으로 나가 영채를 세웠다. 그러고는 수하장수들을 불러 원소를 도와 조조를 협공할 일을 의논하게 했다. 장수들이 입을 모아 간한다.

"주공의 옥체가 그리 평안치 못한 터에 가볍게 움직이는 것은 옳지 않습니다. 몸이 완쾌되기를 기다렸다가 출병하더라도 늦지 않을 것입니다."

그날밤 손책은 영채 안에서 잠자리에 들었다. 그런데 우길이 산발을 하고 그의 앞에 다시 나타났다. 밤새도록 영채 안에서는 손책이 우길을 꾸짖는 소리가 끊이지 않고 흘러나왔다.

다음 날 아침 오태부인은 사람을 보내 아들을 부중으로 불러들였다. 손책이 들어가 어머니를 뵙자, 오태부인은 그 안색이 초췌한 것을 보고 울며 말한다.

"네 하룻밤 사이에 어찌면 얼굴이 그 꼴이 되었단 말이냐?"

손책이 거울을 가져오라 하여 들여다보니 과연 자신의 몰골이 말이 아니었다.

"내 얼굴이 왜 이 모양이 되었는가!"

그 말이 끝나기도 전에 거울 속에 우길이 서 있었다. 손책은 주먹으로 거울을 치며 버럭 고함을 질렀다. 순간 온몸의 상처가 일제히 터지며 그는 그대로 혼절해버렸다. 오태부인이 손책을 안으로 들여다 침상에 눕히게 했다. 한참 후 가까스로 깨어난 손책은 탄식조로 중얼거렸다.

"내 이제 더는 살기 어려울 것 같구나……"

그러더니 장소 등 여러 사람과 동생 손권(孫權)을 곁으로 불렀다.

"천하가 크게 어지러운 이때, 우리 오월(吳越)땅은 삼강(三江)의 험한 요새를 끼고 있어 가히 큰 뜻을 펼 수 있을 것이오. 그대들은 부디 내 아우를 보필하여 대업을 이루기 바라오."

손책은 인수를 가져오라 하여 손권에게 건네며 말을 잇는다.

"강동의 무리를 일으켜 양 진영 사이에서 기회를 잡아 천하를 다투는 일은 네가 나보다 힘에 부칠 것이다. 그러나 어진 이를 쓰고 유능한 사람에게 책임을 맡겨 각자 힘을 발휘하도록 하여 강동을 지키는 데는 네가 나보다 나으리라. 너는 부디 오늘이 있기까지 아버님과 내가 감당했던 창업시절의 어려움과 고통을 잊지 말고 그 뜻을 기려 스스로 도모하도록 하여라."

손권이 울음을 터뜨리며 절을 하고 공손히 인수를 받는다. 손책은 이어서 어머니 오태부인에게 고한다.

"저는 이미 천수가 다하여 어머님을 모시지 못하겠기로, 이제 인수를 아우에게 넘겼습니다. 원컨대 어머님께서는 조석으로 아우를 훈육하시어 부형(父兄)이 쓰던 사람들을 잘 받들도록 일깨워주십시오."

오태부인이 울며 말한다.

"네 아우는 아직 어려서 대사를 감당하지 못할 터인데, 이 노릇을 어찌한단 말이냐?"

"아닙니다. 권(權)은 저보다 열배나 나으니 족히 대임을 감당할 수 있을 것입니다. 그러나 만약 안으로 어려운 일이 있거든 장소에게 묻게 하시고, 밖으로 결단하기 어려운 일이 있거든 주유(周瑜)에게 묻도록 하십시오. 주유가 이 자리에 없어서 직접 당부하지 못하는 것이 한입니다."

손책은 다시 여러 아우들을 불러서 일일이 부탁한다.

"내가 죽은 뒤에 너희들은 부디 중모(仲謀, 손권의 자)를 열심히 돕도록 하여라. 또한 문중에서 딴마음을 먹는 자가 있으면 가차없이 주살하고, 형제간에 반역하는 자가 있거든 결코 조상의 분묘에 안장시키지 못하도록 해야 한다."

아우들이 울며 삼가 명을 받든다. 손책은 마지막으로 아내 교(喬)씨를 불러 당부한다.

"내가 중도에 부인과 이렇듯 헤어지게 된 것이 무엇보다 한스럽소. 부디 부인은 어머님을 효로써 봉양하오. 일간 처제가 올 것이니, 남편인 주유에게 내 대신 말을 전해주도록 당신이 잘 이르시오. 그동안 나를 대했던 것처럼 마음을 다하여 내 아우를 보필해달라고 말해주오. 그리하여 평생지기의 의리를 저버림이 없도록 당부하더라고 전해주시오."

말을 마치자 눈을 감고 세상을 떠나니, 그때 손책의 나이 겨우 26세였다.

후세 사람이 시를 지어 이렇게 찬탄했다.

홀로 동남땅에서 용맹을 떨치니	獨戰東南地
사람들은 소패왕이라 일컬었네	人稱小霸王
계략을 세울 적엔 범이 움츠려 있는 듯	運籌如虎踞
결단을 내리면 매가 날아오르는 것 같아	決策似鷹揚
위엄은 뻗쳐 삼강을 진정시키고	威鎭三江靖
명성은 울려 사해에 날리더니	名聞四海香
임종에 이르러 대사를 유언하는데	臨終遺大事
그의 뜻 오로지 주유에게 부탁했다네	專意屬周郎

손책이 숨을 거두자 손권은 그대로 쓰러져서 통곡하며 떠날 줄을 몰랐다. 장소가 말한다.

"지금은 장군께서 울고만 있을 때가 아닙니다. 장례를 치르는 한편 나라의 큰일을 다스려야 합니다."

손권은 비로소 눈물을 거두었다. 장소는 손권의 숙부 손정(孫靜)으로 하여금 장례를 맡아 치르게 하는 한편, 손권을 당(堂)으로 모시어 문무백관의 하례를 받게 했다.

손권은 타고나기를 턱이 모나고 입이 크며, 눈이 푸르고 수염이 붉은 편이었다. 일찍이 한나라 사신으로 오군에 왔던 유완(劉琬)이란 사람이 손씨 집안의 형제들을 보고 나서 이렇게 말한 바 있었다.

"내가 두루 살피건대 손씨 형제들이 각기 재주는 비상하나 다들 불행하게도 복록과 수명을 길이 누릴 팔자는 아니다. 그러나 유독 중모만은 생김새가 뛰어나고 골격이 비범하며 귀하게 되어 장수할 상이라. 다른 형제들은 모두 그만 못하리라."

그의 예언대로 손책이 젊은 나이에 명을 달리하자 이제 손권은 형의 대권을 위임받아 강동을 다스리게 되었다. 그러나 손권이 아직 무엇을 어찌해야 할지 방침을 세우지 못하고 있는 중에, 문득 사람이 들어와 주유가 파구(巴丘)에서 군사를 거느리고 돌아왔다고 고했다. 손권이 한시름 놓은 듯 말했다.

"공근(公瑾, 주유의 자)이 돌아왔으니 이제 걱정 없구나."

원래 주유는 군사를 거느리고 파구를 지키고 있다가 손책이 화살을 맞아 중상을 입었다는 소식을 들었다. 급히 문병하러 오던 길에 오군에 이르러서는 급기야 부음을 받으니 길을 재촉하여 밤낮으로 달려온 것이다.

도착하자마자 주유는 손책의 영구 앞에 절하며 통곡한다. 오태부인이 나와서 고인의 유언을 전하니 주유는 땅에 엎드려 아뢴다.

"삼가 견마지로를 다하여 죽기로써 위업을 잇겠나이다."

이때 손권이 들어왔다. 주유가 절하여 예를 갖추자 손권이 말한다.

"공은 부디 형님의 유언을 잊지 마시오."

주유가 머리를 조아린다.

"간과 뇌수를 땅에 뿌릴지라도 저를 알아주신 그 은혜에 보답하오리다."

"내가 이제 아버님과 형님의 유업을 잇게 되었으니, 장차 어떠한 계책으로 강동을 지켰으면 좋겠소?"

"자고로 사람을 얻는 자는 창성하고 사람을 잃는 자는 망하게 마련입니다. 우선 하실 일은, 고명하고 멀리 내다볼 수 있는 인재를 구하여 보필을 받으셔야 합니다. 그러면 가히 강동을 안정시켜 번영을 누릴 수 있습니다."

"돌아가신 형님께서 유언하시기를, 안의 일은 장소에게, 바깥의 일은 그대에게 물으라 하시었소."

"장소는 어질고 통달한 선비이니 능히 대임을 감당할 만하지만, 이몸은 재주가 미흡하여 맡기신 중임을 감당치 못할까 두렵습니다. 그러니 제가 한 사람을 천거하여 장군을 보필토록 하면 어떨는지요?"

"그게 누구요?"

"성은 노(魯)이고 이름은 숙(肅), 자는 자경(子敬)으로, 임회군(臨

淮郡) 동천(東川) 사람입니다. 이 사람은 가슴에는 도략(韜略)을 품고 뱃속에는 기모(機謀)를 감추고 있는데, 속이 깊고 무엇보다도 앞을 내다보는 지혜가 출중합니다. 일찍이 아버지를 여의고 어머니만 모시고 사는데 그 효성이 지극함은 말할 것도 없거니와, 집안이 부유한 편인데 노상 재물을 흩어 가난한 사람들을 도우니 사람들의 칭송이 자자합니다. 제가 소장(巢長)땅을 다스리던 때의 일입니다. 수백명을 데리고 임회땅을 지나게 되었는데 마침 양식이 떨어졌지요. 그런데 들리는 소문에 노숙의 집 두 곳간에 각각 3천섬이나 되는 쌀이 쌓여 있다질 않겠습니까? 당장 찾아가 도움을 청하였지요. 그랬더니 노숙은 곳간 하나를 가리키며 마음대로 내다 쓰라는 겁니다. 이 점만 보아도 그의 인품이 어떠한지 가히 짐작할 수 있는데다, 또한 평생을 칼 쓰고 말 달리며 활쏘기를 즐겨해서 강건함도 따를 자가 없습니다. 그는 곡아땅에 살고 있는데, 지금은 할머님의 장례를 치르기 위해 동성(東城)땅에 가 있습니다. 일전에 그의 친구 유자양(劉子揚)이 함께 소호(巢湖)로 가서 정보(鄭寶)에게 의탁하자고 권했으나 주저하며 가지 않고 있다니, 주공께서는 속히 그를 부르도록 하십시오."

손권이 매우 기뻐하며 당장 가서 노숙을 청해 오라 한다. 주유는 명을 받고 즉시 노숙을 찾아갔다. 깍듯이 예를 갖추고, 손권이 그를 청해오기를 간절히 원하고 있음을 전했다. 노숙이 말한다.

"근자에 친구 유자양과 소호에 가기로 약속한 터라 그곳으로 갈까 합니다."

주유가 노숙을 설득한다.

"옛날에 마원(馬援)은 광무제(光武帝)에게, '세상에서 군주가 신하를 선택하는 것은 당연한 이치이나 신하도 임금을 골라 섬겨야 한다'고 말했습니다. 지금 우리 손장군께서는 어진 선비들을 공경하며 예로써 대접하고 그들의 재주를 귀히 여기시는, 세상에 다시 없는 분입니다. 그러니 공께서는 다른 생각 마시고 나와 함께 동오로 가도록 하십시다."

노숙은 마침내 그 말을 좇아 주유와 함께 동오로 와서 손권을 만났다. 손권은 노숙을 매우 공경하여 하루 종일 담론을 하면서도 지루한 줄을 몰랐다.

하루는 문무관원이 모두 흩어진 뒤 손권이 노숙을 붙들어 함께 술을 마시다가 밤이 깊자 한 침상에 나란히 누웠다. 잠자리에서 손권이 문득 묻는다.

"한실(漢室)이 기울어 위태롭고 천하가 어지러운 이때, 나는 기왕에 부형의 유업을 이어받은 이상, 제(齊)나라의 환공(桓公)이나 진(晉)나라 문공(文公)처럼 패업을 이루고자 하는데, 공은 앞으로 어떻게 나를 가르치려 하오?"

노숙이 대답한다.

"옛날에 한고조가 의제(義帝)를 받들어 섬기려 했지만 못한 것은 항우가 방해했기 때문입니다. 지금의 조조가 마치 항우와 같사온데 장군께서 무슨 수로 환공이나 문공이 될 수 있으리까. 제 요량으로는 한실의 부흥은 있을 수 없고, 조조를 갑자기 없앤다는 것 또한 거의 불가능한 일입니다. 제가 장군께 말씀드리고 싶은 것은, 우리는 오직 강동에 기반을 두고 세를 정립하여 천하를 관망하면서 틈을 노려야 한다는 점입니다. 지금 북방이 소란스러운 틈을 타서 우선 황조부터 쳐 없애고, 나아가 유표를 친 후 장강 전역을 차지하여 지키고 있다가, 황제를 칭하고 연호를 정하여 천하를 도모하신다면, 이는 곧 한고조가 대업을 이룬 것과 다를 바 없습니다."

손권은 크게 기뻐하며 잠자리에서 벌떡 일어나 옷깃을 여미고 노숙에게 깊은 감사의 예를 표했다. 다음 날 아침 손권은 노숙에게 후한 상을 내리고, 노숙의 어머니에게도 따로 의복과 휘장 같은 여러가지 물건들을 보내도록 했다.

노숙이 또 한 사람을 손권에게 천거했다. 그는 학문과 재주가 뛰어날 뿐만 아니라 어머니에 대한 효성 또한 지극한 사람으로, 성은 제갈(諸葛)이요 이름은 근(瑾), 자는 자유(子瑜)로, 낭야군(琅琊郡) 남양(南陽)땅 출신이었다.

손권은 제갈근을 초빙하여 귀한 손님으로 대접했다. 제갈근은 손권에게 원소와의 관계를 끊고 조조에게 환심을 보인 다음에, 기회를 보아 일을 도모하라고 권유했다. 손권은 제갈근의 조언에 따라 사신으로 왔던 진진에게 거절하는 서신을 들려보냄으로써 원소와의 관계를 끊어버렸다.

한편 조조는 손책이 이미 죽었다는 소문을 듣고 군사를 일으켜 강남을 치려 했다. 이때 시어사(侍御史) 장굉(張紘)이 간한다.

"남이 상을 당했을 때 그것을 기회 삼아 치는 것은 의롭지 못합니다. 만일 공격했다가 이기지 못하면 부질없이 원한만 사게 될 터이니, 차라리 이런 때일수록 친선함이 좋을 것입니다."

조조는 장굉의 말이 옳다고 여겼다. 그래서 황제께 아뢰어 손권을 장군 겸 회계(會稽) 태수에 봉하고, 장굉은 회계 도위로 발령하여 인(印)을 주어 강동으로 돌려보냈다.

손권은 장굉이 돌아온 것을 보고 크게 기뻐하여 장소와 함께 정사를 돌보도록 했다. 그 답례로써 장굉도 손권에게 사람을 천거했다. 그는 고옹(顧雍)이란 인물로, 자는 원탄(元嘆)이며, 중랑장 채옹(蔡邕)의 문하생이었다. 고옹은 말이 적고 술도 마시지 않았으며 매사에 엄하고 공명정대하기로 정평이 나 있었다. 손권은 고옹을 승(丞)으로 삼아 태수직을 맡아보게 했다. 이로부터 손권은 강동에 위엄을 떨치기 시작했으며, 두터운 민심을 얻기에 이른다.

한편 진진은 원소에게 돌아가 그간의 일들을 소상히 아뢰었다.

"손책은 죽고 그 아우 손권이 뒤를 계승했으며, 조조가 그에게 벼슬을 내리고 외세의 침략이 있을 경우 서로 돕기로 했답니다."

원소는 끓어오르는 분노를 참을 수가 없었다. 그는 즉시 기주·청주·유주·병주 등의 군사 70여만명을 일으켜 허도를 치기 위해 출발했다.

강남의 싸움이 겨우 잠잠한가 했더니 江南兵革方休息

이번엔 기주 북쪽에서 전란이 일어난다　　冀北干戈又復興

이들의 승부는 장차 어찌 될 것인가?

30

관도대전

원소는 관도싸움에서 패하고
조조는 오소를 습격해 군량을 불태우다

원소가 군사를 일으켜 관도(官渡)를 향해 나아가니, 하후돈이 파발을 띄워 이 사실을 급히 허도에 알렸다. 급보를 받은 조조는 곧 순욱에게 허도를 지키도록 지시하고, 몸소 군사 7만을 거느리고 원소와 맞서기 위해 출발했다.

한편 원소가 관도를 향해 출병하기에 앞서, 옥중의 전풍(田豐)은 글을 올려 간했다.

"지금은 조용히 지키면서 하늘이 기회를 줄 때까지 기다려야 하거늘, 함부로 대군을 일으킴은 이롭지 않습니다."

이때 사이가 좋지 않은 봉기(逢紀)가 전풍을 헐뜯고 나섰다.

"주공께서 인의의 군사를 일으키려 하시는데, 전풍이 어찌하여 이렇듯 상서롭지 못한 말을 하는지 모르겠습니다."

그 말은 곧 원소의 심기를 건드렸다. 원소가 크게 노해 당장 전풍을 참하려 하자 모든 관원이 만류하고 나섰다. 원소는 마지못해 노여움이 가득한 어조로 말했다.

"내 조조를 쳐부수고 돌아와 반드시 전풍의 죄를 묻겠다!"

드디어 군사를 재촉해 나아가니, 깃발은 들판을 덮고 창검은 숲을 이루어 그 위엄이 하늘을 찌르는 듯했다. 원소의 대군은 그 선봉대가 양무(陽武)에 이르러 일단 영채를 세우고 방책을 논했다. 모사 저수(沮授)가 의견을 내놓는다.

"아군이 비록 수효는 많으나 조조 군사의 용맹스러움을 당해내기는 쉽지 않습니다. 그러나 조조의 군사가 아무리 정예하다 해도 군량과 마초가 우리에 비해 부족하니, 그들의 입장에서는 급히 싸우는 것이 이롭고, 우리는 싸움을 오래 끌면 끌수록 유리합니다. 그러다 보면 적군은 군량이 부족한 탓에 제풀에 지쳐 패하고 말 것입니다."

그러나 대군의 위세만 믿고 자만심에 빠져 있던 원소의 귀에 그런 말이 들릴 리가 없다.

"떠나올 때 전풍이 쓸데없는 소리로 군심(軍心)을 어지럽혀 내가 돌아가는 즉시 참하려는 터에, 이제는 네놈까지 함부로 입을 놀려 죽음을 자청하느냐?"

원소는 진노하여 좌우에 명했다.

"저수를 당장 쇠고랑을 채워 감금하라. 내 조조를 격파한 뒤에 전풍과 함께 같은 죄로 다스릴 것이다."

원소가 70만 대군에 명을 내려 동서남북으로 진영을 둘러세우니, 과연 90여리에 달하는 엄청난 형국을 이루었다. 조조의 첩자가 급히 이 사실을 알리니 막 관도땅에 도착한 조조의 군사들은 하나같이 두려움에 떨었다. 조조는 즉시 모사들과 더불어 대책을 의논했다. 순유가 말한다.

"원소의 군사가 비록 많다고는 하나, 우리 군사는 훈련이 잘된 정예군이므로 한 사람이 능히 열명의 적을 상대할 수 있는데, 무엇을 두려워하겠습니까? 그러나 속전속결만이 능사이며, 부득이 시일을 끌게 되면 군량과 마초가 부족한지라 형세가 크게 불리해질 것입니다."

"나도 같은 생각이오."

조조는 더 지체하지 않고 요란하게 북을 울리며 군사를 거느리고 앞으로 나아갔다. 그에 맞서 원소의 군사들도 몰려나와 진을 치고 맞섰다.

원소의 장수 심배(審配)는 1만명의 발노수(發弩手, 쇠뇌를 쏘는 궁수)를 양쪽 날개 삼아 벌여세우고, 또한 궁전수(弓箭手, 작은 활을 쓰는 궁수) 5천을 문기(門旗) 안에 매복시켜놓은 다음 포소리가 나면 일제히 공격하도록 해두었다.

이윽고 북소리가 크게 세번 울리자 원소가 말을 타고 진 앞에 나와선다. 황금빛 투구와 갑옷에 비단 전포, 옥띠를 두른 모습이 눈이 부실 지경이다. 좌우에는 장합(張郃)·고람(高覽)·한맹(韓猛)·순우경(淳于瓊) 등이 절도 있게 늘어서고, 나부끼는 깃발이며 손에 들고 있는 무기들이 엄정하다.

이윽고 조조의 진영에서도 문기가 열리며 조조가 말을 타고 나온다. 허저·장요·서황·이전 등이 무기를 세워들고 앞뒤에서 조조를 호위한다. 조조는 채찍을 들어 원소를 가리키며 말한다.

"내가 황제께 아뢰어 너를 대장군에 봉하게 했거늘, 너는 어찌하여 모반하는 게냐!"

화가 난 원소가 맞받아친다.

"당치 않은 소리 집어치워라! 네가 한나라의 승상이라 자처하나 실은 한나라의 도적이요, 네놈이 저지른 죄는 하늘까지 뻗쳐 왕망(王莽)이나 동탁보다 심한 터에, 나같이 무고한 사람을 반역자로 몰려 하다니 하늘이 무섭지도 않으냐?"

조조가 대꾸한다.

"내 이제 조칙을 받들어 너를 치러 온 것이다."

원소가 지지 않고 응수한다.

"흥, 나는 황제로부터 받은 의대조(衣帶詔, 옥대에 감춘 비밀 조서)를 받들어 도적을 토벌하려는 것이다."

조조는 화가 머리끝까지 치밀어 당장 장요를 시켜 나가 싸우게 했다. 원소 진영에서는 장합이 나와 맞선다. 두 장수가 서로 어우러져 40~50합가량을 싸웠으나 승부가 나지 않는다.

두 사람이 싸우는 모습을 지켜보던 조조는 내심 감탄하지 않을 수 없었다. 이때 허저가 장요를 돕기 위해 칼을 휘두르며 말을 달려나갔다. 원소의 진영에서는 고람이 창을 꼬나잡고 마주 나와 허저를 가로막는다. 네 장수는 각각 두패로 나뉘어 어지러이 찌르고 베기를 거듭한다.

조조는 하후돈과 조홍에게 각기 3천군을 거느리고 일제히 적진을 공격하도록 명했다. 심배는 조조의 군사가 몰려오는 것을 보고 깃발을 들어 포를 쏘라는 신호를 보냈다. 요란하게 터지는 포성에 따라 양쪽 날개처럼 벌여선 1만여명의 발노수가 일제히 쇠뇌(여러 개의 화살을 연달아 쏘게 되어 있는 화살의 일종)를 퍼붓는다. 동시에 매복해 있던 궁전수들 역시 진 앞으로 쏟아져나와 화살을 날린다.

이쯤 되자 조조군이 제아무리 정예하다고 하나 당해낼 도리가 없었다. 마침내 남쪽을 향해 달아나기 시작하니, 원소가 군사를 휘몰아 추격했다. 결국 조조 군사는 크게 패하여 관도로 물러가버렸다.

원소는 그 뒤를 바싹 쫓아 관도 가까이에 영채를 세웠다. 심배가 계책을 간한다.

"이제 군사 10만을 내어 이곳 관도를 지키게 하고, 조조의 진영 앞에 토산을 쌓아 그 위에서 적진을 굽어보며 활을 쏘게 하십시오. 그러면 조조가 견디지 못해 이곳을 버리고 물러갈 테니, 우리가 이 요충지를 손에 넣을 수만 있다면 허도까지도 손쉽게 함락시킬 수 있을 것입니다."

원소는 그 말을 좇아 각 영채에서 힘깨나 쓰는 장사들을 뽑아 삽과 삼태기로 흙을 퍼다가 조조의 영채 가까이에 산처럼 쌓아올리게 했다. 이 광경을 목격한 조조의 군사들이 이를 막아보려 했으나 심배가 궁노수(弓弩手, 궁수와 노수)를 거느리고 중요한 길목을 막고 있어 속수무책이었다.

열흘도 못 되어 50여개의 토산이 만들어졌다. 심배가 토산 위에 구름다리(雲梯, 성을 공격할 때 썼던 높은 사다리)를 세우고 궁노수들을 배치해 화살을 쏘아대니, 조조의 군사들은 허둥지둥 차전패(遮箭牌, 화살을 막는 방패)를 찾아쓰기 바빴다. 토산 위에서 울리는 신호소리와 함께 화살이 비오듯 하면 조조군들은 몇번이고 화살을 피하기 위해 일제히 방패를 쓰고 납작 엎드려야 했다. 그 모양새가 어찌나 볼썽사나운지 토산 위에서 내려다보던 원소의 군사들은 고함을 지르며 연신 큰소리로 웃어댔다. 조조는 군사들이 당황하여 어쩔 줄 모르는 모습에 모사들을 불러 대책을 논했다. 유엽(劉曄)이 아뢴다.

"무엇보다도 발석거(發石車, 돌덩이를 쏘는 무기)를 만들어 토산을 격파해야 합니다."

조조는 즉시 발석거 설계도를 만들 것을 명했다. 유엽은 밤잠도 자지 않고 서둘러서 며칠 안되어 수백대의 발석거를 만들었다. 완성된 발석거는 곧장 각 영채의 담장 안에 배치되어 토산의 구름다리를 향했다.

만반의 준비를 마친 조조 진영에서는 원소의 궁노수들이 활쏘기를 기다렸다가 일제히 돌을 날려 응수했다. 포석이 하늘을 날아 토산 위 구름다리에 명중하자, 궁노수들은 날아온 돌을 피할 수 없어 무수히 떨어져 죽었다. 원소의 군사들은 어찌나 혼이 났던지 하늘에서 떨어지는 벼락과 같다 하여 조조군의 발석거를 벽력거(霹

霹車)라 불렀고, 그후에는 감히 토산 위 구름다리에 올라가서 활을 쏘지 못했다.

심배는 궁리 끝에 새로운 계책을 내었다. 굴자군(掘子軍)이라는 두더지부대를 만들어 땅밑으로 굴을 파고 조조의 영채 안으로 뚫고 들어가자는 것이다.

조조의 군사들은 원소의 군사들이 토산 뒤편에서 분주히 땅굴을 파는 것을 목격하고 즉시 이 사실을 조조에게 고했다. 조조는 유엽을 불러 적의 의도가 무엇인지 물었다. 유엽이 대답한다.

"원소의 군사가 아무래도 정면대결이 어려워지니까 땅굴을 이용해서 우리 영채를 엄습하려는 수작인 듯합니다."

"그렇다면 어떻게 이를 막을 수 있겠소?"

"우리 쪽에서 선수를 쳐야지요. 영채 주위에 빙 둘러 참호를 파 놓으면 저희가 무슨 수로 뚫고 들어오겠습니까?"

조조는 즉시 군사를 동원하여 밤마다 영채 주위에 참호를 파게 했다. 결국 원소의 군사들은 땅굴을 파다가 참호에 이르면 번번이 낭패를 보았고, 공연히 군력만 낭비하는 결과가 되었다.

이런 가운데 조조가 관도땅에 영채를 세우고 싸움을 시작한 지 두달 가까이 흘러 어느덧 8월에서 9월 하순으로 접어들었다. 조조는 차츰 근심이 되었다. 날씨는 추워지는데다 군량이 모자라 더이상 버티기가 어려웠다. 차라리 관도를 버리고 허도로 돌아갈까도 생각해보았지만 선뜻 결단을 내릴 수가 없었다. 허도를 지키고 있는 순욱에게 전황을 알리는 편지를 써서 어찌해야 좋을지 대책을 물었다. 순욱이 즉각 답서를 보내왔다.

주공께서 군사의 진퇴 여부를 물으셨기에 소견을 올립니다. 저의 어리석은 생각으로는 원소는 모든 군사력을 동원하여 관도땅을 취함으로써 명공과 승부를 내고자 하는 것 같습니다. 공께서는 약한 군사로 강한 군사와 맞서게 되셨으며, 만약에 저들을 제압하지 못하면 상대방에게 결정적인 기회를 주게 될 것이니, 이는 천하의 대사라고 해야 할 것입니다. 그러나 원소의 군사가 제아무리 많다 해도 대개 쓸모없는 것들이니 주공의 명철한 신무(神武)로써 어찌 제어하지 못하겠습니까? 우리 군사가 비록 적다고 하나 옛날 초(楚)와 한(漢)이 형양(滎陽)과 성고(成皐)에서 싸우던 때보다는 낫습니다. 그러니 주공께서는 적당한 지점에서 선을 긋고 숨통이 되는 길목을 막아 굳게 지키시며 물러서지 마십시오. 그러면 저쪽에서도 함부로 진격해들어오지 못하고 형세가 다할 때 반드시 변화가 있을 것이니, 이때 적절히 대응하시되 결코 때를 놓쳐서는 아니 될 것입니다. 바라옵건대 명공의 깊은 양찰이 있으시길 비옵니다.

순욱의 편지는 조조에게 한껏 용기를 북돋워주었다. 조조는 크게 기뻐하며 관도를 사수하라고 군사들에게 영을 내렸다. 그런 차에 원소군이 30여리 밖으로 물러나자, 조조는 긴장을 늦추지 않고 장수들을 시켜 영채 밖으로 나가 적의 동향을 면밀히 살피도록 지시했다.

어느날 서황의 부장 사환(史渙)이 순시를 돌다가 원소의 염탐꾼을 사로잡아 끌고 왔다. 서황이 염탐꾼을 문초하자 이실직고한다.

"조만간에 대장 한맹이 군량을 가지고 오기로 되어 있어서, 저희들이 먼저 길을 살펴보러 나온 참이었습니다."

서황은 이 사실을 즉시 조조에게 보고했다. 곁에 있던 순유가 한마디 한다.

"한맹은 한낱 필부에 지나지 않습니다. 장수 한 사람이 기병 수천명을 거느리고 나가 그들을 쳐서 보급로를 끊으면 원소의 군사는 저절로 혼란에 빠질 것입니다."

조조가 묻는다.

"누굴 내보내면 좋겠소?"

순유가 대답한다.

"서황을 보내시지요."

조조는 즉시 서황으로 하여금 부장 사환과 군사들을 거느리고 먼저 출발하게 하고, 다시 장요와 허저를 보내 그를 돕게 했다.

그날밤, 한맹은 군량과 마초를 가득 실은 수천대의 수레를 호송하고 원소의 진영으로 가던 중에 산골짜기에서 서황과 사환의 군사와 맞닥뜨렸다. 한맹은 즉시 말을 달려 서황에게 덤벼들었다. 서황이 한맹을 맞아 싸우는 동안, 사환은 재빨리 군사들을 지휘하여 수레를 몰아온 군사들을 물리치고 군량과 마초에 불을 질렀다. 한맹은 결국 당해내지 못하고 불타고 있는 수레를 뒤에 남긴 채 달아나버렸다. 서황은 구태여 그 뒤를 쫓으려 하지 않고 군사를 재촉해 수레에 실린 양곡들을 남김없이 태워버렸다.

점점 거세진 불길은 밤하늘을 찌를 듯 솟구쳤다. 군중에 있던 원소는 멀리 서북쪽에서 불길이 치솟는 것을 목격하고 두 눈이 휘둥그레졌다. 그때 군사 하나가 숨을 헐떡이며 달려와 아뢴다.

"군량과 마초를 운반하던 수레가 모두 약탈당해 불타버렸습니다."

몹시 화가 난 원소는 즉시 장합과 고람을 내보냈다. 두 사람은 바삐 큰길로 나가다가 군량과 마초를 불태우고 돌아오는 서황과 마주쳐 한바탕 접전이 벌어졌다. 이때 뒤에서 허저와 장요가 군사를 거느리고 달려왔다. 장합과 고람은 사방에서 달려드는 맹장들의 공격을 당해내지 못하고 말고삐를 돌려 달아났다.

서황·사환·장요·허저 네 장수는 달아나는 원소군을 더 쫓지 않고 군사를 한데 모아 관도로 돌아갔다. 조조는 크게 기뻐하며 그들에게 후히 상을 내리고, 다시 군사를 나누어 본영 앞에 영채를 세워 더욱 방비를 굳건히 했다.

한편 한맹은 패군을 수습하여 진영으로 돌아갔다. 원소는 크게 화가 나서 한맹을 참형에 처하려 했다. 곁에 있던 여러 사람들이 강력히 만류하여 한맹은 간신히 죽음을 면했다. 심배가 원소에게 말한다.

"군사가 움직이는 데는 군량미 이상 중요한 것이 없습니다. 오소(烏巢)땅은 우리의 양곡이 쌓여 있는 가장 중요한 곳이니 특별히 군사들을 동원해 엄중하게 지켜야 합니다."

원소가 말한다.

"내게 이미 계책이 섰으니, 그대는 업군(鄴郡)으로 돌아가 양곡과 마초를 잘 지켜 다시 빼앗기는 일이 없도록 하라."

심배가 영을 받고 떠났다. 원소는 순우경을 시켜 부장 휴원진(眭元進)·한거자(韓莒子)·여위황(呂威璜)·조예(趙睿) 등과 함께 2만여 명의 군사들을 거느리고 오소를 지키게 했다.

순우경이란 자는 본래 성미가 괴팍하고 술을 좋아하여 군사들이 하나같이 그를 두려워하고 멀리했다. 오소에 당도하자 그는 날마다 수하장수들을 모아놓고 술타령만 일삼았다.

한편 조조는 마침내 군량이 바닥났다는 보고를 받고 급히 허도에 있는 순욱에게 곡식과 마초의 조달을 재촉하는 서신을 보냈다. 그런데 조조가 보낸 사자는 30리도 채 못 가서 원소의 군사에게 붙잡히고 말았다. 그는 사지가 결박당한 채 허유 앞으로 끌려갔다. 허유의 자는 자원(子遠)으로, 조조와는 일찍이 친구간이었는데, 지금은 원소에게 의탁해 모사 노릇을 하고 있었다. 사자의 몸을 뒤져서 군량을 재촉하는 조조의 편지를 발견한 허유는 곧 원소에게 글을 내보이며 말했다.

"조조가 관도에 군사를 주둔하고 우리와 대치한 지 이미 오래라 허도는 지금 방비가 허술할 것입니다. 이때를 틈타 군사를 나누어서 밤새 기습한다면, 쉽사리 허도를 수중에 넣는 것은 물론이요 조조까지도 사로잡을 수 있습니다. 더욱이 이제 군량미가 바닥난 눈치이니 이 기회에 양쪽을 동시에 공격하도록 하시지요."

원소는 고개를 젓는다.

"조조는 원래 꾀가 많은 인물이라 이 서신은 우리를 속이기 위한 계책임에 틀림없네."

허유는 재차 간곡히 권유한다.

"만약 이때 치지 않으면 뒤에 도리어 큰 해를 입게 될 것입니다."

한참을 설득하고 있는데, 갑자기 업군의 심배가 보낸 서신이 도착했다. 심배의 편지에는 먼저 군량 운반에 관한 내용과, 허유가 기주에 있을 때 백성들의 재물을 수탈하고 세금으로 거둬들인 양곡을 아들과 조카를 시켜 빼돌렸기에 그들을 옥에 가두었다는 등의 사연이 적혀 있었다. 편지를 훑어본 원소는 대로하여 벼락같은 소리로 허유를 꾸짖는다.

"이런 발칙한 놈을 봤나! 너 같은 놈이 무슨 낯짝으로 내 앞에서 버젓이 고개를 들고 계책을 내놓는단 말이냐. 그러고 보니 네놈은 본래 조조와 친구지간이 아니더냐. 네놈이 필시 조조에게 뇌물을 받아먹고 나를 속여 놈을 이롭게 하려는 수작이렷다. 내 당장에 네놈의 목을 베어버리고 싶으나 잠시 뒤로 미루는 것이니, 썩 물러나 다시는 내 눈앞에 나타나지 말라!"

밖으로 나와 허유는 하늘을 우러러 탄식했다.

"충언이 도리어 귀에 거슬린다니 저런 속 좁은 인간과는 대사를 꾀할 수 없겠구나! 그나저나 아들과 조카가 심배에게 해를 입었으니 내 무슨 낯으로 기주 사람들을 대한단 말인가!"

그러고는 칼을 빼 목을 찔러 자결하려 했다. 마침 측근들이 이를 발견하고 칼을 빼앗으며 말린다.

"공은 어찌하여 목숨을 가볍게 버리려 하십니까? 원소가 직언을 받아들이지 않으니 뒤에 반드시 조조에게 사로잡히고 말 것입니다. 그보다도 공께서는 일찍이 조조와 친분이 있다 들었는데, 어찌하여 어리석은 주인을 버리고 현명한 사람에게로 가려 하지 않으십니까?"

이 한마디 말에 허유는 크게 깨달았다. 그날밤 허유는 몰래 영채를 빠져나와 곧장 조조에게로 향했다.

후세 사람이 이 일을 두고 시를 지어 탄식했다.

원소의 장한 기상 중화를 덮었거늘	本初豪氣蓋中華
관도의 오랜 대치, 일을 그르쳤네	官渡相持枉嘆嗟
허유의 계책을 받아들였던들	若使許攸謀見用
산하가 어찌 조조의 것이 되었으랴	山河爭得屬曹家

허유가 몰래 원소의 진영을 벗어나 밤을 새워 조조의 군중에 잠입하는데, 매복해 있던 군사들이 막아섰다.

"웬놈이냐?"

"나는 조승상의 옛 친구다. 속히 가서 남양의 허유가 승상을 만나러 왔다고 전하여라."

군사들이 황급히 영채로 들어가 보고했다. 조조는 옷을 벗고 막 잠자리에 들려던 참이었다. 부하로부터 허유가 찾아왔다는 말을 들은 조조는 너무도 기쁜 나머지 옷도 제대로 갖춰입지 못하고 맨발로 달려나가 옛벗을 맞아들였다. 조조는 반가운 기색을 감추지 못한 채 크게 웃으며 허유의 손을 덥석 잡고 장막 안으로 들이더니, 먼저 넙죽 엎드려 절을 했다. 허유가 황망히 조조를 붙들어 일으키며 말한다.

"공은 한나라의 승상이요 나는 미천한 선비에 지나지 않는데, 어찌하여 이토록 겸양한단 말이오!"

조조가 다시 웃는다.

"공은 나의 오랜 벗인데 어찌 벼슬로 위아래를 따지겠소?"

허유가 부끄럽다는 듯 말한다.

"내가 주인을 잘못 택하여 원소에게 몸을 굽혔으나, 그에게 아무리 진언을 하고 계책을 말해주어도 들으려 하지 않아 옛 친구를 찾아온 것이오. 부디 거두어주시오."

"자원(子遠, 허유의 자)이 이렇게 와주었으니 나는 이제 아무런 걱정이 없소이다. 바라건대 원소를 쳐부술 계교나 좀 일러주오."

허유가 말한다.

"나는 원소에게 경기병(輕騎兵, 가볍게 무장한 날쌘 기병)을 이끌고 허도를 기습하되 머리와 꼬리처럼 동시에 공격하라 일러주었소."

조조가 깜짝 놀란다.

"만약에 원소가 공의 계책을 따랐더라면 나는 크게 낭패를 볼 뻔했소그려!"

허유가 묻는다.

"지금 군량이 얼마나 되오?"

"1년쯤 지탱할 정도는 되오."

허유는 웃는다.

"허허, 설마요. 그렇지 못한 걸로 알고 있는데요."

조조가 다시 대답한다.

"그저 한 반년치는 되는 모양이오."

허유는 갑자기 소매를 떨치며 벌떡 일어난다.

"내 성심으로 찾아왔건만 공의 속임수가 이같으니 내가 어찌 믿고 의탁하겠소?"

조조는 밖으로 나서려는 허유의 소매를 황망히 붙들며 말한다.

"너무 노여워 마오. 내 바른대로 말하리다. 실상 군중의 양식이 겨우 석달치뿐이오."

허유가 껄껄 웃는다.

"세상 사람들이 모두 맹덕을 간웅이라 하더니 과연 빈말이 아니구려!"

조조도 따라 웃는다.

"병불염사(兵不厭詐, 병법에는 속임수를 꺼리지 않는다)라는 말도 못 들었소?"

그러고는 허유의 귀에다 바짝 입을 대고 소곤거린다.

"솔직히 군중에는 이달 먹을 양식밖에는 남아 있지 않다오."

말이 끝나기도 전에 허유가 소리를 버럭 지른다.

"그만 좀 속이시오! 군량은 이미 바닥이 나지 않았소?"

조조는 깜짝 놀란다.

"그걸 어떻게 알았는가?"

허유는 품속에서 조조가 순욱에게 보낸 서신을 꺼내 보였다.

"이 글은 누가 쓴 것이오?"

조조는 여전히 놀란 얼굴로 묻는다.

"이거 어디서 났소?"

허유는 조조의 편지를 입수하게 된 경위를 자세히 설명했다. 조조는 허유의 손을 덥석 잡으며 말한다.

"자원이 이렇듯 옛 우정을 생각하여 나를 찾아왔으니, 부디 내게 좋은 계교를 일러주구려."

"명공이 적은 군사를 거느리고 원소의 대군과 맞서면서 속전속결의 방도를 찾지 않고 있으니 이는 패배를 자초하는 짓이나 다름없소. 내게 한가지 계책이 있긴 하오만, 내 말대로 하겠다고 약조할 수 있겠소? 그러면 사흘 안에 원소의 백만 대군을 싸우지 않고 패퇴시킬 수 있을 거외다."

조조는 몹시 기뻐한다.

"어서 그 계책을 말해주오."

"원소의 군량과 치중(輜重, 군수품)은 지금 모두 오소에 있는데, 순우경이 지키고 있다고는 하나 워낙 술을 좋아하는지라 방비가 소홀할 것이오. 그러니 공께서는 정예병을 뽑아 원소의 장수 장기(蔣奇)가 군사를 이끌고 군량을 지키러 가는 것처럼 속임수를 써서 일단 그곳에 잠입하시오. 그런 뒤 틈을 노려 쌓여 있는 군량과 치중을 불살라버리면 원소의 군사는 사흘도 못 가서 크게 흔들릴 것이외다."

조조는 매우 흡족해하며 허유를 후히 대접하고 영채에 머물도록 당부한 후, 이튿날 기병과 보병 5천명을 뽑아 몸소 오소로 떠날 준비를 했다. 이를 보고 장요가 말한다.

"원소가 군량미를 쌓아둔 곳에 어찌 방비를 하지 않았겠습니까? 승상은 가벼이 움직이지 마십시오. 혹시 허유의 간계에 빠지는 일이 아닌지 염려됩니다."

"그렇지 않다. 허유가 여기에 온 것은 원소를 패하게 하려는 하늘의 뜻이다. 어차피 우리는 군량미가 떨어졌으니 더이상 버티기도 어려운 처지다. 아무런 대책도 없이 허유의 계교를 쓰지 않는다면 이는 앉아서 화를 기다리는 것이나 다름없지 않은가? 또 만약 허유가 나를 속이려 한다면, 어찌 내 진영에 저렇듯 머물러 있으려 하겠느냐? 나 역시 오래전부터 적의 진영을 기습하려 계획하고 있었다. 허유의 권유는 실행해볼 만한 일이니 너무 염려 말게나."

"그러시더라도 원소가 허실을 틈타 습격해올지도 모르니 방비를 단단히 해두어야 할 것입니다."

장요가 끝내 마음을 놓지 못하자 조조가 웃는다.

"그건 나도 이미 생각하고 있는 바일세."

조조는 즉시 순유·가후·조홍으로 하여금 허유와 함께 남아서 대채를 지키도록 지시한 뒤, 하후돈과 하후연은 일군을 거느리고 왼쪽에 매복하게 하고, 조인과 이전은 오른쪽에 매복하여 만일의 사태에 대비하게 했다. 만반의 준비를 끝내고 조조는 장요와 허저를 선봉으로 삼고, 서황과 우금을 뒤따르게 하고 자신은 몸소 중군을 거느려 나아갔다.

모두 5천명에 달하는 군사들이 원소의 군기(軍旗)로 위장하고 오소를 향해 걸음을 재촉했다. 저마다 짚단을 짊어진 채 함매(銜枚, 진군할 때 소리 내지 못하게 입에 물리던 젓가락 같은 도구)를 하고 말에는 재갈을 물려 조용히 걸음을 옮기노라니 어느덧 날이 저물었다. 그날따라 밤하늘에 별들이 수를 놓은 듯 총총했다.

한편, 진중에 구금되어 있던 저수는 그날밤 우연히 하늘의 별자리가 심상치 않은 것을 보고 옥졸에게 청했다.

"나를 잠시만 뜰에 나가게 해주게."

저수가 뜰로 나가 하늘을 우러러 천문을 살피니, 문득 태백(太白, 금성)이 역행하여 견우성과 북두성 사이로 끼어들고 있었다. 저수는 깜짝 놀랐다.

'큰 화가 닥칠 징조로다!'

그러고는 즉시 원소에게 뵙기를 청했다. 원소는 술에 취해 자리에 누워 있다가, 저수가 비밀리에 급히 아뢸 말이 있다는 말을 전해듣고 즉시 불러들였다.

"무슨 일이냐?"

"오늘밤 우연히 천문을 살펴보니 태백이 거꾸로 흘러 유성(柳星)과 귀성(鬼星) 사이를 지나 그 빛이 견우성과 북두성 사이를 침범하고 있습니다. 아무래도 적병의 습격으로 해를 입을 징조인 듯싶으니, 군량이 있는 오소를 특별히 방비해야 할 것입니다. 속히 정병과 맹장을 보내 산길을 순찰하여 조조의 계교에 빠지는 일이 없도록 하십시오."

저수의 말에 원소는 버럭 소리를 질렀다.

"네 이놈, 너는 죄인의 몸으로 어찌 함부로 혓바닥을 놀려 군심을 어지럽히려 드느냐?"

그러고는 감시하던 군사를 꾸짖었다.

"내 너에게 죄인을 잘 가두어두라 했거늘 어찌하여 함부로 밖에 내놓았단 말이냐?"

원소는 그 자리에서 군사를 베어 죽이고 다른 사람을 시켜 다시 저수를 감금한 뒤 더욱 엄격히 감시하도록 했다. 밖으로 쫓겨나온 저수는 눈물을 흘리며 한숨을 지었다.

"우리 군사가 망하는 것이 조석간에 달렸으니 내 시체가 장차 어느 곳에 뒹굴지 모르겠구나!"

후세 사람이 시로써 이를 탄식했다.

충언이 귀에 거슬려 원수로 여기다니	逆耳忠言反見讎
혼자 잘난 원소의 꾀 없음이여	獨夫袁紹少機謀
오소의 군량을 잃고 보니 기초가 무너졌거늘	烏巢糧盡根基拔

그러고도 구구하게 기주를 지키려 하네 猶欲區區守冀州

어느덧 조조는 군사를 거느리고 밤길을 재촉하여 원소의 별채(別寨) 앞을 지나게 되었다. 별채를 지키던 군사가 묻는다.

“어느 소속 군사들이오?”

조조의 군사가 대답한다.

“우리들은 장기 장군의 명을 받고 오소로 군량을 지키러 가오.”

원소의 군사들은 그들이 자기네 군기를 들고 있는 것을 보고 조금도 의심하지 않았다. 조조의 군사들은 이렇듯 장기의 군사를 사칭하여 몇군데의 별채를 무사히 통과했다. 별탈 없이 오소땅에 당도했을 때는 어느덧 4경이 지나고 있었다. 조조군은 가지고 온 짚단들을 주변에 깔고 일제히 불을 질렀다. 그리고 북을 울리고 함성을 지르며 진영 안으로 쳐들어갔다.

순우경은 여러 장수들과 더불어 술을 마시고 만취하여 장막 안에서 곯아떨어져 있다가, 천지를 뒤흔드는 듯한 조조군의 함성에 소스라쳐 일어났다.

“왜 이리 시끄러우냐?”

그 말이 채 끝나기도 전에 갈고리가 날아들며 조조의 군사들이 몰려들어와 순식간에 순우경의 사지를 묶어버렸다.

이때 휴원진과 조예는 한창 군량미를 운반하고 돌아오던 중이었다. 진영에 다다르니 군량미를 쌓아둔 저장소 주위가 온통 불길에 휩싸여 있다. 그들은 뭔가 심상치 않은 일이 벌어졌음을 깨닫고 급

조조는 오소를 습격해 원소의 군량을 불태우다

히 구원하러 달려왔다. 조조의 군사가 나는 듯이 달려가 이 사실을 고한다.

"뒤에 적병이 나타났습니다. 군사를 나누어 막도록 하십시오!"

조조가 소리친다.

"너희들은 아무 생각 말고 사력을 다해 진격하라. 적병이 등 뒤에 이르거든 그때 돌아서서 싸우라!"

조조의 이 한마디에 군사들은 서로 앞을 다투어가며 돌진했다. 삽시간에 불길이 번지며 사방이 온통 자욱한 연기에 휩싸였다. 휴원진과 조예가 군사를 몰아 구원하러 달려들었으나 조조가 곧 군사를 돌이켜 맞서 싸우게 하니 그 형세를 당해낼 도리가 없었다. 그들은 결국 제대로 손 한번 써보지 못한 채 모두 죽고, 산더미 같던 군량은 깡그리 잿더미가 되고 말았다.

군사들이 순우경을 결박지어 조조 앞으로 끌고 왔다. 조조는 즉시 순우경의 귀와 코와 손가락을 잘라버린 다음, 말 위에 붙들어매고 원소의 진영으로 놓아보냈다.

이때 원소는 장막 안에 있다가 북쪽에서 불길이 하늘을 찌를 듯 솟구친다는 보고를 받고, 그제야 오소에 변이 있음을 직감했다. 그는 급히 장막을 나와 문무백관을 불러모으고 상의했다. 장합이 말한다.

"제가 고람과 함께 구원하러 가겠습니다."

곽도가 반대한다.

"안될 말씀이오. 오소가 공격당했다면 필시 조조가 몸소 군사를 지휘해 움직였을 테니 그 영채는 비어 있을 것입니다. 그러니 우리는 오소로 갈 게 아니라 조조의 진영을 급습해야 합니다. 자기의 본진이 공격당한 것을 알면 조조는 당장 오소를 떠나지 않을 수 없을 것입니다. 바로 손빈(孫臏)이 위(魏)나라를 포위해 조(趙)나라를 구한 계책을 쓰자는 말씀입니다."

장합의 의견은 달랐다.

"천만의 말씀이오. 조조는 꾀가 많은 위인이라, 자기가 밖으로 나갈 경우엔 반드시 안으로도 방비를 단단히 해두었을 것이오. 그런데 우리가 조조의 영채를 치러 갔다가 실패하고, 오소에서 순우경마저 사로잡히고 만다면 그 일을 어찌하겠습니까? 여차하면 우리 모두 조조의 손에 풍비박산나고 말 게 아니겠소?"

"조조는 오소의 군량미를 빼앗는 데만 혈안이 되어 있었을 터인데 자기 진영에 군사를 남겨두고 갈 정신이 있었겠소?"

곽도는 끝까지 고집을 꺾지 않고 원소에게 몇번이고 조조의 본영을 공격할 것을 주장했다. 원소는 마침내 그 말을 좇아, 장합과 고람으로 하여금 군사 5천을 이끌고 관도로 가서 조조의 영채를 치게 하고, 장기에게는 군사 1만을 거느리고 오소로 가서 순우경을 구하게 했다.

한편 조조는 순우경이 거느리던 군사들을 죽이고 옷과 갑옷을 벗겨 자기 군사들에게 입히고는 싸움에 패하여 돌아가는 패잔병처럼 위장해 오소를 벗어났다. 어느 산골짜기에 접어들었을 무렵, 조조는 저만치 앞에서 달려오는 원소의 장수 장기의 군마와 마주쳤다. 장기의 군사가 묻는다.

"어디 군사요?"

"오소에서 패하여 돌아가는 길이오."

조조의 군사들이 태연히 대답하자 장기는 아무런 의심 없이 그대로 군사를 몰아 지나쳤다. 오소땅을 향해 앞만 바라고 급히 달려가는데 갑자기 조조의 장수 장요와 허저가 뒤쫓아오며 소리친다.

"이놈 장기야, 게 섰거라!"

장기는 미처 손을 놀려볼 사이도 없이 장요의 번뜩이는 칼날에 목이 잘려 말발굽 아래로 나뒹굴었다. 두 사람은 군사를 휘몰아 장기의 군졸들을 단숨에 물리친 뒤에 군사 하나를 적군으로 위장하여 원소에게 보내 거짓 보고를 하게 했다.

"장기가 오소를 습격해온 조조의 군사들을 모조리 물리쳤습니다."

원소는 이 말을 곧이듣고 오소에는 더이상 군사를 파견하지 않은 채 오직 관도에만 군사를 더 보내어 싸움을 돕게 했다.

이 무렵, 조조의 진영을 공격하러 갔던 장합과 고람은 왼쪽에 하후돈, 오른쪽에 조인, 중앙에 조홍이 삼면으로 에워싸고 어지러이 치며 맞서는 바람에 결국 크게 패하고 말았다. 뒤늦게 구원병이 달려왔으나, 미처 전열을 가다듬기도 전에 이번에는 오소를 함락시키고 돌아오는 조조의 군사가 배후를 덮쳤다. 군사들이 사방으로 살길을 찾아 흩어지는 가운데 장합과 고람도 간신히 혈로를 뚫고 달아났다.

한편 원소의 본영에서는 오소의 패잔병들이 속속 본채로 돌아오기 시작했다. 순우경도 코와 귀가 잘리고 수족도 모두 떨어져나간 처참한 모습으로 말에 묶인 채 군사들 틈에 섞여 돌아왔다. 그 모습을 본 원소는 기가 차서 물었다.

"도대체 어쩌다가 오소를 잃었단 말이냐?"

순우경 대신 군졸 하나가 대답한다.

"장군이 술에 취해 자다가 갑자기 조조군의 습격을 받아 이 지경이 되었습니다."

원소는 분을 참지 못하고 그 자리에서 순우경의 목을 베어 죽였다. 이를 지켜보던 곽도는 마음이 여간 불안하지 않았다. 장합과 고람이 돌아와 자기의 계책 때문에 조조에게 패했다고 시비를 따지려들 게 뻔했기 때문이다. 어리석은 군주에게는 간사한 신하가 있게 마련이라, 그는 두 사람을 모함하여 위기를 모면하기로 작정했다.

"장합과 고람은 이번에 주공께서 조조에게 패하신 것을 내심 기뻐하고 있을 것입니다."

원소가 발끈하여 묻는다.

"그게 무슨 말이냐?"

"두 사람은 평소 조조에게 투항할 생각을 품고 있던 터였습니다. 그래서 이번에 관도땅을 습격해서도 사력을 다해 싸우지 않아 그렇듯 많은 군사를 잃은 것입니다."

원소는 불같이 노하여 깊이 생각지도 않고 즉시 사자를 보내 장합과 고람을 불러오게 했다.

"두놈을 문책하여 사실이 밝혀지면 내 그냥 두지 않을 테다!"

곽도는 두 사람이 올 경우 자신의 처지가 더욱 난감해질 것을 염려해 한편으로 장합과 고람에게 앞질러 사람을 보내 이 사실을 알렸다.

"주공께서 두 장군을 죽이려 합니다."

두 사람이 뜻밖의 기별을 받고 영문을 몰라 당황하고 있는데 마침 원소의 사자가 도착했다.

"주공께서 두분을 속히 돌아오라 하십니다."

고람이 한마디 묻는다.

"주공께서 우리들을 왜 부르신다던가?"

"무슨 연고인지는 알 수 없습니다."

사자의 말이 떨어지기가 무섭게 고람은 벌써 칼을 빼어 한칼에 그의 목을 베어버렸다. 뜻밖의 일에 소스라쳐 놀란 것은 장합이었다.

"아니, 이게 무슨 짓이오!"

고람이 말한다.

"원소가 남의 참소하는 말만 믿으니 머지않아 조조에게 반드시 사로잡히고 말 것이오. 이런 판에 우리가 앉아서 죽을 때를 기다리느니 차라리 조조에게 투항하는 편이 나을 것 같소."

그제야 장합도 속내를 털어놓는다.

"솔직히 나도 그런 생각을 한 지 오래요."

두 사람은 곧 군사들을 이끌고 조조에게로 가서 투항했다. 하후돈이 아무래도 석연찮다는 듯 말한다.

"장합과 고람이 군사를 이끌고 투항해왔으나 그 진의를 알 수 없는 일 아닙니까?"

조조가 대답한다.

"내가 저들을 은혜로써 대하면 다른 마음을 품었다가도 자연 변하게 될 것이다."

조조가 마침내 문을 열어 두 사람을 맞아들이니, 장합과 고람은 창을 버리고 갑옷을 벗고서 땅에 엎드려 절을 한다. 조조가 말한다.

"만약에 원소가 두 장군의 말씀대로만 했다면 이렇듯 참패하지는 않았을 것이오. 이제 두 장군이 나를 찾아왔으니 이는 마치 미자(微子)가 은(殷)나라를 떠나고(은나라 주왕의 형 미자가 주왕의 포악함을 간했으나 듣지 않자 나라를 떠난 일), 한신(韓信)이 한(漢)나라로 돌아온 것(항우 수하에 있던 한신이 한고조의 공신이 된 일)과 같다 하겠소."

조조는 두 사람을 좋은 말로 위로하고 각각 벼슬을 내려, 장합은 편장군(偏將軍) 도정후(都亭侯)로, 고람은 편장군 동래후(東萊侯)로 봉하니, 두 사람의 기쁨은 말할 수 없이 컸다.

이리하여 원소는 앞서 모사 허유를 잃더니, 이번에는 맹장 장합과 고람을 잃었다. 게다가 오소의 군량마저 몽땅 잃고 말았으니 군심이 크게 동요하여 하나같이 전의를 상실하고 말았다.

허유는 다시 조조에게 때를 놓치지 말고 속히 진군할 것을 권유했다. 장합과 고람이 선봉이 되겠다고 나서니, 조조는 이를 받아들여 즉각 두 사람에게 군사를 주고 원소의 영채를 습격하게 했다.

그날밤 3경쯤에 조조는 군사를 세 길로 나누어 일시에 원소의 진영을 들이쳤다. 밤이 새도록 혼전을 거듭한 끝에 날이 훤히 밝을 무렵에야 군사를 거두니, 이 싸움에서 원소는 또 군사를 태반이나 잃었다. 순유가 조조에게 계책을 간한다.

"이제 헛소문을 퍼뜨릴 차례입니다. 한무리의 군사로는 산조(酸棗)땅을 취하는 동시에 업군을 공략한다 하고, 또 한편으로는 여양(黎陽)땅을 취해 원소의 퇴로를 끊으려 한다고 소문을 내는 겁니다. 그러면 원소는 필경 당황하여 무조건 군사를 나누어 우리를 막으려 할 것이니, 우리는 그때를 기다렸다가 일제히 군사를 움직여 공략한다면 원소를 완전히 섬멸할 수 있을 것입니다."

"그 참 좋은 계교요!"

조조는 순유의 말을 좇아 모든 군사들에게 널리 유언비어를 퍼뜨리게 했다. 원소의 군사가 이 소식을 듣고 급히 달려가 보고한다.

"조조가 군사를 두 길로 나누어 한 길은 업군을 취하고, 한 길은 여양을 취하려 한답니다."

원소는 크게 놀라 아들 원담(袁譚)에게 군사 5만을 주어 급히 업군으로 보내고, 신명(辛明)에게도 역시 군사 5만을 주어 여양을 향해 출발시켰다. 원소의 움직임을 예의주시하던 조조는 드디어 군사를 여덟 길로 나누어 일시에 원소의 영채를 습격했다.

조조의 군사들이 물밀듯이 들이닥치자 가뜩이나 사기가 떨어져 있던 원소의 군사들은 아예 싸우려고도 하지 않고 사방으로 흩어져 달아나기 바빴다. 원소는 미처 황금갑옷을 입을 새도 없이 홑옷

바람에 복건만 쓴 채로 무조건 말에 뛰어올랐다. 어린아들 원상(袁尙)이 그 뒤를 따른다. 장요·허저·서황·우금 등 네 장수가 군사를 거느리고 맹렬히 추격하자 다급해진 원소는 서둘러 강을 건너느라 문서와 의장도구, 금은보화 따위를 모두 내팽개치고 다만 8백여기만 거느리고 달아났다.

조조의 군사들은 끝내 원소를 놓치고 전리품을 거두어 본영으로 돌아왔다. 이 싸움에서 죽은 원소의 군사는 무려 8만여명이나 되었으니, 그들이 흘린 피는 내를 이루었고 달아나다 물에 빠져 죽은 자의 수는 헤아릴 수가 없었다.

크게 승리를 거둔 조조는 노획한 금은보화와 비단 등을 모두 장수와 군사들에게 상으로 나누어주었다. 그러던 중 원소의 문서 가운데서 서신 한 묶음을 찾아냈는데, 그것은 뜻밖에도 허도에 있는 조조의 부하들과 현재 군중에 있는 몇몇 사람들이 원소와 내통하여 주고받은 밀서였다. 이를 보고 좌우 사람이 아뢴다.

"내통한 놈들은 한놈도 빠짐없이 죄상을 밝혀내 엄중히 처단해야 합니다."

조조는 고개를 젓는다.

"원소의 형세가 워낙 강성했던지라 나도 이겨낼 수 있을지 확신이 없었거늘, 하물며 다른 사람들이야 오죽했겠느냐?"

그러고는 밀서를 전부 불태워버리게 하고 일체를 불문에 부쳤다.

한편 원소가 패하여 달아난 뒤 옥에 갇힌 채 도망치지 못한 저수만이 군사들에게 붙들려 조조에게 끌려왔다. 조조는 본래 저수를 잘 알고 있었다. 저수는 고개를 빳빳이 쳐들고 큰소리로 외쳤다.

"나는 절대 항복하지 않을 것이다!"

"원소가 어리석어 그대의 충언을 듣지 않았거늘 그대는 어찌하여 아직도 미련을 버리지 못하고 있는가? 내가 일찍이 그대를 얻었더라면 천하에 근심할 것이 없었을 터인데, 이제라도 이렇게 만났으니 내 곁에 머물게나."

조조는 저수를 후하게 대접하며 군중에 머물도록 배려해주었다. 그러나 그날밤 저수는 조조의 호의를 저버리고 몰래 말을 훔쳐 원소에게 돌아가려다가 다시 붙잡히고 말았다. 조조는 진노하여 당장 그를 죽이라고 했다. 저수는 죽음을 맞으면서도 얼굴빛 하나 변하지 않았다. 조조는 뒤늦게야 홧김에 그를 죽여버린 것을 후회했다.

"내가 잘못하여 은혜와 의리를 아는 훌륭한 선비를 죽였구나!"

그러고는 저수의 장례를 성대히 치러주고, 황하 나루터 어귀에 안장한 후 무덤에 묘비를 세워 '충렬저군지묘(忠烈沮君之墓)'라 새겨넣게 했다.

이 사실을 두고 후세 사람이 시를 지어 찬탄했다.

하북땅 명사가 많다지만	河北多名士
충정한 인물로는 저수를 꼽는다지	忠貞推沮君
눈으로 직시하면 진법을 꿰뚫고	凝眸知陣法
하늘을 우러러 천문에도 밝았네	仰面識天文
죽기에 이르러도 마음은 철석같아	至死心如鐵

위기에 처하여도 구름 같은 기상이여　臨危氣似雲
조조도 그 의열 흠모하여　曹公欽義烈
특별히 무덤에 비석 세워주었네　特與建孤墳

조조는 드디어 기주땅 공격을 명했다.

형세 약해도 계책이 좋으면 이기고　勢弱祇因多算勝
군사 강성해도 계략 없으면 망하더라　兵強却爲寡謀亡

이들의 승부는 과연 어떻게 날 것인가?

31
원소의 좌절

조조는 창정에서 원소를 격파하고
유비는 형주의 유표에게 의탁하다

원소와의 싸움에서 크게 이긴 조조는 다시 군마를 정돈하여 달아난 원소의 뒤를 쫓기 시작했다. 갑옷과 투구도 갖추지 못한 채 겨우 8백여기를 거느리고 황하를 건너간 원소는 구사일생으로 여양땅 북쪽 기슭에 당도했다. 대장 장의거(蔣義渠)가 영채를 나와 영접한다.

원소가 지난 일을 하소연하며 패전을 만회할 일을 의논하니, 장의거는 곧 흩어진 군사들을 불러모았다. 뿔뿔이 흩어졌던 군사들은 원소가 여양땅에 와 있다는 소문을 듣고 개미처럼 하나둘씩 모여들기 시작했다. 어느정도 세력이 회복되자 원소는 일단 기주로 돌아가 뒷날을 기약하기로 했다.

가는 중에 해가 저물어 산속에서 야영을 하게 되었다. 원소는 장막 안에 누워서 좀처럼 잠을 이룰 수가 없었다. 문득 멀리서 울음소리가 들려온다. 원소는 저도 모르게 자리에서 일어나 가만히 밖으로 나갔다. 울음소리를 따라가보니 패잔병들이 모여앉아 이번 싸움에 누구는 형을 잃고 누구는 아우가 죽었다 하며, 아내를 고향 땅에 남겨두고 늙으신 부모님을 여읜 가슴 아픈 사정과 서러운 심정들을 하소연하며, 원소를 원망하고 있었다.

"주공께서 전풍의 말만 들었어도 우리가 이런 화를 입지는 않았을 게다."

숨어서 이 광경을 지켜보던 원소의 가슴속에 회한이 사무쳤다.

'아아, 내가 전풍의 말을 듣지 않고 군사를 일으켰다가 이 지경이 되었으니, 이제 돌아가 무슨 낯으로 그를 대한단 말인가.'

다음 날 다시 행군이 시작되었다. 군사를 이끌고 돌아가던 원소는 중도에서 마중 나온 봉기의 무리와 만났다. 원소는 봉기를 붙들고 탄식한다.

"내가 전풍의 말을 듣지 않았다가 이렇듯 무참히 패했으니, 이제 돌아가 무슨 면목으로 그를 대한단 말이오?"

평소 전풍과 뜻이 맞지 않던 봉기는 은근히 그를 모략한다.

"그런 말씀 마십시오. 전풍이 옥중에서 주공께서 조조에게 크게 패했다는 말을 전해듣고는 손뼉을 치면서, '내 말을 듣지 않더니 그리될 줄 알았다'고 웃었답니다."

원소는 크게 노했다.

"보잘것없는 선비놈 주제에 감히 나를 비웃었단 말이지? 내 결코 놈을 살려두지 않을 테다."

그러고는 곧 사자에게 보검을 주어, 먼저 가서 전풍의 목을 벨 것을 명했다.

그 무렵 기주에서는, 옥에 갇혀 있는 전풍에게 옥리가 말한다.

"별가(別駕) 어른께 삼가 축하말씀 올립니다. 기쁜 소식입니다."

전풍이 반문한다.

"기쁜 일이라니, 무얼 축하한다는 말이냐?"

"원소 장군께서 이번 싸움에 크게 패하셨다고 합니다. 그러니 장군께서 돌아오시면 이제 별가 어른을 중히 쓰실 게 아닙니까?"

전풍은 허허 웃으며 말한다.

"내가 이제 죽게 되었구나."

옥리가 묻는다.

"모두들 별가 어른께 잘된 일이라고 기뻐하는데 어찌 그런 말씀을 하십니까?"

"몰라서들 그러는 게지. 원소 장군은 겉으로는 너그럽지만 속은 그렇지가 않다. 바른말을 꺼려하니 충심을 알아보실 리가 없지. 이번 싸움에 승리했으면 기쁜 마음에 오히려 나를 용서하시겠지만, 싸움에 크게 패했으니 부끄러워서라도 나를 다시 보고 싶겠느냐? 그러니 내가 어찌 살기를 바라겠느냐?"

"그럴 리가 있겠습니까?"

옥리는 도무지 알 수 없는 일이라는 듯 고개를 갸웃거린다. 그때였다. 갑자기 밖이 소란스럽더니 원소의 보검을 든 사자가 들이닥쳤다.

"원장군의 명을 받들어 전풍의 목을 치러 왔다!"

깜짝 놀라는 옥리와는 달리 전풍은 눈을 감으며 담담한 어조로 말한다.

"나는 반드시 죽을 것을 알고 있었노라."

곁에 있던 옥리들이 모두 눈물을 흘리며 슬퍼하는데 전풍은 다시 말한다.

"대장부가 천지간에 태어나서 주인을 제대로 알아보지 못하고 잘못 섬겼으니, 이는 무지한 탓이로다. 내가 오늘 죽는다 한들 무엇을 애석해하랴."

이리하여 보검을 받아 자결하니, 후세 사람이 전풍의 죽음을 탄식하는 시를 남겼다.

어제 아침엔 저수가 군중에서 죽더니	昨朝沮授軍中失
오늘 낮엔 전풍이 옥중에서 죽는구나	今日田豐獄內亡
하북의 동량이 모두 이같이 꺾이니	河北棟梁皆折斷
원소 어찌 제 나라를 잃지 않으랴	本初焉不喪家邦

전풍이 죽었다는 소문이 번지자 사람들은 하나같이 그의 죽음을 애석해했다.

기주로 돌아온 원소는 마음이 심란하고 갈피가 잡히지 않아 정사도 돌보지 않고 있었다. 보다 못한 그의 처 유(劉)씨는 그에게 하루바삐 후사를 정할 것을 권했다.

원소에게는 아들 3형제가 있었는데, 맏아들 원담(袁譚)은 자가 현사(顯思)로 청주를 지키고 있었고, 둘째아들 원희(袁熙)는 자가 현혁(顯奕)으로 유주(幽州)를 지키고 있었다. 셋째아들 원상(袁尙)은 자가 현보(顯甫)인데, 그가 바로 후처 유씨의 소생이다. 원상은 타고난 생김새가 준수하고 듬직하여 원소가 남달리 사랑하며 늘 곁에 두고 지내오던 터였다. 그런 형편이니 이번에 관도에서 크게 패하고 돌아온 원소에게 유씨는 자기 소생인 원상을 후사로 삼으라고 졸라대는 것이었다.

원소는 곧 심배·봉기·신평·곽도 등을 불러서 이 일을 의논했다. 그런데 심배와 봉기는 원상의 편이요, 신평과 곽도는 원담을 받들고 있어 제각기 정해둔 앞날의 주인이 달랐다. 원소가 말한다.

"지금 밖으로 근심이 끊이질 않으니 불가불 안의 일을 속히 정해두는 것이 좋을 것 같아 그대들을 부른 것이오. 내가 보기에 첫째 담(譚)은 성미가 지나치게 강포하여 죽이기를 좋아하고, 둘째 희(熙)는 반대로 너무 유약한 게 탈이라. 그들 중 영웅의 기개가 있고 어진 선비를 알아보고 예로써 대접할 줄 아는 셋째 상(尙)을 후계자로 삼을까 하는데, 그대들의 생각은 어떠하오?"

잠자코 듣고 있던 곽도가 먼저 입을 연다.

"세 아드님 중에 담이 가장 손위인데 지금 외방에 나가 있으니, 만일 주공께서 장자를 폐하시고 가장 어린 아들을 후사로 세우신다면 이는 분란의 씨앗이 될 것입니다. 지금 우리 군사들은 크게 사기가 꺾인데다 적병이 호시탐탐 경계를 위협하고 있는 터에, 부자형제간의 세력다툼에 휩쓸려서야 되겠습니까? 주공께서는 잠시 이 일을 접어두시고 우선 적을 막아 물리칠 계책을 세우셔야 할 줄로 압니다. 후사를 세우는 일은 차차 의논하도록 하시지요."

원소는 주저하며 결정을 내리지 못했다. 그때였다. 둘째아들 원희가 군사 6만을 거느리고 유주에서 오고, 맏아들 원담도 군사 5만을 이끌고 청주에서 왔으며, 외조카 고간(高干)도 군사 5만을 이끌고 병주에서 원소를 도우러 왔다는 보고가 들어왔다. 원소는 매우 기뻐하며 후사문제는 다음으로 미루고 조조와의 결전을 위해 군사들을 재정비했다.

한편 조조는 승리의 기쁨으로 사기가 하늘을 찌를 듯한 군사들을 거느리고 하상(河上)에 진영을 구축했다. 그러자 인근 백성들이 음식 광주리를 이고 나와 조조의 군사들을 환영했다. 백성들 가운데 머리가 하얗게 센 노인들이 눈에 띄자 조조는 그들을 장막 안으로 청해들였다.

"노인장들께서는 춘추가 어떻게 되십니까?"

일제히 대답한다.

"다들 백살에 가깝소이다."

"내 군사들이 이 고장에 와서 소란을 피워 폐가 되는 것이나 아닌지 심히 불안합니다그려."

한 노인이 말한다.

"환제 때 황성(黃星)이 초(楚)와 송(宋) 사이에 나타난 적이 있었습지요. 그때 마침 요동(遼東) 사람으로 천문을 잘 보는 은규(殷馗)라는 자가 우리 고을에서 하룻밤 유숙하게 되었습니다. 그자가 소인들을 보고 말하기를, 하늘에 황성이 나타나 이 지방을 비추는 것으로 보아 향후 50년 뒤에는 반드시 양주(梁州)와 패주(沛州) 사이에서 진인(眞人)이 나올 것이라 하더이다. 햇수를 따져보니 금년이 바로 그 50년이 되는 해입니다. 원소는 평소 지나치게 가렴주구하여 백성들이 모두 원망하던 터에, 승상께서 인의의 군사를 일으켜 백성들을 위로하고 죄인들을 토벌하시고자 관도전투에서 원소의 백만 대군을 격파하셨으니, 그 옛날 은규가 한 말이 적중한 게 아니겠습니까? 이제야 백성들이 승상의 보살핌으로 태평성대를 누리려나봅니다."

조조는 내심 기분이 좋아 절로 웃음이 나왔다.

"천부당만부당한 말씀이외다. 노인장들께서 그리 말씀하시니 내가 몸 둘 바를 모르겠습니다."

조조는 노인들에게 술과 음식을 대접하고 값비싼 비단까지 나눠주어 보낸 후, 전군에 영을 내려 누구든 마을사람들의 닭이나 개를 잡는 자가 있으면 살인죄로 다스리겠노라 엄포를 놓았다. 조조의 명령 한마디에 군사들은 두려워하고 백성들은 모두 감동하여 조조의 덕을 칭송해 마지않았다. 조조로서도 여러모로 흡족한 일이 아닐 수 없었다.

바로 이러한 때에 원소가 기주·청주·유주·병주 네 고을의 군사 20~30만을 모아 거느리고 창정(倉亭)에 와서 영채를 세웠다는 보고가 들어왔다. 조조는 곧 군사를 정비하여 이끌고 나가 원소의 진영 맞은편에 영채를 세웠다.

이튿날 양군은 서로 대치해 각기 진세를 벌여세웠다. 조조가 수하장수들을 데리고 진 앞으로 나선다. 원소 또한 아들 3형제와 조카며 문관·무장을 거느리고 진 앞에 나와 선다. 조조가 큰소리로 외친다.

"본초(원소의 자)는 이제 계책도 궁하고 힘도 다했을 터인데 어째서 아직도 항복할 생각을 않는가. 목에 칼이 들어오길 기다리는 겐가?"

원소는 대로하여 수하장수들을 돌아보며 말한다.

"누가 먼저 나가 싸우겠느냐?"

셋째아들 원상이 아버지 앞에서 무예를 자랑하고 싶어 춤추듯이 쌍검을 휘두르며 달려나왔다. 조조가 손으로 그를 가리키며 장수들에게 묻는다.

"저자는 누구냐?"

"원소의 셋째아들 원상입니다."

그 말이 채 끝나기도 전에 한 장수가 창을 꼬나잡고 말을 달려나갔다. 서황의 부장 사환(史渙)이다. 두 장수가 서로 어우러져 싸운지 3합이 채 못 되어, 원상이 갑자기 말머리를 돌려 달아나기 시작한다. 사환이 바짝 뒤를 쫓았다. 원상은 얼마 안 가 활에 화살을 메겨들고는 몸을 돌려 힘껏 쏘았다. 화살은 곧장 날아와 사환의 왼쪽 눈을 뚫었다. 사환은 외마디 비명을 지르며 말 아래로 떨어져 죽었다.

원소는 아들이 이기는 것을 보고 채찍을 들어 총공격을 명했다. 순간 양군이 어우러져 일대 혼전이 벌어졌다. 죽고 죽이며 한바탕 싸우고 나서 각자의 진영에서는 징을 울려 군사를 거두었다.

조조는 장수들을 모아놓고 원소를 물리칠 계책을 의논했다. 정욱이 '십면매복지계(十面埋伏之計)'를 간한다.

"우리 군사를 강변 상류로 물려서 10대로 나누어 매복시켜놓고 퇴각하는 것처럼 꾸며 원소를 유인하면, 아군은 퇴로가 없어 필사적으로 싸울 것이니 틀림없이 원소를 이길 것입니다."

조조는 정욱의 계책을 받아들여 군사를 좌우 각 5대로 나누었다. 좌측의 1대는 하후돈, 2대는 장요, 3대는 이전, 4대는 악진, 5대는 하후연이 각각 군사를 거느리게 하고, 우측의 1대는 조홍, 2대는 장합, 3대는 서황, 4대는 우금, 5대는 고람이 각각 군사를 거느리게 했다. 그런 뒤 마지막으로 허저를 중군의 선봉으로 삼아 대오를 점검했다.

이튿날 조조는 10개 부대로 하여금 먼저 나가 좌우에 매복하게 했다. 그리고 밤이 되기를 기다렸다가 선봉장 허저를 시켜 군사를 이끌고 짐짓 습격하는 체하면서 원소군을 유인했다.

원소의 다섯 영채에서는 일제히 응전해왔다. 순간 허저는 군사를 돌려 달아났다. 원소는 몸소 대군을 거느리고 허저군의 뒤를 추격했다. 쫓고 쫓기며 날이 훤히 밝을 무렵에야 비로소 이들 군사는 강변에 이르렀다. 조조의 군사들은 이제 한발짝도 물러날 곳이 없었다. 드디어 조조가 전군에 호령한다.

"더는 물러설 곳이 없다. 모든 군사들은 사력을 다해 싸우라!"

호령 한마디에 달아나던 군사들이 창끝을 돌렸다. 허저가 날 듯이 말을 달려 앞으로 나서더니 순식간에 적장 10여명을 쓰러뜨렸다. 원소의 군사들은 일대 혼란에 빠졌다.

원소는 급히 군사를 휘몰아 후퇴하기 시작했다. 등 뒤로 조조의 군사가 급히 쫓는다. 원소가 더욱 말을 재촉하는데 요란한 북소리와 함게 왼쪽에서 하후연이, 오른쪽에서 고람의 군사가 불쑥 나타난다. 원소는 세 아들과 조카 고간과 함께 죽음을 무릅쓰고 혈로를 뚫고 달아났다. 그러나 10리도 못 가서 이번에는 왼쪽에서 악진이, 오른쪽에서 우금의 군사가 나타나 협공하니, 들에는 원소 군사들의 시체가 즐비하고 피가 흘러 내를 이루었다.

원소가 간신히 빠져나와 몇리쯤 가노라니 또다시 왼쪽에서 이전이, 오른쪽에서 서황이 내달아와 앞뒤를 끊고 친다. 원소 부자는 혼비백산하여 허둥지둥 영채로 도망갔다. 가까스로 위기를 넘긴 원소는 지치고 배가 고파 군사들에게 급히 밥을 짓게 했다. 숨을 돌리고 막 식사를 하려는 참에, 이번에는 왼쪽에서 장요가, 오른쪽에서 장합이 군사를 이끌고 영채를 급습했다.

원소는 황급히 말에 올라 창정땅을 향해 달아나기 시작했다. 얼마쯤 갔을까. 사람과 말이 지칠 대로 지쳐 더는 움직일 수 없을 지경이었다. 그러나 뒤에서 조조의 군사들이 물밀듯 추격해오니 쉬어갈 수도 없었다. 이러지도 저러지도 못하고 죽을힘을 다해 걸음을 떼어놓는데 언제 따라왔는지 왼쪽에서 하후돈이, 오른쪽에서 조홍이 군사들을 이끌고 불쑥 내달아와 길을 막는다. 원소는 이제 끝장이라 생각하고 군사들을 향해 크게 부르짖었다.

"죽기로써 싸우라. 그러지 않으면 우리 모두 적들에게 사로잡히고 말 것이다!"

원소는 죽을힘을 다해 싸워 간신히 포위망을 벗어났다. 그러나 원희와 고간이 활에 맞아 크게 다쳤고, 많은 병마를 한꺼번에 잃는 참담한 패배를 맛보았다.

원소는 세 아들을 부둥켜안고 통곡하다가 그대로 혼절해버렸다. 사람들이 급히 달려들어 구하니 정신은 이내 돌아왔지만, 입에서는 선혈이 그치지 않고 꾸역꾸역 쏟아져나왔다. 원소가 피를 토하며 탄식한다.

"내가 지금까지 수십번을 싸웠으나 오늘처럼 낭패한 적은 단 한번도 없었다. 이는 하늘이 나를 버리는 것이니, 너희들은 각기 본주(本州)로 돌아가 힘을 길러서, 가까운 시일 내에 기필코 역적 조조와 더불어 자웅을 겨루어 사생결단을 내도록 하여라."

원소는 신평과 곽도에게 조조가 경계를 넘어 쳐들어올지 모르니 급히 원담을 수행하여 청주로 가서 군마를 정비하라 명하고, 원희와 고간에게는 각기 유주와 병주로 돌아가 군마를 수습해 만일의 사태에 대비하라 이른 후, 원소 자신은 셋째아들 원상 등을 데리고 급히 기주로 돌아갔다. 기주에 돌아와 원소가 정양하는 동안 원상은 심배·봉기와 함께 군무를 관장하게 되었다.

한편 창정 싸움에서 크게 이긴 조조는 전군에 후하게 상을 내리고 사람을 놓아 기주의 동태를 살피도록 했다. 얼마 후 정탐꾼이 돌아와 보고한다.

"원소는 병으로 자리에 누워 있고, 원상과 심배가 성을 굳게 지키고 있으며, 원담과 원희와 고간은 각기 자기 고을로 돌아갔습니다."

그러자 모두들 이때를 이용하여 숨 돌릴 틈을 주지 말고 속히 원소를 공격하자고 권했다. 그러나 조조는 고개를 젓는다.

"기주는 저장해둔 양곡이 산더미처럼 쌓여 있는데다가 심배 또한 책략에 능한 인물이라 그리 녹록지가 않다. 더욱이 지금은 한창 곡식이 무르익어가는 중인데, 백성들의 농사를 망쳐서는 안된다. 잠시 기다렸다가 추수가 끝난 뒤 원소를 쳐도 늦지 않다."

한창 상의하는 중에 허도의 순욱에게서 서신이 왔다.

유비가 여남에서 유벽과 공도의 군사 수만명을 거느리게 되었습니다. 승상께서 하북으로 출정했다는 소문을 들은 유비는 유벽에게 여남을 맡기고, 직접 군사를 거느리고 우리의 허술한 틈을 타서 허도를 공격하러 오는 중이라 합니다. 하오니 승상께서는 즉시 회군하여 이를 막으소서.

조조는 뜻하지 않은 소식을 접하고 매우 놀랐다. 조홍으로 하여금 강변에 군사를 주둔시켜 허장성세하게 하고, 자신은 몸소 대군을 이끌고 여남으로 떠났다.

한편 현덕은 관우·장비·조자룡 등과 함께 군사를 이끌고 허도를 치기 위해 여남을 떠났다. 양산(穰山)에 이르렀을 즈음 진격해오는 조조의 군사와 맞닥뜨렸다. 현덕은 즉시 양산 아래에다 영채를 세우고 군사를 3대로 나누었다. 관운장이 이끄는 군사는 동남쪽에 주둔시키고, 장비는 서남쪽에, 현덕 자신은 조자룡과 더불어 정남쪽에 영채를 세웠다.

조조의 군사가 가까이 다가오자 현덕은 북을 치며 나아갔다. 조조 또한 진세를 벌이고 유비를 향해 소리친다.

"유비는 앞으로 나서라!"

현덕이 말에 박차를 가해 문기 아래로 나섰다. 조조가 채찍을 들어 현덕을 가리키며 욕을 퍼붓는다.

"내 너를 상빈(上賓)으로 대접했거늘, 네 어찌하여 이처럼 배은망덕한 게냐?"

"네가 비록 한나라 승상의 이름을 빌려 행세하고 있으나 실상은 한나라의 도적이라, 내 한실 종친으로서 황제의 밀조를 받들어 반역자를 치러 왔다!"

현덕은 이렇게 대꾸하고, 말 위에서 낭랑한 음성으로 황제께서 옥대 속에 넣어 내렸던 밀조(密詔)를 읊었다. 조조는 더이상 참지 못하고 허저를 시켜 나가 싸우게 했다. 그때 현덕의 등 뒤에 서 있던 조자룡이 창을 꼬나잡고 달려나가 이에 맞선다. 두 장수가 서로 어우러져 싸우기를 30여합에 이르도록 승부가 나지 않는데, 홀연 함성이 크게 일며 동남쪽으로부터 관운장이 달려나오고 서남쪽에서 장비가 달려나와 삼군이 일제히 휘몰아친다. 조조의 군사들은 원소의 군사와 싸운 뒤 피로도 풀리지 않은데다 먼 길을 달려와 몹시 지쳐 있던 터라, 현덕군을 당해내지 못하고 크게 패하여 달아났다. 현덕은 조조군과의 한바탕 싸움에서 크게 이기고 군사를 거두어 영채로 돌아왔다.

이튿날 현덕은 다시 조자룡을 내보내 싸움을 청했다. 그러나 조조의 군사는 응하지 않았으며, 그 이후 열흘 동안을 움직이지 않았다. 이번에는 장비를 시켜 싸움을 청하게 했다. 그래도 조조군은 움직일 기미를 보이지 않았다.

현덕은 뭔가 의심스러운 생각이 들었다. 그런 중에 군량미를 운반해오던 공도가 조조 군사에게 포위되었다는 보고가 들어왔다. 유현덕은 급히 장비를 보내 구하게 했다.

이때 또다시 급보가 들어왔다. 하후돈이 군사를 이끌고 배후에서 여남을 공격하고 있다는 것이다. 현덕은 깜짝 놀랐다.

"이렇게 되면 나는 앞뒤로 적을 맞아 돌아갈 곳이 없겠구나!"

그러고는 즉시 관운장을 여남으로 파견했다. 관우와 장비가 각기 군사를 거느리고 떠난 지 하루가 못 되어 또다시 급보가 날아들었다. 하후돈의 군세를 당할 길이 없어 유벽은 이미 여남성을 버리고 달아났으며, 관운장은 지금 조조군의 포위망에 갇혔다는 것이다.

크게 놀란 현덕에게 또다시 좋지 않은 보고가 날아들었다. 설상

가상으로 공도를 구하러 갔던 장비마저 조조의 군사들에게 포위되었다는 것이다. 현덕은 마침내 회군하기로 뜻을 정했다. 그러나 급히 군사를 돌렸다가 조조가 추격할 것이 두려워 선불리 움직이지도 못하는데, 허저가 와서 싸움을 청한다. 현덕은 응하지 않고 날이 어둡기를 기다리며 군사들을 배불리 먹였다. 그런 다음 마침내 보병을 앞세우고 기병은 뒤를 따르게 하여 그곳을 떠났다. 적을 속이기 위해 영채 안에는 북을 쳐 시간을 알리는 군사 몇명만 남겨두었다.

현덕 일행이 영채를 떠나 몇리쯤 가서 어느 산밑을 막 지나려는데, 갑자기 여기저기서 일제히 횃불이 오르면서 크게 외치는 소리가 들려왔다.

"유비는 게 섰거라. 승상이 예서 기다리신 지 오래다!"

현덕이 급히 달아날 길을 찾는데, 조자룡이 앞으로 나서며 말한다.

"주공은 염려 마시고 제 뒤를 따르십시오."

그러고는 냉큼 앞장서서 철창을 치켜들고 말을 달려 길을 뚫고 나가니, 현덕은 쌍고검을 빼어들고 그 뒤를 따랐다. 한창 혈로를 뚫고 달리는데 언제부터인지 허저가 뒤를 쫓고 있었다. 조자룡이 허저를 맞아 싸우는데 뒤에서 우금과 이전이 달려든다. 위기감을 느낀 현덕은 조자룡을 따르지 않고 몸을 빼어 달아났다. 추격하는 함성이 점점 멀어지는 것을 느끼며 현덕은 깊은 산속 가파른 길을 한필 말에 의지해 필사적으로 내달렸다.

어느새 날이 훤히 밝아왔다. 한창 달리고 있는 현덕을 향해 갑자기 한떼의 군사가 들이닥친다. 현덕이 깜짝 놀라 살펴보니, 다름 아닌 유벽이 패잔병 1천여명을 거느리고 현덕의 가솔들을 호위하며 오고 있었다. 손건과 간옹, 미방도 눈에 띄었다. 산속에서 뜻밖에 현덕을 만난 유벽 일행은 반가움과 서러움에 그간의 일들을 울음 섞인 소리로 늘어놓는다.

"하후돈의 군세가 어찌나 사나운지 할 수 없이 성을 버리고 달아났는데, 조조 군사가 계속 뒤를 쫓아와 참으로 위급한 지경에 빠졌습니다. 바로 그때 관운장이 나타나 간신히 고비를 넘기고 이렇게 여기까지 오게 됐습니다."

"그래, 운장은 지금 어디 있소?"

현덕의 물음에 유벽은 대답하지 않고 재촉한다.

"그보다는 어서 이곳을 벗어나야 합니다. 적병이 언제 다다를지 모르니 운장 소식은 이곳을 벗어난 연후에 차차 알아보기로 하지요."

그러나 현덕 일행은 미처 몇리를 못 가서 다시 조조군과 맞닥뜨렸다. 갑자기 전방에서 북소리가 크게 울리더니 한떼의 군사들이 몰려오는데, 앞장선 장수는 원소를 떠나 조조에게 의탁한 장합이었다.

"유비는 어서 말에서 내려 항복하라!"

현덕은 급히 말머리를 돌려 달아나려 했다. 그런데 이게 웬일인가. 이번에는 산꼭대기에서 붉은 깃발이 펄럭이는가 싶더니 산골짜기로 한떼의 군사가 달려내려온다. 앞선 장수는 고람이다. 말 그대로 진퇴양난이다. 현덕은 하늘을 우러러 탄식했다.

"하늘도 무심하구나. 어찌하여 나를 이 지경으로 궁지에 몰아넣는단 말인가? 형세가 이러하니 스스로 죽느니만 못하다."

곧 칼을 빼들고 스스로 목을 찌르려 했다. 유벽이 급히 팔을 잡으며 만류한다.

"제가 이 한목숨을 걸고 장군을 구하겠습니다."

이렇게 말하고는 이내 창을 꼬나잡고 앞으로 내달았다. 유벽이 어찌 고람의 적수가 되랴. 서로 어우러져 싸운 지 3합도 못 되어 고람의 칼이 한번 번뜩이더니, 유벽은 외마디소리를 지르며 말 아래로 떨어져 죽었다.

이를 지켜보던 현덕이 정신을 가다듬고 몸소 일전을 벌일 각오로 나서는데, 갑자기 고람의 후군이 극심한 동요를 일으킨다. 뒤로부터 한 장수가 적진을 뚫고 나오는데, 창날이 햇빛에 한번 번뜩이는가 싶더니 고람이 몸을 뒤집으며 말에서 떨어진다. 그 장수는 다름 아닌 조자룡이었다. 현덕은 몹시 기뻐하며 비로소 안도의 한숨을 내쉬었다.

조자룡은 기세 좋게 창을 휘두르며 말을 몰아 고람의 군사들을 한바탕 휘저어 물리쳤다. 그러고는 곧장 말을 돌려 장합과 맞섰다. 서로 어우러져 싸우기를 30여합에 장합이 마침내 패하여 달아났다.

조자룡이 승세를 몰아 뒤를 쫓다가 좁은 산골짜기에 접어들었는데 장합의 군사가 골짜기 어귀를 막아버려 진퇴유곡에 빠졌다. 한창 퇴로를 찾아 사투를 벌이고 있는데 때마침 관운장과 관평, 주창이 3백여명의 군사를 이끌고 달려왔다. 협공하여 장합을 물리치고 마침내 골짜기를 빠져나온 일행은 산 아래에 영채를 세웠다.

그제야 현덕은 장비의 생사 여부에 다시 생각이 미쳤다. 당장 관운장을 시켜 장비를 찾아보게 했다. 알다시피 장비는 군량미를 운반하던 공도를 구하기 위해 길을 떠났다. 그러나 장비가 도착했을 때 공도는 이미 하후연의 손에 죽은 뒤였다. 장비는 사력을 다해 하후연을 물리쳤으나 분이 풀리지 않아 사생결단을 내려고 악착같이 뒤를 쫓았다. 한창 뒤를 쫓다가 뜻밖에도 악진이 군사를 거느리고 밀어닥치는 바람에 조조군의 포위망에 갇히고 말았던 것이다.

장비를 찾기 위해 헤매다니던 관운장은 길에서 만난 패잔병들에게서 장비의 소식을 듣고는 전속력으로 달려갔다. 운장이 악진을 물리치고 마침내 장비를 구출해 함께 현덕에게 돌아왔다.

그런데 이때 조조가 대군을 거느리고 다시 쳐들어온다는 보고가 들어왔다. 현덕은 즉시 손건에게 명하여 가솔들을 보호해 먼저 떠나게 했다. 그리고 자신은 관우·장비·조자룡과 더불어 뒤에 남아 조조의 군사와 맞서면서 싸우다가 달아나기를 되풀이했다. 이렇게 하여 현덕이 멀리 달아나자 조조는 더 쫓으려 하지 않고 군사를 거두어들였다.

현덕은 허겁지겁 쫓겨 어느 강가에 이르러 비로소 말을 세우고 숨을 돌렸다. 뒤를 따르는 군사들을 헤아려보니 1천명도 남지 않았다. 현덕은 참담한 심정으로 눈앞에 펼쳐진 물줄기를 바라보았다.

“이 강이 무슨 강인가?”

그곳 백성에게 물으니 한강(漢江)이라 한다. 현덕은 강변에 영채를 세우고 쉬어가기로 했다. 마을사람들은 그들이 유현덕 일행임을 알고는 얼른 양을 잡고 술을 가져다 바쳤다. 현덕은 군사들과 더불어 모래사장에 둘러앉아 술을 마셨다. 현덕의 입에서 탄식이 흘러나왔다.

"그대들은 모두 임금을 보필할 만한 재주를 가졌거늘 불행히도 나를 따르다가 이런 처지가 되었구나. 내가 복이 없어 그대들에게 누를 끼치게 되었네. 이제 내게 송곳 하나 세울 만한 땅조차 없어 그대들 신세가 잘못될까 두려우니, 그대들은 나를 버리고 현명한 주인을 찾아 부디 공명을 떨치도록 하게."

현덕의 말에 모두 얼굴을 가리고 눈물을 흘렸다. 관운장이 나서서 한마디 한다.

"형님의 말씀은 옳지 않습니다. 옛날 한고조께서는 항우와 더불어 천하를 다투실 때 여러차례 패하셨어도 뒤에 구리산(九里山) 대전에서 승리하여 마침내 4백년 이어온 이 나라를 열지 않았습니까? 승패는 병가지상사(兵家之常事)라 했거늘, 어찌하여 스스로 큰 뜻을 저버리려 하십니까?"

손건도 말한다.

"이기고 지는 것은 다 때가 있는 법이니 뜻을 잃지 마십시오. 또한 여기서 형주가 멀지 않은데 우선 그곳으로 가서 잠시 몸을 의탁하심이 어떨는지요? 유경승(劉景升, 유표)은 아홉 고을을 장악하고 있어 군사가 강하고 양식도 넉넉한데다, 무엇보다도 주공과는 같은 한실 종친이 아니십니까?"

"좋은 말이오만, 과연 받아줄는지 걱정이오."

"그렇다면 제가 먼저 가서 유경승을 만나 설득하여 고을의 경계 밖으로 나와서 주공을 영접해 모시도록 하겠습니다."

현덕은 크게 기뻐하며 당장 손건을 형주로 보냈다. 손건은 밤새도록 말을 달려 형주로 가서 유표를 만났다. 손건이 예를 갖추자 유표가 말한다.

"공은 유현덕을 따르는 사람인데, 예까지 어쩐 일이시오?"

손건은 유표를 설득하기 시작한다.

"유사군(劉使君, 유비)은 천하영웅이십니다. 비록 수하에 군사가 많지 않고 장수도 적으나, 한시도 한나라 종묘사직을 바로잡고자 하는 뜻을 꺾어본 적이 없는 분이지요. 여남의 유벽과 공도가 아무런 친인척 관계도 아니고 연고가 없었음에도 불구하고 유사군을 위해 목숨을 바친 까닭 또한 바로 거기에 있습니다. 그런데 명공께서는 유사군과 한나라 종친이 아니십니까? 사실 유사군께서는 얼마 전 조조와의 싸움에서 패하여 강동의 손권에게 의탁하려 하셨습니다. 그런데 제가 가까운 친척을 버리고 잘 알지 못하는 사람에게 가는 것은 옳지 않다고 간했지요. 형주의 유장군은 어진 사람과 선비를 예로써 대하시니 마치 물이 동쪽으로 흐르듯이 당대의 유능한 인물들이 다 형주로 모여드는데, 더욱이 같은 한실 종친이신 터에 어찌 유장군에게 의탁하려 하지 않습니까, 하고 말씀을 올렸더니, 사군께서 특별히 저를 먼저 보내시며 장군께 뜻을 전하라 하셨습니다."

유표는 크게 기뻐한다.

"현덕은 내 아우뻘이오. 오래전부터 만나고 싶었으나 지금까지 그럴 기회가 없더니 오늘 그쪽에서 먼저 뜻을 전해와 나로서는 기쁘기 한량없소이다."

곁에서 채모(蔡瑁)가 간한다.

"그렇지 않습니다. 유비는 처음엔 여포를 따르다가 뒤에는 조조를 섬겼고, 근자에는 또 원소에게로 갔다가 다시 그를 배반하고 나온 터입니다. 한 주인을 섬겨 번번이 끝을 보지 못한 걸로 봐서 그 사람됨을 알 만하지 않습니까? 그러한 사람을 공연히 받아들였다가는 조조의 공격을 받아 쓸데없이 병란을 치러야 할 것입니다. 차라리 손건의 머리를 베어 조조에게 바치면 조조는 반드시 그만한 대우를 해줄 것입니다."

손건은 정색을 하며 반박한다.

"나 손건은 결코 죽음을 두려워하는 사람이 아니니 어찌 되든 상관없소. 그러나 유사군께서 나라를 생각하는 충성심은 조조나 원소, 여포 따위에게 견줄 바가 아니오. 전에 그들을 따른 것은 형편상 어쩔 수 없었을 뿐 진심에서 우러난 것은 아니었소. 지난 일은 그렇다 치고, 이제 유장군께서 한나라 황실의 후예로서 같은 종친이시기에 천리길을 마다 않고 달려와 투신하려는 터에, 어찌하여 그대는 그토록 어진 사람을 투기하여 함부로 헐뜯을 수가 있단 말이오?"

잠자코 듣고 있던 유표가 채모를 꾸짖는다.

"내 뜻이 이미 정해졌으니 그대는 여러 말 말라."

채모는 무안하여 입을 다물고 앙심을 품은 채 물러났다. 유표는 마침내 손건에게 명하여 먼저 가서 현덕에게 자신의 뜻을 전하게 하고, 형주성 30리 밖까지 나가서 유현덕을 친히 맞아들였다. 현덕이 깍듯이 예를 갖춰 대하자 유표 또한 극진히 맞이한다. 현덕이 관우와 장비를 유표에게 소개하며 절을 올리게 했다. 유표는 더할 나위 없이 흡족한 마음으로 그들을 데리고 성안으로 들어가 각기 거처할 집을 주어 머무르게 했다.

한편 조조는 현덕이 형주로 가서 유표에게 몸을 의탁했다는 소식을 탐지하고 다시 군사를 일으켜 공격하려 했다. 이에 정욱이 간한다.

"아직 원소를 제거하지 못한 터에 갑자기 형주를 치셨다가 만약에 원소가 다시 북쪽에서 일어나기라도 한다면 어찌하려고 그러십니까? 차라리 군사를 이끌고 허도로 돌아가 힘을 축적한 후 내년 봄에 날이 풀리거든 그때 다시 군사를 일으키십시오. 그리하여 먼저 원소부터 격파한 다음 형주를 치신다면, 일거에 남북을 얻을 수 있을 것입니다."

조조는 정욱의 진언에 따라 즉시 군사를 돌려 허도로 돌아갔다.

어느덧 해가 바뀌어 건안 7년(202) 정월이 되었다. 조조는 다시

유비는 조조에게 패하고 유표에게 몸을 의탁하다

휘하 장수와 참모들을 모아놓고 의논하여 군사를 일으켰다. 먼저 하후돈과 만총을 여남으로 보내 유표를 막게 하고, 조인과 순욱에게는 허도를 지키게 하는 한편, 몸소 대군을 거느리고 관도로 진군하여 영채를 세웠다.

한편 원소는 지난해 싸움에서 참패한 후로 생긴 토혈증이 어느 정도 차도가 있자, 참모들을 불러 다시 허도를 치려고 상의했다. 모사 심배가 간한다.

"지난해에 관도와 창정의 싸움에서 패한 뒤로 군사들의 사기가 위축되어 있으니 아직은 경솔히 움직여서는 안됩니다. 지금은 해자를 깊이 파고 보루를 높여서 당분간 좀더 힘을 기르는 것이 좋습니다."

이때였다. 한창 이야기를 나누고 있는 중에 조조의 군사가 관도로 진군하여 기주로 쳐들어온다는 보고가 들어왔다. 원소가 말한다.

"만약 조조의 군사가 성 아래까지 당도하면 이미 때는 늦다. 내가 직접 대군을 거느리고 나가 대적할 것이다."

원소의 말이 떨어지자 원상이 나서며 아뢴다.

"아버님께선 아직 몸도 성치 못하신데 원정길에 나서는 것은 무리입니다. 소자가 군사를 이끌고 나가서 적을 막겠습니다."

원소는 이를 허락하고 청주의 원담, 유주의 원희, 병주의 고간에게 사자를 보내 일제히 군사를 일으켜 네 지역의 군사가 동시에 조조를 협공하라고 영을 내렸다.

여남땅에서 전쟁의 북소리 사라지기도 전에　　纔響汝南鳴戰鼓
또 기주 북쪽에서 출정의 북소리 울리도다　　又從冀北動征鼙

이 싸움의 승부는 어떻게 날 것인가?

32
골육상쟁

원담과 원상은 기주를 놓고 싸우고
허유는 장하의 물길 트는 계책을 바치다

원소의 셋째아들 원상은 조조의 장수 사환(史渙)을 죽인 뒤부터 자만심에 빠져 자신의 용맹스러움을 자랑삼았다. 이날도 형 원담의 군사들이 합세해오기를 기다리지 않고 혼자 군사 수만명을 거느리고 여양(黎陽)으로 나가 조조의 군사와 맞섰다.

장요가 말을 타고 달려나오자 원상도 창을 꼬나잡고 맞선다. 서로 어울려 싸운 지 3합이 못 되어서 원상이 크게 패하여 달아나자 장요는 그대로 군사를 휘몰아 급히 뒤를 친다. 원상이 자신의 실책을 깨달았을 때는 이미 군사를 태반이나 잃은 뒤였다. 원상은 더이상 당해내지 못하고 패군을 이끌고 기주로 도망갔다.

병상에 누워 있던 원소는 원상이 패하여 돌아왔다는 말에 놀란 나머지 지병이 재발하여 피를 두어말이나 토하다가 그대로 혼절해버렸다. 유부인이 부축하여 내실로 옮겨다 뉘었으나, 병세는 점점 악화되어갔다. 원소가 다시 일어날 수 없다고 여긴 유부인은 급히 심배와 봉기를 불러들여 후사를 의논했다. 원소는 말 한마디 못하고 자꾸만 손짓을 한다. 유부인이 애가 타서 묻는다.

"상에게 후사를 잇도록 하리까?"

원소가 간신히 고개를 끄덕인다.

심배는 병상 앞에서 원소의 유언을 받아썼다. 그러나 미처 다 끝내기도 전에 원소의 얼굴이 고통으로 일그러지더니 허억, 하는 외마디소리와 함께 한말 남짓 피를 토하고 다시는 돌아오지 못할 길을 떠나고 말았다.

훗날 누군가가 시를 지어 원소의 죽음을 탄식했다.

여러 대 공경으로 큰 이름 떨쳤으니	累世公卿立大名
젊은 시절 의기로 천하를 종횡했다네	少年意氣自縱橫
삼천준걸 모았어도 헛일이요	空招俊傑三千客
백만 대군이 있어도 쓸 줄 몰라	漫有英雄百萬兵
양가죽 바탕에 범의 털, 공 세우기 어렵고	羊質虎皮功不就
봉황 깃에 닭의 담력, 일을 어이 이루리오	鳳毛鷄膽事難成
가련타, 더욱 마음 아픈 것은	更憐一種傷心處
집안 우환, 아들 형제에 미친 일이네	家難徒延兩弟兄

원소가 숨을 거두자 심배 등이 주관하여 장례를 치렀다. 유부인

은 가장 먼저 원소가 평소에 총애하던 첩 다섯명을 죽이고, 그것으로도 모자라서 죽은 사람의 머리털을 몽땅 잘라내고 얼굴마다 칼집을 내는 등 차마 눈 뜨고는 볼 수 없을 정도로 시체를 찢어발겨 놓았다. 혼백이 구천에서라도 원소를 다시 만나 사랑을 받게 될까 염려해서였으니, 참으로 끔찍하고 무서운 질투심이 아닐 수 없다. 어머니의 못된 행실에 이어, 아들 원상은 행여라도 다섯 첩들의 유족이 복수하지 않을까 두려운 나머지 그들의 가족까지 모조리 죽여버렸다.

심배와 봉기는 곧 원상을 받들어 대사마장군(大司馬將軍)으로 삼아, 기주·청주·유주·병주의 4주목(四州牧) 일을 맡아보도록 하는 한편 사방에 원소의 부고를 띄웠다.

원담은 이미 군사를 이끌고 청주를 떠나 조조의 군사와 싸우러 오던 중에 아버지 원소의 부음을 받았다. 곽도와 신평을 불러 앞일을 의논하니, 곽도가 말한다.

"주공께서 기주에 계시지 않은 것을 기화로 심배와 봉기 무리가 필연코 현보(顯甫, 원상의 자)를 주인으로 세울 것이니, 속히 가보셔야 합니다."

신평이 말한다.

"심배와 봉기는 이미 만일의 경우에 대비해 대책을 세워두었을 터이니, 우리가 이대로 기주성에 들어갔다가는 반드시 큰 변을 당하게 될 것입니다."

원담이 묻는다.

"그렇다면 어찌하는 게 좋겠소?"

곽도가 대답한다.

"성밖에 군사를 주둔시켜놓고 우선 동정을 살피는 것이 좋을 듯합니다. 제가 가서 살펴보고 오겠습니다."

원담이 응낙한다. 곽도는 곧바로 기주성 안으로 들어가 원상을 만났다. 곽도가 절을 올리자, 원상이 묻는다.

"큰형은 어째서 오지 않았는가?"

곽도가 대답한다.

"병이 나서 군중에 누워 계시느라 오지 못했습니다."

"나는 이제 아버지의 유명(遺命)을 받들어 하북의 주인이 되었으니, 형을 거기장군(車騎將軍)으로 봉하려 한다. 알다시피 지금은 조조의 군사가 우리 경계를 범하려 하는 터이니, 어서 가서 형에게 전하여라. 형이 선봉에 서면 나도 곧 군사를 수습해 뒤따르겠노라고 말이다."

곽도가 꾀를 내어 청한다.

"하오나 지금 청주 군중에는 계책을 상의할 만한 지략 있는 사람이 없습니다. 심배와 봉기 두 사람을 보내주시면 큰 도움이 되겠습니다."

"나 역시 그 두 사람과 의논하여 계책을 세워야 하는데, 보내버리고 나면 나는 어쩌란 말이냐?"

"그러시다면 두 사람 중에 한 사람만 보내주셔도 좋겠습니다."

원상은 썩 내키지는 않았으나 그것마저 거절할 수는 없었다. 마침내 심배와 봉기 두 사람에게 제비를 뽑게 하여 봉기를 보내기로 결정을 내렸다. 원상은 즉시 봉기로 하여금 거기장군의 인수를 받들고 곽도를 따라 원담에게로 갈 것을 명했다. 그런데 봉기가 곽도를 따라 가보니, 누워 있다던 원담이 병색이라고는 찾아볼 수 없는 얼굴로 군무를 보고 있는 게 아닌가. 어쩐지 함정에 빠졌다는 생각에 불안해진 그는 떨리는 손으로 원담에게 인수를 바쳤다. 인수를 본 원담은 크게 노하여 당장 봉기의 목을 치려 했다. 곽도가 만류하며 은밀히 간한다.

"참으십시오. 지금은 조조의 군사가 국경을 넘보고 있는 형편이니 우선 봉기를 살려두어 원상을 안심시켜야 합니다. 조조를 무찌르고 나서 기주를 생각하셔도 늦지 않을 것입니다."

원담은 그 말을 좇아 즉시 출진하여 여양땅으로 나아가 조조군과 대치했다.

원담이 대장 왕소(王昭)를 시켜 나가 싸우게 하니 조조의 진영에서는 서황이 말을 달려나온다. 두 장수가 어우러져 싸우기 두어합 만에 서황이 왕소를 베어 말 아래로 떨어뜨렸다. 조조는 그 기세를 타고 군사를 휘몰아 들이쳤다. 크게 패한 원담은 군사를 거두어 여양성 안으로 철수하고, 즉시 사람을 기주로 보내 원상에게 원병을 청했다.

원상은 심배와 의논해 겨우 군사 5천여명을 보냈다. 조조는 기주에서 구원병이 온다는 정보에, 곧 악진과 이전을 내보냈다. 두 사람은 군사를 이끌고 나아가 중도에서 에워싸고 구원병을 모조리 죽여버렸다.

원담은 아우 원상이 구원병이랍시고 겨우 군사 5천을 보냈으며, 그나마 중도에서 조조군에 의해 전멸했다는 사실을 알고 크게 노하여 즉시 봉기를 불러다가 꾸짖었다. 봉기는 그저 목숨만이라도 건지고 싶은 마음이었다.

"장군은 부디 고정하십시오. 제가 기주로 서신을 띄워 주공께서 친히 구원병을 이끌고 오시도록 청하겠습니다."

원담은 즉시 봉기에게 글을 쓰게 하여, 사람을 시켜 원상에게 전했다. 봉기의 서신을 받은 원상은 다시 심배를 불러 의논했다. 심배가 말한다.

"곽도는 본래 꾀가 많은 인물입니다. 일찍이 그가 기주를 치지 않은 것은 조조의 대군이 침략해왔기 때문으로, 조조의 군사들을 물리친 연후에는 반드시 이곳 기주성을 차지하려 할 것입니다. 그러므로 구원병을 보낼 게 아니라 이참에 조조의 힘을 빌려서 저들을 없애는 것이 어떨는지요."

심배의 진언에 따라 원상은 한 사람의 군사도 내주지 않고 사자를 그대로 돌려보냈다. 사자가 돌아와 그대로 고하자 원담은 크게 노하여 그 자리에서 봉기를 죽여버렸다.

"괘씸한 놈이로다! 내 차라리 조조에게 항복하여 원상 이놈의 못된 버릇을 고쳐주리라."

복수심에 사로잡힌 원담은 부하들과 더불어 조조에게 투항할 일을 의논했다. 이 사실은 염탐꾼에 의해 곧 기주의 원상에게 전해졌다. 궁지에 몰린 원상은 다시금 심배와 의논한다.

"만약에 원담이 조조에게 투항하여 둘이 힘을 합쳐 공격해온다면 기주가 위험해진다."

원상은 심배와 대장 소유(蘇由)를 기주성에 남겨두어 굳게 지키게 하고, 몸소 대군을 이끌고 여양으로 떠났다. 행군하던 중에 원상이 물었다.

"누가 선봉에 서겠느냐?"

대장 여광(呂曠)과 여상(呂翔) 형제가 자원해나섰다. 원상은 그들에게 군사 3만을 주고 선봉에 서서 먼저 여양으로 가게 했다. 원담은 원상이 몸소 구원병을 거느리고 온다는 말에 크게 기뻐하며, 조조에게 투항하려던 계획을 일시에 거두어버렸다.

이리하여 원담은 여양성 안에 주둔하고, 원상은 성밖에 진을 쳐서 기각지세(掎角之勢)를 이루었다. 거기에 다시 하루도 못 되어 유주의 원희와 병주의 고간이 군사를 거느리고 당도하여 성밖 세곳에 진을 쳤다. 싸움은 날마다 계속되었지만 조조는 번번이 이기고 원상의 무리는 번번이 패했다.

건안 8년(203) 2월에 조조는 군사를 나누어 각 진영을 일시에 급습했다. 원담·원희·원상·고간이 모두 크게 패하여 여양성을 버리고 달아난다. 조조가 군사를 이끌고 뒤를 쫓아 기주에 이르니, 원담과 원상은 성으로 들어가 수비태세를 갖추고, 원희와 고간은 성밖 30여리쯤 되는 곳에 영채를 세우고 허장성세했다. 조조가 군사들을 독려하며 며칠간 계속 기주성을 공략했으나 쉽사리 함락되지 않았다. 모사 곽가가 간한다.

“원(袁)씨가 큰아들을 폐하고 막내아들을 후사로 내세워서 저들은 각기 세력을 형성해 형제간에 권력싸움을 하고 있습니다. 그러면서도 위급하면 서로 돕고 상황이 나아지면 다시 싸웁니다. 그러니 승상께서는 일단 군사를 거두어 먼저 남쪽의 형주를 쳐서 유표를 정벌한 다음에 저들의 변화에 적절히 대응한다면 힘들이지 않고 일제히 평정할 수 있을 것입니다.”

“그럴듯한 계책이다.”

조조는 곽가의 계책에 따라 가후를 태수로 삼아 여양을 지키게 하고, 조홍으로 하여금 군사를 거느리고 가서 관도를 지키게 했다. 그러고는 몸소 대군을 이끌고 형주를 향해 진군했다.

원담과 원상은 조조의 군사가 스스로 물러났음을 알고 서로 경하해 마지않았다. 원희와 고간도 각기 군사를 거두어 돌아가버렸다. 원담이 수하의 모사 곽도와 신평을 불러 가만히 의논한다.

“나는 큰아들이면서도 아버지의 자리를 이어받지 못하고, 계모의 소생인 원상이 잇게 되었으니, 세상에 이런 법이 어디 있단 말이냐?”

곽도가 말한다.

“제게 좋은 방도가 있소이다. 주공께서는 일단 군사를 이끌고 성 밖에 나가 주둔한 다음, 원상과 심배를 청하여 술자리를 마련하십시오. 제가 미리 도부수를 매복시켜두었다가 두 사람을 죽여버릴 터이니, 대사는 간단하게 결정될 것입니다.”

원담은 곽도의 말에 따라 군사를 성밖에 주둔시켰다. 그런 때에 마침 청주에서 별가(別駕) 왕수(王修)가 왔다. 원담이 그에게 이번 거사에 대해 말하니 왕수의 안색이 굳어졌다.

"당치 않은 말씀입니다. 형제란 양손과도 같은 것인데, 지금 다른 사람과 싸우는 마당에 오른손을 잘라버리고도 과연 싸움에서 이길 수 있겠습니까? 더구나 자기 형제를 배반하고 원수지간이 된다면 천하에 누굴 믿고 의지할 수 있겠습니까? 이는 참소하는 무리가 골육을 이간하여 한때의 영화를 구하려는 것이니, 주공은 부디 귀를 막으시고, 그러한 말씀은 아예 들은 척도 마십시오."

이 충언에 도리어 화가 난 원담은 왕수를 큰소리로 꾸짖어 물리쳤다. 그런 다음, 곽도의 계책대로 사람을 성안으로 보내 원상과 심배를 청했다. 원상이 심배를 불러 상의하니, 심배가 말한다.

"이는 필시 곽도의 계략일 것입니다. 주공께서 만약 저들의 청에 응하신다면 간계에 빠질 것이 분명하니, 이쪽에서 먼저 선수를 치는 것이 옳을 줄로 아옵니다."

원상은 그 말을 옳게 여겨 즉시 갑옷과 투구를 갖춰입고 말에 올라 군사 5만명을 거느리고 성을 나섰다. 원담은 원상이 군사를 거느리고 나오는 것을 보자, 계교가 누설되었음을 짐작하고 자기도 즉시 갑옷과 투구를 갖춰입고 말에 올라 원상과 맞섰다. 원상이 원담을 향해 욕설을 퍼부어대자 원담도 지지 않고 목청을 높여 꾸짖는다.

"이 천하에 의리 없는 놈아, 네가 아버지를 독살하고 작위를 찬

탈한 것도 부족해서, 이제는 이 형까지 죽이려 하느냐?"

두 형제는 달려들어 싸우기 시작했다. 그러나 이내 원담이 패하여 달아난다. 원상은 날아드는 돌과 화살을 무릅쓰고 여세를 몰아 달아나는 원담의 뒤를 친다. 원담은 패군을 수습하여 평원땅으로 도망쳤고 원상은 더는 뒤쫓지 않고 일단 군사를 거두어 성으로 돌아갔다.

한번 싸워 크게 졌으나 원담은 도저히 그대로 있을 수 없었다. 그는 곽도와 더불어 계책을 논한 뒤에, 잠벽(岑璧)을 대장으로 삼아 다시 진군했다. 첩보를 받은 원상 또한 몸소 군사를 거느리고 기주성에서 나왔다.

두 진영이 대치하여 깃발이 나부끼고 북소리가 울리는 가운데, 드디어 원담의 진영에서는 잠벽이 말에 올라 병기를 휘두르며 나왔다. 잠벽이 욕설을 퍼부어대자 원상이 노하여 직접 대적하려 하는데, 그보다 앞서 대장 여광이 말에 박차를 가하여 춤추듯 칼을 휘두르며 내닫는다. 두 장수가 몇합 싸우지도 않았는데 여광이 휘두른 칼날에 잠벽의 목이 두동강나며 말에서 굴러떨어졌다. 원담은 다시 대패하여 평원으로 달아난다. 심배가 여세를 몰아 추격할 것을 권유했다. 그 말에 따라 원상은 군사를 휘몰아 끝까지 뒤를 쫓는다. 그 형세가 어찌나 대단한지 원담은 감히 대적할 엄두를 못 내고 평원성 안으로 군사를 철수시켜 문을 굳게 닫아걸었다. 원상이 삼면으로 성을 에워싸고 연일 싸움을 걸어도 도무지 응전할 기미를 보이지 않는다.

한편 성안에서는 금방이라도 함락될 것만 같은 위급함에 처한 원담이 곽도와 더불어 상의했다. 곽도가 말한다.

"지금 성안에는 양식이 부족한데다, 저들의 군세가 워낙 날카로운지라 대적해 싸울 형편이 못 됩니다. 저의 어리석은 생각으로는 조조에게 사람을 보내 투항한 다음, 조조를 시켜 기주를 치게 하는 것이 좋을 듯합니다. 그러면 원상은 황급히 기주를 지키러 돌아갈 테고, 이때 장군께서 조조와 함께 협공한다면 원상을 쉽게 사로잡을 수 있습니다. 만일 조조가 먼저 원상의 군사를 격파한다면 그때는 기주 군사들을 거두어 조조에게 대항하면 됩니다. 조조의 군사들은 먼 길을 온데다 군량과 마초를 제때에 대기 어려우니, 양식이 떨어지면 반드시 제풀에 퇴각할 것입니다. 그때를 놓치지 않고 기주성을 차지하고 들어앉은 연후에 다음 계책을 세우심이 어떨는지요."

원담은 듣고 나서 고개를 끄덕이며 다시 한마디 물었다.

"조조에게는 누구를 보내는 게 좋겠소?"

"신평에게 아우가 하나 있습니다. 성명이 신비(辛毗)이며 자는 좌치(佐治)로, 지금 평원령(平原令)으로 있는데, 언변 좋기로 소문난 사람이니 그를 보내는 게 좋을 듯합니다."

원담이 즉시 부르자 신비가 흔쾌히 찾아왔다. 원담은 조조에게 보낼 편지를 다듬어 신비에게 주고 군사 3천을 내어 무사히 경계를 넘도록 조처했다. 신비는 원담의 글을 가지고 밤새 곧장 조조에게로 갔다.

이때 조조는 유표를 치기 위해 서평(西平)에 군사를 주둔하고 있었다. 급보를 받은 유표는 현덕을 선봉으로 삼아서 나아가 대적하게 했다. 양쪽 군사가 싸움을 시작하려는 바로 그때, 원담의 사자 신비가 도착했다.

신비가 예를 올렸다. 조조가 온 경위를 묻자 신비는 원담이 투항하고자 한다는 뜻을 밝히며 그의 서신을 조조에게 올렸다. 조조는 서신을 다 읽고 나더니 신비를 영채 안에 머물게 하고는 수하의 문관과 무관들을 모아 상의했다. 정욱이 나서며 말한다.

"원담이 원상의 공격을 받아 사태가 위급해져서 부득이 항복하려는 것이니 함부로 믿을 게 못 됩니다."

여건과 만총 또한 말한다.

"그도 그러려니와, 지금 승상께서 기왕에 군사를 거느리고 예까지 오셨는데 어찌 유표를 눈앞에 두고 그대로 돌아가 원담을 도울 수 있겠습니까?"

그러나 순유의 생각은 달랐다. 순유는 정색하고 말한다.

"세분의 말씀은 옳지 않소이다. 이 사람의 소견으로는, 천하가 이처럼 시끄러운 때에 유표가 장강과 한수 일대만 보존하고 앉아서 더는 손을 뻗어보려 하지 않는 것은 그에게 큰 뜻이 없기 때문입니다. 그러나 원씨로 말하면 기주·청주·유주·병주 네 고을을 점거하고 있을 뿐만 아니라 군사를 수십만이나 거느리고 있으니, 만약 원담과 원상이 서로 화목하여 함께 제 아비의 유업을 지키고자 작심한다면 실로 천하사는 가늠키 어렵게 될 것입니다. 형제끼리 서로 다투다가 우리에게 투항하는 이때를 타서, 먼저 원상을 없애고 뒤에 다시 기회를 보아 원담마저 멸한다면 곧 천하를 바로잡을 수 있을 것이니, 이 기회를 놓쳐서는 안됩니다."

순유의 말에 조조는 매우 흡족해하며 당장 신비를 불러들여 술을 권하며 물었다.

"대체 원담이 내게 항복하려는 것이 진심이오, 아니면 거짓이오? 그리고 원상의 군사를 치면 이길 수 있겠소?"

신비가 대답한다.

"명공께서는 그 진위 여부를 따지지 마시고 대세를 살펴보시는 게 옳을 줄로 압니다. 원씨는 몇해 동안 전쟁에 패해 밖으로는 군사들이 지치고 안으로는 모사들이 죽임을 당했으며, 이간질에 형제들이 갈라져 나라가 두쪽 난 형편입니다. 설상가상으로 흉년까지 들어 백성들은 기근에 허덕이고 하늘의 재앙으로 인재가 곤핍하니, 어리석은 자나 지혜로운 자를 막론하고 나라가 망해가는 것을 모르는 이는 아무도 없습니다. 하늘 또한 원씨를 버린 지 오래라, 이제 명공께서 군사를 일으켜 업군(鄴郡)을 치면 원상은 즉시 돌아와 제 소굴을 잃지 않으려 대항할 것이요, 그러면 원담이 그 뒤를 쫓아 형제끼리 싸우게 될 것이니, 승상의 위엄으로 싸움에 지친 무리들을 치신다면 마치 가을바람에 낙엽 쓸리듯 일시에 쓸어버릴 수 있을 것입니다. 이런 좋은 기회를 버리고 형주를 치시겠습니까? 형주는 땅이 비옥하고 넓어서 물자가 풍부하기 때문에 나라가 평화롭고 백성들이 순하여 쉽사리 동요하지 않을 것입니다. 지금의 상황으로는 천하의 우환이 모두 하북에 있으니 하북만 평정하시면 패업을 이루실 수 있습니다. 바라건대 승상께서는 깊이 살피십시오."

그 말에 조조는 기뻐 어쩔 줄 모른다.

"내 신좌치와 이제야 만난 것이 한이로다."

그러고는 당일로 군사를 정비해 기주로 향했다. 현덕은 조조가 급히 군사를 철수시키자, 혹시 함정이 아닌가 하여 뒤를 쫓지 않고 군사를 거두어 형주로 돌아가버렸다.

한편 원상은 조조 군사가 강을 건너 업군을 공략하려 한다는 정보에 급히 군사를 이끌고 기주로 돌아갔다. 회군하면서 여광과 여상에게 원담의 추격을 막도록 명하였다. 원담은 원상의 군사가 물러가는 것을 보고 즉시 평원의 군마를 크게 일으켜 뒤를 쫓았다. 그렇게 수십리가량 갔을 때였다. 갑자기 포소리가 한번 크게 울리더니 좌우에서 일제히 군사들이 뛰쳐나왔다. 바로 여광과 여상의 군사들이었다. 원담은 말을 멈추고 두 장수를 향해 말한다.

"아버님께서 살아 계실 적에 내가 두 장군을 섭섭히 대접한 일이 없는데, 오늘날 어찌하여 내 아우를 따르며 이다지도 나를 핍박한단 말이오?"

원담의 말에 두 장군은 즉시 말에서 내려 원담에게 항복했다. 원담이 말한다.

"두 장군은 내게 항복할 게 아니라, 조승상께 항복하도록 하오."

원담은 두 장수를 거느리고 진영으로 돌아갔다. 이윽고 조조의 군사가 도착했다. 원담이 두 장수를 데리고 조조를 뵙자, 조조는 무척 기뻐하며 여광과 여상을 중매인으로 세워 자기의 딸과 원담의 혼사를 추진하게 했다. 머지않아 장인이 될 조조에게 원담이 속히 기주를 공략할 것을 청했다. 조조가 말한다.

"지금 군량과 마초의 보급이 원활하지 못한 것은 운반하기가 어렵기 때문이니, 내 제하(濟河) 쪽으로부터 기수(淇水)를 막아 물줄기를 백구(白溝)로 돌려 수로를 이용한 보급로를 튼 다음에 기주로 진병할까 하네."

조조는 일단 원담을 평원으로 돌아가 있게 했다. 그리고 자신은 군사를 물려 여양에 주둔하고, 여광과 여상은 열후(列侯)로 봉해 휘하에 두었다. 곽도가 원담에게 간한다.

"조조가 자기 딸을 주어 주공을 사위로 삼겠다는 말은 진심이 아닐 것입니다. 또한 여광과 여상을 데려다가 높은 벼슬을 내린 것은 하북의 인심을 얻자는 수작으로, 뒤에 반드시 큰 화근이 될 것입니다. 주공은 곧 장군인(將軍印) 두개를 새겨서, 사람을 시켜 가만히 여광과 여상에게 보내 내응하도록 하고, 조조가 원상을 격파하기를 기다렸다가 기회를 보아 도모하셔야 합니다."

원담은 곽도의 말을 좇아 장군인 두개를 새긴 뒤 사람을 시켜 가만히 여광과 여상에게로 보냈다. 그러나 두 사람은 이것을 받은 즉시 조조에게 알렸다. 조조가 껄껄 웃는다.

"원담이 이렇듯 몰래 장군인을 보낸 뜻은 너희 두 사람으로 하여금 내응하여 내가 원상을 격파하기를 기다렸다가 나를 치자는 속셈이다. 내게도 생각이 있으니 너희들은 그저 모르는 척하고 일단은 받아두도록 하라."

이로부터 조조는 원담을 죽여 없앨 마음을 품게 되었다.

한편 원상은 심배와 더불어 상의한다.

"지금 조조가 백구로 물길을 돌려 군량미를 운반하는 것으로 보아 기주를 공격하려는 게 틀림없는데, 이 일을 어찌하면 좋겠는가?"

심배가 말한다.

"주공께서는 즉시 격문을 보내어, 무안(武安)의 장령인 윤해(尹楷)로 하여금 모성(毛城)땅에 주둔하여 상당(上黨)에서 오는 군량 보급로를 열어두게 하고, 저수의 아들 저곡(沮鵠)에게는 한단(邯鄲)을 지키면서 먼 지방에서 성원케 한 다음, 주공은 곧 평원으로 진군해 급히 원담을 치도록 하십시오. 먼저 원담을 없앤 다음 조조를 치는 것이 상책이외다."

원상은 기뻐하며 심배와 진림(陳琳)을 남겨두어 기주를 지키게 했다. 그리고 마연(馬延)과 장의(張顗) 두 장수를 선봉으로 삼아 그날밤으로 군사를 일으켜 평원을 치러 떠났다. 원상의 군사가 가까이 이르렀음을 전해들은 원담은 곧 사람을 보내어 조조에게 급히 알렸다. 보고를 받은 조조가 중얼거린다.

"내 이번에야말로 기주를 얻게 되었군."

마침 허도에서 도착한 허유가 원상이 원담을 치러 평원으로 갔다는 말을 듣고 나서, 조조를 대면해 묻는다.

"승상께서는 지금 가만히 이곳을 지키고 앉아 무얼 하십니까? 하늘에서 벼락이라도 떨어져 원담 형제가 저절로 죽기만을 기다리고 있는 것이옵니까?"

조조가 빙긋이 웃으며 대답한다.

"내게 다 생각이 있느니."

조조는 곧 조홍을 시켜 업성을 치도록 명한 후 자신은 일군을 거느리고 윤해를 치러 갔다. 조조의 군사가 경계에 이르자 윤해가 곧 군사를 이끌고 말을 달려 싸우러 나왔다. 조조가 소리친다.

"허중강(仲康, 허저의 자)은 어디에 있는가?"

그 말이 떨어지기 무섭게 허저가 말을 몰고 달려나가 한칼에 윤해를 취하니, 윤해는 미처 손도 놀려보지 못하고 몸이 두동강이 나서 말 아래로 떨어진다. 이를 지켜보던 윤해의 군사들은 일시에 어지러이 흩어졌다. 조조는 남은 군사들의 항복을 받아들이고 다시 군사를 지휘하여 한단땅으로 진격했다. 저곡이 군사를 거느리고 나와 대적한다. 장요가 달려나가 저곡과 맞서니, 불과 3합이 못 되어 저곡이 크게 패하여 달아난다. 장요가 그 뒤를 추격하여 가까워지자 활을 쏘니 짧은 시윗소리와 함께 저곡이 말에서 뚝 떨어진다. 조조가 승세를 타고 군마를 휘몰아 달아나는 적들의 뒤를 급히 치니, 주인을 잃은 무리들이 어지러이 흩어져 달아난다.

조조는 대군을 거느리고 드디어 기주 경계에 들어섰다. 조홍이 이미 성밑 가까이에 이르러 적과 대치하고 있었다. 조조는 전군에 영을 내려 기주성을 에워싸고 주위에다 토산을 쌓는 한편, 땅굴을 파서 성을 공략할 차비를 하였다.

기주성 안에서는 심배가 엄한 군령으로 성을 굳게 지키고 있었다. 하루는 동문(東門)을 지키는 장수 풍례(馮禮)가 술에 취해 순시를 소홀히 한 탓으로 모질게 문책당했다. 이에 원한을 품은 풍례는 그날밤 몰래 성을 빠져나가 조조에게 항복해버렸다. 조조가 성을 함락시킬 방법을 묻자 풍례가 상세히 설명한다.

"돌문(突門, 수비군이 돌격하기 위해 뚫어놓은 문) 안쪽이 흙이 두터워 땅굴을 파고 들어가기에 적당합니다."

조조는 곧 풍례에게 명하여 장사 3백명을 거느리고 어두운 밤을 타서 땅굴을 파게 했다.

한편 풍례가 성문을 빠져나가 조조에게 항복한 뒤로 심배는 밤마다 몸소 성 위에 올라 순시를 돌며 군마를 점검하곤 했다. 하루는 밤에 돌문의 누각 위에서 바라보니, 성밖 조조의 진영에 불빛 한점 보이지 않는다. 수상쩍은 생각에 심배가 말한다.

"풍례 그놈이 땅굴을 파 군사를 이끌고 올 모양이다."

심배는 날랜 군사를 뽑아 바위를 날라놓고 기다렸다가 구멍이 뚫리는 순간 바위로 갑문(閘門)을 쳐서 무너져내리게 하여 땅굴을 막아버렸다. 땅굴을 파오던 풍례와 3백 장사는 그 안에 갇힌 채 흙더미 속에서 떼죽음을 당하고 말았다.

조조는 땅굴계획이 수포로 돌아가자 일단 원수(洹水) 상류로 후퇴하여 지키며 원상의 군사가 돌아오기를 기다리기로 했다. 조조가 예측한 대로, 평원을 공격하러 갔던 원상은 조조가 이미 윤해와 저곡을 격파하고 기주성을 함락시키려 한다는 소식을 듣고는 서둘러 돌아오는 중이었다. 원상의 부장 마연이 말한다.

"큰길로 갔다가는 반드시 조조의 복병을 만날 터이니, 샛길로 해서 서산(西山)을 거쳐 부수(滏水) 어귀로 나가 조조의 영채를 급습하면 포위망을 뚫을 수 있을 것입니다."

원상은 그 말을 좇아 몸소 대군을 거느리고 앞서 떠나고, 마연과 장의 두 장수를 시켜 뒤를 끊어 원담의 추격을 막게 했다. 이 사실은 정탐꾼에 의해 일찌감치 조조에게 보고되었다. 조조가 말한다.

"제가 만약 큰길로 온다면 내 마땅히 이를 피해야겠지만, 만약 서산 샛길로 온다면 한번 싸움에 그를 사로잡을 수 있다. 내 생각에는 원상이 반드시 횃불을 군호 삼아 성내 군사들과 접응하려 할 것이니, 군사를 나누어 함께 치는 것이 좋겠다."

조조는 즉시 군사를 나누어 배치했다.

이때 원상은 부수 어귀로 나와 동쪽으로 양평에 이르러 양평정(陽平亭)에 군사를 주둔시켰다. 양평정은 기주성과 17리 떨어져 있으며, 한쪽으로는 부수가 흐르고 있었다. 원상은 군사들을 시켜 마른풀을 쌓아두었다가 밤이 되면 불을 질러 군호를 삼게 하고 주부(主簿, 서기의 우두머리) 이부(李孚)를 기주성으로 보냈다. 이부는 조조 군사의 도독처럼 차려입고 기주성 아래 이르러 크게 외쳤다.

"문 열어라!"

심배가 마침 성 위에 있다가 이부의 음성을 알아듣고 곧 문을 열어주었다. 성안으로 들어간 이부가 심배에게 말한다.

"주공께서 이미 양평정에 진을 치고 내응을 기다리고 계십니다. 성에서 군사를 내보낼 때에는 미리 불을 놓아 신호를 보내십시오."

심배는 곧 마른풀을 쌓게 하고 불을 질러 신호하도록 조처했다. 이부가 다시 말한다.

"성안에 양식이 없어 항복하는 것처럼 꾸미고, 노약자와 아녀자들을 앞세워 내보내시오. 그러면 저들이 안심하고 아무런 방비도 하지 않을 테니, 그때 우리가 뒤따라나가 공격하기로 합시다."

다음 날 성 위에는 백기가 높이 내걸려 바람에 나부꼈다. 기폭에는 '기주백성투항(冀州百姓投降)'이라는 여섯 글자가 씌어 있다. 조조가 좌우 사람들에게 말한다.

"성안에 양식이 떨어져서 늙고 약한 백성들을 내보내 투항시키는 것처럼 보이나, 그 뒤로 군사들이 따라나와 우리를 앞뒤에서 공격할 계략임에 틀림없다."

조조는 곧 장요와 서황에게 각기 3천군을 주어 양편에 매복하게 한 다음, 몸소 말에 올라 일산을 받쳐들게 하고 성 아래로 갔다. 과연 성문이 크게 열리더니 백성들이 어린이를 안고 이끌고 늙은이는 부축하여 저마다 흰기를 흔들며 나온다. 백성들의 행렬이 거의 끝나간다 싶더니, 아니나 다를까 완전무장한 군사들이 뒤를 이어 일시에 몰려나오는 게 아닌가.

조조는 미리 짐작했던 바라 좌우 군사들에게 홍기를 흔들어 신호를 보내게 했다. 매복해 있던 장요와 서황의 군사들이 양쪽에서 일제히 아우성치며 내달아 닥치는 대로 죽이니, 기주 군사들은 밀고 밀리며 다시 성안으로 쫓겨들어갈 수밖에 없었다.

조조가 몸소 말을 달려 급히 뒤를 쫓는다. 조교 가까이 이르렀을 때 성 위에서 화살이 빗발치듯 쏟아져내리며 그중 한대가 조조의 투구에 꽂혔다. 하마터면 화살촉이 투구를 뚫고 정수리에 박힐 뻔했다. 장수들이 급히 달려가 조조를 구하여 진중으로 돌아왔다.

진중으로 돌아오기가 무섭게 조조는 투구와 갑옷을 바꿔입더니 말을 갈아탔다. 그러고는 다시 장수들을 거느리고 군사를 돌려 원상의 진영으로 달려가 공격한다. 원상은 몸소 나와서 조조와 맞섰다. 그때 사방에서 기다리고 있던 조조의 군사들이 일제히 내달아 오니, 원상의 군사들과 일대 혈전이 벌어졌다. 원상은 크게 패하여 남은 군사들을 이끌고 서산 기슭으로 달아났다. 겨우 정신을 수습한 원상은 영채를 세운 뒤 급히 평원으로 사람을 보내 마연과 장의에게 원병을 청했다.

그러나 이보다 앞서 조조가 여광과 여상을 시켜 마연과 장의를 항복시킨 사실을 누가 알았으랴. 마연과 장의는 여씨 형제를 따라와 항복했고, 조조는 즉시 그들을 열후로 봉했다. 그리고 원상에게서 투항해온 여광·여상·마연·장의 네 장수를 먼저 보내 원상의 보급로를 차단케 한 다음에, 자신도 비로소 군사를 이끌고 서산으로 진군한 것이었다.

원상은 도저히 버틸 수 없음을 깨닫고 밤을 틈타 남구(濫口)로 달아났다. 그러나 미처 영채도 세우기 전에 사방에서 불길이 치솟으며 조조의 복병이 일제히 쏟아져나왔다. 기습을 당한 원상의 군사들은 갑옷도 챙겨입지 못하고 말에 안장을 얹을 새도 없이 크게 져서 50리 밖으로 달아났다.

형세가 궁하고 군사력이 극도로 약해진 원상은 예주 자사 음기(陰夔)를 조조의 영채로 보내어 항복을 청하기에 이른다. 조조는 항복을 받아주는 척하면서 그날밤 장요와 서황에게 원상의 진지를 급습하게 했다. 원상은 인수(印綬)·절월(節鉞)·의갑(衣甲)·치중(輜重) 등을 모조리 버려두고 가까스로 몸만 빠져나와 중산(中山)을 향해 달아났다. 조조는 더 쫓지 않고 군사를 돌려 다시 기주성을 공략했다. 허유가 계책을 올린다.

"승상께서는 어째서 장하(漳河)의 물을 터서 기주성을 물바다로 만들지 않으십니까?"

조조는 허유의 계책에 따라 먼저 군사를 차출하여 기주성 주위를 40여리가량이나 빙 둘러 물길을 파게 했다. 심배는 성 위에서 조조 군사가 물길을 파고 있는 것을 유심히 지켜보다가 웃음을 터뜨렸다.

"어떤 놈의 계책인지 장하의 물길을 이용하여 우리 성을 휩쓸어버릴 작정인 모양인데, 저렇듯 얕게 파서야 무슨 수로 이 성을 물바다로 만들겠나……"

심배는 아무런 방비도 하지 않은 채 대수롭지 않게 넘겨버렸다. 밤이 되자 조조는 군사를 열배로 늘려 할 수 있는 한 깊게 물길을 파게 했다. 날이 밝을 즈음에는 장하의 물이 성으로 흘러들기 시작하는데, 물길의 폭과 깊이가 모두 두길이 넘었다. 성안에는 어느덧 물이 몇길이나 고이고, 설상가상으로 군량미까지 바닥이 나서 군사들은 꼼짝 못하고 갇힌 채 모두 굶어 죽을 판이었다.

이때 조조에게 투항한 신비가 성밖에서 원상이 버리고 간 인수와 의복을 창끝에 꿰어들고 흔들며 성내의 군사와 백성들로 하여금 항복할 것을 권유했다. 분을 이기지 못한 심배는 신비의 가족 80여명을 늙은이 어린아이 할 것 없이 잡아다가 차례로 목을 베어 그 머리를 성밖으로 하나씩 내던졌다. 신비가 이 광경을 보고 목을 놓아 통곡한다.

심배의 조카 심영(審榮)은 본래 신비와 교분이 두터운 사이였다. 그는 신비의 가솔이 그렇듯 참혹하게 죽음을 당하는 것을 보고 격분한 나머지, 성문을 열어 호응하겠다는 내용의 밀서를 써서 화살 끝에 매어 성밖으로 몰래 쏘아보냈다. 조조의 군사가 밀서를 주워 신비에게 전하니, 신비는 다시 이를 조조에게 바쳤다. 조조는 밀서를 읽고 난 후 영을 내렸다.

"기주성에 들면 누구든 원씨 가족들은 노인이든 어린이든 일체 죽이지 말고, 투항하는 군사나 백성들도 살려주어라."

다음 날 날이 밝자 심영이 서쪽 성문을 크게 열어 조조 군사를 맞아들였다. 신비가 말을 달려 먼저 성안으로 뛰어드니, 군사들도 아우성치며 일제히 뒤를 따른다.

심배는 이때 동남쪽 성루에 있다가 조조의 군사가 성내로 침입하는 것을 목격하고 급히 군사 몇명과 함께 죽기로써 싸웠다. 그러

심배는 분을 이기지 못해 신비의 가족 80여명의 목을 베다

나 조조의 맹장 서황에게 몇합 겨뤄보지도 못하고 맥없이 사로잡히고 말았다. 결박을 당해 성밖으로 끌려나가는 중에 마주달려오는 신비를 만났다. 신비가 이를 갈며 채찍을 들어 심배의 머리를 후려갈기며 호통을 친다.

"내 가족을 죽인 이 불한당 같은 놈아, 내 손으로 네놈의 멱을 따고 말리라."

심배도 지지 않고 눈을 부릅뜨며 욕을 퍼붓는다.

"이 역적놈아, 네놈이 조조에게 투항하여 기주성을 망쳤다. 내 손으로 너를 죽이지 못하는 것이 원통할 뿐이다!"

서황은 조조에게 심배를 끌고 갔다. 조조가 묻는다.

"누가 성문을 열어 우리 군사를 맞아들였는지 아느냐?"

"모른다!"

조조가 빙그레 웃으며 말한다.

"다른 사람도 아닌 네 조카 심영이니라."

뜻밖의 말에 심배는 노기가 충천했다.

"그 철없는 놈이 일을 이 지경으로 만들다니……"

조조가 다시 묻는다.

"그건 그렇고, 어제 내가 성 아래 갔을 때 화살을 빗발치듯 쏘아대던데, 성안에 화살이 그리도 많았던 모양이지?"

"많은 것이 아니라 너무 적었던 게 한이다!"

조조는 어조를 바꾸어 달래듯 부드럽게 말한다.

"그대의 원씨에 대한 충성심은 내 충분히 이해하고, 마땅히 그래야겠지만, 이제 그만 내게 항복하는 것이 어떤가?"

심배는 굴하지 않고 고래고래 소리친다.

"당치 않은 소리 마라. 내 이 자리에서 죽는 한이 있어도 그리는 못하겠다!"

이때 마침 신비가 통곡하며 들어와 조조 앞에 엎드려 말한다.

"저의 가속 80여명이 모두 이 도적놈의 손에 죽었으니, 원컨대 승상께서는 이놈을 능지처참하시어 저의 한을 풀어주십시오."

심배는 태연히 말한다.

"내 살아서는 원씨의 신하요, 죽어서는 원씨의 귀신이라. 너처럼 아무에게나 붙어 남을 참소하고 아첨하며 역적질하는 놈들과는 다르다. 어서 나를 죽여라."

끝내 뜻을 굽히려 하지 않자 조조는 마침내 심배를 끌고 나가라고 명했다. 형을 집행하는 자리에서 심배는 도부수에게 말했다.

"우리 주인께서 북쪽에 계시는데 내 어찌 남쪽을 보고 죽을 수 있겠느냐."

그러고는 방향을 바꿔 북쪽을 향해 꿇어엎드려 목을 내밀었다.

후세 사람이 시로써 그의 죽음을 애도했다.

하북땅에 명사가 많다지만	河北多名士
심배만 한 인물이 누구 있으랴	誰如審正南
우매한 주인 잘못 만나 죽음 당해도	命因昏主喪
충성된 마음 옛사람과 견줄 만하다	心與古人參

충직한 그의 말 감춤이 없고	忠直言無隱
청렴한 지조, 탐냄이 없어라	廉能志不貪
죽음에 임해서도 북쪽을 향해	臨亡猶北面
항복한 무리들 낯을 들지 못했네	降者盡羞慚

심배가 죽자, 조조는 그의 충의를 가상히 여겨 기주성 북쪽에다 장사 지내주도록 했다.

여러 장수들이 조조에게 입성하기를 청하여 조조가 일어나려 하는데, 도부수들이 사람 하나를 끌고 온다. 가만 바라보니 진림이다. 진림이 가까이 다가오자 조조는 빈정대듯 한마디 했다.

"네가 지난날 원소를 위하여 격문을 지을 때, 나의 죄상만 밝히면 그만이지, 내 아버지와 할아버지까지 욕할 것은 없지 않았느냐?"

진림이 대답한다.

"화살이 시위에 얹힌 이상 나아가지 않을 도리가 있겠소이까?"

좌우에서 아우성치며 당장 죽이라고 권했으나 조조는 진림의 재주를 아깝게 여겨 죄를 용서하고 종사로 삼았다.

조조의 큰아들 조비(曹丕)의 자는 자환(子桓)으로, 이때 나이 열여덟살이었다. 조비가 처음 세상에 태어나던 날엔 푸르고도 붉은 빛을 내는 한조각 구름이 산실(産室) 위를 일산처럼 종일토록 덮고 있었다. 이를 보고 누군가가 조조에게 말했다.

"이 구름의 기운은 천자가 태어날 조짐으로 소위 천자기(天子氣)라 하는데, 더없이 귀한 후사를 보실 징조입니다."

조비는 재주가 뛰어나 여덟살에 능히 글을 짓고, 널리 고금의 서적에 통달했을 뿐만 아니라 말을 잘 탔으며 활 다루는 솜씨와 칼 쓰는 법 또한 매우 탁월했다. 조비는 아버지를 따라 군중에 있다가 기주성이 격파되자 군사들을 거느리고 곧장 성안 원소의 부중으로 향했다. 조비가 말에서 내려 칼을 빼들고 안으로 들어가려 하는데 한 장수가 앞을 막아섰다.

"승상께서 아무도 함부로 들이지 말라 명하셨습니다."

"썩 비켜서지 못할까!"

조비는 한마디로 꾸짖어 물리친 다음, 칼을 들고 성큼성큼 후당으로 들어갔다. 안으로 들어가니 두 부인이 서로 부둥켜안고 울고 있었다. 이를 본 조비는 지체없이 다가가 당장 죽일 태세였다.

4대 공후의 가문 이미 꿈으로 돌아가니	四世公侯已成夢
일가친척 모두 재앙을 만나누나	一家骨肉又遭殃

두 부인의 목숨은 어찌 될 것인가?

33

요동 평정

조비는 난리통에 견씨를 아내로 맞고
곽가는 계책을 남겨 요동을 평정하다

울고 있는 두 여인을 단칼에 베어 죽이려던 조비는 문득 붉은빛이 눈을 어지럽혀서 멈칫하다가 칼을 거두며 묻는다.

"너희들은 누구냐?"

나이 든 부인이 고한다.

"첩은 원장군의 처 유씨입니다."

조비가 다시 묻는다.

"그러면 이 여인은 누구요?"

유씨가 대답한다.

"둘째아들 원희(袁熙)의 처 견(甄)씨입니다. 남편이 유주로 나가 지키고 있는데 멀리 따라가지 않겠다 하여 여기 남아 있었습니다."

조비는 가까이 다가가 견씨의 얼굴을 젖혀보았다. 숯검정이 묻고 흐트러진 머리칼에 가려져 자세히 볼 수가 없다. 조비는 곧 소맷자락으로 여인의 얼굴을 닦아내고 머리칼을 쓸어넘겼다. 순간 조비의 입에서는 저도 모르게 낮은 탄성이 새어나왔다. 백옥 같은 피부에 꽃 같은 얼굴, 경국지색(傾國之色)이었다. 조비는 젊은 여인에게서 눈길을 떼지 못하며 말한다.

"나는 조승상의 아들이오. 당신네 집안을 보호해줄 터이니 아무 걱정 마오."

그러고는 칼을 들고 당상에 올라가 버티고 앉았다.

한편 조조는 장수들을 거느리고 성문을 막 들어서려는 참이었다. 허유가 말을 달려 가까이 다가오더니 채찍을 들어 성문을 가리키며 소리친다.

"아만(阿瞞, 조조의 아명)아, 네 나를 얻지 못했다면 어찌 이 성문을 들어설 수나 있었겠느냐!"

조조는 소리 높여 웃을 뿐 전혀 개의치 않고 그대로 입성했다. 그러나 곁을 따르던 장수들은 허유의 방자한 말에 은근히 부아가 치밀었다. 원소의 저택 문앞에 다다랐을 때 조조가 묻는다.

"아무도 이 안에 들이지 않았으렷다?"

조조의 물음에 수문장의 얼굴은 금방 사색이 되었다.

"아드님께서 안에 계시옵니다."

조조가 당장 조비를 불러 꾸짖는데, 원소의 아내 유씨가 분주히 나와 절하며 고한다.

"아드님이 아니었다면 저희 집안은 목숨을 보전하지 못했을 것입니다. 견씨를 바칠 터이니 아드님의 처로 삼아주신다면 더 바랄 게 없겠습니다."

조조가 견씨를 부르니, 견씨가 나와 엎드려 절한다. 여인의 아름다운 자태에 반한 듯 한참 동안이나 물끄러미 바라보던 조조가 마침내 고개를 끄덕이며 중얼거렸다.

"과연 내 며느릿감이로다."

마침내 조비에게 견씨를 아내로 맞게 했다.

기주를 평정한 조조는 어느날 몸소 원소의 무덤을 찾았다. 제물을 차려놓고 분향재배한 다음, 한차례 섧게 곡을 하더니 좌우를 둘러보며 말한다.

"옛날에 내가 본초(원소의 자)와 더불어 군사를 일으켰을 때, 본초가 나를 보고 '만약에 일이 뜻대로 되지 않을 때에는 어찌하려오?' 하고 물은 적이 있네. 내가 '귀공의 뜻은 어떠하오?' 하고 되물었더니 본초는 '나는 하북 남쪽에 웅거하여 북쪽 연(燕)과 대(代)를 비롯한 사막의 오랑캐들을 막고, 남쪽 중원을 향하여 천하를 겨룬다면 능히 뜻을 이룰 수 있지 않을까 하오' 하는 것이야. 그래서 내가 '천하의 지혜와 힘을 모아 도(道)로써 다스린다면 안될 일이 뭐가 있겠소' 했던 게 바로 엊그젯일 같은데, 그런 그가 죽고 없으니 내 어찌 울지 않을 수 있겠는가."

조조의 말에 사람들이 모두 탄식했다. 조조는 황금과 비단, 양식 등을 원소의 처 유씨에게 내리고, 다시 명한다.

"하북 백성들이 모두 이번 난리로 어려움을 겪고 있으니 올해에

조비는 원희의 처 견씨를 아내로 맞다

는 일체의 세금과 부역을 면제하도록 하라."

그런 한편, 황제께 표문을 올려 기주를 함락시킨 사실을 아뢰고, 조조는 스스로 기주목(冀州牧)이 되어 그곳을 다스렸다. 그러던 어느날 허저가 말을 달려 동문으로 들어가던 중에 마주 달려오던 허유와 마주쳤다. 허유는 허저를 소리쳐 부르더니 또다시 공치사를 한다.

"내가 아니었다면 너희들이 어찌 이 문을 드나들 수 있었겠느냐?"

그렇지 않아도 한번 혼내주고 싶던 차인지라 허저도 지지 않고 대거리를 했다.

"우리가 하나같이 죽음을 무릅쓰고 혈전을 벌인 끝에 이 성을 얻었거늘, 어째서 네 혼자 공인 양 돼먹지 않은 소리를 지껄이는 게냐!"

허유 또한 화가 나서 소리친다.

"너희 모두 별볼일없는 놈들이거늘, 내 어찌 더불어 말을 나누랴."

허저는 더이상 분을 이기지 못하고 번개같이 칼을 빼어 단번에 허유의 목을 베어버렸다. 죽어서야 입을 다문 허유의 머리를 집어 들고 허저는 겁도 없이 곧장 조조에게로 가서 아뢰었다.

"허유 이놈이 하도 무례하게 굴기에 홧김에 죽여버렸소이다."

조조는 화를 내며 한탄했다.

"이런! 자원(子遠, 허유의 자)이 나와는 옛 친구라 허물없이 농담을 한 것인데, 그걸 가지고 사람을 죽이기까지 한단 말이냐? 어허, 이런 기막힐 일이 있나!"

조조는 허저를 심하게 꾸짖고, 허유를 후히 장사 지내주었다. 이어 조조는 기주의 어진 선비들을 널리 구했다. 기주 백성 하나가 고한다.

"기도위(騎都尉) 최염(崔琰)이란 이가 있는데, 자는 계규(季珪)로 청하군(淸河郡) 동무성(東武城) 사람입니다. 일찍이 몇번이나 좋은 계책을 일러주었건만 원소가 듣지 않아, 지금은 병을 핑계로 은거하고 있습니다."

조조는 곧 최염을 불러 기주의 별가종사(別駕從事)로 삼은 다음 말했다.

"내 어제 기주의 호적을 살펴보니 인구가 30만이나 되는 것이 가히 큰 고을이더군."

최염이 정색을 하고 말한다.

"천하가 어지러운 이때, 구주(九州, 중국 전역을 가리킴)가 갈가리 찢기고 두 원씨 형제의 골육상쟁에 휘말려 많은 기주 백성들이 백골이 되어 들판에 나뒹굴고 있습니다. 그런데 승상께서는 풍속을 살펴 백성들을 도탄에서 구하려 하시기보다 먼저 호적부터 살피시니, 이 어찌 기주 백성들이 바라는 바이겠습니까?"

조조는 이 말에 크게 깨달은 바가 있어 얼른 자신의 잘못을 인정하고 이때부터 최염을 상빈(上賓)으로 대접했다.

그후 조조는 사람을 보내 원담의 근황을 알아오게 했다. 그때 원담은 군사를 이끌고 감릉(甘陵)·안평(安平)·발해(渤海)·하간(河間) 등지를 돌아다니며 노략질을 일삼다가, 아우 원상이 조조에게 패하여 중산(中山)으로 달아났다는 소식에 군사를 몰아 쳐들어갔다. 그러나 원상은 이미 전의를 상실하여 유주(幽州)로 달아나 둘째형 원희에게 의탁했다. 이에 원담은 원상의 군사들을 항복시켜 기주를 되찾고자 했다. 이와 같은 보고를 받은 조조는 사람을 보내 원담을 불렀다. 그러나 원담은 오지 않았다. 조조는 크게 노하여 딸을 주겠다던 약조를 파기하는 내용의 서신을 띄우고, 몸소 대군을 거느리고 평원으로 나아갔다. 원담은 조조가 대군을 거느리고 쳐들어온다는 보고를 받고, 즉시 형주로 사람을 보내 유표에게 도움을 청했다. 유표가 현덕을 불러 상의하자, 현덕이 말한다.

"지금 조조는 이미 기주를 평정하여 군사들의 사기가 왕성한 터이니, 원씨 형제들의 운명도 결국엔 조조의 손아귀에 놓이고야 말 것입니다. 이러한 때 군사를 내어 돕는 것은 아무런 이득이 없습니다. 더욱이 조조가 호시탐탐 형주와 양양을 엿보고 있는 터이니, 군사를 길러 스스로를 지키며 함부로 움직여서는 아니 될 것입니다."

유표가 말한다.

"그렇다면 무어라 거절하면 좋겠소?"

"원씨 형제들에게 각각 서신을 보내, 화해하라는 명분을 내세워 완곡히 거절하도록 하시지요."

유표는 현덕의 말을 좇아, 먼저 원담에게 서신을 띄웠다.

군자는 난리를 피해도 원수의 나라로는 가지 않는 법이거늘, 일전에 그대가 무릎을 꿇어 조조에게 항복했다 하니, 이는 곧 고인이 된 부친의 원수를 망각한 것이고, 수족 같은 형제의 의를 저버린 처사이며, 동맹을 맺은 사람들에게 수치를 남긴 것이다. 기주의 원상이 아우의 도리를 지키지 못했다 하더라도 마땅히 참고 기다려야 했으며, 서로 도와 사태가 안정된 연후에 천하로 하여금 그 시비곡직(是非曲直)을 가리게 했더라면, 이 또한 의기를 높이는 일이 아니었겠는가.

유표는 원상에게도 글을 보냈다. 그 내용은 대강 다음과 같았다.

청주의 형은 천성이 조급하여 옳고 그름을 잘 가리지 못하였소. 그대는 마땅히 조조를 먼저 제거하여 돌아가신 부친의 한을 풀고 대사를 결정했어야 했네. 그런 뒤에 옳고 그름을 따졌더라면 그보다 좋은 일이 어디 있겠는가? 만약에 여전히 사리분별을 못 가리고 바른길로 돌아오지 않는다면 훌륭한 사냥개 한로(韓盧)와 빠른 토끼 동곽(東郭)처럼 쫓고 쫓기다가 결국에는 둘 다 농부에게 잡아먹히는 꼴이 되고 말 것일세.

원담은 유표의 서신을 받고 자기를 도와줄 의사가 없음을 알았다. 혼자 힘으로는 조조를 대적할 길이 없어서 마침내 평원을 버리고 남피(南皮)로 달아났다. 조조는 원담의 뒤를 쫓아 남피로 진격했다. 그러나 때는 엄동설한으로, 날이 매섭게 춥고 물길이 모두 얼어붙어 군량 보급선은 오도 가도 못하게 되었다. 조조는 그곳 백성들에게 얼음을 깨고 배를 끌라고 명했다. 그러나 조조의 명을 들은 백성들은 모두 달아나 숨어버렸다. 조조가 크게 노해 소리쳤다.

"달아나는 자는 모두 잡아 참형에 처하라."

백성들은 할 수 없이 조조의 진영으로 찾아와 용서를 빌었다. 조조가 말한다.

"한번 영을 내린 이상, 내가 너희들을 죽이지 않으면 군령이 바로 서지 못하고, 그렇다고 너희들을 죽이자니 이 또한 차마 못할 짓이다. 그러니 너희들은 이 길로 빨리 산속으로 깊이 들어가 숨어서 내 군사들에게 붙잡히지 않도록 하여라."

조조의 말에 백성들은 모두 감격의 눈물을 흘리며 돌아갔다.

한편 원담은 더이상 달아날 길이 없었다. 어떻게든 승패를 결정지어야겠다는 생각에 군사를 거느리고 남피성 밖으로 나왔다. 양쪽 군사가 마주 보고 둥그렇게 진을 치고 나자 조조가 말을 타고 앞으로 나오며 채찍을 들어 꾸짖는다.

"내 너를 후히 대접했건만, 어찌하여 나를 배반한단 말이냐!"

원담이 대꾸한다.

"허튼소리 말아라! 네가 경계를 침범하여 내 성지를 빼앗고 내 처자까지 가로챈 주제에 도리어 무슨 큰소리냐?"

조조가 크게 노하여 서황으로 하여금 나가 싸우게 하니, 원담은 팽안(彭安)을 내보내 맞서게 한다. 두 장수가 서로 어우러져 싸운

지 불과 몇합에 팽안의 목이 맥없이 말 아래로 굴러떨어진다. 조조군이 승세를 타고 대번에 몰아치자 원담군은 크게 패하여 성안으로 쫓겨들어갔다. 조조는 군사를 나누어 남피성을 겹겹이 에워싸고 맹렬히 공격했다. 사태는 점점 불리해졌다. 원담은 황급히 신평을 보내 조조에게 항복할 뜻을 전했다. 조조가 고개를 젓는다.

"원담이 아직 철이 없어 신의를 지킬 줄 모르니 그자의 말을 내가 어찌 믿겠는가? 그대의 아우 신비는 이미 내가 중용했으니 그대도 내 곁에 머물도록 하게."

신평이 정색하고 말한다.

"승상의 말씀은 옳지 않습니다. '주인이 귀하게 되면 신하도 영화롭고, 주인에게 근심스러운 일이 생기면 신하에게도 욕이라'고 들었소이다. 제가 이미 오래전부터 원씨를 섬겨왔는데, 어찌 이제 와서 배반할 수 있겠소이까?"

조조는 신평을 붙들어둘 수 없음을 알고 그대로 돌려보냈다. 신평이 돌아가, 조조가 항복하는 것도 받아들이지 않더라고 전하자 원담은 불같이 화를 낸다.

"네 아우가 조조를 섬기고 있다고 너도 두 마음을 품는구나!"

참으로 기막힐 노릇이었다. 신평은 억장이 무너져서 멍하니 주인을 바라보다가 그대로 혼절해버렸다. 원담이 좌우에 명하여 부축해 일으키게 했으나 신평은 결국 숨을 거두고 말았다. 그제야 원담은 크게 뉘우치며 신평을 잃은 것을 아쉬워했다. 이때 곽도가 나서며 간한다.

"일이 이 지경에 이르렀으니 내일은 모든 백성들을 동원하여 앞장세우고, 군사들이 뒤를 따르게 하여 조조와 죽기로써 싸워보는 게 어떨는지요."

달리 방도가 없다고 여긴 원담은 곽도의 말에 따르기로 했다. 그날밤 백성들을 억지로 끌어내 늙은이 젊은이 가리지 않고 칼과 창을 나누어주었다. 그러고는 이튿날 날이 밝아오는 대로 동서남북의 네 성문을 활짝 열어젖히고 백성들을 내몰았다. 백성들을 앞세우고 뒤따라 몰려나온 군사들이 일제히 고함치며 곧장 조조의 영채를 향해 덮쳐들었다. 양군이 어울려 일대 혼전이 벌어졌는데, 진시(辰時, 오전 8시)부터 오시(午時, 낮 12시)에 이르도록 싸웠으나 좀처럼 승부가 나지 않았다. 피비린내 나는 살육전이 계속되며 시체만 쌓여갔다.

조조는 싸움만 길어질 뿐 전세가 호전되지 않자 군사들을 독려하기 위해 말을 버리고 산 위로 올라가 몸소 북을 쳤다. 북소리가 힘차게 산골짜기를 울렸다. 조조의 군사들이 북소리에 고무되어 사력을 다해 싸우니, 마침내 원담의 군사들은 크게 패하고 죄없는 백성들만 무수히 죽어갔다.

조조의 군사들이 위세를 떨치는 속에 조홍(曹洪)은 용맹을 과시하며 적진을 뚫고 들어갔다. 조홍이 휘두르는 칼날에 원담을 에워싸고 있던 군사들은 일시에 맥없이 쓰러졌다. 원담은 급히 조홍에게 덤벼들었으나 그의 적수가 못 되었다. 조홍이 옆으로 비켜나며 원담의 목을 칼로 내리치니 원담은 말에서 떨어져 죽고 말았다.

곽도는 형세가 불리해지자 급히 말을 돌려 성안으로 들어가려 했다. 이를 발견한 악진(樂進)이 활을 쏘아 곽도의 등판을 꿰뚫으니, 말까지도 놀라 발을 헛디디며 사람과 말이 한꺼번에 성밑 해자 속에 처박혀버렸다.

조조는 마침내 군사를 거느리고 남피성으로 들어갔다. 몸소 백성들을 안정시키고 있는데, 난데없이 한떼의 군사가 성밖에 이르렀다는 보고가 들어왔다. 조조가 군사를 거느리고 밖으로 나오자, 두 장수는 무기를 버리고 갑옷을 벗어던지며 말에서 내려 항복한다. 그들은 다름 아닌 원희의 부장 초촉(焦觸)과 장남(張南)이었다. 조조는 그들을 열후에 봉했다. 이어서 흑산(黑山)의 산적 괴수 장연(張燕)이 군사 10만을 거느리고 와서 항복했다. 조조는 그를 봉하여 평북장군(平北將軍)으로 삼았다.

조조는 원담의 머리를 북문 밖에 내다걸게 하고, 감히 곡하는 자가 있으면 즉시 목을 베라는 명을 내렸다. 그런데 이게 웬일인가. 조조의 엄명에도 불구하고 한 사람이 굴건(屈巾)에 상복 차림으로 원담의 머리 밑에 엎드려 슬피 곡을 하는 게 아닌가. 사람들은 곧 그를 잡아서 조조 앞으로 끌고 갔다. 그 사람은 청주에서 별가(別駕)를 지낸 왕수(王修)였다. 지난날 원담에게 누차 바른말로 간하다가 쫓겨난 자로, 원담이 죽었다는 소문을 듣고 찾아왔던 것이다. 조조가 묻는다.

"너는 내가 내린 영을 알지 못했느냐?"

"알고 있었소이다."

"그렇다면 죽는 게 두렵지 않단 말이냐?"

왕수가 의연히 대답한다.

"내 일찍이 그분의 녹을 먹었거늘, 그 죽음에 곡조차 아니하면 이는 의리가 아니오. 죽음이 두려워 의리를 저버린다면 무엇으로 세상에 나서겠소? 내 그분의 시신을 거두어 장사 지낼 수만 있다면 당장 죽게 된다 하여도 여한이 없겠소이다."

조조의 입에서 절로 탄식이 흘러나온다.

"하북에는 어찌 이다지 의사(義士)가 많단 말인가! 원씨가 이들을 제대로 쓰지 못한 것이 아깝구나! 만약에 원씨가 이들을 등용하여 올바로 썼더라면, 내 어찌 감히 이땅을 넘볼 수 있었으랴!"

조조는 관용을 베풀어 원담의 시신을 거두어 장사 지내게 하고, 왕수를 상빈으로 대접하여 사금중랑장(司金中郞將)으로 삼았다. 그런 뒤에 다시 은근히 물었다.

"지금 원상이 원희에게로 가서 의탁하고 있음은 그대도 잘 알고 있을 게요. 그들을 쳐야겠는데 좋은 계책이 없겠소?"

왕수는 입을 봉한 채 끝내 대답이 없다.

"진정 충신이로다!"

조조는 찬탄해 마지않았다. 그러고는 여느 때처럼 곽가에게 계교를 묻는다. 곽가가 말한다.

"원씨에게서 투항해온 초촉과 장남 등을 보내 공격하는 게 어떨까 합니다."

조조는 즉시 초촉·장남·여광·여상·마연·장의로 하여금 각기 군사를 이끌고 세 길로 나누어 유주를 공격하게 했다. 그렇게 하는 한편, 따로 이전과 악진으로 하여금 장연의 10만 대군과 연합하여 병주로 가서 고간을 칠 것을 명했다.

한편 원상과 원희는 조조의 군사가 쳐들어온다는 보고에 대적할 수 없다고 판단했다. 곧 군사를 수습하여 밤을 새워 요서(遼西)의 오환(烏桓)에게로 달아났다. 유주 자사 오환촉(烏桓觸)은 곧 성안의 모든 관원들을 모아놓고, 원씨를 배반하고 조조에게 투항할 것을 제의하며 자신이 먼저 삽혈(歃血, 희생의 피를 마시거나 입술에 바르고 서약하는 일)로써 맹세했다. 그러고는 무리들을 둘러보며 엄숙하게 입을 연다.

"내가 알기로 조승상은 당대의 영웅이오. 우리가 이렇듯 조승상에게 투항하기로 한 이상, 뜻을 같이하지 않는 사람이 있다면 즉시 목을 벨 것이오."

그러자 그 자리에 모인 사람들이 한 사람씩 입술에 피를 바르며 맹세했다. 별가 한형(韓珩)의 차례가 되었다. 그때 한형이 분연히 칼을 땅에 내던지며 소리친다.

"나는 원공 부자의 두터운 은혜를 입은 사람이오. 이제 주인이 패망한 마당에 지모(智謀)로 그들을 구하지 못하고 용기로써 함께 죽지도 못한다면 이는 의리에 크게 어긋나는 일이오. 그런데 북면(北面, 신하가 됨)하여 조조에게 항복해야 한다니, 그게 될 말이오? 나는 죽으면 죽었지 그리는 못하겠소!"

사람들의 낯빛이 일시에 변했다. 잠자코 듣고 있던 오환촉이 입을 연다.

"대체로 큰일을 하려면 대의명분부터 세워야 하는 것은 당연한 일이다. 일이 성사되고 안되는 것이 한 사람에게 달려 있는 것도 아닌지라, 그대의 뜻이 정 그러하다면 스스로 좋을 대로 하라."

오환촉은 한형을 내치고 무리들과 함께 성밖으로 나가 세 길로 오는 군대를 맞이한 후, 그길로 조조에게 투항했다. 조조는 크게 기뻐하며 오환촉을 진북장군(鎭北將軍)으로 삼았다. 이때 파발꾼이 달려와 고한다.

"악진·이전·장연이 연일 병주를 공격하고 있으나 고간이 호관(壺關) 어귀를 철통같이 지키고 있어 악전고투하고 있습니다."

조조는 서둘러 군사를 지휘하여 병주로 향했다. 세 장수가 조조를 맞이하며 어려움을 호소한다. 조조가 즉시 부하들을 모아 계책을 의논하니, 순유가 나서서 말한다.

"고간을 격파하려면 사항계(詐降計, 속임수를 써서 항복하는 체함)를 쓰는 것이 옳을 듯합니다."

"그래, 그게 좋겠군."

조조는 순유의 제안에 머리를 끄덕이며, 곧 투항해온 여광과 여상 형제를 불렀다. 그러고는 귓속말로 뭔가를 은밀히 지시한다. 영을 받은 여광과 여상은 군사 수십명을 거느리고 곧장 호관 어귀로 달려가 크게 외친다.

"우리는 원래 원씨의 수하장수였소. 부득이한 사정으로 조조에게 항복했으나, 조조가 속임수를 잘 쓰는 위인인데다가 우리를 너무도 박대하여 이렇듯 옛주인을 찾아왔으니 빨리 관문을 열어주오!"

고간은 그들을 믿을 수가 없었다. 그래서 직접 관문 위로 올라와 설명하도록 했다. 여광과 여상은 갑옷을 벗고 말에서 내려 호관으로 걸어들어가서 고간에게 말했다.

"조조의 군사는 지금 막 도착하여 군심이 안정되지 않은 터입니다. 그러니 오늘밤 이쪽에서 먼저 급습한다면 쉽게 저들을 격파할 수 있습니다. 저희가 앞장서겠소이다."

드디어 고간의 마음도 움직였다. 그날밤 고간은 여광과 여상을 선봉으로 삼아 군사 1만여명을 거느리고 야습을 감행했다. 조조의 진영에 다다랐을 때 갑자기 뒤에서 함성이 크게 울리며 사방에서 복병이 쏟아져나온다. 그제야 고간은 계책에 말려들었음을 깨닫고 급히 말머리를 돌린다. 그러나 그때는 이미 악진과 이전에 의해 호관이 점령당한 뒤였다.

고간은 혈로를 뚫고 가까스로 적진을 빠져나와 흉노의 선우(單于)에게로 말을 재촉했다. 조조는 군사를 거느리고 호관을 점령한 다음 고간의 뒤를 쫓게 했다. 선우의 경계에 다다른 고간은 북번(北番) 좌현왕(左賢王, 선우의 왕자)을 만났다. 그는 말에서 내려 절하며 말한다.

"조조가 내 강토를 집어삼키고 이제 다시 왕자의 영토까지 침범하려 하고 있습니다. 엎드려 바라건대 속히 군사를 일으켜 함께 조조를 토벌하여 잃은 땅을 회복하고 북방을 보전하게 해주십시오."

그러나 좌현왕은 냉담하다.

"내가 본래 조조와 원수진 일이 없는데, 그가 내 땅을 침범할 까닭이 어디 있겠소이까? 그대가 공연히 나를 충동질하여 조조와 원수로 만들려는 게지."

좌현왕의 냉대를 받은 고간의 신세는 처량하기만 했다. 눈앞이 캄캄할 뿐 아무리 생각해도 갈 곳이 없었다.

'유표에게나 가서 몸을 의탁해볼까……'

이렇듯 마음을 정하고 말을 달려 상락(上洛)까지 갔으나, 고간은 중도에 도위(都尉) 왕염(王琰)에게 잡혀 죽었다. 왕염이 고간의 머리를 들고 조조에게로 가서 바치니, 조조는 그 또한 열후로 봉했다.

병주까지 수중에 거둔 조조는 다시 무리들을 모아놓고 서쪽의 오환을 공략할 계책을 논했다. 조홍이 말한다.

"크게 패하여 사기가 떨어진 원희와 원상이 멀리 사막으로 도망한 지금, 우리가 서쪽으로 진격했다가 만약에 유비와 유표가 빈틈을 타고 허도를 기습하면 어쩌시렵니까? 그리되면 군사를 돌려 구하려 해도 때를 놓쳐 큰 화를 부르고야 말 것입니다. 청컨대 더 나아가지 말고 즉시 회군하시는 것이 상책일까 합니다."

모두들 찬성의 뜻을 표하는데 곽가가 반대한다.

"여러분들께선 잘못 생각하고 있소이다. 지금 주공의 위엄은 그 어느 때보다도 널리 천하에 떨쳐 있습니다. 하오나 사막에 사는 무리들은 거리가 먼 것만 믿고 아무런 방비가 없을 터이니, 갑자기 공격한다면 쉽게 무찌를 수 있을 게요. 또한 지난날에 오환이 원소로부터 많은 은혜를 입은데다, 원상과 원희 형제가 저렇듯 살아 있으니 그대로 방치해두어서는 안됩니다. 유표로 말하자면 그저 앉아서 객담이나 즐기는 위인에 불과한지라 말만 앞세울 뿐 재주가 유비만 못하오. 그런 점을 그 자신이 누구보다도 잘 알고 있습니다. 유표는 유비를 쓰지 않고는 아무 일도 못할 것이고, 그렇다고 유비에게 중임을 맡겼다가는 제어하기 어려울 것이니 견제하려 함은 당연한 이치입니다. 그런 형편이니 우리가 허도를 비워두고 원정을 나선다 해도 유비가 무슨 수로 기운을 펴보겠소? 그 점에 대해서는 큰 염려 안하셔도 될 줄로 압니다."

조조는 고개를 끄덕였다.

"봉효(奉孝, 곽가의 자)의 말이 옳소."

드디어 조조는 군사를 일으켜 크고 작은 수레 수천여채를 거느리고 진군을 서둘렀다. 그러나 끝도 없이 이어져 있는 사막에 들어서자 사방에서 누런 모래바람이 일어나고, 길이 험준하여 인마가 한결같이 고생이 막심했다. 조조가 회군할 뜻을 비추려 했을 때 곽가는 이미 물과 토질이 맞지 않은 탓으로 병을 얻어 수레에 실려가는 형편이었다. 조조는 곽가의 수레 곁으로 가서 울며 말한다.

"사막을 평정하려는 내 욕심이 지나쳤던 모양이오. 그대가 이 먼곳까지 와서 고생 끝에 몸져누우니 내 마음인들 어찌 편안하리오!"

곽가도 눈물을 머금으며 대답한다.

"이몸이 승상의 크나큰 은혜를 입은 터에, 그 은혜의 만분의 일도 갚지 못하고 죽게 될까 그것이 염려될 뿐이옵니다."

"북쪽땅이 이렇게까지 험준할 줄은 참으로 생각지도 못하였소. 내 그만 회군할까 하는데 공의 생각은 어떻소?"

곽가는 조용히 고개를 저으며 대답한다.

"군사를 움직이는 데는 신속함이 최선입니다. 천리 원정길에 군수품이 너무 많아 행군이 어려우니, 장비를 가볍게 하여 속히 이 길을 빠져나가도록 하십시오. 무방비상태에 있는 적병을 한시라도 빨리 무찌르기 위해서는 길을 잘 아는 자를 구해 앞세우고 계속하여 지체없이 진군해야 합니다."

조조는 곽가를 역주(易州)에 남겨두어 몸을 조리하도록 하고, 곽가의 말에 따라 길을 인도할 향도관(嚮導官)을 구했다. 누군가가 원소의 장수였던 전주(田疇)를 천거한다.

"이곳 지리에 밝아 길잡이로는 그만한 이가 없습니다."

조조가 당장 불러 물으니, 전주가 아뢴다.

"이 길은 여름과 가을 사이에는 물이 들어 수레나 말이 가기에는 곤란하고, 그렇다고 배를 띄우기에는 깊지 않아서 움직이기에 가장 어렵습니다. 길을 바꾸어 노룡(盧龍) 어귀로 나가심이 옳을 줄로 압니다. 그런 다음 백단(白檀)의 험한 고개를 넘어 허허벌판을 가로지르면 유성(柳城)에 이르게 될 것이니, 당도하는 즉시 아무 방비도 없는 적을 기습하면 한번 싸움에 답돈(蹋頓, 오환의 족장)을 사로잡을 수 있을 것입니다."

조조는 전주의 말에 따르기로 하고 전주를 정북장군(靖北將軍)에 봉하여 길을 인도하도록 했다. 장요가 그 뒤를 따르고, 자신도 몸소 후군을 거느리고 평소보다 두배나 빠른 속도로 행진을 재촉했다.

전주가 장요를 이끌고 백랑산(白狼山)에 다다랐을 때 원희와 원상이 답돈과 함께 기병 수만명을 거느리고 다가왔다. 장요가 나는 듯이 달려가 조조에게 고했다. 조조는 말을 달려 높은 곳에 올라가 살펴보았다. 답돈의 군사들은 비록 수는 많으나 대오도 갖춰지지 않았고 도무지 무질서하기 짝이 없었다. 조조가 영을 내렸다.

"적병이 저렇듯 질서가 없는 것을 보니 단숨에 무찌를 수 있겠다. 당장 공격하라."

그러고는 장요에게 지휘권을 일임했다. 장요는 허저·우금·서황을 거느리고 네 길로 나뉘어 산 아래로 달려내려가 적을 급습했다. 그 질풍 같은 기세에 답돈의 군사는 제대로 싸워보지도 못하고 이내 혼란에 빠진다. 장요가 말을 몰아 적군 속으로 뛰어들며 한칼에 답돈의 머리를 베어 말 아래 떨어뜨렸다. 주장을 잃은 답돈의 군사들은 모두 항복했고, 원희와 원상은 수천기를 이끌고 다시 요동으로 달아났다. 조조는 군사를 거두어 유성으로 들어가 전주를 유정후(柳亭侯)에 봉한 뒤 유성을 지킬 것을 명했다. 전주가 눈물을 뿌리며 아뢴다.

"저는 원소의 장수였으나 의리를 저버리고 도망한 사람입니다. 승상의 두터운 은혜로 죽지 않고 살아남은 것만도 다행이라 하겠는데, 어찌 노룡으로 오는 샛길을 팔아 벼슬까지 살 수 있겠소이까? 설사 죽는다 하더라도 작위는 받지 못하겠소이다."

조조는 그 말을 의롭게 여겨 전주를 의랑(議郎)으로 삼았다. 그러고는 선우의 백성들을 위로하고, 준마 1만필을 거두어들여 곧바로 회군했다. 또다시 고생길이 시작되었다. 날씨가 몹시 춥고 가물어 2백리를 가도록 물 구경을 할 수가 없었다. 그뿐만 아니라 군량미마저 떨어졌다. 하는 수 없이 말을 잡아서 요기하고 땅을 30~40길이나 파서 겨우 물을 얻었다.

갖은 고초 끝에 겨우 역주에 도착한 조조는 먼저 요서 정벌을 만류했던 몇몇 장수들에게 후히 상을 내리고 입을 열었다.

"내가 이번에 위험을 무릅쓰고 원정을 해서 요행히 이긴 것은 모두 하늘의 도우심이나, 참으로 무모하기 짝이 없는 짓이었음을 뼈저리게 깨달았노라. 앞서 나에게 간했던 그대들의 혜안을 높이 사는 뜻에서 상을 내리는 것이니, 앞으로도 주저하지 말고 진언토록 하라."

한편 조조가 역주로 돌아왔을 때 곽가는 이미 죽은 지 여러날이 되어 영구를 관아에 안치해둔 상태였다. 조조는 직접 제사를 지내며 큰소리로 곡을 한다.

"봉효가 죽다니, 이는 하늘이 나를 버리심이로다!"

그러고는 여러 장수들을 향해 말한다.

"그대들의 나이는 대개 나와 비슷하나 그중 봉효가 가장 젊어서 내 은근히 후사를 부탁할까 했는데, 뜻밖에도 이렇듯 한창 나이에

요절해버리니 참으로 내 마음이 무너지고 오장육부가 찢어지는 것만 같도다!"

슬픔에 잠겨 있는 조조에게 곽가 수하의 장수들이 곽가의 유서를 갖다 바치며 아뢴다.

"곽공께서 임종시에 친필로 서신을 작성하신 후 당부하시기를, 승상께서 만약 이 글대로만 하신다면 요동은 저절로 평정될 것이라고 하셨습니다."

조조는 봉서(封書)를 받아서 펼쳐보더니 몇번이나 머리를 끄덕이며 찬탄해 마지않는다. 조조 외에 곽가의 유서 내용을 아는 사람은 아무도 없었다.

이튿날 하후돈이 여러 장수들을 거느리고 와서 조조에게 아뢴다.

"요동 태수 공손강(公孫康)이 오랫동안 승상께 불복하고 있는데다가 원희·원상 형제가 그리로 갔으니, 이대로 두었다가는 반드시 큰 우환거리가 될 것입니다. 저들이 움직이지 않는 틈을 타서 속히 공격한다면 쉽게 요동을 얻을 수 있을 것 같습니다."

조조가 태연히 웃으며 말한다.

"공연히 그대들의 범 같은 위용을 낭비할 필요가 없다. 며칠 안에 공손강이 두 원씨의 머리를 베어다 바칠 터이니 두고보아라."

무엇을 믿고 하는 말인지 조조는 그렇듯 장담을 했다. 그러나 모든 장수들은 한결같이 곧이듣지 않았다.

한편 원희·원상 형제가 수천기를 거느리고 요동을 향해 달아나고 있을 때, 이 소식은 곧 요동 태수 공손강에게 보고되었다. 공손강은 원래 양평(襄平) 사람으로 무위장군(武威將軍) 공손도(公孫度)의 아들이다. 공손강은 원희와 원상이 요동으로 온다는 소식을 듣고는 모든 관리들을 모아놓고 대책을 의논했다. 공손공(公孫恭)이 말한다.

"원소가 생전에 틈만 나면 우리 요동땅을 삼키려 했던 것은 누구나 다 아는 사실입니다. 그런데 이제 와서 원희·원상 형제가 싸움에 패하고 장수들을 잃은 처지에 갈 곳이 없어지니 어쩔 수 없이 우리에게 의탁하려 하는 것은 비둘기가 까치집을 뺏자는 격입니다. 만약 받아들인다면 이들은 뒤에 반드시 우리를 도모하려 할 것입니다. 그러니 일단 반기는 척하며 성안으로 들인 다음, 목을 베어 저들의 머리를 조조에게 바친다면 조조는 반드시 우리를 후대할 것입니다."

공손강이 말한다.

"그도 그럴듯한 말이다만, 만일 조조가 군사를 거느리고 요동을 공격해온다면 두 원씨를 받아들여 우리를 돕도록 하는 것이 좋지 않겠는가?"

"그렇다면 곧 사람을 보내 알아보도록 하시지요. 그래서 만약 조조가 이리로 쳐들어올 기미를 보이면 두 원씨를 받아들여 머물게 하고, 그렇지 않을 경우에는 곧 저들을 죽여서 조조에게 보내면 될 일이 아닙니까?"

공손강은 마침내 공손공의 말을 좇기로 하고, 곧 조조의 동정을 살피러 정탐꾼을 보냈다.

그 무렵 요동에 다다른 원희와 원상은 앞으로의 일을 의논한다.

"요동에는 군사가 수만이나 되니 그만하면 조조와 한번 싸워볼 만하다. 잠시 의탁했다가 기회를 보아 공손강을 죽이고, 땅을 빼앗아 힘을 기른 다음 중원으로 밀고 나가면 가히 하북 일대를 회복할 수 있을 것이다."

두 사람은 이렇게 뜻을 모으고 성안으로 들어가 공손강과 만나기를 청하였다. 공손강은 그들을 역관에 머물게 하고는 병을 핑계로 선뜻 만나주지 않는다. 그러던 중 조조의 동정을 살피러 갔던 정탐꾼이 돌아와 보고한다.

"조조군은 지금 역주에 주둔하고 있는데, 좀처럼 움직이려 하지 않습니다. 요동을 치러 올 낌새는 전혀 보이지 않았습니다."

공손강은 크게 기뻐하며 미리 도부수를 벽 뒤에 숨겨두고 두 원씨를 맞아들였다. 인사를 마친 뒤 주인이 손님에게 자리를 권했다. 그날따라 날씨가 유독 추웠다. 의자에 아무것도 깔리지 않은 것을 본 원상이 주인에게 청한다.

"깔고 앉을 것을 마련해주시면 좋겠소이다."

공손강이 대뜸 눈을 부라리며 꾸짖는다.

"너희 두놈의 머리가 장차 만릿길을 갈 터인데 자리는 깔아 뭐하겠느냐?"

두 형제가 소스라쳐 놀라 멀뚱하니 서로의 얼굴만 바라보는데, 공손강이 다시금 소리친다.

"뭣들 하느냐!"

말이 떨어지기가 무섭게 도부수들이 일제히 달려나와 그 자리에서 두 사람의 목을 베어버렸다. 공손강은 즉시 원씨 형제의 머리를 상자에 담아 역주에 있는 조조에게로 보냈다.

한편 조조가 역주에 머물며 좀처럼 군사를 움직이려 하지 않자 하후돈과 장요가 간한다.

"승상께서 요동을 칠 생각이 없으시다면 하루속히 허도로 돌아가시지요. 행여라도 유표가 딴마음을 먹지 않을까 염려됩니다."

조조가 대답한다.

"원씨 형제의 머리가 오는 대로 곧 회군하기로 하세."

조조의 말에 모든 장수들이 속으로 코웃음을 치는데, 문득 군사가 들어와 고하기를, 요동 태수 공손강이 사람을 시켜서 원희·원상의 머리를 보내왔다고 한다. 이 소식에 모든 장수들이 하나같이 놀랐다. 요동에서 온 사자가 서신을 바치자 조조는 기뻐하며 중얼거린다.

"봉효가 예측한 대로구먼."

조조는 사자에게 후히 상을 내리고, 공손강을 양평후(襄平侯) 좌장군(左將軍)으로 삼았다. 사람들이 도무지 납득이 가지 않아 한입으로 묻는다.

"봉효가 예측했던 대로라니, 무슨 말씀이십니까?"

조조는 그제야 곽가의 유서를 꺼내어 사람들에게 공개했다.

지금 소문에 의하면 원희와 원상이 요동을 바라고 달아났다

하오니, 명공께서는 절대로 군사를 움직여서는 아니 됩니다. 공손강은 오래전부터 원소가 요동땅을 침범할까 두려워해왔습니다. 그런데 두 원씨가 그리로 갔으니 의심없이 선뜻 받아들이려 하지 않을 것은 자명한 일입니다. 이런 때에 공께서 군사를 일으켜 그들을 친다면 공손강은 반드시 두 사람과 힘을 합해 대항하려 할 것입니다. 그러나 마음을 느긋하게 가지고 기다린다면 공손강은 반드시 원씨를 도모하려 할 것이니, 승상께서는 저절로 원하시는 바를 얻게 될 것입니다.

모두들 크게 감복하며 곽가의 지모를 찬탄해 마지않았다. 조조는 여러 관리들을 거느리고 다시 곽가의 영전에 제사를 지냈다. 이때 곽가의 나이 38세, 조조를 따라 종군한 11년 세월 동안 참으로 많은 공을 세웠다.

후세 사람들이 시를 지어 그를 기렸다.

하늘이 내신 인물 곽봉효	天生郭奉孝
뭇 영웅 중의 호걸이었도다	豪傑冠羣英
뱃속에 경사의 지식 감추고	腹內藏經史
가슴속에 병법의 슬기 숨겼네	胸中隱甲兵
지모를 운용하기는 범여와 같고	運謀如范蠡
책략을 결정함은 진평과 같더라	決策似陳平
애석하다, 몸이 먼저 죽으니	可惜身先喪

중원의 대들보가 기우누나 中原梁棟傾

군사를 거느리고 기주로 돌아온 조조는 사람을 시켜 제일 먼저 곽가의 영구를 허도로 옮겨 안장하게 했다. 정욱 등이 청한다.

"북방은 이미 평정하셨으니 이제는 허도로 돌아가 속히 강남으로 밀고 내려갈 계책을 세우시지요."

조조가 웃으며 답한다.

"나 또한 그런 생각을 한 지 오래일세. 그대들의 말이 바로 내 마음과 같도다."

그날밤 기주에서 묵게 된 조조는 기주성 동쪽 누각에 올라 난간에 기대어 천문을 보았다. 곁에는 순유가 서 있었다. 조조가 손을 들어 남쪽 하늘을 가리키며 말한다.

"남방의 왕성한 기운이 저렇듯 찬연하니 강남을 도모하기가 쉬울 것 같지 않소."

순유가 아뢴다.

"승상의 하늘 같은 위엄으로 무엇인들 복종시키지 못하겠습니까?"

바로 이때였다. 한가닥 찬란한 빛이 땅속으로부터 솟아오르는 것이 보였다. 순유가 다시 말한다.

"저 땅속에 필시 귀한 물건이 있을 것입니다."

조조는 곧 누각에서 내려가 군사들에게 그 자리를 파보게 했다.

별빛은 바야흐로 남방을 가리키는데　　星文方嚮南中指
황금 보배 오히려 북쪽땅에서 빛이 나네　　金寶旋從北地生

조조가 얻게 될 물건은 과연 무엇일까?

34
단계를 건너뛰다

채부인은 병풍 뒤에서 밀담을 엿듣고
유황숙은 말을 타고 단계를 건너뛰다

찬란한 황금빛 광채가 솟아나온 지점을 파보니, 구리로 만든 참새 형상을 한 물건이 나왔다. 이른바 동작(銅雀)이다. 조조가 순유를 돌아보며 묻는다.

"이것은 무슨 조짐인가?"

"옛날에 순(舜)임금의 어머니가 꿈에 옥으로 만든 참새가 품으로 날아드는 것을 보고 순임금을 낳았다 하니, 오늘 동작을 얻은 것 또한 길조가 아닌가 싶습니다."

조조는 크게 기뻐하며 높은 대를 쌓아 이를 경축하도록 명했다. 그날로 흙을 파고 나무를 자르고 기와를 굽고 벽돌을 다듬는 작업이 시작되어 장하(漳河)의 물가에 동작대(銅雀臺)를 건축하는데, 완성되기까지 무려 1년 동안이나 공사가 계속되었다. 작은아들 조식

(曹植)이 조조에게 아뢴다.

“어차피 대를 세우시려면 세개를 세우시는 게 어떨는지요. 가운데 가장 높은 것은 동작대라 하고 왼쪽 것은 옥룡(玉龍), 오른쪽 것은 금봉(金鳳)이라 이름하여 서로 오갈 수 있게 구름다리로 연결하면 가히 장관일 듯싶습니다.”

“참으로 좋은 생각이다. 대가 완성되면 노후를 즐기기에 이만한 곳이 또 어디 있겠느냐?”

조조는 매우 만족해하며 연신 고개를 끄덕였다. 조조에게는 아들 다섯이 있었는데, 그중에서도 조식이 가장 영민하고 지혜로울 뿐 아니라 문장에도 뛰어나 평소에 조조가 가장 총애하는 터였다.

조조는 조식과 조비를 업군(鄴郡)에 남겨두어 동작대 건립을 보살피게 하고, 장연으로 하여금 북쪽 영채를 지키게 했다. 그런 다음 자신은 투항한 원소의 군사들을 거두어 허도로 돌아가니, 군세가 50~60만에 이르러 그 힘이 더욱 강성해졌다.

허도에 돌아온 조조는 즉시 공신들에게 벼슬을 내리고 그 노고를 높이 치하했다. 또한 죽은 곽가에게는 시호(諡號)로 정후(貞侯)를 내려 그 공을 기리는 한편, 곽가의 아들 혁(奕)을 거두어 부중에서 친아들처럼 돌보았다.

이제 조조에게 남은 일은 남방의 유표를 쳐서 천하를 평정하는 일이었다. 다시 여러 모사들을 모아놓고 계책을 논하는데 순욱이 나서며 간한다.

“모든 군사들이 방금 북정길에서 돌아왔는데 숨 돌릴 틈도 없이 다시 군사를 움직이는 것은 옳지 않습니다. 앞으로 반년 동안만이라도 쉬면서 정신을 가다듬고 기량을 쌓는다면, 유표와 손권쯤이야 출정하여 북 한번 울리는 것으로도 사로잡을 수 있습니다."

조조는 순욱의 진언에 따라 군사를 나누어 주둔시키고 당분간 훈련에만 힘쓸 것을 명했다.

한편 유현덕은 형주에 있는 유표에게 의탁한 뒤로 융숭한 대접을 받으며 편안한 나날을 보내고 있었다. 하루는 유표와 현덕이 마주 앉아 술잔을 기울이고 있는데 뜻하지 않은 급보가 날아들었다. 항복해온 장수 장무(張武)와 진손(陳孫)이 강하(江夏)땅에서 백성들을 노략질하며 함께 반란을 일으키려 한다는 것이다.

"두 도적이 모반한다면 그 화가 적지 않겠구나."

유표가 놀라는 기색을 보이자 현덕이 조용히 말한다.

"형님께서는 아무 근심 마십시오. 제가 가서 그 도적들을 토벌하겠습니다."

유표는 크게 기뻐하여 즉시 군사 3만을 내주어 떠나도록 했다. 현덕은 군사들을 거느리고 지체없이 형주를 떠났다. 하루가 지나기 전에 현덕 일행은 강하에 이르렀다. 장무와 진손이 군사를 거느리고 나와 맞선다. 관우와 장비, 조자룡과 함께 문기 아래에 나가선 현덕은 장무가 타고 있는 준마를 보고 자기도 모르게 중얼거렸다.

"저것은 필시 천리마로다!"

그 말이 채 끝나기도 전에 조자룡이 창을 치켜들고 적진을 향해 쏜살같이 내닫는다. 장무가 곧 말을 달려나와 맞섰으나, 조자룡의 적수가 아니었다. 3합도 못 되어 한창에 장무의 배를 찔러 말 아래 거꾸러뜨린 조자룡은 잽싸게 팔을 뻗어 말고삐를 움켜잡고 돌아왔다.

진손이 빼앗긴 말을 되찾기 위해 추격해왔다. 이에 맞서 장비가 우렁찬 소리로 고함을 지르더니 장팔사모를 휘두르며 달려나가 한창에 찔러죽인다. 주인을 잃은 무리들은 감히 싸워볼 엄두도 내지 못하고 그대로 흩어져 달아나버렸다.

현덕은 이렇게 강하 일대를 평정하고 적의 잔당과 백성들을 위로한 후 형주로 돌아왔다. 유표는 멀리 성밖까지 나와서 현덕 일행을 맞아들였다. 크게 잔치를 베풀어 전승을 축하하는 자리에서 술이 웬만큼 올랐을 때 유표가 말한다.

"아우님이 이처럼 영웅호걸이니 우리 형주땅은 아무 염려가 없소. 하나 남월(南越)이 언제 쳐들어올지 모르고, 장로(張魯)와 손권 또한 만만치 않은 상대인지라 마냥 안심하고 있을 순 없으니 어찌하면 좋겠소?"

현덕이 말한다.

"이 아우에게 세 장수가 있어 족히 쓸 만하니, 장비로 하여금 남월 경계를 순찰하게 하고, 관우는 고자성(固子城)에 보내 장로를 진압하게 하며, 조자룡에게는 삼강(三江)에 있는 손권을 견제토록 한다면, 달리 근심할 일이 또 무엇이겠습니까?"

유표는 몹시 흡족해하며 당장 실행에 옮길 것을 명했다. 채모가 이 사실을 누이 채부인에게 고했다.

"유비가 세 장수는 밖에 나가 있게 하고 자신은 형주에 남아 있으려 하니, 그리되면 반드시 후환이 있을 것입니다."

밤이 되어 채부인은 유표가 잠자리에 들기를 기다렸다가 가만히 말한다.

"소문을 들으니 근자에 유비의 처소에 많은 형주 사람들의 발걸음이 잦다고 합니다. 이는 예사롭게 보아넘길 일이 아닙니다. 유비를 계속해서 성안에 머물게 했다가는 이로울 것이 없으니 다른 곳으로 보내도록 하세요."

유표가 말한다.

"괜한 걱정 마시오. 현덕은 어진 사람이야."

유표의 말에 채부인은 쏘아붙인다.

"그렇게만 믿고 계시구려. 사람 마음이 다 당신 같은 줄 아시우?"

유표는 더이상 대꾸하지 않고 입을 다물었다.

다음 날 유표는 성밖에 나갔다가 현덕과 마주쳤다. 현덕이 타고 있는 말을 보고 묻는다.

"전에 타고 다니던 말이 아닌 것 같은데, 어디서 그런 좋은 말을 구했소?"

"저번 강하 싸움에서 조자룡이 적을 치고 빼앗은 것으로, 장무가 타던 말입니다."

"허어, 그것 참 보기 드문 명마로군."

유표가 탐나는 듯 몇번이나 말을 칭찬하자 현덕은 선뜻 내준다.

"마음에 드신다면 형님께 드리겠습니다."

유표는 크게 기뻐하며 사양하지 않고 그 말을 받았다. 유표가 말을 타고 성안으로 돌아오는데, 이를 본 괴월(蒯越)이 다가와 묻는다.

"못 보던 말인데, 어디서 난 것입니까?"

"현덕이 내게 주었네."

유표의 대답에 괴월은 다시금 말을 찬찬히 살펴보더니 입을 연다.

"말의 상(相)을 보는 데는 돌아가신 저의 괴량(蒯良) 형님만 한 분이 없지만, 저도 웬만큼은 볼 줄 압니다. 눈 아래가 움푹 패어 눈물이 고일 정도이고 이마에 흰점이 있는 것으로 보아, 이는 적로마(的盧馬)임에 틀림없습니다. 적로마는 반드시 주인을 해치는 말이라, 장무도 이 말 때문에 죽은 것입니다. 주공께서는 이 말을 타지 않으시는 게 좋겠습니다."

이 말을 들은 유표는 이튿날 현덕을 청하여 함께 술을 마시다가 넌지시 입을 연다.

"어제는 말이 탐나 받기는 하였지만, 생각해보니 아우님은 언제 또 싸움터에 나가야 할지 모르는 몸이라, 도로 돌려드리는 게 좋겠소."

현덕이 일어나 감사의 뜻을 표했다. 유표는 다시 말을 잇는다.

"아우님이 이곳에 너무 오래 머무르면 무예가 녹슬지 않을까 염려스러워 제안하는 것인데, 양양(襄陽)의 신야현(新野縣)에 가 있으면 어떨까 싶소. 그곳은 물자와 식량이 넉넉한 편이라 군사를 거느리고 가서 주둔하며 심신을 단련하기에 맞춤한 곳이오."

현덕은 유표의 제안을 쾌히 받아들였다.

다음 날 현덕이 유표에게 하직인사를 올린 뒤 군사를 이끌고 성문을 나서는데, 웬 사람이 다가와 정중히 절하고 말한다.

"공은 부디 그 말을 타지 마십시오."

그 사람은 형주의 막빈(幕賓)으로 있는 이적(伊籍)으로, 자는 기백(機伯)이며, 산양(山陽) 출신이다. 현덕이 재빨리 말에서 뛰어내려 까닭을 물으니 이적이 대답한다.

"어제 괴월이 유형주(劉荊州, 유표)께 고하는 것을 들으니, 이 말은 적로마라 반드시 그 주인을 해친다고 합니다. 그래서 공에게 돌려주신 것이니 부디 다시는 타지 마십시오."

현덕이 말한다.

"저를 아끼시는 말씀에 참으로 감사드립니다. 그러나 사람이 죽고 사는 것은 하늘의 뜻인 것을, 어찌 한필 말에 달렸다 할 수 있겠소이까?"

이적은 유현덕의 대답에 탄복하여 이때부터 현덕을 공경하며 따르게 되었다.

현덕이 신야현에 도착하니 군사와 백성들이 한결같이 기뻐했고, 정치도 새로워졌다.

세월이 흘러 어느덧 건안 12년(207) 봄, 감부인이 유비 평생의 일점혈육인 유선(劉禪)을 낳았다. 그날밤 백학 한쌍이 관아 지붕 위에 날아와 마흔번가량을 높이 울다가 서쪽으로 날아가더니, 분만 시에는 기이한 향기가 방 안에 가득했다. 감부인은 태몽으로 북두칠성을 삼키는 꿈을 꾸고 유선을 잉태한지라, 그의 아명을 '아두(阿斗)'라 불렀다.

이때는 조조가 군사를 거느리고 북정길에 올랐을 무렵이다. 현덕은 형주로 유표를 찾아가 말했다.

"지금 조조가 군사를 있는 대로 동원하여 북방정벌에 나섰으니 허도는 빈 것이나 다름없습니다. 이런 때를 틈타 형주와 양양의 군사를 일으켜 기습한다면 가히 대사를 이룰 수 있을 것입니다."

유표는 듣지 않는다.

"나는 지금 아홉 고을을 차지하고 있는 것만으로도 족한데 무엇을 더 도모하겠소?"

현덕은 모처럼의 기회를 놓치는 것이 안타까웠으나 더이상 아무 말도 하지 않았다. 유표는 현덕을 후당으로 청하여 술자리를 벌였다. 술이 서너순배 돌았을 때 유표는 길게 한숨을 내쉰다. 현덕이 놀라서 묻는다.

"형님께서는 어인 한숨이십니까?"

"근심거리가 하나 있는데 털어놓을 수도 없고 답답할 뿐이오."

"근심되는 일이라니요?"

이때였다. 갑자기 병풍 뒤에서 채부인이 불쑥 나와 유표를 노려보는 게 아닌가. 유표는 더는 말하지 못하고 고개를 숙인 채 입을 다물어버렸다. 술자리가 파한 뒤 현덕은 곧장 신야로 돌아왔다.

그해 겨울, 조조가 북정을 마치고 유성에서 허도로 돌아왔다는 소문이 들려왔다. 현덕은 유표가 자기 말을 듣지 않아 두번 다시 얻기 힘든 기회를 놓치고 만 것이 생각할수록 한스러웠다.

그즈음 유표가 사람을 보내 현덕을 청했다. 현덕은 곧 사자를 따라서 형주로 갔다. 유표는 늘 그랬듯이 후당에 술자리를 마련하여 현덕과 마주 앉았다. 이번에도 웬만큼 취기가 오르자 비로소 입을 연다.

"근자에 들으니, 조조가 군사를 거느리고 허도로 돌아가 그 위세가 날로 강성해져서 머지않아 우리 형주와 양양까지 아우를 작정이라니, 여간 걱정이 아니오. 지금 생각하니 일전에 아우님 말씀을 듣지 않아 그 좋은 기회를 잃고 만 것이 후회스럽소."

현덕이 위로한다.

"지금 천하가 분열되어 하루가 멀다 하고 싸움이 일어나는 판에 어찌 또 기회가 없겠습니까? 앞으로 때를 기다려서 잘 대처하신다면 후회하실 일만은 아닐 겁니다."

"그렇지, 그래. 아우님 말씀이 옳소이다."

두 사람은 권커니 잣거니 하며 계속해서 술잔을 기울였다. 한창 마시다가 어지간히 취했는지 돌연 유표의 두 눈에서 눈물이 주르륵 흘러내린다.

"형님, 왜 그러십니까?"

현덕이 놀라서 묻자 유표가 대답한다.

"전에도 사정이 있어 말씀드리려다가 못했소만, 요사이 내 마음이 여간 괴로운 게 아니외다."

"무슨 어려운 일이 있으십니까? 제가 도울 수 있는 일이라면 목숨을 걸고서라도 돕겠습니다."

"다른 게 아니라 집안 문제요. 내 전처 진(陳)씨의 소생인 맏아들 기(琦)는 어질기는 하지만 너무 나약해서 일을 맡길 수가 없고, 후처 채(蔡)씨 소생 종(琮)은 매우 총명하여 후사로 정하기에 손색이 없으나, 장자를 폐하고 작은아들을 세운다면 예법에 어긋나지 않겠소이까? 예법에 따라 장자를 세우려 해도 채씨 문중이 모든 병권을 장악하고 있으니 후에 난을 일으킬 게 뻔하고, 이럴 수도 저럴 수도 없어 여간 근심이 아니라오."

유표의 말을 듣고 나서 현덕이 정색하고 말한다.

"자고로 장자를 폐하고 작은아들을 후사로 세우면 시끄러워지는 것은 자명한 일입니다. 만약 채씨의 권세가 지나치다면 서서히 억제해나가십시오. 정에 이끌려 어린 자식을 세우시는 것은 결코 옳지 않습니다."

유표는 묵묵히 침묵을 지킬 뿐 말이 없다. 실상 현덕은 자신이 얼마나 경솔한 행동을 했는지 미처 깨닫지 못하고 있었다. 본래부터 채부인은 유현덕을 경계하던 터라 남편이 그와 이야기를 할 때면 반드시 숨어서 엿듣곤 했는데, 이때도 어김없이 병풍 뒤에 숨어 현덕의 말을 엿듣고 이를 갈고 있었다. 침묵 속에서 한참을 앉아 있던 현덕은 아무래도 공연한 소리를 했다는 생각이 들어 변소에 가는 척하며 자리에서 일어났다.

밖으로 나온 현덕은 무심코 자신의 넓적다리를 보고 자기도 모르게 주르르 눈물을 흘렸다. 넓적다리에 두둑하니 살이 오른 게 너무도 한심스럽게 여겨진 탓이다. 다시 자리로 돌아온 현덕의 얼굴에 눈물자국이 있는 것을 보고 이상히 여겨 유표가 묻는다.

"무슨 일이오?"

현덕이 길게 탄식하며 대답한다.

"전에는 하루도 몸이 말안장을 떠나지 않아 허벅지에 살이라곤 없었는데, 근자에 오랫동안 말을 타지 않았더니 살이 많이 올랐습니다. 이렇다 할 공적도 세우지 못한 채 세월만 덧없이 흘러 벌써 장년기에 접어들었으니 참으로 서러운 생각이 듭니다."

유표가 말한다.

"내가 들은 바로는 아우님께서 허도에 있을 때, 조조와 더불어 푸른 매실을 안주 삼아 술을 마시며 함께 영웅을 논한 일이 있다지요? 그때 아우가 당세의 명사를 다 열거했으나 조조는 받아들이지 않고 천하의 영웅은 오직 아우님과 조조 자신뿐이라 했다고 들었소. 그렇듯 권력을 가진 조조마저도 아우님을 만만히 보지 못하는데 어찌 공적을 세우지 못할까 근심을 하오?"

술 탓인지, 현덕은 이번에도 그만 실언을 하고 말았다.

"사실 저에게 기반이 될 힘만 있다면 천하의 녹록한 무리들쯤이야 무어 두려울 게 있겠습니까?"

유표는 다시 입을 다물어버렸다. 현덕은 비로소 자신이 실언했음을 깨닫고 취했다는 핑계로 서둘러 역관으로 돌아왔다.

후에 어떤 사람이 시를 지어 찬탄했다.

조조가 첫손가락 꼽으며 말했다네	曹公屈指從頭數
천하영웅은 오직 그대라고	天下英雄獨使君
허벅지에 살 오른다고 탄식을 하니	髀肉復生猶感嘆
어찌 천하삼분으로 나아가지 않으랴	爭教寰宇不三分

현덕의 말에 유표는 내색하지는 않았으나 심사가 좋지 않았다. 유비를 보내고 안채로 들어가니 채부인이 입을 연다.

"내가 아까 병풍 뒤에서 가만히 엿듣자니, 유비가 남을 아주 업신여기는 투가 조만간 우리 형주를 집어삼키려는 뜻이 역력합디다. 속히 그를 없애지 않으면 반드시 후환이 될 테니 두고보세요."

유표는 그 말에 아무런 대꾸 없이 다만 머리를 흔들 뿐이다. 조바심이 난 채부인이 은밀히 채모를 불러들여 상의했다. 채모가 말한다.

"다른 방도가 없습니다. 지금 역관에서 쉬고 있으니 일단 죽여 없애고 나중에 주공께 고하기로 하지요."

채부인은 채모의 뜻에 따르기로 한다. 밖으로 나온 채모는 곧 군사를 점검하기 시작했다.

이때 현덕은 역관으로 돌아와 등불을 밝히고 앉아 이 생각 저 생각에 잠겨 있었다. 3경이 지나서야 비로소 잠자리에 들려 하는데, 문득 누군가 문을 두드리더니 황급히 안으로 들어온다. 바로 이적이었다. 그는 채모가 현덕을 해치려는 낌새를 눈치채고 급히 알리러 온 것이다. 이적은 채모가 곧 군사를 거느리고 들이닥칠 것이니 속히 떠나라고 재촉이다. 그러나 현덕은 말한다.

"형님께 하직인사도 여쭙지 않고서 어떻게 그냥 간단 말이오?"

"공이 만약 하직인사를 하러 가신다면 반드시 채모의 손에 화를 입고야 말 것입니다. 어서 서두르셔야 합니다."

이적의 다급한 말에 현덕은 깊은 감사의 뜻을 표하고 작별한 뒤 종자를 깨웠다. 현덕 일행은 급히 말에 올라 날이 밝기 전에 곧장 신야로 향했다.

채모가 군사를 거느리고 역관에 도착했을 때는 현덕이 이미 멀리 떠나간 뒤였다. 채모는 발을 구르며 몹시 분해했다. 생각 끝에 채모는 현덕을 모함할 생각으로 벽에 시를 한수 써놓고 곧장 유표에게로 갔다.

"유비에게 모반할 뜻이 있었던 게 틀림없습니다. 역관 벽에 반역시를 써놓고 하직인사도 하지 않은 채 달아나버렸는데, 시 내용이 심상치 않습니다."

"현덕이 가버렸다구?"

유표는 믿어지지 않아 직접 역관으로 가서 보니 과연 시구 네 구절이 눈에 띄었다.

몇해를 속절없이 곤궁하게 지냈던고? 數年徒守困
옛 산천을 바라보며 허송세월하였느니 空對舊山川
용이 어찌 못 속에 갇혀 있으랴 龍豈池中物
우레를 타고 하늘로 오르려는도다 乘雷欲上天

유표는 시를 보고 크게 노했다. 저도 모르게 허리에 찬 칼을 빼어들며 중얼거렸다.

"내 맹세코 이런 의리 없는 놈은 죽이고야 말 테다!"

몇걸음 옮기다 말고 유표는 문득 깨닫는 바가 있었다.

'내가 현덕과 오랫동안 함께 지냈어도 일찍이 시를 짓는 것을 본 일이 없거늘, 이는 분명 누군가가 우리 두 사람 사이를 이간하려고 꾸민 짓이야.'

생각이 여기에 미치자 유표는 역관으로 다시 들어가 칼끝으로 벽에 씌어진 시를 긁어버린 후 칼을 내던지고 말에 올랐다. 채모가 앞으로 나서며 청한다.

"군사들은 이미 점검해두었습니다. 당장이라도 신야로 가서 유비를 사로잡아오겠습니다."

유표가 답한다.

"그리 서두를 것 없네. 천천히 보아가며 하세나."

채모는 유표가 쉽게 결단하지 못하는 것을 보고, 다시 몰래 채부인을 찾아가 상의했다.

"시일을 끄는 것은 좋지 않으니 당장 모든 관리들을 양양에 모이게 하여 유비를 도모할까 합니다."

채부인은 무조건 고개를 끄덕였다.

"일이 되도록만 하게."

뜻이 정해지자 채모는 다음 날 유표에게 찾아가 말한다.

"근년에 풍년이 들어 농사가 잘되었으니 각지의 관원들을 양양에 모아 위무하고 격려하는 자리를 마련할까 합니다. 주공께서도 친히 참석해주십시오."

유표가 말한다.

"내 요사이 몸이 불편해서 가지 못하겠네. 두 아들놈으로 대신하여 손님들을 대접하도록 하게나."

"두 공자가 나이 어려 실례를 범하지나 않을까 우려됩니다."

"그렇다면 신야로 사람을 보내 현덕을 청하여 대신케 하면 어떻겠는가?"

"그럼, 그리하겠습니다."

채모는 일이 자기 계책대로 들어맞아 속으로 쾌재를 불렀다. 그는 곧 사람을 보내어 현덕을 양양으로 청했다.

한편 도망치듯 신야로 돌아온 현덕은 순간적인 말실수로 뜻밖의 화를 자초하게 된 것을 후회하며 그 사실을 아무에게도 말하지 않고 있었다. 그런 중에 형주에서 양양으로 오라는 전갈이 왔다. 줄곧 현덕을 지켜보던 손건이 말한다.

"주공께서 어제 황급히 돌아오신 후로 줄곧 언짢은 표정이신데 어인 연유이십니까? 저의 어리석은 생각으론 형주에서 좋지 않은 일이 있었던 것으로 짐작되는데, 오늘 갑자기 사자가 와서 양양 잔치에 나오라 청하니 뭔가 석연치가 않습니다."

현덕은 그제야 여러 사람에게 형주에서의 일을 털어놓았다. 관운장이 말한다.

"형님께서는 스스로 실언하셨다 생각하지만 유표는 실상 책망할 뜻이 없는 듯합니다. 그러니 자기 대신 공사를 맡아달라는 것이 아니겠습니까? 또한 남의 말은 함부로 믿을 것이 못 되는데다, 양양은 예서 멀지 않은데, 만약 가시지 않았다가는 도리어 유표의 의혹을 살 것입니다."

현덕은 고개를 끄덕인다.

"그래, 듣고 보니 그렇구먼."

장비는 반대였다.

"잔치에 좋은 잔치 없고 모임에 좋은 모임 없답디다. 가서 좋을 일이란 콩알만큼도 없는 터에 구태여 갈 것이 무엇이우?"

조자룡이 입을 연다.

"제가 기병과 보병 3백명을 이끌고 가서 주공을 모시겠습니다."

현덕은 쾌히 응낙한다.

"그래 그래. 그렇게 하면 좋겠구먼."

현덕은 마침내 조자룡과 함께 양양으로 향했다. 채모가 성밖까지 나와 겸손하게 맞이한다. 유기와 유종 두 공자도 문무관료들을 데리고 나와서 영접한다. 현덕은 유표의 두 아들까지 나와서 자기를 맞는 것을 보고 내심 안심했다.

현덕은 잠시 쉬기 위해 역관에 들어갔다. 조자룡은 3백명의 군사들로 하여금 역관 안팎을 둘러 경호하게 하며 자신도 갑옷 차림으로 칼을 차고서 한시도 유현덕의 곁을 떠나려 하지 않았다. 유기가 현덕에게 말한다.

"아버님께서는 몸이 좋지 않으셔서 나오시지 못하고, 특별히 숙부님을 청하여 각처 관리들을 위로하고 격려하도록 부탁하셨습니다."

현덕이 대답한다.

"내가 그렇듯 중한 소임을 어찌 감당하겠나마는, 형님의 분부이시니 따를 수밖에 없네."

이튿날 인근의 9군(郡) 42개 주(州) 관원들이 모두 모였다는 보고가 들어왔다. 채모는 가만히 괴월을 불러 의논한다.

"유비는 천하영웅 중의 영웅이니 이곳에 오래 머물게 되면 반드시 후환이 있을 것이오. 아무래도 오늘 안으로 없애버려야만 하겠소."

괴월이 말한다.

"현덕으로 말하면 이곳 선비들과 백성들 사이에 인망이 높은 사람인데, 그랬다가 민심을 잃게 될까 두렵소이다."

"내 이미 주공의 지시를 받았소."

"그렇다면 준비를 해야지요."

"준비는 이미 되어 있소. 동문 밖 현산(峴山)으로 통하는 큰길에 내 아우 채화(蔡和)가 군사를 거느리고 지켜서 있고, 남문 밖에는 채중(蔡中)이, 북문 밖은 채훈(蔡勳)이 지키고 있소. 서문 쪽은 지킬 필요가 없는 것이, 그곳은 깊은 단계(檀溪)가 앞을 가로막고 있으니 비록 수만 군사라 할지라도 건너기 어렵소."

"그렇긴 하지만 조자룡이 잠시도 현덕의 곁을 떠나지 않으니 손을 쓰기가 쉽지 않겠습디다."

"내 이미 군사 5백명을 성안에 매복시켜두었소."

"그래도 내 생각 같아서는 문빙(文聘)과 왕위(王威)로 하여금 외청(外廳)에다 따로 자리를 만들어 무장들을 대접하게 하되, 먼저 조자룡을 청해 들인 후 일을 시작하는 것이 좋겠습니다."

"좋은 생각이오."

채모는 괴월의 말에 따라 당장 소와 말을 잡아 연석을 크게 베풀었다. 이런 흉계를 알 리 없는 유현덕은 관아에 들어 적로마를 후원에 매어두게 한 다음 각처 관원들이 모여 있는 당 안으로 들어갔다. 유현덕이 상석에 앉고 유표의 두 아들이 좌우로 앉았다. 다른 사람들도 모두 직위에 따라 차례로 자리를 잡고 앉았다. 조자룡이 칼을 차고 현덕을 호위하는데, 문빙과 왕위 두 장수가 들어와 외청으로 나가기를 청했다. 조자룡이 사양하며 가려 하지 않자 현덕이 말한다.

"외청에 무장들의 연석을 마련한 모양이니 여기 걱정은 말고 나가보아라."

유현덕이 거듭 권하여 조자룡은 하는 수 없이 문빙과 왕위를 따라 밖으로 나갔다. 이때 채모는 철통같은 방비를 해놓았다. 현덕이 이끌고 온 3백명 군사들에게도 술을 주어 모조리 역관으로 보내고, 만반의 준비를 갖춘 채 때만 기다리고 있었다.

술이 세순배쯤 돌았을 때다. 이적이 술잔을 들고 현덕의 곁으로 오더니 슬쩍 눈짓을 하며 낮게 속삭인다.

"변소에 가시지요."

유현덕은 그 뜻을 짐작하고 얼른 일어나 변소에 가는 척하며 밖으로 나왔다. 현덕이 일어선 뒤 이적도 사람들에게 술잔을 한차례 돌리고는 이내 후원으로 뒤쫓아왔다.

"어서 피하십시오. 채모가 계략을 꾸며 공을 해치려고 합니다. 이미 성밖에도 동·남·북 세곳에 모두 군사를 풀어 지키고 있으니 서문으로 나가셔야 합니다."

유현덕은 깜짝 놀라 급히 적로마의 고삐를 잡았다. 그리고 후원문을 나서기가 무섭게 몸을 날려 적로마에 올라타고 번개처럼 서문을 향해 달렸다. 서문 문지기가 앞을 막는다.

"어디를 가십니까?"

유현덕은 대꾸하지 않고 말에 더욱 채찍을 가하며 쏜살같이 문을 나섰다. 그 기세에 옆으로 밀리며 나동그라진 문지기는 그가 현덕임을 알아채고 급히 채모에게 고했다. 채모는 곧 말에 올라 5백명의 군사를 거느리고 급히 현덕의 뒤를 쫓았다.

한편 서문을 뚫고 나온 현덕은 불과 몇리 못 가서 앞을 가로막는 큰 계곡을 만났다. 이 계곡은 단계로 폭이 몇길이나 되는데다 바로 양강(襄江)으로 흘러드는 하구라서 수심이 깊고 물살이 거칠기 짝이 없었다. 유현덕이 말을 세우고 보니 도저히 건널 엄두가 나질 않는다. 하는 수 없이 말머리를 돌리려는데 저만치 앞쪽에 먼지가 자욱하게 일며 한떼의 군마가 달려온다.

"내 오늘 꼼짝없이 죽게 되나보다."

유현덕은 다시 말머리를 돌려 계곡으로 갔다. 뒤를 돌아보니 추격하는 군사들이 무서운 속도로 육박해온다. 현덕은 앞뒤 생각 없이 무작정 물속으로 말을 몰았다. 불과 몇걸음 못 가서 말의 앞발이 물속으로 깊이 빠져들며 현덕은 순식간에 물에 잠기는 듯했다. 유현덕은 채찍을 휘두르며 소리쳤다.

"적로야, 적로야, 네 정녕 주인을 해치려느냐!"

그 순간이었다. 적로마가 갑자기 몸을 꿈틀하더니 물 위로 몸을 솟구쳐 발끝으로 가볍게 수면을 걷어찼다. 세길이나 되는 거리를 단숨에 건너뛰어 순식간에 서쪽 기슭으로 나는 듯이 올라섰다. 물보라가 온통 하늘을 뒤덮어 사면이 안개낀 듯 자욱했다. 유현덕은 마치 구름과 안개 속을 지나온 듯한 황홀경에 빠져 한동안 정신을 차릴 수가 없었다.

훗날 소학사(蘇學士, 소동파)는 단계를 뛰어넘은 유현덕의 고사를 시로 읊었다.

꽃은 늙어 시들고 봄날도 저무는데	老去花殘春日暮
벼슬살이 떠돌다가 단계 앞에 이르렀노라	宦遊偶至檀溪路

현덕은 적로마를 타고 물살 험한 단계를 건너뛰어 위기를 모면하다

말 세워 바라보며 홀로 서성이노라니 停驂遙望獨徘徊
눈앞에 떨어진 꽃잎 버들솜 흩날리네 眼前零落飄紅絮

한나라 국운이 쇠하던 때를 생각하니 暗想咸陽火德衰
용이 싸우고 호랑이 다투어 서로 버티던 시절 龍爭虎鬪交相持
양양의 연회석에서 왕손이 술을 마시다 襄陽會上王孫飮
좌중의 유현덕 몸이 위태롭게 되었네 坐中玄德身將危

목숨 건지려 홀로 서문 빠져나갔으나 逃生獨出西門道
뒤로 추격하는 병사들 가까워오고 背後追兵復將到
앞에 세찬 물살 단계가 가로막으니 一川煙水漲檀溪
급히 말을 몰아 물속으로 뛰어든다 急叱征騎往前跳

말발굽에 푸른 유리 같은 물결 부서지고 馬蹄踏碎靑玻璃
바람소리 울리는 곳에 금채찍 날리도다 天風響處金鞭揮
귓전에는 무수한 기병들 말발굽소리 耳畔但聞千騎走
물결 속에서 홀연 쌍룡이 날아오른다 波中忽見雙龍飛
서천을 혼자 차지하게 될 진정한 영주 西川獨霸眞英主
타고 앉은 용마와 잘도 만났다네 坐下龍駒兩相遇

단계의 물 여전히 동쪽으로 흐르는데 檀溪溪水自東流
용마와 영주는 지금 어디로 갔는가 龍駒英主今何處

물가에서 몇번이나 탄식하자니 마음 쓰라리고　　臨流三嘆心欲酸
저물녘의 햇살은 쓸쓸히 빈산을 비추네　　斜陽寂寂照空山
천하삼분 계획도 이제는 한낱 꿈이런가　　三分鼎足渾如夢
발자취만 헛되이 세상에 남았구나　　踪迹空流在世間)

단계를 건넌 현덕이 맞은편 언덕에 올라 정신을 가다듬고 뒤를 돌아보니, 채모가 군사를 거느리고 어느덧 물가에 이르렀다. 채모가 외쳤다.

"사군께서는 어찌하여 자리를 떠나 달아나시는 겁니까?"

유현덕이 엄중하게 꾸짖는다.

"내 너와 원수진 일이 없는데 어찌하여 나를 해치려 드느냐?"

"제가 사군을 해치려 하다니 그게 무슨 말씀입니까? 남의 말만 듣고 오해하지 마십시오."

말은 그렇게 하면서도, 채모는 활에 화살을 메기고 있었다. 현덕은 급히 말을 몰아 서남쪽을 향해 달리기 시작했다. 채모는 좌우의 군사들에게 말한다.

"이 물을 건너다니 참으로 알 수 없는 조홧속이로다."

채모는 군사들을 돌려 성으로 향했다. 얼마 안 가 맞은편에서 말발굽소리가 요란히 일어나며 한떼의 군사가 몰려왔다. 조자룡이 3백명의 군사를 거느리고 추격해온 것이다.

용마는 높이 뛰어 능히 주인을 구하고　　躍去龍駒能救主

범 같은 장수 따라와서 원수를 베려 하누나　　追來虎將欲誅讎

채모의 목숨은 어찌 될 것인가?

35
수경선생

유비는 남장에서 은사를 만나고
단복은 신야에서 영걸스러운 주인을 만나다

채모가 성으로 돌아가는데, 조자룡이 군사를 거느리고 달려나왔다. 원래 조자룡은 다른 자리에서 여러 장수들과 어울려 술잔을 기울이고 있었다. 한창 술을 마시는데 갑자기 바깥이 어수선해지며 군사와 말들이 움직이는 소란스러움이 전해져왔다. 조자룡은 불길한 예감에 술자리를 박차고 뛰어나와 급히 당 안으로 달려갔다. 현덕의 모습이 보이지 않는다. 깜짝 놀라 역관으로 달려갔으나 그곳에도 현덕이 있을 리 없다. 누군가가 말한다.

"채모가 군사들을 거느리고 서문 쪽으로 급하게 갑니다."

사태의 위급함을 느낀 조자룡은 급히 무기를 갖추고 데려온 3백명 군사들을 점검하여 말에 올랐다. 채모는 서문 밖으로 먼지를 일으키며 쏟아져나오는 조자룡의 군사들을 보는 순간 그만 가슴이 덜컥 내려앉았다. 조자룡은 채모와 맞닥뜨리자 눈을 부라리며 묻는다.

"우리 주공께서는 어디 계시오?"

채모가 능청스레 받아넘긴다.

"유사군이 자리를 피해 나가셨는데, 어디로 가셨는지는 나도 모르겠구려."

조자룡은 원래 신중한 성격이었다. 채모에 대한 판단은 일단 미뤄두고 곧장 말을 달려 앞으로 나가보았다. 그러나 저만치 앞에는 큰 계곡이 가로놓여 있을 뿐 달리 길이 없다. 조자룡은 돌아와서 채모를 추궁했다.

"그대는 나의 주공을 청하여 잔치에 모셔놓고 무슨 이유로 군사를 몰아 뒤를 쫓았는가?"

채모가 정색하고 대답한다.

"9군 42주 관원들이 모두 이곳에 모인 터에, 내가 상장(上將)으로서 어찌 방비하고 보호하지 않을 수 있단 말이오?"

"대체 우리 주공을 어디로 가시게 했는지 바른대로 말하라!"

"공께서 말을 타고 서문을 나가셨단 말을 듣고 곧 뒤를 쫓아왔는데, 어디로 가셨는지는 나도 도무지 모르겠다니까 그러는구만."

채모의 그럴듯하게 꾸며대는 말을 들으며 조자룡은 속이 끓는 듯했다. 그러나 아무리 의심스러워도 명확한 증거가 없으니 그를 어찌해볼 도리가 없었다. 조자룡은 놀란 가슴을 진정하려 애쓰며 다시 물가로 가서 여기저기 살펴보았다. 자세히 보니 건너편 언덕 일대에 물자국이 보인다. 조자룡은 고개를 저으며 생각했다.

'이렇듯 물살이 세고 넓은 계곡을 뛰어넘기는 어려워.'

조자룡은 군사 3백명을 풀어 사방으로 흩어져 살펴보게 했으나 도무지 현덕의 종적을 찾을 길이 없었다.

조자룡이 다시 말머리를 돌렸을 때 채모는 이미 성안으로 들어가버린 뒤였다. 수문장을 붙잡고 문초하니, 유현덕이 말을 달려 서쪽으로 가는 것만 봤다고 한다. 조자룡은 다시 성안으로 들어가려다가 혹시 채모가 안에서 군사를 매복시켜두고 기다리고 있지나 않을까 하여 일단 군사를 이끌고 신야로 향했다.

그즈음 현덕은 말을 타고 단계를 뛰어넘은 것이 도무지 믿기지 않아, 꿈결인 듯 말을 달려 남장(南漳) 쪽으로 가고 있었다.

'그 넓은 계곡을 뛰어넘다니, 하늘이 돕지 않고서야 어찌 가능한 일인가?'

아무리 생각해도 신기한 일이었다. 어느덧 해는 서쪽으로 기울어 날이 저물어가는데 사방을 둘러보아도 인가라고는 보이지 않는다. 때마침 맞은편에서 한 목동이 소 등에 앉아 피리를 불며 오고 있다. 현덕은 자신도 모르게 탄식한다.

"내 신세가 너만도 못하구나!"

말을 세우고 물끄러미 바라보고 있는데, 목동도 가던 길을 멈추고 현덕을 유심히 마주본다.

"장군은 지난날 황건적을 쳐부순 유현덕 공이 아니십니까?"

뜻하지 않은 목동의 물음에 현덕은 깜짝 놀란다.

"이렇듯 궁벽한 촌에 사는 아이가 어떻게 내 이름을 아느냐?"

목동이 대답한다.

"저야 본래 아는 것이 없지만, 저의 사부님께서 손님이 오면 늘 그러셨거든요. 유현덕이라는 분은 키가 7척 5촌이요, 팔이 길어 무릎까지 내려오고 귀가 커서 자기 눈으로 자기 귀를 볼 수 있는 당대의 영웅이시라고요. 지금 장군을 뵈오니 저의 사부님께 듣던 대로라 혹시나 하고 여쭤본 겁니다."

"너의 사부님이 누구시냐?"

"제 사부님은 사마(司馬)라는 복성(複姓)에 함자는 휘(徽)요 자는 덕조(德操)이신데, 영천(潁川) 태생으로, 도호(道號)를 수경선생(水鏡先生)이라고도 합니다."

"너의 사부께서는 어떤 사람들과 벗하고 지내시느냐?"

"양양의 방덕공(龐德公)과 방통(龐統)이란 어르신들과 각별한 사이십니다."

현덕은 계속해서 묻는다.

"방덕공과 방통은 어떤 분들인지 궁금하구나."

"두분은 숙질간으로, 방덕공의 자는 산민(山民)이며 우리 사부님보다 10년이 위고, 방통의 자는 사원(士元)이며 우리 사부님보다 5년이 아래입니다. 언젠가는 우리 사부님께서 나무에 올라가 뽕잎을 따고 계셨는데 방통 어른께서 찾아오셨지요. 그날 두분은 뽕나무 밑에 앉아 하루 종일 담소를 즐기셨는데, 서로 조금도 싫증을 느끼시지 않는 것 같았어요. 저의 사부님께서는 방통 어른을 어찌나 좋아하시는지 꼭 아우님이라고 부른답니다."

"사부님은 지금 어디 계시냐?"

목동이 한쪽을 가리키며 대답한다.

"저어기 수풀이 뵈지 않습니까? 그 가운데 바로 사부님의 장원이 있습니다."

"네 말대로 내가 바로 유현덕이다. 너의 사부님을 한번 만나뵙고 싶은데, 안내해줄 수 있겠느냐?"

동자가 선뜻 앞장섰다. 과연 한마장쯤 가니 숲속에 조용한 장원이 나타났다. 말에서 내려 동자를 따라 중문(中門)으로 들어가니 안에서 거문고 타는 소리가 들린다. 동자가 먼저 안으로 들어가 알리려 하자 현덕이 얼른 붙잡았다.

"잠깐 기다려라."

그러고는 잠시 거문고 소리에 귀를 기울이는데, 갑자기 소리가 뚝 멎더니 한 사람이 웃으며 나온다.

"허허, 거문고의 맑고 유현한 가락이 갑자기 흩어지며 소리가 높아지는 것이, 아마도 영웅호걸이 엿듣고 있는 게로구나."

혼잣말로 중얼거리며 나오는 그를 가리키며 동자가 말한다.

"저 어른이 바로 사부님인 수경선생이십니다."

그를 보니 소나무에 백학이 앉은 듯한 의연한 자태와 표표한 기상이 한눈에 봐도 범상치 않았다. 현덕이 황급히 앞으로 나가 예를 차리는데, 물에 젖은 도폿자락이 아직도 축축하여 몰골이 후줄근

하기 짝이 없다. 수경선생이 답례하고 한마디 한다.

"얼마나 놀라셨소? 그래도 화를 면하셨으니 다행입니다."

현덕은 그가 어떻게 자신의 환난을 알고 있는지 너무도 놀라 말문이 막혔다. 옆에 섰던 동자가 스승에게 소개한다.

"이 어른은 유현덕이십니다."

수경선생은 현덕을 초당으로 청해들였다. 안으로 들어가니 서가에 책이 가득 쌓여 있고, 창밖에는 소나무 대나무가 울창하며, 석상(石牀)에 거문고가 놓여 있어, 실로 맑고 표연한 기운이 방 안 가득 감돌았다. 주인과 객이 자리를 나누어 앉자 수경선생이 먼저 입을 열었다.

"공께서는 여기까지 어찌 오셨습니까?"

유현덕이 대답한다.

"우연히 이곳을 지나다가 동자를 만나서 선생 말씀을 듣게 되었는데, 이렇게 뵙게 되니 여간 기쁘지가 않습니다."

수경선생이 웃는다.

"구태여 숨기실 필요 없소이다. 공께서는 지금 곤경을 피해서 예까지 오셨을 것이오."

유현덕은 마침내 양양에서의 일을 자세히 이야기했다.

"공의 기색을 보고 이미 짐작하고 있었소."

수경선생은 이렇게 말하더니 이어서 묻는다.

"내 일찍부터 공의 명성을 들어 잘 알고 있는데, 어째서 아직까지도 이렇듯 기를 펴지 못하고 계시오?"

"팔자가 박복하여 운이 따라주질 않는 모양입니다."

"아니지요. 장군이 좌우에 사람을 얻지 못하였기 때문입니다."

"제가 비록 재주는 없으나 문사로는 손건을 비롯하여 미축과 간옹 등이 있고, 무사로는 관우와 장비, 조자룡 등이 있어 서로를 보완하고 충심으로 도우니, 저들에게 힘입는 바가 실로 적지 않소이다."

"관운장과 장비, 조자룡은 가히 1만명을 당해낼 사람들이지만, 애석하게도 그들을 잘 쓸 줄 아는 사람이 없다는 게 문젭니다. 손건이나 미축, 간옹 같은 인물들이야 한낱 백면서생에 불과하니, 세상을 움직일 만한 경륜을 가진 인재는 못 되지요."

"저도 늘 산속에 숨어 있는 뛰어난 인물을 구하려 애썼으나 불행히도 아직은 만나지 못했습니다."

"공자께서 말씀하시길, '십실지읍(十室之邑)에 필유충신(必有忠信)'이라, 즉 열 집이 사는 작은 마을에도 반드시 충성스럽고 미더운 사람이 있다 했거늘, 어찌 사람이 없다 하시오?"

"제가 어리석고 아는 것이 없으니, 부디 선생께서 많은 것을 가르쳐주십시오."

수경선생이 한마디 묻는다.

"공은 형주와 양양 일대에서 어린아이들이 즐겨 부르는 이런 노래를 들은 적이 있으신지요?"

수경선생은 소리 내어 노랫말을 읊조리기 시작한다.

8~9년 사이로 쇠하기 시작해서	八九年間始欲衰
13년이 되고 보면 남아 있는 무리 없으리	至十三年無孑遺
장차 천명이 돌아가는 곳 있으리라	到頭天命有所歸
진흙 속에 숨은 용 하늘로 날아오르네	泥中蟠龍嚮天飛

"이 노래는 건안(建安) 초에 시작되었소. 건안 8년에 형주의 유표가 전처를 잃고 집안이 어지럽게 되었으니 이른바 쇠하기 시작한 것이요, 남는 자가 없다 함은 머지않아 유표마저 세상을 떠나고 수하의 문무관리들이 다 몰락하여 남는 사람이 없으리라는 것이며, 진흙 속에 숨은 용이 하늘로 날아오른다는 대목은 바로 장군을 일컫는 말이외다."

유현덕은 놀라며 겸손하게 사양한다.

"제가 어찌 감당할 수 있겠습니까?"

"지금 천하의 기재(奇才)들이 모두 이 고을에 모여 있으니, 공은 어서 찾아보도록 하시구려."

유현덕이 급히 묻는다.

"천하 기재가 어디 있으며, 대체 누굽니까?"

"복룡(伏龍)과 봉추(鳳雛) 두 사람 가운데 하나만 얻어도 가히 천하를 바로잡을 수 있을 것이오."

"복룡과 봉추란 어떤 사람들입니까?"

유현덕의 물음에 수경선생은 크게 웃으며 손뼉을 친다.

"좋지요, 좋다 할밖에!"

유현덕이 궁금하여 다시 물으려 하는데 수경선생이 말한다.

"날이 이미 저물었으니 장군은 예서 하룻밤 쉬시지요. 내일 다시 이야기하기로 하십시다."

그러고는 동자를 불러 저녁상을 들이게 하고, 말도 후원으로 끌어다 여물을 먹이게 한다.

저녁식사를 마친 현덕은 초당 옆방에 마련해준 잠자리에 들었다. 그러나 수경선생의 말이 머릿속을 떠나지 않아 도무지 잠을 이룰 수가 없었다. 어느덧 밤이 깊었다. 한참을 잠을 이루지 못하고 뒤척이고 있는데 문득 옆방에서 문 두드리는 소리가 났다. 이어서 누군가가 수경선생과 말을 주고받는 소리가 들린다.

"원직(元直)이 이 밤중에 어인 일인가?"

현덕은 자리에서 일어나 귀를 기울였다. 원직이란 사람이 대답한다.

"오래전부터 유표가 선한 것을 좋아하고 악한 것을 미워한다기에 찾아가보았더니, 한낱 허명인 것을 알았소이다. 선한 것을 좋아한다지만 능히 쓰지를 못하고, 악한 것을 미워한다지만 능히 물리치지를 못하는데, 그래가지고서야 무슨 일을 할 수 있겠습니까? 그래서 글을 써서 작별을 고하고 이리로 온 길입니다."

수경선생이 말한다.

"공은 왕을 보좌할 만한 재주를 품었으되 마땅히 주인을 가려 섬겨야 하거늘, 어찌 경솔하게 유표 같은 이를 찾아갔단 말인가? 진정한 영웅호걸이 바로 눈앞에 있는데 그대가 몰라보았구려."

"선생 말씀이 옳소이다."

두 사람이 말하는 소리를 듣던 유현덕은 몹시 기뻤다.

'아마도 저 사람이 아까 선생이 말하던 복룡이나 봉추일 게야.'

마음 같아서는 당장이라도 나가 만나보고 싶었으나, 워낙 늦은 밤인지라 꾹 참으며 날이 밝기만을 기다렸다. 거의 뜬눈으로 새다시피 한 유현덕은 새벽빛이 밝아오자 부리나케 일어나 수경선생을 찾아갔다. 그러고는 문안을 드리기가 무섭게 묻는다.

"간밤에 찾아온 사람이 누굽니까?"

"내 벗이외다."

유현덕이 한번 뵙기를 청하니 수경선생이 남의 일처럼 대답한다.

"그 사람은 밝은 주군을 찾아본다고 벌써 가버린걸요."

유현덕의 얼굴에 낭패한 빛이 역력하다.

"그럼 그분의 함자라도 알고 싶습니다."

수경선생은 다시 소리 내어 웃으며 좋다는 소리만 연발한다.

"허허, 좋아, 좋구먼……!"

유현덕이 다시 묻는다.

"복룡과 봉추는 과연 어떤 인물입니까?"

그래도 수경선생은 여전히 웃으면서 같은 말만 되풀이한다.

"좋지, 좋아!"

몇번이나 거듭 물어도 수경선생이 딴청만 부리자 유현덕은 벌떡 일어나 큰절을 올리고는 청해본다.

"저와 함께 이 산속을 떠나 한나라 황실을 바로잡는 데 도움이 돼주십시오."

수경선생이 빙그레 웃으며 대답한다.

"나처럼 산야에서 한가롭게 세월이나 보내는 사람은 쓸모가 없소. 앞으로 나보다 열배는 나은 사람이 와서 공을 도울 것이니, 공도 잘 찾아보시오."

이때였다. 갑자기 장원 밖이 사람들의 떠드는 소리와 말 우는 소리로 어수선해지더니 동자가 급히 뛰어들어왔다.

"한 장군이 군사 수백명을 거느리고 들이닥쳤습니다."

유현덕이 깜짝 놀라 급히 나가보니 다름 아닌 조자룡이 와 있다.

"오, 조운이 왔구나!"

유현덕은 기뻐 어쩔 줄 몰랐다. 조자룡이 말에서 내려 안으로 들어와 말한다.

"주공께서 사라지고 나서 제가 즉시 신야로 가보았으나 그곳에도 계시지 않기에 밤새도록 찾아헤매다가 여기까지 오게 되었습니다. 이렇게 만났으니 저와 함께 속히 돌아가시는 게 좋겠습니다. 우리가 없는 동안 채모가 신야를 습격하기라도 하면 큰일 아닙니까?"

유현덕은 곧 수경선생에게 하직을 고하고 조자룡과 함께 말에 올라 신야를 향해 길을 재촉했다. 그렇게 몇리쯤 가노라니 저만치 앞에서 한떼의 군사가 먼지를 일으키며 달려온다. 가까이 가서 보니 관우와 장비였다. 두 사람 모두 현덕이 무사한 것을 보고 말할 수 없이 기뻐한다. 그들은 현덕이 말을 타고 단계를 뛰어넘은 이야기를 하자 하나같이 찬탄하며 더더욱 큰 재회의 기쁨을 나누었다.

유현덕은 신야로 돌아와서 사람들을 불러모았다. 채모의 일에 대해 상의하기 위해서였다. 전후 사정을 듣고 나서 손건이 말한다.

"먼저 이 사실을 유공께 자세히 알려야 할 것 같습니다. 유공께서는 전혀 모르는 일이고 채모 무리가 꾸민 짓이 틀림없습니다."

유현덕은 손건의 말을 따르기로 했다. 그는 즉시 손건에게 서신을 써주고 형주로 보냈다. 손건이 형주에 이르자, 유표가 불러들여서 먼저 묻는다.

"내 현덕에게 나 대신 양양성 대회를 주관해달라 청했거늘, 어찌하여 도중에 돌아가버렸다던가?"

손건은 유표에게 현덕의 서신을 올리고, 채모가 흉계를 꾸며 해치려 한 까닭에 부득이 자리를 피해 달아날 수밖에 없었으며, 천행으로 단계를 건너뛰어 화를 면했음을 낱낱이 고했다. 유표는 크게 노해 당장 채모를 불러들였다.

"네놈은 어찌하여 내 아우를 해치려 했느냐!"

무슨 영문인지도 모르고 끌려나온 채모는 손건이 와 있는 것을 보고서야 모든 일이 탄로났음을 깨닫고 고개를 조아렸다.

"이놈을 당장 끌어내 목을 베어라!"

유표의 얼음장 같은 호령이 떨어졌다. 채부인이 울며 달려나왔다.

"저를 봐서 부디 동생의 목숨만은 살려주옵소서!"

"듣기 싫소. 부인도 한통속으로 일을 저지르지 않았소? 부인의 목숨이나마 붙어 있는 것을 다행으로 아시오!"

유표의 노여움은 좀체 풀릴 것 같지 않았다. 곁에서 지켜보던 손건이 조용히 아뢴다.

"만일 채모의 목을 베신다면 유황숙께서 어찌 이곳에 편히 계실 수 있겠습니까?"

유표는 잠시 생각에 잠겨 있다가 마음을 돌린 듯, 채모를 크게 꾸짖고 물리쳤다.

"이번만은 아우의 낯을 보아 방면하니 또 한번 간악한 음모를 꾀하다가는 목숨을 보전하기 어려울 줄 알아라!"

그러고는 즉시 큰아들 유기로 하여금 손건을 따라가서 유현덕에게 사죄하고 오라 일렀다. 유기는 아버지의 명을 받들고 신야에 당도했다. 유현덕은 곧 잔치를 베풀어 유기를 대접했다. 술이 몇순배 돌았을 무렵이다. 갑자기 유기의 뺨 위로 눈물이 주르르 흘러내린다. 현덕이 놀라서 무슨 일인지 물었다. 유기가 대답한다.

"계모 채씨가 항시 저를 해치려는 마음을 품고 있으니, 저로서는 벗어날 도리가 없습니다. 부디 숙부님께서 제게 좋은 방도를 가르쳐주십시오."

"조카의 처지를 모르는 바 아니나, 삼가 조심하며 효성을 다한다면 자연 화가 없어질 것이네."

다음 날 유기는 눈물을 흘리며 작별인사를 올렸다. 유현덕은 말에 올라 성밖까지 나가 유기를 배웅하며 위로했다. 그리고 자신이 타고 있는 말을 가리키며 이렇게 말한다.

"만약 이 말이 아니었더라면 나는 지금쯤 황천에 가 있을 걸세."

"그것은 말의 힘이 아니라 숙부님의 복이십니다."

유기가 눈물로 하직하며 떠났다. 현덕은 측은한 마음이 가득한 채 서운한 발길을 돌려 성으로 향했다.

현덕이 저잣거리를 지나려 할 때였다. 문득 한 사나이가 머리에 갈건(葛巾)을 쓰고 베로 지은 도포를 걸쳐입고, 허리에 검은 띠를 두르고 발에는 검은 신을 신고서, 큰소리로 노래를 부르며 다가온다. 현덕이 귀기울여 들어보니, 그 뜻이 의미심장하다.

천지가 뒤집힌다 불의 덕이 삭는지고 天地反覆兮 火欲殂
큰 집 무너지는데 나무 하나로 버틸 수 있으랴 大厦將崩兮 一木難扶

산중에 현자가 있도다 밝은 주인 찾아가려니 山谷有賢兮 欲投明主
밝은 주인은 현자를 구하면서 나를 못 알아보누나 明主求賢兮 却不知吾

유현덕은 이 노래를 듣고 문득 생각했다.

'혹시 이 사람이 수경선생이 말하던 복룡이나 봉추가 아닐까?'

그리하여 말에서 내려 사내와 인사를 나눈 후 관아로 데려왔다.

"존함이 어찌 되시오?"

현덕의 물음에 사내가 대답한다.

"저는 영상(潁上) 사람으로, 성은 단(單)이요 이름은 복(福)이라 합니다. 이미 오래전에 사군께서 어진 선비를 널리 구하신다는 말씀을 듣고 몸을 의탁하려 했으나, 도무지 아는 연줄이 없어 이렇게 저잣거리를 돌며 노래라도 부르면 행여 사군의 귀에 들어갈까 싶어 헤매고 다녔소이다."

유현덕은 크게 놀라며 극진히 예를 올려 대접했다. 단복이 말한다.

"아까 사군께서 타고 오신 말을 한번 보여주시지요."

유현덕은 급히 사람을 시켜 안장을 내리고 말을 대청 앞으로 끌고 오라 일렀다. 단복이 말을 찬찬히 살펴보더니 말한다.

"이것은 적로마가 아닙니까?"

"그렇소이다."

"이놈은 비록 천리마이지만 결국에는 주인을 해치고 말 것이니 부디 타지 마십시오."

유현덕은 일전에 이적에게서도 같은 말을 들은 터라 빙그레 웃으며 말한다.

"이미 시험해보았는데 그렇지 않소이다."

그러고는 단계를 뛰어넘어 목숨을 구한 일을 얘기해주었다.

유현덕의 이야기를 듣고 나서 단복이 말한다.

"그야 주인을 구한 일이지, 주인을 해친 일은 아니지 않습니까? 이 말은 결국에는 한 주인을 해치고 말 것입니다. 저에게 좋은 예방법이 있으니 한번 그대로 해보시지요."

"그래 어찌하면 되겠소?"

"공이 마음속에 원수처럼 여기는 사람이 있거든 그 사람에게 이 말을 보내십시오. 먼저 그를 해치기를 기다렸다가 다시 거두어 타시면 무사할 것이오."

현덕은 저자에서 단복과 마주치다

유현덕은 그 말을 듣고 낯빛이 변했다.

"선생은 이곳에 오자마자 내게 바른길을 가르치려 하지 않고, 어찌하여 내 몸을 살리기 위해 남을 해치는 법을 가르치는 것이오? 나는 결단코 선생의 말을 따를 수 없소."

단복이 빙그레 웃으며 사죄한다.

"일찍이 사군의 인덕(仁德)을 들어왔기에 감히 한 말씀 시험 삼아 올렸소이다. 그러니 사군은 과히 허물치 마십시오."

유현덕도 그제야 낯빛을 고치고 사례한다.

"내게 무슨 인덕이 있으리까. 그저 선생의 가르침만 바랄 뿐이오."

단복이 말한다.

"제가 영상에서 처음으로 이곳에 와서 신야 사람들이 노래하는 것을 들었소이다. '신야목 유황숙이 이곳에 오신 후로, 백성들이 태평을 누린다'는 내용이었지요. 이것만으로도 사군의 인덕이 온 백성들에게 미치고 있음을 잘 알 수 있습지요."

현덕은 마침내 단복을 군사(軍師)로 삼아 본부의 군사들을 조련하게 했다.

한편 조조는 기주에서 허도로 돌아온 뒤로 항상 형주를 손에 넣을 궁리만 하고 있었다. 그는 조인·이전을 비롯하여 원(袁)씨 휘하에서 항복해온 여광·여상 등에게 군사 3만을 주고, 번성(樊城)에 주둔하여 호시탐탐 양양땅을 넘겨다보며 그 허실을 살필 것을 지시했다. 그때 여광과 여상이 조인에게 아뢴다.

"지금 유비는 신야에 주둔하여 군사를 모집하고 말을 사들이며 군량과 마초를 비축하고 있다 합니다. 그 세력이 더 커지기 전에 하루속히 도모하지 않으면 큰 화를 입게 될 것입니다. 지금까지 우리 두 사람은 승상께 투항해와서 이렇다 할 만한 공을 세운 게 없습니다. 정병 5천만 내주신다면 유비의 머리를 승상께 바치겠습니다."

조인은 크게 기뻐하며 두 사람에게 군사 5천을 주고 신야를 치게 했다. 이때 그들의 동태를 파악한 정탐꾼이 나는 듯이 달려와 이 사실을 현덕에게 고했다. 유현덕이 급히 계책을 묻자 단복이 답한다.

"기왕에 적병이 쳐들어오고 있다면 단 한걸음도 안에 들여놓게 해서는 안됩니다. 먼저 관운장에게 군사를 거느리고 왼편으로 나아가서 적의 중간 허리를 치게 하고, 장비에게는 오른편으로 나아가 적의 후방을 치게 하십시오. 그런 뒤, 주공께서는 몸소 조자룡과 함께 적을 전면에서 맞아 싸우십시오. 그러면 쉽게 적을 격파할 수 있을 것입니다."

유현덕은 단복의 말에 따랐다. 먼저 관우와 장비를 떠나보낸 후 자신은 단복, 조자룡과 함께 군사 2천을 거느리고 관문을 나섰다. 유현덕 일행이 채 5리를 못 갔을 때다. 갑자기 산등성이 너머로 먼지가 크게 일더니 여광과 여상이 군사를 거느리고 진군해온다. 양쪽은 화살이 닿을 만한 거리를 두고 진을 벌여세웠다. 유현덕은 문기(門旗) 아래로 말을 몰고 나가 큰소리로 외친다.

"너희들은 누구이기에 감히 나의 경계를 침범하느냐?"

여광도 말을 몰고 나와 맞고함을 친다.

"나는 대장 여광이다. 조승상의 명령을 받들어 특별히 너를 사로잡으러 왔다!"

크게 노한 유현덕은 조자룡으로 하여금 나가서 싸우게 했다. 여광과 조자룡이 어울려 몇합 싸우지 않아서 여광은 조자룡의 창에 찔려 말 아래 거꾸러지고 말았다. 유현덕이 그 기세를 타고 군사를 휘몰아 적진으로 뛰어들었다. 여상은 급박한 형세를 당해낼 도리가 없는지라 그대로 군사를 거느리고 달아나기 시작했다. 하지만 잠시 후 또 한떼의 군사가 길가에서 쏟아져나왔다. 바로 관운장이 이끄는 군사들이었다. 한바탕 싸움이 벌어지고, 여상은 군사를 절반이나 잃고 가까스로 살길을 찾아 내달렸다. 하지만 채 10리를 못 가서 이번에도 한떼의 군사가 길을 막고 나선다. 선봉에 선 대장이 장팔사모를 번쩍 치켜들며 벽력같이 소리친다.

"장익덕이 예 있다!"

장비는 곧바로 여상에게로 달려들었다. 여상은 미처 손 한번 놀려보지 못한 채 장비의 창에 찔려 그대로 말에서 떨어져 죽고 말았다. 장수를 잃은 군사들이 갈팡질팡 퇴로를 찾아 내달리기에 급급한 가운데, 유현덕의 군사가 이를 추격하여 살아남은 자들을 모조리 사로잡았다. 싸움에 크게 이기고 신야로 돌아온 유현덕은 단복을 극진히 대접하고, 전군에게 잔치를 베푸는 한편 크게 포상했다.

한편 겨우 목숨을 보전하여 번성으로 돌아간 군사 하나가 조인에게 보고했다.

"여광과 여상 두 장수는 죽고, 많은 군사가 포로가 되었습니다."

크게 놀란 조인은 즉시 이전을 불러 대책을 의논했다. 이전이 말한다.

"여광과 여상은 적을 가벼이 여기다가 그리되었소이다. 섣불리 군사를 일으켜선 안됩니다. 즉시 승상께 전하고 대군을 일으켜 단번에 무찌르는 게 상책일 듯하오."

조인은 이전의 말이 영 마땅치 않은 듯 고개를 내젓는다.

"그렇지 않소. 장수 둘과 숱한 군사를 잃었으니 속히 원수를 갚아야겠소. 신야 같은 작은 고을 하나 치는 데 번거롭게 승상께 알려 대군까지 일으킬 게 뭐 있겠소?"

"아닙니다. 유비는 영웅이라 얕잡아 보아서는 안됩니다."

"공은 어찌 그리 겁이 많으시오?"

이전은 자신의 뜻을 굽히지 않는다.

"병법에도 지피지기(知彼知己)면 백전백승(百戰百勝)이라 했소이다. 싸움이 두려워 그러는 것이 아니라, 싸워서 이기지 못할까봐 그러는 것이오!"

조인은 드디어 참지 못하고 벌컥 성을 낸다.

"공은 딴마음을 품고 있는 게 분명하오. 내 반드시 유비를 사로잡고야 말겠소."

"장군께서 기어이 그리하시겠다면 저는 남아서 번성을 지키겠소이다."

조인은 노기등등하여 소리를 버럭 지른다.

"만약 그대가 함께 가지 않는다면 정말로 딴마음을 품고 있는 것이오!"

이전은 도무지 조인을 따르지 않을 도리가 없었다. 마침내 조인과 이전은 군사 2만 5천을 거느리고, 강을 건너 신야를 향해 떠났다.

부장들이 시체가 되어 실려오니 偏裨旣有輿屍辱
주장은 치욕을 씻고자 다시 군사를 일으키누나 主將重興雪恥兵

이들의 승부는 어찌 판가름 날 것인가?

36

떠나는 서서

유비는 계책을 써서 번성을 급습하고
서서는 떠나면서 제갈량을 추천하다

분노한 조인이 한밤중에 군사를 거느리고 강을 건너 신야를 향해 진격할 무렵, 싸움에서 이기고 돌아온 단복이 유현덕에게 말한다.

"번성에 주둔하고 있는 조인은 여광과 여상이 죽은 사실을 알면 반드시 대군을 일으켜 싸우러 올 것입니다."

현덕이 묻는다.

"그렇다면 어떻게 맞서 싸워야겠소?"

단복이 웃으며 말한다.

"조인이 군사를 모조리 몰고 오면 자연히 번성은 텅 비게 될 것입니다. 그 틈을 타서 번성을 취하십시오."

유현덕이 또 묻는다.

"어떤 계책을 쓸 작정이오?"

단복은 유현덕의 귀에다 대고 가만히 계책을 말한다. 유현덕은 크게 기뻐하며 단복의 말을 좇아 만반의 준비를 하고 기다렸다. 얼마 후, 정탐꾼이 달려와서 전한다.

"조인이 대군을 거느리고 강을 건너오고 있습니다."

단복이 고개를 끄덕이며 말한다.

"과연 일이 예측대로 돼가는 모양입니다."

단복은 즉시 현덕에게 출군하도록 청했다. 양군이 서로 진을 벌이고 마주 대하자 조자룡이 앞으로 말을 몰고 나섰다.

"적장은 나와서 내 말을 들으라!"

조인은 먼저 이전으로 하여금 맞서 싸우게 했다. 그러나 이전은 결코 조자룡의 적수가 아니었다. 이전이 호기롭게 말을 몰아나오자 조자룡은 여유 있게 맞서 싸우기 시작했다. 그러기를 10여합, 마침내 이전은 조자룡을 당해내지 못하고 말머리를 돌려 자기 진영으로 달아나기 시작한다. 조자룡은 창을 휘두르며 급히 달아나는 이전을 뒤쫓았으나, 좌우에서 적의 화살이 어지럽게 날아들었다. 그리하여 양군은 각기 군사를 거두어 영채로 돌아갔다. 이전이 돌아와 조인에게 말한다.

"적의 기세가 날카로워 가벼이 대적하지 못하겠소. 차라리 번성으로 돌아가는 게 낫겠소이다."

조인은 또다시 격노한다.

"출군하기 전부터 힘을 빼고 군심을 어지럽히더니, 일부러 싸움에 지고 와서 그 무슨 해괴한 소리인가? 그대의 죄는 참형을 받아 마땅할 것이다!"

그 말에 이전은 대꾸가 없다.

"도부수들은 뭐 하고 있느냐? 저놈을 끌어내어 즉시 목을 베어라!"

조인이 도부수에게 호령하자 수하장수 여럿이 조인을 만류했다. 이전은 겨우 죽음을 면했다. 조인은 곧바로 이전을 후군으로 물러나게 하고 자신이 전군을 지휘하기로 했다. 그리고 군사를 재정비하여 만반의 준비를 갖추었다.

이튿날, 조인은 좌우에 장수들을 거느리고 몸소 선봉에 서서 북을 울리며 위풍당당하게 진군했다. 진법을 구사하여 진을 벌여세우더니 군사를 시켜 큰소리로 외치게 했다.

"현덕은 보라! 이게 무슨 진법인지 알겠느냐?"

유현덕이 단복을 바라보며 말한다.

"저들이 진세를 벌여놓고 우릴 시험해볼 요량이구려."

단복은 곧바로 말을 달려 높은 곳으로 올라가 두루 살펴보고 나서 현덕에게 돌아와 말한다.

"팔문금쇄진(八門金鎖陣)이올시다. 팔문이라는 것은 휴문(休門)·생문(生門)·상문(傷門)·두문(杜門)·경문(景門)·사문(死門)·경문(驚門)·개문(開門)을 말합니다. 생문·경문(景門)·개문으로 들어가면 길(吉)하고, 상문·경문(驚門)·휴문으로 들어가면 피해를 입고, 두문과 사문으로 들어가면 완전히 망합니다. 비록 조인이 팔문을 제대로 벌이긴 했으나 중간 부분이 허술해 보이니, 만약 우리가 동남쪽 생문으로 쳐들어가서 서쪽 경문(景門)으로 나온다면 반드시 팔문금쇄진이 무너져버릴 것입니다."

유현덕은 즉시 진을 굳게 지키도록 한 다음, 조자룡에게 영을 내린다.

"군사 5백명을 이끌고 동남쪽으로 쳐들어가서, 서쪽으로 무찔러 나오라."

조자룡은 곧 말에 올라 장창을 쥐고 군사 5백을 거느리고 적진의 동남쪽으로 과감히 뛰어들어 일제히 함성을 지르며 중군을 공격했다. 그러자 조인은 북쪽을 향해 달아나기 시작한다. 조자룡은 조인을 뒤쫓지 않고 그대로 서문으로 뚫고 나갔다가 다시 동남쪽으로 돌아 들어왔다. 마침내 조인의 팔문금쇄진은 어지럽게 무너지기 시작했다. 조인의 군사는 대혼란에 빠져 뒤죽박죽 엉켜 있다가 사분오열하여 달아나기에 바빴다. 그 틈에 현덕의 군사들이 닥치는 대로 적병을 치고 베고 찌르니, 마침내 조인의 군사는 대패하고 말았다. 단복은 도망가는 적을 뒤쫓지 말라고 명했고, 현덕의 군사들은 모두 진영으로 돌아왔다.

조인은 싸움에서 크게 패하고서야 이전의 말이 옳았다는 것을 깨달았다. 조인은 즉시 이전을 청하여 앞날을 의논한다.

"필시 유비의 군중에 놀라운 자가 있는 것 같소. 그렇지 않고서야 팔문금쇄진을 어찌 그리 쉽게 무너뜨릴 수 있겠소?"

이전이 말한다.

"그보다는 비어 있는 번성이 걱정입니다."

"오늘밤 적의 영채를 쳐서 이기거든 다시 작전을 짜고, 만약 지거든 그때는 번성으로 돌아가기로 합시다."

"공격해봤자 소용없습니다. 유비는 우리 공격에 대비해 벌써 방책을 세워두었을 것이오."

조인은 또다시 이전의 말을 묵살했다.

"그렇게 의심이 많아서야 어찌 용병을 하겠소? 내가 직접 군사를 이끌고 선봉을 맡을 테니 그대는 후군을 이끌고 오늘밤 2경에 적의 영채를 급습하도록 합시다."

이전은 더이상 할 말을 잃은 듯 입을 다물어버렸다.

조인의 군사가 한창 진군해오고 있을 무렵, 단복은 현덕과 더불어 다음 계책을 논하고 있었다. 갑자기 회오리바람이 불어와 영채를 휘감고 돈다. 단복이 현덕에게 말한다.

"오늘밤 조인이 우리 영채를 치러 올 것입니다."

유현덕이 놀라서 묻는다.

"그러면 어떻게 대적해야 하오?"

"이미 계책을 세워두었습니다."

단복은 즉시 군사들에게 은밀하게 전령을 보냈다.

밤이 깊어 드디어 2경이 되었다. 조인의 군사가 유현덕의 영채 가까이 다가들고 있었다. 그런데 이게 웬일인가? 갑자기 영채 안에서 봉화가 오르더니 졸지에 사방으로 불길이 번지듯 영채 안이 온통 횃불로 가득하며 에둘러놓았던 방책에 일제히 불이 붙었다. 조인은 급히 퇴각명령을 내렸다. 유비가 만반의 준비를 하고 기다리고 있었다는 사실을 그제야 깨달은 것이다. 말머리를 돌리려는 순간 난데없이 조자룡이 군사를 휘몰아 달려든다.

조인은 군사를 거두지도 못하고 북하(北河)를 향해 내닫기 시작했다. 가까스로 강가에 이르러 배를 구하기 위해 우왕좌왕하고 있는데, 또다시 한떼의 군사들이 몰려온다. 이번에는 고리눈의 장비가 선두에 섰다.

조인은 이에 맞서 죽기살기로 싸웠다. 그러다가 때마침 이전이 군사를 이끌고 달려와준 덕분에 간신히 위기에서 벗어나 배를 타고 강을 건넜다. 하지만 미처 배에 오르지 못한 대부분의 군사들은 물에 빠져 죽거나 장비의 군사들 손에 죽고 말았다. 강을 건넌 조인은 남은 군사를 수습하여 번성으로 향했다. 조인이 성문 앞에 이르러 소리쳤다.

"성문을 열어라!"

순간 성루 위에서 북소리가 크게 한번 울리더니 장수 한명이 군사를 거느리고 나와 호통친다.

"이미 내가 번성을 손에 넣은 지 오래건만 뉘 감히 문을 열라 명하느냐!"

조인의 무리들이 깜짝 놀라 바라보니 문루에 턱 버티고 선 사람은 다름 아닌 관운장이다. 조인은 크게 놀라 얼른 말머리를 돌렸다. 관운장이 놓칠세라 조인의 무리를 뒤쫓아 청룡도를 휘두르니, 조인은 또다시 적지 않은 인마를 잃고 밤을 새워 허도를 향해 달아났다. 패잔병을 이끌고 퇴각하던 조인은, 단복이라는 사람이 유비의 군사로 있으면서 모든 계책을 꾸미고 행한다는 사실을 뒤늦게 알아냈다.

한편 크게 승리를 거둔 유현덕은 군사를 거느리고 번성에 입성했다. 번성 현령 유필(劉泌)이 나와서 일행을 맞아들였다. 유현덕은 성안으로 들어가 먼저 백성들을 위로하고 안정시켰다. 유필은 본래 장사(長沙) 사람으로 그 또한 황실의 종친이었다. 그는 크게 잔치를 베풀어 현덕을 대접했다.

잔치가 열리는 동안 유필의 옆에는 줄곧 한 젊은이가 손을 모으고 서 있었는데, 자못 풍채가 좋고 의기가 당당해 보였다. 그 젊은이를 눈여겨보던 현덕이 묻는다.

"저 젊은이는 누구입니까?"

유필이 대답한다.

"조카 구봉(寇封)입니다. 원래 나후(羅侯) 구(寇)씨의 아들인데, 양친을 모두 여의고 근자에 내게 와서 지내고 있습니다."

"참으로 그 기상이 훌륭해 보입니다. 내가 양자로 삼고 싶은데 어떻겠습니까?"

"유황숙께서 그리 생각하신다면야 봉을 위해 그보다 더 좋은 일이 어디 있겠습니까?"

유필은 흔연히 응낙했다. 그날부터 구봉은 성을 고쳐 유봉(劉封)이 되었다. 유현덕은 유봉을 데리고 나와 관운장과 장비에게 차례로 절을 올리게 했다.

"두분 숙부님께 절을 올려라."

절을 올리고 유봉이 물러나자, 관운장이 한마디 한다.

"형님께서는 이미 아들이 있으신데 구태여 양자를 들이시는 까닭이 뭡니까? 훗날 화근이 될까 두렵습니다."

유현덕이 말한다.

"내 저를 친자식처럼 대하면 저도 반드시 나를 친아비로 섬길 터인데, 무슨 화가 있겠느냐?"

관운장은 영 탐탁지가 않았다. 유현덕은 단복과 상의한 다음, 조자룡에게 1천명의 군사를 주어 번성을 지키도록 하고, 관우와 장비 등 나머지 군사를 이끌고 신야로 돌아왔다.

그 무렵, 이전과 더불어 겨우 목숨을 구해 허도로 돌아온 조인은 조조에게 가서 땅에 엎드려 울며 그간의 사정을 고하고 죄를 청하였다. 그러나 조조는 뜻밖에도 너그럽게 위로하며 묻는다.

"싸우다보면 이길 수도 있고 질 수도 있는 법이니 너무 자책하지 말라. 그나저나 대체 유비를 보필하는 자가 누구던가?"

조인이 아뢴다.

"단복이라는 자가 유비의 군사로 있다 합니다."

조조가 좌우를 돌아보며 묻는다.

"단복이란 자가 대체 누구냐?"

조조의 물음에 정욱이 웃으며 대답한다.

"사실 그의 이름은 단복이 아닙니다. 그는 어려서부터 학문을 좋아하고 칼 쓰기를 즐겼는데, 중평(中平) 말년에 다른 사람의 원수를 갚아준다고 사람을 죽이게 되었지요. 그래서 사람들의 눈을 피하기 위해 머리를 풀고 얼굴에 숯검정을 칠하고 도망치다가 관리에게 붙잡혔답니다. 관리가 이름을 물었으나 좀처럼 신분을 밝히려 하지 않아, 그를 묶어 수레에 태우고 북을 울리며 사람들에게 그의 이름을 묻고 다녔지요. 그런데 어찌 된 일인지 그를 아는 사람이 있어도 누구 하나 입을 열려 하지 않더랍니다. 그러다가 그의 친구들이 몰래 빼내어 구해주자, 그때부터 이름을 바꾸고 오로지 학문에만 뜻을 두고 이름난 스승을 찾아다니다가 수경선생 사마휘와 가까워졌지요. 본래 영천 사람인 그의 본명은 서서(徐庶)요 자는 원직(元直)으로, 단복은 도망다닐 때 쓰던 가명입니다."

조조가 또다시 묻는다.

"서서의 재주가 그대에 비하면 어떤가?"

정욱이 대답한다.

"저보다야 열배는 뛰어난 인물이지요."

그 말을 듣고 조조의 입에서는 저절로 한숨이 새어나온다.

"그렇듯 어진 선비가 유비에게 가서 마침내 오른쪽 날개가 되었으니, 장차 어찌하면 좋을꼬?"

"서서가 지금 비록 유비에게 있기는 하나, 만일 승상께서 꼭 쓰시려 한다면 불러오기는 그리 어렵지 않습니다."

정욱의 말에 조조의 귀가 번쩍 띄었다.

"대체 어떻게 불러온단 말인가?"

"서서는 본래 효성이 지극한 사람입니다. 어려서 아비를 여의고 지금은 늙은 어머니 한분만 계신데, 얼마 전에 그의 아우 서강(徐康)이 죽어서 어머니를 모실 사람이 없는 처지입니다. 하오니 승상께서 사람을 보내 그 어머니를 달래어 이곳에 데려다놓고, 어머니더러 아들을 부르는 편지를 쓰게 한다면 서서는 반드시 이쪽으로 오지 않을 수 없을 것입니다."

조조는 크게 기뻐하며 그날밤으로 사람을 보내 서서의 어머니를 모셔오게 했다. 하루가 안되어 서서의 어머니가 허도에 당도했다. 조조는 극진한 예를 갖추어 대접하고 좋은 말로 달래었다.

"듣자하니 아들 서원직은 가히 천하의 기재라 합디다. 한데 지금 역적 유비를 도와 조정을 배반하고 있으니, 아름다운 옥이 진흙탕 속에 묻혀 있는 격이라, 참으로 애석한 일이 아닐 수 없습니다. 그러니 지금 노모께서 번거로우시더라도 편지를 써서 아들을 허도로 불러오신다면, 내가 황제께 잘 말씀을 올려 큰 상을 내리도록 하리다."

조조는 좌우에 명하여 지필묵을 가져오게 했다. 서서의 어머니가 조용히 묻는다.

"대체 유비는 어떤 사람입니까?"

조조가 웃는 낯으로 답한다.

"유비는 탁군(涿郡) 출신의 미천한 자로서, 외람되게도 스스로 황숙(皇叔)이라 칭하고 다니는데, 신의라고는 조금도 없으며, 겉으로는 군자인 척하나 그 속은 영락없는 소인배에 지나지 않습니다."

조조의 말이 채 끝나기도 전에 서서의 어머니는 버럭 화를 냈다.

"그따위 허황한 소리로 누구를 속이려 드느냐! 듣자하니 현덕은 중산정왕(中山靖王)의 후손이요 효경황제(孝景皇帝)의 현손으로, 몸을 낮추어 선비를 맞이하고 공손한 태도로 사람을 대하므로 덕망이 높아서 세상의 황동백수(黃童白叟, 두서너살짜리 아이와 백발의 노인)나 목동과 나무꾼에 이르기까지 그 이름을 모르는 자 없을 정도로 당대의 영웅이라니, 내 자식이 가서 그를 섬긴다면 이는 주인을 바로 얻었다고 할 일이다. 너는 비록 한나라의 승상이라고 하나 실상 역적이나 다름없거늘, 오히려 현덕을 역적이라 하면서 내 아들로 하여금 명군을 버리고 역적에게 투신하게 만들려 하다니, 그러고도 부끄러움을 모른단 말이냐!"

서서의 어머니는 한바탕 직언을 퍼붓고는 벼루를 집어들어 그대로 조조에게 내던졌다. 조조는 뜻밖의 봉변에 크게 노하여 소리쳤다.

"무사들은 뭣들 하느냐, 냉큼 저 늙은이를 끌어내 죽여버려라!"

바로 그때 정욱이 황급히 나서며 간한다.

"서서의 어미가 승상을 모욕한 것은 스스로 죽음을 자처하기 위한 것입니다. 만일 승상께서 죽인다면 의롭지 못한 일을 하셨다는 공론만 듣게 되고, 서서 어미의 덕만 높여주는 꼴이 될 것입니다. 게다가 그 어미가 죽고 나면, 서서는 죽을힘을 다해 유비를 도와 원수를 갚으려 할 게 아닙니까? 그러니 일단은 살려서 이곳에 붙들어두는 것이 좋습니다. 그러면 서서가 몸은 비록 유비에게 있다

해도 항상 제 어미 생각에 마음이 분산되어 유비를 돕는 데 한계가 있을 것입니다. 그때 가서 제가 다른 계책을 꾸며 반드시 서서를 불러다가 승상을 모시도록 할 터이니, 제 말대로만 하십시오."

조조는 정욱의 말대로 서서의 어미를 죽이지 않고 별실(別室)로 보내 지키게 했다. 정욱은 날마다 서서의 늙은 어미를 찾아가서 문안을 올리며, 서서와는 일찍이 형제의 의를 맺은 일이 있노라고 거짓말을 했다. 그러고는 마치 친어머니를 대하듯 공경하는 한편, 틈틈이 값진 물건을 보내면서 그때마다 편지를 꼭 동봉했다. 무서운 계책이 숨어 있으리라고는 꿈에도 모르는 서서의 노모는 번번이 정욱의 편지에 사례의 답신을 보냈다.

이렇게 서서 모친의 필적을 얻은 정욱은 그 필체를 본떠서 한통의 편지를 위조한 뒤, 심복으로 하여금 신야에 있는 서서에게 전하게 했다. 정욱의 심복은 밤을 틈타 단복을 찾아갔다. 군사들이 그를 단복에게로 데려갔다. 단복은 어머니의 편지를 가지고 왔다는 소리를 듣고 급히 불러들여 자초지종을 묻는다.

"대체 어찌 된 일인가?"

정욱의 심복이 엎드려 절하며 고한다.

"소인은 관사의 하인인데, 노부인의 분부로 서신을 가지고 왔습니다요."

서서는 편지를 건네받아 급히 펼쳐보았다. 내용은 대강 다음과 같았다.

근자에 네 아우 강(康)이 죽은 뒤로 사고무친이 되어 슬프고 외로운 나날을 보내고 있던 중에, 뜻밖에 조승상이 사람을 보내 나를 허도로 불러놓고, 네가 조정을 배반했다고 나를 옥에 가두려 하더구나. 다행히 정욱 등이 간하여 겨우 목숨은 구했으나, 네가 항복해야만 비로소 내 목숨이 온전할 듯싶다. 편지를 읽고서 이 어미의 은공을 생각한다면 밤을 새워서라도 달려와 효심을 보여다오. 그럼 장차 우리는 고향으로 돌아가 밭이나 갈면서 지내며 큰 화는 면할 수 있을 게다. 지금은 내 목숨이 실낱 같아서 오직 구원을 바랄 뿐 더이상 여러 말 하지 않겠다.

편지를 읽고 난 서서의 눈에서는 눈물이 비오듯 흘러내렸다. 그는 편지를 들고 유현덕에게 가서 자신의 사연을 고했다.

"저는 본래 영천 태생의 서서로, 자는 원직입니다. 사정이 있어 고향에서 도망쳐나와 단복이라 이름을 바꾸었지요. 일전에 형주의 유표가 어진 선비를 공경한다는 말을 듣고 찾아가서 만나보았는데, 서로 이야기를 나누다 보니 실로 쓸모없는 인물이더이다. 그래 글을 써두고 떠나서 그날밤으로 수경선생의 장원으로 찾아가 그동안의 일을 하소연했더니, 선생은 내게 어찌하여 주인을 알아보지 못하는가 심하게 책망했습니다. 유황숙께서 여기 와 계신데 왜 섬기려 하지 않느냐는 말을 듣고, 그때부터 짐짓 미친 척하고 저잣거리를 돌아다니며 노래를 불러 사군의 귀에 들어가도록 했습니다. 다행히 사군께서 그냥 지나치지 않으시고 제게 큰 책임을 맡겨주

서서 오늘에 이르게 되었습니다. 한데 이제 늙은 어미가 조조의 간계에 빠져 허도에 잡혀가서 이렇게 목숨이 위태로운 지경에 이르러 편지를 보내 부르시니, 제가 어찌 가지 않을 수 있겠습니까?"

서서가 눈물로 하소연하니, 유현덕은 그저 한숨만 내쉴 뿐이다. 서서는 다시 말을 잇는다.

"견마지로(犬馬之勞)를 다하여 사군께 보답하려 했으나, 저렇게 모친이 붙들려 계시니 사군을 더 모시지 못하고 이제 작별인사를 드리려 합니다. 후일에 다시 만나뵐 날이 있기를 바랄 뿐입니다."

서서의 말을 듣고 유현덕은 울음부터 터져나왔다.

"어머니와 아들은 천륜이오. 그대는 부디 내 생각 말고 어서 가서 어머니를 만나뵈시오. 혹시 나중에라도 인연이 닿으면 그때 다시 만나도록 합시다."

서서는 한시가 바빴다. 급히 사례의 절을 올리고 떠나려 했으나, 유현덕은 부디 하룻밤만 더 묵고 가라고 소매를 잡았다. 이때 손건이 현덕에게 은밀히 말한다.

"서서는 천하의 기재입니다. 그동안 함께 있으면서 이곳 군중의 허실을 모조리 아는 터인데, 이제 조조에게 가도록 두신다면 반드시 조조가 그에게 큰 책임을 맡겨 우리를 위태롭게 할 것입니다. 주공께서는 꼭 붙들어두시고 절대 보내지 마십시오. 만일 서서가 허도에 가지 않으면 조조는 반드시 그의 어머니를 죽이고 말 터이니, 그렇게 되면 서서는 어머니의 원수를 갚으려고 사력을 다해 조조를 치지 않겠습니까?"

"그것은 옳지 않소. 남의 손을 빌려서 그 어미를 죽이고 내가 그 자식을 쓴다면 이는 어질지 못한 일이오. 그를 못 가게 붙잡아 모자의 도리를 끊는 것 또한 의롭지 못한 일이니, 내 차라리 죽으면 죽었지 인의에 어긋나는 일은 못하겠소."

유현덕의 말을 듣고 모든 사람들은 감복했다. 유현덕은 곧 잔치를 베풀어 서서를 청했다. 유현덕이 송별주를 권하자, 서서가 말한다.

"어머니께서 지금 조조에게 갇혀 계신 것을 생각하니, 천상의 술이라도 목구멍으로 넘기지 못하겠습니다."

유현덕도 자신의 슬픔을 토로한다.

"공이 이제 나를 떠난다고 생각하니 마치 수족을 잃은 듯싶고, 용의 간과 봉황의 골수로 만든 진미라도 맛을 모르겠구려."

두 사람은 마주 대하여 그 밤을 눈물로 지새웠다. 날이 밝자 모든 장수들이 성밖에다 연석을 마련해놓고 서서를 전송했다. 현덕은 서서와 함께 말을 나란히 하고 성을 나섰다. 장정(長亭)에 이르러 말에서 내린 다음, 서로 작별주를 권하였다. 유현덕이 말한다.

"이몸이 연분이 박하여 그대와 함께 오래도록 지내지 못하게 되었구려. 바라건대 부디 새 주인을 잘 섬겨 공명을 이루도록 하오."

서서가 울며 답한다.

"재주도 없고 지혜도 모자란 이 사람을 사군께서 중용하여 큰 일을 맡기셨건만, 이렇게 불행히도 도중에 떠나게 됨은 오로지 연로하신 어머니 때문입니다. 설사 조조가 제아무리 핍박한다 하더라도 절대로 그를 위해 계책을 꾸미지는 않을 것이니 염려 마십시오.”

유현덕이 한숨을 내쉬며 말한다.

“선생께서 떠나고 나면 이몸도 세상을 버리고 깊은 산중으로 들어갈까 하오.”

“그건 사군께서 하실 말씀이 아닙니다. 제가 유황숙을 모시고 함께 대업을 도모한 것은 신념이 있었기 때문입니다. 하나 이제 어머니 때문에 마음이 산란하여 여기에 남아 있는다 해도 큰 도움이 되지 못할 것입니다. 그러니 사군께서는 따로 뛰어난 인물을 구하셔서 계속 대업을 도모하십시오. 마음을 약하게 잡수셔서는 아니 됩니다.”

“제아무리 천하에 뛰어난 인물이라도 어디 선생의 오른편에나 설 수 있겠소?”

“너무나 과분한 말씀이시라 보잘것없는 몸으로는 감당하기 어렵습니다.”

서서는 일행과 작별하기에 앞서 모든 장수들을 돌아보고 간절히 당부한다.

“바라건대 공들은 부디 사군을 잘 섬겨, 이름을 후세에 전하고 업적이 청사(靑史)에 빛나도록 하십시오. 행여 저처럼 중동무이하지는 마시오.”

모두들 비감하여 눈물을 뿌린다. 현덕은 차마 그대로 보내지 못하여 다시 말에 올라 그를 멀리까지 배웅했다. 한마장을 따라가

장정에서 유현덕과 서서는 눈물로 작별하다

고, 또 한마장을 따라가며 못내 헤어지지 못했다. 마침내 서서가 말한다.

"이제 그만 돌아가시지요. 이곳에서 하직을 고하겠습니다."

유현덕은 말 위에서 서서의 손을 잡고 비오듯 눈물을 흘린다.

"선생이 이번에 가시면 같은 하늘 아래 살면서도 따로 있어야 하니, 다시 만날 날이 대체 언제란 말씀이오!"

서서도 또한 울면서 떠났다. 현덕은 숲가에 말을 세우고, 종자 하나를 거느리고 떠나가는 서서의 뒷모습을 바라보며 통곡한다.

"서서가 떠났으니, 장차 어찌한단 말인가!"

탄식하며 바라보니, 어느새 멀어진 서서의 모습이 숲에 가려서 더이상 보이지 않았다. 현덕은 채찍을 들어 그 숲을 가리키며 말한다.

"내 저 숲의 나무를 모조리 베어버리고 싶구나!"

좌우 사람들이 의아해하며 묻는다.

"사군께서 무슨 뜻으로 하신 말씀이신지요?"

"서서가 가는 것을 더 보려 해도 나무들이 저렇게 가리고 있구나!"

유현덕이 이렇게 되뇌며 자리를 떠나지 못하고 있는데, 갑자기 서서가 말을 돌려 되돌아오는 것이 아닌가.

"서서가 돌아오는 것을 보니, 떠날 생각이 없는 게 아닐까?"

유현덕은 분주히 말을 몰고 마주 달려나갔다.

"가다 말고 다시 돌아오시니 무슨 깊은 뜻이 있으신 거요?"

서서가 말을 세우고 대답한다.

"제가 마음이 하도 산란하여 드릴 말씀을 깜빡 잊었습니다. 양양성 20리 밖 융중(隆中)에 재주가 비상한 선비 한분이 있는데, 사군께서는 부디 찾아가보십시오."

유현덕이 말한다.

"그렇다면 번거롭겠지만 원직이 나를 위해 그 사람을 불러 만나게 해주시오."

서서가 고개를 내젓는다.

"그 사람은 함부로 불러올 사람이 아닙니다. 사군께서 몸소 가셔서 청하십시오. 만약 이 사람만 얻는다면 주나라가 여망(呂望, 강태공을 말함)을 얻고, 한나라가 장량(張良, 한나라의 건국공신)을 얻은 것과 다를 바 없습니다."

"그 사람을 선생과 비교하면 재덕(才德)이 어떻습니까?"

"어찌 저를 그런 분과 비하겠습니까? 제가 노둔한 말이라면 그는 기린이요, 제가 보잘것없는 까마귀라면 그는 봉황입니다. 그분은 항상 자기를 관중(管仲, 춘추시대 제나라의 정치가로 제환공을 도와 천하 패업을 이루게 함)과 악의(樂毅, 전국시대 연나라의 장군으로 제나라를 크게 쳐서 이김)에 비하곤 하지만, 제가 보기에는 관중이나 악의도 그를 따르지는 못할 것입니다. 그는 참으로 경천위지(經天緯地, 천하를 경륜해 다스림)하는 재주가 있으니, 천하에 오직 하나밖에 없는 인물입니다."

유현덕이 기뻐하며 급히 묻는다.

"대체 그 사람이 누굽니까?"

"그 사람은 낭야(琅琊)의 양도(陽都) 사람으로, 성은 제갈(諸葛)이요 이름은 양(亮)에 자는 공명(孔明)이니, 한나라 사예교위(司隸校尉) 제갈풍(諸葛豐)의 후손입니다. 부친의 이름은 규(珪)요 자는 자공(子貢)인데, 태산군의 군승(郡丞)을 지내고 일찍 돌아가셨지요. 그래 제갈량은 숙부인 제갈현(諸葛玄)의 집에서 자랐는데, 제갈현은 형주의 유표와 각별한 사이여서 함께 양양에 가서 살았습니다. 그뒤에 제갈현이 죽자, 아우 제갈균(諸葛均)과 더불어 몸소 남양(南陽)에서 밭을 갈며, 양보음(梁父吟, 악부의 곡명으로 일종의 만가)을 지어서 즐겨 읊었지요. 그가 사는 곳에 언덕이 하나 있는데 그 이름이 와룡강(臥龍岡)이라서, 자기 호를 와룡선생이라 지었답니다. 이 사람은 그야말로 세상에 둘도 없는 인물이니, 사군께서는 한시바삐 찾아가 만나보도록 하십시오. 만일에 이 사람이 사군을 도와준다면야 천하를 바로잡는 데 무슨 근심이 있겠습니까?"

서서의 말을 듣고 유현덕이 말한다.

"지난번에 수경선생께서 복룡과 봉추 두 사람 가운데 하나만 얻어도 가히 천하를 평정한다 하셨는데, 그럼 지금 말씀하신 분이 혹시 그 복룡이나 봉추가 아닌지요?"

"맞습니다. 봉추는 바로 양양의 방통(龐統)이고, 복룡은 제갈공명이지요."

현덕은 그 말을 듣고 뛸 듯이 기뻐한다.

"오늘에야 비로소 복룡과 봉추가 누군지 알았소이다. 그렇게 어진 분이 바로 눈앞에 있을 줄이야 어찌 생각이나 했겠소. 선생께서 일깨워주시지 않았더라면 유비는 눈뜬 장님이 될 뻔했습니다그려."

후일에 사람들은 서서가 유비에게 제갈량을 천거한 일을 두고 이렇게 시를 지어 칭송했다.

어진 인재 언제 만나나, 이별을 통한하니	痛恨高賢不再逢
갈림길에 서서 눈물 젖은 두 마음 같아라	臨岐泣別兩情濃
마지막 들려준 말 한마디 우렛소리 같아서	片言却似春雷震
남양땅의 와룡을 불러일으켰구나	能使南陽起臥龍

서서는 제갈공명을 천거한 뒤에 다시 현덕과 작별하고 말에 채찍질하여 떠나갔다. 유현덕은 서서의 말을 듣고 나서야 지난날 수경선생 사마휘가 했던 이야기를 깨달을 수 있었다. 현덕은 한동안 마치 술에 취했다가 깨어난 듯, 아니면 꿈에서라도 깨어난 듯 기쁨에 젖어 있었다. 장수들과 함께 서서를 배웅하고 신야로 돌아온 현덕은 예물을 장만하여 관우·장비와 함께 남양에 있는 제갈공명을 찾아갈 채비를 서둘렀다.

한편 서서는 허도로 길을 재촉해가다 생각해보니, 현덕의 그 연연해하던 마음이 새삼 안타깝게 느껴졌다. 게다가 유비가 아무리 간곡하게 청해도 혹시 제갈공명이 거절하지나 않을까 은근히 염려되었다.

'아무래도 가는 길에 공명을 찾아가 내가 미리 당부의 말이나마 해두는 게 좋겠다.'

서서는 그길로 와룡강으로 가서, 초려(草廬, 풀로 지은 오두막집)에 사는 제갈공명을 찾아갔다. 제갈공명이 서서를 반겨맞으며 묻는다.

"예까지 웬일이신가?"

서서가 말한다.

"나는 끝까지 힘닿는 대로 유예주를 섬기려 했으나, 어머니께서 조조에게 잡혀 부르시는 까닭에 하는 수 없이 하직을 고하고 가는 길이오. 나는 떠나는 자리에서 현덕에게 공을 천거했소. 아마도 현덕이 곧 공을 찾아뵈러 올 터인즉, 부디 내치지 마시고 평생의 큰 재주를 펴시어 현덕을 도와드리기를 간청하오."

제갈공명은 서서의 말을 듣고 낯빛이 변했다.

"그대가 나를 희생의 제물로 바칠 작정이오?"

"아니 내 뜻은 그게 아니라……"

"듣기 싫소이다!"

공명은 날카롭게 소리를 지르더니, 그대로 소매를 뿌리치고 안으로 들어가버렸다. 서서는 그만 낯을 붉히고 물러나와, 다시 말에 올라 허도를 향해 떠났다. 모든 일은 하늘에 맡기고 한시바삐 어머니를 만나야겠다는 일념뿐이었다.

벗을 만나 한마디 부탁한 것은 주군을 사랑하는 뜻이요 囑友一言因愛主

천릿길 달리는 마음 어머니 생각뿐이로다　　赴家千里爲思親

과연 뒷일은 어찌 될 것인가?

37
삼고초려

사마휘는 다시 명사를 천거하고
유비는 초려를 세번 찾아가다

드디어 서서가 허도에 이르렀다. 조조는 순욱과 정욱 등 모사들을 보내 그를 영접하게 했다. 서서는 그들이 이끄는 대로 승상부로 따라들어가 조조에게 인사를 올렸다. 조조가 말한다.

"귀공은 고명한 선비로 어찌하여 몸을 굽혀서 유비 같은 무리를 섬겼소?"

서서가 대답한다.

"어려서부터 부득이 난을 피해 강호를 떠돌아다니다가 우연히 신야에서 현덕과 두텁게 사귀었소이다. 그런데 어머니께서 이곳에 계시다니 자식된 자로서 부끄럽고 감사할 따름이오."

"자당께서 이곳에 계시고, 귀공도 이제 여기에 있으니, 아침저녁으로 정성껏 어머니를 모시도록 하오. 나도 공에게 이런저런 가르침을 받겠소이다."

조조의 말에 서서는 절을 올려 사례하고, 어머니를 뵙기 위해 즉시 물러나왔다. 마침내 어머니를 뵙게 된 서서가 섬돌 아래 엎드려 울며 절하니, 서서의 어머니는 깜짝 놀란다.

"네가 여기는 어떻게 왔느냐?"

"신야에서 유예주를 모시고 있다가 뜻밖에 어머님의 편지를 받고 밤새 달려온 길입니다."

서서의 말을 듣고 어머니는 벌컥 화를 내며 손을 들어 책상을 내려쳤다.

"네가 강호를 떠돌아다닌 지 벌써 여러해라, 그동안 나는 너의 학문이 많이 높아졌으리라 믿었느니라. 그런데 도대체 이게 어인 일이냐. 어째서 예전만도 못해졌느냐. 네 이미 글을 배웠으면서 충과 효를 동시에 온전히 할 수 없다는 것을 몰랐더냐? 조조는 임금을 속이는 도적이요, 현덕은 인의를 천하에 펼치는 한나라 황실의 자손이 아니더냐. 너는 모처럼 옳게 얻은 주인을 버리고, 그까짓 거짓편지 한장에 속아서 옳은 길을 버리고 음험한 자에게로 와서 누명을 쓰게 되었으니, 참으로 어리석은 놈이구나. 조상을 욕되게 하는 못난 자식은 더 보고 싶지 않다. 썩 물러가거라!"

서서의 어머니는 한바탕 호되게 꾸짖고 나서 몸을 일으켜 병풍 뒤로 들어가버렸다. 서서는 한동안 땅에 엎드린 채 감히 고개도 들지 못했다. 조금 있으니 시종이 달려나와 고한다.

"노마님께서 대들보에 목을 매셨습니다."

서서가 소스라치게 놀라 안으로 뛰어들어갔으나, 어머니는 이미 숨이 끊어진 뒤였다.

후세 사람이 서서의 어머니를 칭송하는 시를 지었다.

어질도다, 서서의 어머님이여	賢哉徐母
천고에 꽃다운 이름을 남겼도다	流芳千古
절개 지켜 어그러짐 없었으니	守節無虧
집안을 바로 다스렸도다	於家有補
자식을 지극한 도리로 가르치니	教子多方
자신의 몸은 괴로웠도다	處身自苦
그 기개 큰 뫼와 같은데	氣若丘山
그 의리 가슴속에서 우러났네	義出肺腑
유예주를 찬미하고	贊美豫州
조조는 몹시 꾸짖도다	毁觸魏武
가마솥에 삶겨 죽는 벌도 두려워 않고	不畏鼎鑊
칼날에 목이 잘리는 것도 겁내지 않았으되	不懼刀斧
오직 두려워한 일 사랑하는 아들이	唯恐後嗣
선조를 욕되게 함이었다네	玷辱先祖
칼로 자진하여 죽음과 같고	伏劍同流
맹자 어머님 짜던 베 자르던 일과 한가지일세	斷機堪伍
살아서는 그 이름을 얻었고	生得其名
죽어서는 올바른 곳을 얻었네	死得其所

어질도다, 서서의 어머님이여 賢哉徐母
꽃다운 그 이름 천고에 남겼도다 流芳千古

서서는 어머니의 죽음에 목놓아 울다가 마침내 혼절하여 한동안 깨어나지 못했다. 조조는 사람을 시켜 제물(祭物)을 보내 조문하고 몸소 장례식에 참례했다. 서서는 어머니를 허도의 남쪽 언덕에 안장(安葬)하고 묘소를 지키며, 조조가 보내온 물건은 무엇이건 받지 않고 돌려보냈다.

그 무렵 조조는 남쪽을 정벌하고자 사람들과 의논하였다. 순욱이 간한다.

"아직 날이 차서 용병하기 어렵습니다. 따뜻한 봄이 되기를 기다렸다가 크게 군사를 일으켜 진군하는 게 좋을 듯합니다."

조조는 순욱의 말을 따르기로 했다. 장하(漳河)의 물을 끌어다 못을 만들어 현무지(玄武池)라 이름짓고 그곳에서 수군(水軍)을 조련하며 남쪽을 정벌할 준비를 했다.

한편, 유현덕은 예물을 갖추어 융중으로 제갈량을 찾아 떠나려 했다. 그때 아랫사람이 들어와 말한다.

"문밖에 높은 관을 쓰고 넓은 띠를 두른, 모습이 비상해 보이는 사람이 찾아와 뵙기를 청합니다."

유현덕은 반색을 하며 혼잣말로 중얼거렸다.

"그렇다면 혹시 제갈공명이 찾아온 건 아닐까?"

현덕이 의관을 갖추고 영접하러 나가보니, 그는 뜻밖에도 수경선생 사마휘였다. 현덕은 크게 기뻐하며 후당으로 모시고 들어가 자리를 권하고 절하며 인사했다.

"그렇지 않아도 선생을 작별하고 나서 군무가 바빠 그동안 찾아 뵙지 못했는데, 이렇게 친히 찾아주셨으니 우러러 사모하던 마음에 적이 위로가 됩니다."

사마휘가 말한다.

"서서가 여기 와 있다기에 만나러 온 길입니다."

유현덕이 안타까운 어조로 말한다.

"근자에 조조가 서서의 모친을 잡아가두어 모친께서 편지를 보내신 터라, 지금은 서서가 허도로 떠나고 없습니다."

"허허, 저런! 서서가 조조의 꾀에 속고 말았구려. 내 일찍이 서서의 어머니는 매우 현명한 분이라 들었소이다. 설령 조조에게 잡혀가 있다 해도 절대로 아들에게 편지를 보내 부를 분이 아니니, 그것은 거짓편지임이 분명합니다. 서서가 그곳에 가지 않았다면 그 어머님이 살아 계실 테지만, 이제 갔으니 반드시 돌아가실 것이오."

유현덕은 깜짝 놀라 묻는다.

"아니 그게 무슨 말씀입니까?"

"서서의 어머니는 참으로 의기가 높은 분이라 필시 그 아들 보기를 부끄러워했을 것이오."

유현덕은 잠시 생각에 잠겼다가 다른 이야기를 꺼낸다.

"서서가 떠나면서 남양의 제갈량을 천거했는데, 그는 어떤 사람인지요?"

사마휘가 빙그레 미소지으며 대답한다.

"서서가 가려면 저나 갈 일이지, 공연히 다른 사람은 왜 끌어들여 고생을 시키려는고."

"선생께서는 어째서 그리 말씀하십니까?"

"본시 공명은 박릉(博陵)의 최주평(崔州平), 영천(潁川)의 석광원(石廣元), 여남(汝南)의 맹공위(孟公威), 그리고 서원직(徐元直, 서서), 이렇게 네 사람과 아주 가까이 지내던 사이요. 이들 네 사람은 모두 순수한 마음으로 학문에 정진했는데, 오직 공명만이 홀로 천하의 이치를 꿰뚫어보았소이다. 그가 일찍이 책상다리를 하고 시를 읊다가 네 사람을 가리켜 말하기를 '공들은 벼슬길에 나가면 자사(刺史)나 군수(郡守) 정도는 하리라' 하니, 그래 다른 이들이 공명에게 '그래, 그대가 뜻하는 바는 뭐요?' 하고 물었소. 공명은 그저 웃기만 할 뿐 아무 대답도 없었다고 합디다. 그 사람은 항시 자신을 관중이나 악의에 견주는데, 가히 그 재주를 헤아릴 길이 없소이다."

"영천에는 어찌 그리 어진 이들이 많습니까?"

"예전에 은규(殷馗)라는 사람이 천문을 잘 보았는데, 별들이 무리지어 영천의 경계에 모두 모여 있으니, 그곳에서 반드시 어진 선비가 많이 나오리라 했습니다."

이때 관운장이 곁에 있다가 한마디 한다.

"관중과 악의는 모두 춘추전국시대의 유명한 인물로 그 공과 업적이 천하를 덮을 만한데, 공명이 자신을 그 두 사람에게 견주는 것은 지나치지 않은지요?"

사마휘는 도리어 웃는다.

"지나친 게 아니라 오히려 부족하다 생각되오. 나는 그 두 사람이 아니라 다른 사람과 견주는 게 나을 성싶은데……"

"다른 사람이라면 누구 말씀이십니까?"

관운장이 되묻자 사마휘가 대답한다.

"주나라 8백년을 일으킨 강자아(姜子牙, 강상姜尙, 즉 강태공을 가리킴)와 한나라 4백년을 일으킨 장자방(張子房, 장량) 말이오."

사마휘의 말을 듣고 있던 모든 사람들은 너무 놀라 입을 다물지 못했다. 사마휘가 섬돌을 내려와 하직인사를 나누고 떠나려 하자 현덕이 만류했지만 그는 듣지 않았다. 문을 나서던 사마휘는 문득 하늘을 우러러보며 큰 웃음을 터뜨렸다.

"와룡이 비록 주인은 얻었으나 애석하게도 아직 때는 얻지 못하였구나!"

그러고는 표연히 떠나버렸다. 그 뒷모습을 보며 유현덕이 탄식했다.

"참으로 숨어 사는 현사(賢士)로다."

이튿날 유현덕은 관우·장비와 함께 수하 몇몇을 거느리고 융중으로 떠났다. 멀리서 바라보니 산 아래에서 농부 두어명이 밭을 갈며 노래를 부른다.

높은 하늘 일산처럼 펼쳤는데	蒼天如圓蓋
넓은 땅은 바둑판 같구나	陸地似棋局
세상 사람들 흑백으로 나뉘어	世人黑白分
오가며 영욕을 다투는데	往來爭榮辱
영화로운 자 스스로 평안하고	榮者自安安
치욕스러운 자 필경 바쁘도다	辱者定碌碌
남양땅에 은자가 있으니	南陽有隱居
베개를 높이하고 잠들어 있구나	高眠臥不足

현덕은 말을 세우고 농부를 불러 물었다.

"누가 지은 노래요?"

농부가 대답한다.

"와룡선생께서 지으신 노래입니다."

"와룡선생은 어디 사시오?"

"이 산 남쪽에 있는 높은 언덕이 바로 와룡강(岡)인데, 와룡강 앞의 성근 숲속에 초려(草廬) 한채가 있으니, 거기가 바로 와룡선생이 계신 곳입니다."

유현덕은 농부에게 고맙다 인사하고 말을 채찍질하여 걸음을 재촉했다. 불과 한마장도 못 가서 멀리 와룡강이 바라보이는데, 과연 맑은 경치가 범상치 않았다.

후세 사람들이 고풍(古風)의 시 한수로 와룡의 거처를 읊었다.

양양성 서쪽으로 20리에	襄陽城西二十里
한자락 높은 언덕 물가에 누워 있네	一帶高岡枕流水
높은 언덕 굽이굽이 구름을 누르고	高岡屈曲壓雲根
흐르는 물 잔잔히 돌밑에 감도누나	流水潺湲飛石髓
이 형세 괴로운 용이 바위 위에 서려 있는 듯	勢若困龍石上蟠
외로운 봉황 노송 그늘에 깃들인 듯	形如單鳳松陰裏
사립짝 반쯤 닫힌 초려 안에	柴門半掩閉茅廬
고결한 사람 누워 일어나질 않네	中有高人臥不起
대나무 어울려 푸른 병풍 이루었고	修竹交加列翠屏
철따라 울밑에 들꽃이 향기로워	四時籬落野花馨
책상머리에 쌓인 것이 모두 책이요	床頭堆積皆黃卷
이곳에 오가는 이들 속인은 찾을 수 없네	座上往來無白丁
때로는 잔나비 문 두드려 과일을 디밀고	叩戶蒼猿時獻果
방문 앞의 늙은 학이 글 읽는 소리 듣는다지	守門老鶴夜聽經
갑 속의 거문고는 옛 비단에 싸여 있고	囊裏名琴藏古錦
벽상에는 칠성보검 걸려 있구나	壁間寶劍掛七星
초려의 선생 홀로 그윽하고 단아하여	廬中先生獨幽雅
한가로이 몸소 밭 갈고 농사 짓네	閑來親自勤耕稼
다만 기다리노니 우레에 꿈 깨어	專待春雷驚夢回
한 소리 크게 외쳐 천하를 평정하리	一聲長嘯安天下

마침내 유현덕은 장원 앞에 이르자 말에서 내리더니 몸소 사립

문을 두드렸다. 동자 하나가 나와서 묻는다.

"어디서 오셨습니까?"

유현덕이 대답한다.

"한나라 좌장군(左將軍) 의성정후(宜城亭侯) 예주목(豫州牧) 황숙 유비가 선생을 뵙고자 찾아왔다고 여쭈어라."

동자가 말한다.

"제가 어찌 그렇게 긴 이름을 다 외우겠습니까?"

"그러면 그냥 유비가 찾아왔노라고 여쭈어라."

"선생님께서는 조금 전에 나가시고 안 계십니다."

"어디를 가셨느냐?"

"종적을 정하지 않고 다니시는 터라 어디로 가셨는지 모릅니다."

"그럼 언제쯤이나 돌아오시느냐?"

"그것도 일정치 않아서 한번 나가시면 3~4일 만에 돌아오실 때도 있고 10여일이 걸리는 때도 있습니다."

현덕은 못내 섭섭한 기색을 감추지 못했다. 장비가 볼멘소리로 말한다.

"없다니 그냥 돌아갑시다."

"아니다. 좀 기다려보자."

현덕의 말에 이번에는 곁에 있던 관운장이 한마디 한다.

"지금은 그냥 돌아가시고 사람을 보내 소식을 알아본 후에 다시 오는 게 좋을 듯합니다."

그 말을 따르기로 한 현덕은 동자에게 당부했다.

"만약 선생께서 돌아오시거든 유비가 찾아뵈러 왔다가 그냥 돌아갔다고 여쭈어다오."

유현덕이 말에 올라 몇리쯤 가다 다시 한번 융중의 경치를 돌아보니, 과연 산은 높지 않으나 수려하고 물은 깊지 않으나 맑으며 땅은 넓지 않으나 평탄하고 숲은 크지 않으나 무성했다. 원숭이와 두루미가 서로 벗하고 소나무와 대나무가 함께 어우러져 푸르니, 완연한 별천지요 인간세계가 아니다.

그렇게 현덕이 홀린 듯 풍광에 젖어 있는데, 문득 용모가 훤칠하고 기상이 빼어난 사람이 머리에는 소요건(逍遙巾)을 쓰고, 검은베 도포 차림으로 손에 청려장(靑藜杖)을 짚고 산모퉁이 오솔길을 내려오고 있다. 현덕이 관우와 장비를 돌아보며 말한다.

"저분이 필시 와룡선생이리라."

그러고는 급히 말에서 내려, 앞으로 마주 달려가 예를 갖추고 여쭈었다.

"혹시 와룡선생이 아니신지요?"

그 사람이 되묻는다.

"장군은 뉘시오?"

"저는 유비라고 합니다."

"으음, 나는 공명이 아니고 그의 벗으로, 박릉의 최주평이라 하오."

유현덕이 반가운 어조로 말한다.

"일찍부터 크신 이름을 들어오다가 다행히 이렇게 만나뵙게 되었습니다. 편치는 않으나 청컨대 여기 잠시 앉아 제게 한말씀 가르쳐주시지요."

두 사람은 숲속 바위 위에 마주 대하여 앉았다. 관우와 장비가 그 곁에 모시고 섰다. 최주평이 먼저 입을 연다.

"장군은 무슨 일로 공명을 만나려 하시오?"

현덕이 대답한다.

"지금 천하는 크게 어지럽고 사방이 소란스러운 때를 당하니, 공명선생을 만나뵙고 천하를 안정시킬 방책을 구하려 합니다."

최주평이 입가에 웃음을 머금고 말한다.

"공이 어지러운 천하를 바로잡으려는 것은 어진 마음에서 비롯된 것이나, 자고로 난리를 평정한다는 것은 참으로 무상하다 하겠소. 한고조가 뱀을 죽이고 의로운 군사를 일으켜 무도(無道)한 진(秦)나라를 주멸했으니 이는 어지러움을 다스린 것이요, 그후 애제(哀帝)·평제(平帝)에 이르기까지 2백년을 태평하다가 왕망(王莽)이 반역을 했으니 이는 다시 평화로움에서 어지러움으로 옮긴 것이요, 광무제(光武帝)가 중흥하여 왕업을 바로 세웠으니 이는 다시 어지러움에서 평정으로 들어간 것이지요. 그뒤 오늘날까지 2백년 동안 백성이 평화를 누려왔는데, 또다시 사방에서 난리가 일어나니 이는 바로 평화로움에서 다시 어지러움으로 들어가는 때라, 이를 일시에 바로잡기란 참으로 어려운 노릇이오. 장군이 공명으로 하여금 천지를 바로잡고 세상사를 바로세우게 하려 하십니다만, 결코 쉽게 이루어질 일이 아니니, 부질없이 몸과 마음만 허비할까 두렵소이다. 장군도 아시겠지만 예로부터 하늘을 따르는 자는 편안하고 하늘을 거스르는 자는 수고롭다 하지 않았습니까? 하늘의 운수는 이치로 뒤집을 수 없으며, 운명의 정한 바는 사람이 억지로 하지 못한다 했습니다."

유현덕이 말한다.

"참으로 고견(高見)이십니다. 다만 제가 한나라 황실의 후손으로 마땅히 천하를 바로잡아야 할 몸이고 보니, 어찌 하늘의 운수와 운명에만 맡겨두겠습니까."

"나 같은 촌부가 어찌 천하의 일을 두고 논하겠습니까마는, 장군께서 물으시기에 망령되이 한말씀 올렸을 따름이오."

최주평의 말에 현덕이 다시 말한다.

"선생의 가르침은 고맙게 들었습니다만, 혹 공명선생이 어디 가셨는지 모르십니까?"

"나 역시 그를 찾아오는 길이라, 어디를 갔는지 알 수 없소이다."

"청컨대 선생께서 저와 함께 신야로 가셨으면 하는데, 의향이 어떠신지요?"

최주평이 말한다.

"내 본래 천성이 한가한 것을 좋아하고 공명(功名)에 뜻이 없으니, 뒷날 다시 뵙지요."

최주평은 이렇게 말하고 길게 읍하고 돌아섰다. 유현덕은 관우·장비와 더불어 다시 말에 올랐다. 장비가 못마땅하여 투덜거린다.

"찾는 공명은 만나지도 못하고, 그까짓 시시한 선비를 붙들고 뭐 하러 한나절이나 쓸데없는 한담을 나누시우?"

현덕이 말한다.

"아니다. 은자(隱者)로서 할 만한 말을 한 것인데, 네가 알아듣지 못한 게지."

세 사람이 신야로 돌아온 지 며칠이 지나서였다. 유현덕은 융중으로 사람을 보내 공명의 소식을 알아보게 했다. 융중으로 갔던 사람이 돌아와 현덕에게 전한다.

"와룡선생은 이미 댁에 돌아와 계십니다."

유현덕은 다시 말에 안장을 얹고 융중으로 떠날 채비를 했다. 장비가 여전히 마땅찮아하며 한마디 한다.

"그까짓 촌부를 뭐 하러 형님께서 몸소 찾아보려 하시는 거요? 사람을 시켜 불러오면 될 걸 가지고."

현덕이 꾸짖는다.

"너는 맹자께서 하신 말씀도 못 들었느냐? '어진 사람을 찾아뵙는데 바른 도리로써 하지 않으면 방에 들어가려 하면서 문을 닫는 것이나 같다'고 했다. 공명은 당대의 큰 현사인데 불러들이라니, 될 법이나 한 소리냐?"

현덕이 말에 올라 다시 공명을 찾아가니, 관우와 장비도 말을 타고 뒤를 따랐다. 때는 바야흐로 한겨울이었다. 날은 매섭게 추운데다 붉은 구름이 하늘을 뒤덮더니, 얼마 못 가서 홀연히 삭풍이 거세게 불어오며 서설(瑞雪)이 휘날렸다. 잠깐 사이에 산은 마치 옥을 깎아세운 듯하고, 숲은 흡사 은으로 장식한 듯하였다. 장비가 말한다.

"날은 차고 땅은 얼어붙어 군사도 움직이지 못하는 때에, 뭐 하러 한낱 쓸모없는 사람을 만나러 그 먼 길을 간단 말이우? 어서 신야로 돌아가 풍설이나 피하고 봅시다."

현덕은 들은 척도 하지 않는다.

"공명에게 나의 은근한 성의를 보이고 싶어서 하는 일이니, 너희들은 추위가 무섭거든 먼저들 돌아가거라."

장비가 말한다.

"죽음도 두려워하지 않았는데 추위쯤이야 뭐가 두렵겠수? 그저 형님께서 부질없는 일로 고생하고 마음 쓰는 게 싫어서 하는 소리지."

현덕이 말한다.

"여러 말 말고 어서 서둘러 가자."

세 사람이 눈보라를 무릅쓰고 공명의 초려 가까이 이르렀을 때, 길가 주점에서 문득 노랫소리가 들려왔다. 현덕은 말을 세우고 서서 귀를 기울였다.

대장부가 공명을 아직 이루지 못했거늘	壯士功名尙未成
아아, 언제나 새봄을 만나려는	嗚呼久不遇陽春

그대는 못 보았나	君不見

동해의 늙은이 숨어 살던 숲을 하직하고	東海老叟辭荊榛
수레 뒤에 같이 타고 문왕과 나섰던 일	後車遂與文王親
8백 제후가 기약 없이도 모이고	八百諸侯不期會
흰 고기 뱃전에 드니 맹진을 건넜구나	白魚入舟涉孟津
목야 한판 싸움에 피 흘러 내를 이루니	牧野一戰血流杵
매처럼 날랜 위훈 무신 중에 으뜸이었네	鷹揚偉烈冠武臣

그대 또 보지 못했는가	又不見
고양 술꾼 역이기(酈食其)는 초야에서 일어나	高陽酒徒起草中
망탕산의 한고조에게 읍하고 만난 일을	長揖芒碭隆準公
패업의 높은 담론에 귀가 번쩍 띄어	高談王覇驚人耳
발 씻다 멈추고 자리에 모셔 그 위풍 흠모했네	輟洗延坐欽英風
동쪽으로 제나라 72성 얻었으니	東下齊城七十二
천하에 아무도 그를 따를 사람 없었네	天下無人能繼踪
강태공 역이기 이 두 사람 공적 이러하니	二人功迹尙如此
이제 누가 쉽사리 영웅을 논하리	至今誰肯論英雄

노래가 끝나자, 곧 다른 사람이 손으로 탁자를 치면서 이어 불렀다. 그 노래는 이러했다.

우리 고황제 칼 뽑아 천하 평정해	吾皇提劍淸寰海
창업하고 터 닦은 지 4백년 되었네	創業垂基四百載

환제·영제에 이르러 화덕이 쇠해지매 桓靈季業火德衰
간신과 적자들이 들끓게 되었네 奸臣賊子調鼎鼐
푸른 구렁이 옥좌 위로 떨어지고 青蛇飛下御座傍
요기어린 무지개가 대궐로 뻗쳤네 又見妖虹降玉堂
도적들은 사방에서 개미떼처럼 일어나고 群盜四方如蟻聚
간웅의 무리 저 잘났다 뽐내네 奸雄百輩皆鷹揚
우리야 노래 부르며 손장단이나 치고 吾儕長嘯空拍手
답답하면 주점 찾아 술이나 마시네 悶來村店飲村酒
이 한몸 고결히 지키면 하루 종일 편안한 걸 獨善其身盡日安
천추에 이름 전하여 무엇하리 何須千古名不朽

두 사람은 노래가 끝나자 박수를 치고 큰소리로 웃었다. 현덕이 반갑게 말한다.

"필시 와룡이 이 안에 있을 게야."

얼른 말에서 내려 주점으로 들어갔다. 주점 안에는 두 사람이 탁자를 의지하고 마주 앉아서 술을 마시고 있는데, 윗자리에 앉은 사람은 얼굴이 희고 수염이 길었고, 아랫자리에 앉은 사람은 맑아 보였으나 용모가 기괴했다. 현덕은 그들 앞에 공손히 읍하고 물었다.

"두분 가운데 어느 분이 와룡선생이십니까?"

수염 긴 사람이 되묻는다.

"공은 뉘시며, 와룡은 무슨 일로 찾으시오?"

현덕이 조용히 답한다.

"저는 유비라는 사람인데, 와룡선생을 찾아뵙고 세상을 건지고 백성을 편안케 할 방도를 구하려 합니다."

수염 긴 사나이는 그제야 빙그레 웃으며 말한다.

"우리는 와룡이 아니고 와룡의 친구요. 나는 영천의 석광원이고, 저 사람은 여남의 맹공위라 합니다."

현덕은 기뻐하며 환하게 웃는다.

"두분의 크신 이름을 들은 지 오래인데, 다행히 이곳에서 뵙게 되었습니다. 마침 가지고 온 말이 있으니, 청컨대 두분께서는 저와 함께 와룡선생 댁으로 가셔서 좋은 말씀을 들려주시지요."

석광원이 사양한다.

"우리는 모두 산야의 게으른 무리라 나라를 다스리고 백성을 편안케 하는 일은 도무지 모르는 터이니, 물어본다 해도 드릴 말씀이 없구려. 귀공은 와룡을 찾아가보시지요."

별수 없이 현덕은 두 사람과 작별인사를 나누고 다시 말에 올라 와룡강으로 향했다. 와룡의 집앞에 이르러서는 말에서 내려 문을 두드리면서 동자를 불렀다.

"선생께서 오늘은 댁에 계시냐?"

동자가 대답한다.

"지금 초당에서 글을 읽고 계십니다."

현덕은 크게 기뻐하며 동자를 따라 안으로 들어갔다. 중문에 이르러 바라보니 문 위에 큼직한 글씨로 써붙인 대련(對聯)이 있었다.

유비·관우·장비는 눈보라를 무릅쓰고 공명의 초려를 찾다

마음이 담박하니 뜻이 밝아지고 淡泊以明志
차분하고 고요하니 생각이 멀리 미치도다 寧靜以致遠

유현덕이 잠시 서서 그 글을 음미하는데, 문득 안에서 낭랑한 음성으로 시 읊는 소리가 들려온다. 현덕이 문틈으로 엿보니, 한 젊은이가 화로 앞에서 책상다리를 하고 앉아 시를 읊고 있다.

봉황은 천길을 날아오르는데도 鳳翱翔於千仞兮
오동이 아니면 깃들이지 않고 非梧不棲
선비는 한구석에 숨어 지낼지라도 士伏處於一方兮
주인이 아니면 섬기지 않는도다 非主不依
즐거워라, 밭이랑 몸소 갈고 樂躬耕於隴畝兮
나는 나의 초려를 사랑하노라 吾愛吾廬
거문고와 독서에 마음을 붙임이여 聊寄傲於琴書兮
이로써 하늘의 때를 기다리는도다 以待天時

현덕은 시 읊는 것이 끝나기를 기다렸다가 곧 초당으로 올라가서 예를 올리고 말한다.

"유비는 오랫동안 선생을 흠모해왔으나 연분이 닿지 못하다가 이제야 뵙게 되었습니다. 지난번에 서원직(서서)이 선생을 천거하여 이곳에 찾아뵈러 왔다가 뵙지 못하고 돌아갔는데, 오늘 눈보라를 무릅쓰고 다시 와서 이렇게 존안을 뵙게 되었으니 실로 크나큰

행운입니다."

젊은이가 황망히 자리에서 일어나 답례하며 말한다.

"장군께서는 유예주이시고, 우리 작은형님을 만나러 오신 게 아니십니까?"

유현덕이 놀라는 한편 의아해하며 묻는다.

"와룡선생이 아니시오?"

젊은이가 대답한다.

"저는 와룡의 아우 제갈균(諸葛均)입니다. 본래 저희는 3형제인데 맏형 제갈근(諸葛瑾)은 강동의 손권에게 가서 모사로 있고, 공명은 작은형님입니다."

"와룡선생은 지금 댁에 안 계시오?"

"어제 최주평과 약속이 있어서 나가셨습니다."

"어디로 가셨는지요?"

"배를 타고 강호(江湖)에서 노닐기도 하고, 고승을 찾아 산에 오르기도 하며, 마을로 내려가 친한 벗들을 만나기도 하고, 또 동부(洞府)에서 거문고를 타거나 바둑을 두기도 합니다. 매양 이렇게 다니는 곳이 정해져 있지 않은 까닭에 어디 계신지 알 길이 없습니다."

유현덕은 저도 모르게 한숨을 짓는다.

"유비는 어찌하여 이리 연분이 없는지. 두번을 와도 도무지 선생을 만나뵙지 못하는군요."

"잠깐만 계시지요. 제가 차를 올리겠습니다."

장비가 가만히 있지 못하고 한마디 한다.

"선생께서 안 계시다니 이제 그만 돌아가십시다."

"여기까지 왔는데 어찌 이대로 돌아간단 말이냐?"

유현덕은 다시 제갈균에게 묻는다.

"형님 되시는 와룡선생께서는 도략에 밝아 날마다 병서(兵書)를 보신다고 하던데, 과연 그러하오?"

제갈균이 대답한다.

"잘 모르는 일입니다."

장비가 또 가만히 있지 못하고 말한다.

"그 사람에게 물어서 뭐 하겠수? 눈보라가 저리 심한데 서둘러 돌아갑시다."

유현덕이 장비를 꾸짖는데, 제갈균이 말한다.

"형님께서 집에 안 계시니 오래 머무르시라고 할 수도 없고 그저 송구스럽기만 합니다. 형님께서 오시면 곧 찾아가뵙도록 말씀드리겠습니다."

"어찌 감히 선생께서 왕림하시기를 바라겠소. 며칠 뒤에 다시 와서 뵐 터이니, 바라건대 종이와 붓을 빌려주시면 우선 몇자 적어 나의 간절한 마음을 편지로나마 전할까 하오."

제갈균이 문방사보(文房四寶, 종이·붓·먹·벼루)를 내주었다. 유현덕은 얼어붙은 붓을 입김으로 녹여 종이를 펼쳐놓고 자신의 간곡한 뜻을 적기 시작했다.

유비가 오래전부터 선생의 높은 이름을 사모하여 두번이나 찾아뵈러 왔으나 만나지 못하고 돌아가니, 그 서운함을 어찌 말로 다하겠습니까. 생각해보건대 유비는 한나라 황실의 자손으로 외람되게도 이름과 벼슬을 얻었으나, 엎드려 바라보니 조정은 힘이 없고 기강이 무너져 군웅(群雄)이 나라를 어지럽히고, 악한 무리가 임금을 속이고 있어 실로 마음과 몸이 찢겨나가는 듯합니다. 이 유비에게 비록 나라를 바로잡고자 하는 마음은 있으나 경륜이 없으니, 바라건대 선생께서 인자하고 충의로운 마음으로 분연히 일어나, 강태공과 같은 큰 재주를 펴시고 장자방 같은 큰 계책을 베푸시면, 천하와 사직을 위해 참으로 다행한 일이겠습니다. 우선 이렇게 글을 올리고, 다시 목욕재계하고 찾아와 존안을 뵙고 저의 작은 정성을 기울이려 하니 널리 살펴주시기 바랍니다.

유현덕은 편지를 써서 제갈균에게 건넨 다음 하직인사를 했다. 제갈균은 문밖까지 나와서 현덕 일행을 전송했다. 현덕이 거듭 은근한 뜻을 전하고 말에 올라 떠나려 하는데, 갑자기 동자가 손을 들어 저편을 가리키며 외친다.

"노선생께서 오십니다!"

유현덕이 바라보니, 사람 하나가 조그만 다리 서쪽에서 가까이 오고 있는 것이 보였다. 그 사람은 방한모에 여우가죽옷을 걸치고 나귀 잔등에 앉았는데, 푸른 옷을 입은 동자 하나가 호리병을 들고 뒤따르고 있었다. 그 사람은 눈을 밟고 다리를 건너며 시를 읊었다.

밤새 북풍이 차갑더니	一夜北風寒
만리에 구름이 덮였구나	萬里彤雲厚
하늘에 눈이 휘날리더니	長空雪亂飄
강산의 옛모습 온통 바뀌었구나	改盡江山舊

머리 들어 허공을 쳐다보니	仰面觀太虛
옥룡이 서로 다투는가	疑是玉龍鬪
비늘들이 어지러이 날아서	紛紛鱗甲飛
금세 온 세상 뒤덮고 말았네	頃刻遍宇宙

나귀 타고 작은 다리 건너다가	騎驢過小橋
홀로 매화꽃 시듦을 탄식하네	獨嘆梅花瘦

현덕은 시 읊는 소리를 들으며, 속으로 와룡이 틀림없다고 생각했다. 분주히 말에서 내려 예를 갖추며 말한다.

"이렇게 추운 날 어디를 다녀오십니까? 유비가 기다린 지 오래입니다."

나귀에 올라앉아 있던 사람이 황망히 내려서 답례를 했다. 그때 등 뒤에서 제갈균이 일러준다.

"그 어른은 와룡이 아니라, 형님의 장인인 황승언(黃承彦) 어른이십니다."

현덕이 말한다.

"방금 읊으신 시가 지극히 고상하고 절묘합니다."

황승언이 답한다.

"이 사람이 사위 집에서 「양보음(梁父吟)」(제갈량의 시)을 보고 그 중 한편을 외웠는데, 방금 다리를 건너오다가 우연히 울타리 사이의 매화를 보고 감회가 새로워 읊었더니, 뜻밖의 손님이 들으셨군요."

현덕이 묻는다.

"사위 되시는 분은 만나보셨는지요?"

"이 사람도 지금 사위를 만나러 오는 길이외다."

유현덕은 황승언과 작별하고 말에 올랐다. 휘몰아치는 눈보라를 뚫고 신야로 돌아가는데, 못내 아쉬워 고개를 돌려 와룡강을 바라보니 울적한 심사를 이길 도리가 없다.

후세 사람들이 눈보라 속에 공명을 찾아간 현덕을 두고 이렇게 시를 지어 읊었다.

바람 불고 눈오는 날 현자를 찾아갔으나	一天風雪訪賢良
만나지 못하고 돌아서는 길 서글픈 마음뿐이네	不遇空回意感傷
계곡과 다리는 얼어붙어 산길 미끄러운데	凍合溪橋山石滑
말안장에 스며드는 찬바람 갈 길은 멀기도 해라	寒侵鞍馬路途長
머리 위로 배꽃처럼 눈송이 나부끼고	當頭片片梨花落

얼굴에는 버들솜 분분히 부딪네	撲面紛紛柳絮狂
말고삐 잡고 고개 돌려 아득히 바라보니	回首停鞭遙望處
와룡강 온통 은빛으로 쌓였구나	爛銀堆滿臥龍岡

흐르는 세월은 물과 같아서, 유현덕이 신야로 돌아온 뒤 어느덧 겨울이 지나고 봄이 되었다. 현덕은 점치는 사람에게 명해 길일을 택한 다음, 사흘 동안 목욕재계하고 새옷으로 갈아입고서 다시 와룡강으로 공명을 찾아갈 준비를 했다. 그러나 장비는 말할 것도 없고 관우까지도 도무지 탐탁지 않게 생각하여 이를 막으려고 현덕을 찾는다.

숨은 현자 끝내 영웅의 뜻에 감복하지 않아	高賢未服英雄志
지나치게 몸을 굽히는데 호걸은 의아해하네	屈節偏生傑士疑

관우와 장비는 과연 무슨 말로 현덕을 만류하려는 것일까?

38

와룡 일어나다

공명은 융중에서 천하삼분의 계책을 정하고
손권은 장강전투에서 원수를 갚다

두번이나 찾아가고도 만나지 못했는데, 현덕이 다시 공명을 찾아가려 하자 평소에는 말이 없던 관운장까지도 말리고 나섰다.

"형님은 몸소 두번씩이나 찾아가셨습니다. 예의가 지나칠 정도입니다. 생각건대 제갈량은 허명만 높을 뿐 실제로는 별로 배운 것이 없는 사람일지도 모르며, 그래서 번번이 피하고 형님을 만나려 하지 않는 듯합니다. 어째서 형님은 그런 사람에게 혹하셨습니까?"

현덕이 말한다.

"그렇지 않다. 옛날 제(齊)나라의 환공(桓公)은 동곽(東郭)의 야인을 만나기 위해 다섯번이나 찾아가 겨우 만났다 하는데, 하물며 내가 공명 같은 현자를 찾아보는 데 그만한 예의도 없이 되겠느냐?"

이번에는 장비가 참지 못하고 나선다.

"그건 형님이 잘못 아셨수. 그까짓 촌놈이 현자는 무슨 놈의 현자요? 이번에는 구태여 형님이 가실 게 아니라 사람을 보내서 불러들입시다. 만약 안 오면 내가 오랏줄로 묶어서 끌고라도 오겠수."

장비의 말을 듣고 유현덕이 큰소리로 꾸짖는다.

"너는 그래 주(周)의 문왕(文王)께서 강자아를 찾아갔을 때의 일도 모르느냐! 문왕 같은 분도 현자를 그리 공경했는데, 네가 어찌 이렇듯 무례하게 군단 말이냐. 너는 이번에는 따라오지 말아라. 내 관운장하고만 갔다오겠다."

장비가 변죽 좋게 웃으며 말한다.

"두분 형님이 가시는데 왜 나만 빠지라구 하우."

현덕이 장비에게 당부의 말을 한다.

"네가 꼭 함께 갈 작정이라면 데리고야 가겠다만, 행여 실례를 범해서는 안되느니라. 알겠느냐?"

"형님, 염려 놓으시우."

유비와 관우, 장비 세 사람은 다시 길을 떠났다. 시종 몇명을 거느리고 떠난 유비 일행이 마침내 공명의 초려에서 반 리쯤 떨어진 곳에 이르렀을 때였다. 현덕이 말에서 내려 걸어가는데, 마침 반대편에서 공명의 아우 제갈균이 오고 있었다. 유현덕은 황망히 예를 차리고 묻는다.

"형장께서는 지금 댁에 계십니까?"

"엊저녁에 돌아왔으니 오늘은 틀림없이 만나실 수 있을 겝니다."

제갈균은 이렇게 한마디 대답하고는 표연히 걸음을 재촉하여 제 갈 길로 가버렸다.

"참으로 다행이구나. 이번에는 선생을 만나뵙게 되었으니……"

유현덕은 기쁨을 누르지 못하는데, 장비가 제갈균의 뒷모습을 바라보다가 마뜩지 않은 듯 한마디 한다.

"거참 무례하기 짝이 없는 놈이로군. 우리를 안내해 저희 집으로 갈 일이지, 말 한마디 던져놓고는 제 갈 길을 그냥 가버리다니."

현덕이 말한다.

"그만둬라. 사람은 다 저마다 볼일이 있는 법인데, 탓할 것이 아니다."

세 사람은 마침내 공명의 초려 앞에 이르러 문을 두드렸다. 동자가 문을 열고 나오자 현덕이 말한다.

"들어가서 유비가 선생을 뵙고자 한다고 여쭈어라."

동자가 말한다.

"오늘은 선생님께서 계시기는 하지만, 지금 초당에서 낮잠을 주무시고 계십니다."

"그렇다면 아직 여쭈지 말아라."

유현덕은 동자에게 이렇게 이른 다음 관우와 장비에게는 문밖에서 기다리고 있으라 분부하고, 혼자서 천천히 안으로 들어갔다. 과연 와룡은 초당 평상 위에 번듯이 누워 깊이 잠들어 있었다. 유현덕은 손을 맞잡고 섬돌 아래 서서 기다렸다. 반나절이 지나도 공명은 깨어나지 않았다.

한편 관우와 장비는 밖에서 한참 동안 기다려도 아무 소식이 없자 안으로 들어갔다. 그런데 현덕이 아직까지도 섬돌 아래 서 있는 것이 아닌가. 장비가 잔뜩 화가 나서 관운장을 향해 말한다.

"세상에 저 선생이 어찌 저리 거만하단 말이우? 우리 형님을 섬돌 아래 반나절이나 세워놓고, 자기는 누워서 자는 체하고 일어나지 않다니! 당장 집 뒤로 돌아가서 불을 싸질러놓아야지 안되겠수. 어디 제가 일어나지 않고 견디나 한번 봐야지."

관운장이 장비를 거듭 말렸다. 유현덕은 관운장에게 냉큼 장비를 데리고 밖으로 나가라고 분부하고 다시 초당 위를 바라보았다. 마침 공명은 자리에서 일어날 듯 몸을 돌이키더니 도로 벽쪽으로 돌아누워버린다. 동자가 공명을 깨우려고 나서는데 현덕이 말린다.

"놀라시게 하지 말아라."

그리고 다시 현덕은 한 시각이나 더 서서 기다렸다. 마침내 공명은 잠에서 깨어나더니 시를 한수 읊는다.

큰 꿈을 뉘 먼저 깨는고	大夢誰先覺
평소 내 스스로 아노라	平生我自知
초당에 봄잠이 넉넉하니	草堂春睡足
창밖에 해는 길기도 하구나	窓外日遲遲

제갈공명은 시를 읊고 나서, 몸을 돌려 동자를 보고 묻는다.

"손님이 찾아오시지 않았더냐?"

동자가 대답한다.

"유황숙께서 오셔서 벌써부터 기다리고 계십니다."

"왜 진작 나를 깨우지 않았느냐? 내 잠깐 들어가서 옷을 갈아입고 나오마."

이렇게 이른 뒤 공명은 후당으로 들어갔다.

한참이 지나서야 의관을 정제하고 나온 공명은 손님을 맞았다. 유현덕이 제갈공명을 바라보니, 신장이 8척이요 얼굴은 관옥(冠玉) 같다. 머리에 윤건(綸巾)을 쓰고 몸에는 학창의(鶴氅衣)를 입었는데, 표연한 기상이 마치 신선의 풍모다. 유현덕은 절을 올리고 입을 연다.

"저는 한나라 황실의 후손이요 탁군에 사는 어리석은 필부로서, 오래전부터 선생의 높은 이름을 천둥같이 들었습니다. 일전에 두 번을 찾아뵈러 왔다가 뵙지 못하고 천한 이름으로 몇자 적어놓고 갔는데, 선생께서 보셨는지 모르겠소이다."

공명이 답례하고 말한다.

"남양에 사는 야인(野人)이 천성이 게을러서 여러차례나 장군을 오시게 했으니 부끄러울 뿐입니다."

서로 깍듯이 인사를 나누고 손님과 주인이 자리를 나누어 앉으니, 동자가 차를 올렸다. 차를 마시고 나서 공명이 말한다.

"두고 가신 글을 보고, 나라와 백성을 걱정하는 장군의 마음을 족히 알 듯했습니다. 다만 제가 아직 어리고 재주가 없어 장군께서 청하신 일을 제대로 감당할 수 없으니 그저 답답할 뿐입니다."

유현덕이 말한다.

"사마휘 선생과 서서의 말씀이 어찌 헛되겠습니까. 바라건대 선생은 이몸을 비천하다 버리지 마시고 부디 가르침을 주십시오."

"사마휘 선생과 서서는 천하의 높은 선비요 저는 한낱 밭이나 가는 필부에 지나지 않는데, 어찌 감히 천하의 일을 논하겠습니까. 두 분께서 잘못 천거하신 게지요. 장군께서는 어찌하여 아름다운 옥을 버리고 보잘것없는 돌을 구하려 하십니까?"

"대장부가 세상을 구할 큰 재주를 품고도 어찌 산속에 파묻혀 부질없이 늙으시려 합니까? 부디 선생은 천하창생(天下蒼生)을 생각하셔서 우둔한 유비에게 가르침을 주십시오."

공명은 마침내 입가에 웃음을 띠고 말한다.

"먼저 장군의 뜻을 듣고 싶습니다."

유현덕은 앞으로 다가앉으며 말한다.

"한나라의 사직이 기울고 간신의 무리가 농간을 부리고 있는 이때에, 앉아서 보고만 있을 수는 없습니다. 이 유비가 힘을 헤아리지 않고 대의를 천하에 펴고자 하나, 지혜와 학식이 부족하여 뜻을 이루지 못하고 있습니다. 부디 선생께서 제 어리석음을 깨우쳐 나라를 구해주시면 진실로 천만다행이겠습니다."

공명이 옷깃을 바로잡고서 조용히 입을 연다.

"동탁이 모반한 뒤로 천하호걸이 벌떼처럼 일어난 중에, 조조가 그 형세가 원소만 못했으면서도 마침내 원소를 쳐 이긴 것은 오로지 하늘의 도움〔天時〕만이 아니라 사람의 힘이 있어서라 하겠지요. 이제 조조가 백만의 무리를 거느리고 황제를 앞세워 제후를 호령하니, 그와는 함부로 힘을 다툴 수 없게 되었습니다. 손권은 강동을 손에 넣고 이미 3대를 이었으며, 지형이 험하고 백성들이 따르니, 그와 화친하여 힘은 빌리더라도 함께 도모할 수는 없는 형세입니다. 형주는 북쪽으로 한수(漢水)·면수(沔水)를 의지해 남해(南海)까지 모두 이로우며, 동쪽으로는 오회(吳會, 오군嗚郡과 회계會稽)와 닿고 서쪽으로는 파촉(巴蜀, 파군巴郡과 촉군蜀郡)과 통했으니, 이야말로 군사를 일으키고 천하를 다스릴 만한 땅입니다. 이곳은 참주인이 아니면 능히 지키지 못할 것이니, 이는 곧 하늘이 장군께 내리신 곳이거늘, 장군께서는 어찌하여 버려두고 계신지요. 또 익주(益州)는 천하에 드문 험준한 요새이나, 기름진 땅이 천리에 뻗어 있고, 천부지토(天府之土, 자연적 요새)라 하여 한고조께서도 이 땅을 의지하시어 제업(帝業)을 이루었습니다. 오늘날 유장(劉璋)은 사리에 어둡고 나약해서 백성이 많고 나라가 부유한데도 백성을 돌볼 줄 모르기 때문에, 지혜롭고 현명한 선비들은 은근히 명군(明君)을 기다리고 있습니다. 장군께서는 한실 종친으로 신의를 사해에 드날리고 천하의 영웅호걸들을 얻으셨으며 어진 이를 갈구하시니, 이제 만약 형주와 익주를 발판으로 그 험준한 지형을 요새 삼아 서쪽 오랑캐 융족(戎族)들의 마음을 사는 한편, 남쪽 오랑캐 이족(彝族)과 월족(越族)을 위로하고, 밖으로는 손권과 굳게 맺으시되 안으로 백성을 잘 다스리시면서, 천하에 변고가 있기를 기다렸다가, 한 장수에게는 형주 군사를 거느리고 완성과 낙양으로 가게 하시고, 장군께서는 몸소 익주의 무리를 거느리고 진천(秦川)으로 나가신다면, 어느 백성이 뛰어나와 장군을 맞이하지 않겠습니까? 진실로 이와 같이 한다면 가히 대업을 이룰 수 있을 것이요 한나라 황실을 다시 일으킬 수 있을 것입니다. 이것이 바로 제가 장군을 위해 생각해낸 계책이니, 장군께서는 힘껏 도모하십시오."

공명은 잠시 말을 끊고 동자에게 명해 그림 한폭을 내다가 중당에 걸게 한 다음 말을 잇는다.

"이것은 서천(西川) 54주의 지도입니다. 장군께서 패업(霸業)을 이루시려거든 북쪽은 천시(天時)를 얻은 조조에게 양보하고, 남쪽은 지리(地利)를 손에 넣은 손권에게 양보한 다음, 인화(人和)를 얻으십시오. 먼저 형주를 손에 넣어 근거로 삼고 나서 바로 서천을 취해 기반을 세우고, 조조·손권과 더불어 정족지세(鼎足之勢, 솥발처럼 셋이 맞서 대립한 형세)를 이루십시오. 그런 뒤에라야 중원(中原)을 도모할 수 있을 것입니다."

현덕은 다 듣고 나자 자리에서 일어나 손을 맞잡고 사례한다.

"선생의 말씀을 들으니 답답하던 가슴이 활짝 열려 마치 운무(雲霧)를 헤치고 푸른 하늘을 보는 듯합니다. 하나 형주의 유표와 익주의 유장은 모두 한실 종친이니, 어찌 차마 그 땅을 빼앗겠습니까?"

공명이 말한다.

공명은 유비에게 천하삼분의 계책을 일러주다

"내가 지난밤에 천문을 보니 유표는 오래지 않아 세상을 떠날 것이요, 유장은 결코 대업을 세울 사람이 아닙니다. 나중에는 형주와 익주 모두 장군에게로 돌아오고야 말 것입니다."

유현덕은 이 말을 듣고 머리를 깊이 조아려 사례했다.

이 자리에서 공명이 한 이야기는 실로 그가 초려를 떠나기 전에 이미 천하가 셋으로 나뉠 것을 미리 안 것이니, 참으로 공명은 만고에 길이 남을 걸출한 인물이었다.

후세 사람들이 이 일을 찬탄하여 시를 지었다.

현덕이 당시 곤궁함을 탄식하더니	豫州當日嘆孤窮
천행으로 남양에 와룡 있었구나	何幸南陽有臥龍
뒷날 천하삼분이 된 것을 알려거든	欲識他年分鼎處
선생이 웃으며 가리킨 지도를 보게	先生笑指畫圖中

유현덕이 공명에게 절하고 청한다.

"내 비록 이름 없고 덕이 부족하지만, 원컨대 선생은 나를 비천하다 버리지 마시고 산에서 나와 도와주십시오. 이 유비는 마땅히 가르침을 따르겠습니다."

공명이 대답한다.

"이몸은 오랫동안 밭 가는 것을 낙으로 살아왔을 뿐 세상사에 게으른 터라, 장군의 명을 받들 수가 없습니다."

현덕은 울면서 거듭 청한다.

"선생께서 세상에 나오시지 않으면 억조창생은 장차 어찌하면 좋겠습니까."

말을 하는데, 흐르는 눈물이 옷깃과 도포자락을 적신다. 현덕이 어찌나 간절히 청하는지 지켜보던 공명은 자기도 모르게 마음이 움직였다. 비로소 공명이 입을 연다.

"장군께서 저를 물리치지 않으신다면 삼가 견마(犬馬)의 수고를 아끼지 않겠습니다."

유현덕은 크게 기뻐했다. 당장 관우와 장비를 불러들여 공명에게 절을 올리게 한 뒤, 시종을 불러서 가지고 온 예물을 바치게 했다. 공명이 굳이 사양하며 받으려 하지 않자 현덕이 말한다.

"이는 결코 어진 분을 맞아들이는 예로서 드리는 것이 아니요, 그저 유비의 작은 마음을 표할 뿐입니다."

공명은 그제야 예물을 받았다.

이리하여 현덕과 관우, 장비는 그날 밤을 공명의 집에서 묵었다. 이튿날, 아우 제갈균이 돌아오자 공명은 조용히 당부했다.

"유황숙께서 이처럼 세번이나 찾아주신 뜻을 저버릴 수 없어, 나는 이제 집을 떠나려 한다. 비록 내가 없더라도 너는 남아서 논밭을 잘 거두어 황폐하지 않게 하여라. 내 공을 이루어 유황숙의 은혜를 갚는 대로 다시 돌아와 이곳에 은거할 것이다."

후세 사람들이 이 일을 두고 시를 지어 찬탄했다.

높이 날아오르기 전에 돌아올 일 생각했으니　　身未升騰思退步

공을 이루었다면 응당 떠날 때 이 말 기억하리	功成應憶去時言
다만 선주의 정녕한 부탁으로 인해	祇因先主丁寧後
가을바람 부는 오장원에 큰 별이 떨어지누나	星落秋風五丈原

또한 고풍의 시 한수가 있다.

고황제 뽑아든 삼척검 칼날에	高皇手提三尺雪
망탕산의 백사 피흘리고 죽었네	芒碭白蛇夜流血
진나라 평정하고 초나라 이기고 올라선 한나라	平秦滅楚入咸陽
이백년 만에 대가 거의 끊어졌거늘	二百年前幾斷絶
위대하다, 광무제 낙양서 나라 다시 일으켰도다	大哉光武興洛陽
대대로 전해진 나라 환제·영제 때 다시 붕괴하여	傳至桓靈又崩裂
헌제는 도읍을 허창으로 옮기고	獻帝遷都幸許昌
천하에 어지러이 호걸들 일어나네	紛紛四海生豪傑
조조는 천시를 얻어 권력을 잡고	曹操專權得天時
강동의 손씨는 큰 기반 이루었네	江東孫氏開鴻業
고단할손 현덕이여, 천하를 떠돌다가	孤窮玄德走天下
홀로 신야에 몸 붙이니 악운이 그지없어라	獨居新野愁民厄
남양의 와룡선생 큰 뜻을 품고	南陽臥龍有大志
흉중엔 웅병 거느려 전략을 다 꾸미네	腹內雄兵分正奇
서서가 떠날 때 천거한 말로 인해	祇因徐庶臨行語
초려를 세번이나 찾아 마음 서로 통했으니	茅廬三顧心相知

이때 선생의 나이 겨우 27세	先生爾時年三九
거문고와 서책 치우고 정든 땅 떠나네	收拾琴書離隴畝
먼저 형주를 얻고 다음에 서천을 취하니	先取荊州後取川
크게 편 경륜 천하를 바로잡을 솜씨	大展經綸補天手
종횡으로 움직이는 혀끝 천둥이 일어나는데	縱橫舌上鼓風雷
담소 중에도 가슴속에선 별자리를 바꾸도다	談笑胸中換星斗
용의 신묘, 범의 용맹으로 천하를 편안케 하니	龍驤虎視安乾坤
천추만고에 그 이름 썩지 않고 전하리	萬古千秋名不朽

이리하여 유현덕 등 세 사람은 제갈균과 작별하고 공명과 함께 신야로 돌아왔다.

유현덕은 제갈공명을 스승의 예로써 대하였다. 먹는 것도 한 탁자에서 같이 먹었으며, 자는 것도 같은 침상에서 자면서 하루 종일 마주 앉아 천하의 일을 담론했다. 어느날 공명이 말한다.

"조조가 지금 기주에다 현무지(玄武池)라는 호수를 파고 수군을 조련하는 모양이, 반드시 강남을 칠 생각이겠지요. 은밀히 사람을 강동으로 보내서 그곳 허실을 염탐해오게 하십시오."

현덕은 공명의 말대로 곧 강동으로 사람을 보냈다.

한편 손권은 그의 형 손책이 죽은 뒤로 강동에 터를 잡고, 아버지와 형의 유업을 이어받아 널리 천하의 어진 선비들을 모아들였다. 그는 오회땅에다 빈관(賓館)을 세우고, 고옹(顧雍)과 장굉(張紘)에게 사방에서 모여드는 빈객들을 영접하도록 했다. 사람들이 다투어 인재들을 천거한 까닭에 몇해 동안 손권 휘하로 모여든 인재들은 한둘이 아니었다.

회계(會稽) 사람 감택(闞澤)은 자가 덕윤(德潤)이요, 팽성(彭城) 사람 엄준(嚴畯)은 자가 만재(曼才)요, 패현(沛縣) 사람 설종(薛綜)은 자가 경문(敬文)이요, 여양 사람 정병(程秉)은 자가 덕추(德樞)요, 오군(吳郡) 사람 주환(朱桓)은 자가 휴목(休穆)이요, 육적(陸績)은 자가 공기(公紀)이다. 또한 오인(吳人) 장온(張溫)의 자는 혜서(惠恕)요, 오상(烏傷) 사람 낙통(駱統)은 자가 공서(公緒)요, 오정(烏程) 사람 오찬(吾粲)은 자가 공휴(孔休)이니, 이들이 강동에 왔을 때 손권은 모두 정성껏 맞이하고 예를 다해 대우했다.

이밖에 좋은 장수도 몇 사람 얻었는데, 여남(汝南) 사람 여몽(呂蒙)은 자가 자명(子明)이요, 오군 사람 육손(陸遜)은 자가 백언(伯言)이요, 낭야(琅琊) 사람 서성(徐盛)은 자가 문향(文嚮)이요, 동군 사람 반장(潘璋)은 자가 문규(文珪)요, 여강 사람 정봉(丁奉)은 자가 승연(承淵)이다. 이렇듯 문무에 능한 사람들이 한결같이 마음을 모아 손권을 보좌하니, 이때부터 강동에는 많은 인재가 있다고 소문이 났다.

건안 7년(202)이었다. 조조는 원소를 물리치고 나서 강동으로 사신을 보내서, 손권에게 그의 아들을 허도로 보내 조정에서 황제를 모시게 하라고 명했다. 손권은 좀처럼 판단을 내리지 못하고 차일피일 미루며 날짜를 끌었다. 보다 못한 오태부인(吳太夫人)이 주유(周瑜)와 장소(張昭)를 불러들여 의견을 물었다. 장소가 고한다.

"조조가 이렇게 주공의 아들을 불러들이는 것은 바로 제후들을 견제하기 위한 책략입니다. 만일 우리가 조조의 말을 따르지 않는다면 십중팔구 군사를 일으켜 강동으로 쳐들어올 텐데, 그리되면 형세가 자못 위태로워지지 않을까 걱정입니다."

주유의 생각은 장소와 달랐다.

"장군께서는 아버지와 형님이 마련해놓은 유업을 이어받아 이제 여섯 군(郡)을 거느리고 계십니다. 군사들은 정예하고 식량은 넉넉하며 모든 장수들은 명을 받들어 충성을 다하고 있는 이때, 남의 강권에 못이겨 구태여 아드님을 볼모로 보낼 까닭이 어디 있습니까? 한번 아드님을 볼모로 보내고 나면 부득불 조조와 화친해야 할 것이고, 또한 그들이 부르면 어쩔 수 없이 가야만 하니, 이렇게 되면 늘 압제를 받을 수밖에 없습니다. 그러니 일단 거절의 뜻을 전한 뒤 서서히 동정을 살피다가 좋은 계책을 써서 방어하는 게 나을 줄로 아룁니다."

"옳은 말일세."

오태부인은 주유의 의견에 찬동했다. 손권은 그 말에 따라 사자를 돌려보내고 아들을 허도로 보내지 않았다. 이때부터 조조는 강남의 손권을 치려는 뜻을 품었으나 때마침 북쪽 변방이 편안치 않아 남정(南征)할 겨를이 없었다.

건안 8년(203) 11월이었다. 손권은 군사를 일으켜 황조(黃祖)와 대강(大江, 즉 장강長江)에서 싸웠다. 황조의 군사가 패해 달아나기 시작했다. 손권의 부장 능조(凌操)는 쾌선(快船)을 타고 앞장서서 이들을 하구(夏口)로 추격해들어가다가, 황조의 부장 감녕(甘寧)의 화살에 맞아 죽고 말았다. 죽은 능조의 아들 능통(凌統)은 그때 겨우 열다섯살이었으나, 죽기를 무릅쓰고 앞으로 나아가 끝내 아버지의 시신을 빼앗아 돌아왔다. 손권은 형세가 불리해지자 군사를 거두어 동오로 돌아왔다.

그 무렵 손권의 아우 손익(孫翊)은 단양(丹陽) 태수로 있었다. 손익은 본래 천성이 사나운데다 술을 좋아하여, 취한 뒤에는 으레 군사들에게 매질을 퍼붓기 일쑤였다. 이에 단양의 독장(督將) 규람(嬀覽)과 군승(郡丞) 대원(戴員)은 오래전부터 손익을 죽일 뜻을 품고 있다가, 마침내 손익의 시종 변홍(邊洪)과 결탁해 은근히 기회를 노리고 있었다.

그때 고을의 현령과 장수 들이 모두 단양에 모였다. 손익은 크게 연회를 베풀어 이들을 대접하려 했다.

손익의 부인 서씨(徐氏)는 재색을 겸비한데다 주역에 통달해 점을 쳐서 길흉화복을 볼 줄 알았다. 그날도 점괘를 보았는데, 크게 흉한 괘가 나왔다. 서씨는 남편에게 연회에 참석하지 말라고 권했지만, 손익은 서씨의 말을 귀담아듣지 않고 연회에 나가 술을 마음껏 마셨다.

연회는 날이 저물어서야 파했다. 사람들이 모두 흩어질 무렵, 손익은 변홍을 대동하고 문을 나섰다. 바로 그때 뒤따르던 변홍이 차고 있던 칼을 빼어 단칼에 손익을 찔러죽여버렸다.

애초에는 규람과 대원의 사주로 변홍이 저지른 짓이었다. 그런데 막상 일을 치르고 나니 규람과 대원은 모든 죄를 변홍에게 뒤집어씌워서는 저잣거리로 끌고 나가 참수해버렸다.

규람과 대원은 제 세상을 만난 듯 태수 부중으로 쳐들어가 손익의 재산을 몰수하고, 그의 시첩들까지 서로 나누어 차지했다. 나아가 규람은 남편을 잃은 손익의 부인 서씨의 미모에 더럭 욕심이 나서 서씨를 불러 이른다.

"나로 말할 것 같으면 네 남편의 원수를 갚아준 사람이다. 그러니 그대는 마땅히 나를 따라야 한다. 만일 나를 따르지 않으면 목숨을 구하기 어려울 것이야!"

서씨가 조용히 대답한다.

"남편을 잃은 지 얼마 안되어 다른 이를 섬기는 것은 도리가 아닙니다. 그믐날까지 기다려 제사를 지내고 상복을 벗은 다음 따르더라도 늦지 않을 것입니다."

규람은 서씨의 말을 듣고 더이상 다그치지 않고 돌아갔다. 서씨는 규람이 떠나자 은밀히 손고(孫高)와 부영(傅嬰)을 부중으로 불렀다. 두 사람 모두 손익의 심복 장수였다. 손고와 부영이 들어오자 서씨는 울며 말한다.

"남편이 살아 계실 때 항시 두분의 충의(忠義)를 칭찬하셨지요. 지금 규람과 대원 두 도적놈이 남편을 죽여 그 죄를 모조리 변홍에게 뒤집어씌우고는, 가산과 시종들을 노략질하고 그것도 모자라 규람이란 놈은 내 몸까지 더럽히려 하고 있소. 내 거짓으로 허락

한 체하여 우선 그자의 마음을 늦추어놓았으니, 부디 두분 장군께서는 속히 사람을 보내 오후(吳侯, 손권)께 이 사실을 알려주십시오. 또 한편으로 은밀하게 계략을 꾸며 두 역적놈을 죽여 원수를 갚아주신다면 내 죽어서도 두분 장군의 은혜를 잊지 않겠소."

서씨는 말을 마치고 몸을 일으켜 두번 절을 올렸다. 손고와 부영은 비감하여 눈물을 흘리며 말한다.

"저희 두 사람이 평소 손익 장군의 은혜를 입었는데, 이 난리 속에서도 차마 죽지 않고 있는 것은 바로 장군의 원수를 갚기 위해서였소이다. 우리가 어찌 부인께서 명하시는 바를 털끝만치라도 소홀히 하겠습니까?"

두 사람은 밖으로 나온 즉시 심복부하를 은밀히 손권에게 보내 모든 일을 알렸다.

드디어 그믐날이 되었다. 서씨는 손고와 부영을 불러들여 밀실의 장막 뒤에 숨겨놓고는 당상에 제물을 갖추어 지아비의 제사를 지냈다. 제사를 끝내고 상복을 벗어버린 서씨는 향을 달인 물로 목욕을 한 다음, 짙게 화장을 하고 얼굴에 미소를 지으며 요염한 태도를 가장했다. 규람은 이 소식을 전해듣고 매우 기뻐했다.

이윽고 밤이 되자 서씨는 시비를 보내 규람을 부중으로 청했다. 규람이 와서 보니 술상이 차려져 있었다. 규람은 서씨가 권하는 대로 술잔을 기울이다가 마침내 크게 취했다. 서씨가 술에 취한 규람을 부축해 밀실로 들어가니, 규람은 기뻐 어쩔 줄 몰랐다. 밀실에 들어선 서씨가 큰소리로 외친다.

"손고와 부영 장군은 어디 계시오!"

서씨의 말이 떨어지기가 무섭게 장막 뒤에서 손고와 부영이 일제히 칼을 들고 뛰어나왔다. 규람은 미처 손 한번 놀려볼 새도 없이 먼저 부영의 칼을 받고 고꾸라졌다. 이어 손고의 칼이 그 뱃속으로 쑤시고 들어갔다.

서씨는 이번에는 대원에게 사람을 보내 술자리에 청했다. 시종을 따라 부중에 발을 들여놓던 대원은 미처 당상에 오르기도 전에 좌우에서 기다리고 있던 손고와 부영이 동시에 내리친 칼에 맞아 그 자리에서 죽고 말았다. 손고와 부영은 즉시 사람을 보내 규람과 대원의 식구들과 그 일당을 모조리 잡아 죽였다. 서씨는 그제야 다시 상복으로 갈아입고, 규람과 대원 두 원수의 머리를 손익의 영전에 두고 제사를 올렸다.

하루가 지나지 않아 손권은 아우의 소식을 듣고 몸소 군사를 거느리고 단양에 이르렀는데, 와서 보니 서씨가 이미 두 역적놈을 죽인 뒤였다. 손권은 손고와 부영 두 장수를 아문장(牙門將)으로 삼아 단양을 지키게 하고, 서씨는 집으로 돌아가 편안히 살게 하였다. 이 이야기가 전해지자, 강동 사람들 중에 서씨의 덕을 칭송하지 않는 자가 없었다.

후세 사람들이 시를 지어 서씨를 찬탄했다.

재색과 절개 함께 갖춘 이 또 어디 있으리 才節雙全世所無
간악한 무리 하루아침에 죽임을 당하였네 奸回一旦受摧鋤

용렬한 신하 역적을 따르고 충신은 목숨 바치는 게 전부라 庸臣從賊忠臣死
모두 동오의 여장부에는 미치지 못하더라 不及東吳女丈夫

한편 동오 각처에서 날뛰던 산적들을 모두 평정한 손권은 장강에 전선 7천여척을 정박시켜놓고 그 웅장함을 자랑하고 있었다. 손권은 주유를 대도독(大都督)으로 삼아 강동의 수륙군마(水陸軍馬)를 총지휘하게 했다.

건안 12년(207) 10월, 손권의 어머니 오태부인의 병세가 위중해졌다. 다시 일어나지 못하리라는 것을 깨달은 오태부인은 곧 주유와 장소를 불러들여 간곡하게 뒷일을 당부한다.

"나는 본래 오(吳)땅 사람으로, 어려서 부모를 여의고 아우 오경(吳景)과 함께 월(越)땅에 와서 살다가 손씨 집안으로 시집을 왔소. 아들 4형제를 낳았는데, 맏아들 책(策)을 낳을 때는 달이 품안으로 들어오는 태몽을 꾸었고, 둘째아들 권(權)을 낳을 때는 해가 품안에 들어오는 꿈을 꾸었소. 점쟁이가 말하더군. 꿈에 해와 달이 품안에 드는 것을 보고 자식을 낳으면 그 자식은 귀하고 큰 인물이 된다고 말이오. 하지만 불행히도 책은 일찍 죽었고, 이제 강동의 기업(基業)은 모두 권에게 달려 있소. 바라건대 공들은 한마음으로 권을 도와주오. 그러면 내 죽어서도 은혜를 잊지 않으리다."

마지막으로 손권에게 말한다.

"너는 자포(子布, 장소의 자)와 공근(公瑾, 주유의 자)을 스승 모시듯 섬기되 절대로 태만해서는 아니 된다. 또한 내 친정 여동생은 나와 함께 네 아버지에게 시집온 터이니, 그 역시 네 어머니다. 내가 죽은 뒤에도 내 동생을 나를 섬기듯 섬겨야 한다. 그리고 네 누이동생을 정성껏 돌보아 마땅한 혼처를 가려서 시집보내주어라."

말을 마친 오태부인은 결국 숨을 거두었다. 손권이 슬피 울며 예를 갖추어 더할 나위 없이 성대히 장례를 치렀음은 길게 말할 것도 없다.

이듬해 봄이었다. 손권이 군사를 일으켜 황조를 칠 방도를 의논하자 장소가 나서서 간한다.

"모친 상중에 군사를 일으키는 것은 옳지 않습니다."

주유의 생각은 달랐다.

"원수를 갚고자 하는데 어떻게 탈상을 기다린단 말이오?"

두 사람의 생각이 맞서자 손권은 얼른 결정을 내리지 못하는데, 평북도위(平北都尉) 여몽(呂蒙)이 들어와 아뢴다.

"제가 용추(龍湫)의 수구(水口)를 지키고 있는데, 강 건너 황조의 부장 감녕이 항복해왔습니다. 그래서 주공의 명을 받고자 왔습니다."

손권이 어찌 된 일인가 궁금해하자 여몽이 자세하게 설명한다.

"본래 감녕의 자는 흥패(興霸)로 파군(巴郡) 임강(臨江) 사람이온데, 서사(書史)에 능통하고 기력(氣力)도 뛰어났다 합니다. 협객을 좋아하여 일찍이 망명객들을 모아 강호를 떠돌아다녔는데, 언제나 허리에 구리방울을 달고 다녀 그 방울소리만 들어도 사람들은 두려움에 떨며 몸을 피했고, 또 서천 비단으로 만든 돛을 단 배를 타고 다녀 사람들이 그를 '금범적(錦帆賊)'이라 불렀답니다. 그러다가 감녕은 그동안의 잘못을 뉘우치고 행실을 바로잡아, 무리를 거느리고 유표에게로 갔습니다. 그러나 유표 역시 큰그릇이 아님을 알고 즉시 동오로 와서 주공을 찾아뵐 작정이었는데, 일이 공교롭게 되어 중도에 황조를 만나 잠시 그에게 의탁하여 하구에 머물러 있었답니다. 황조 역시 용렬한 자라, 지난번 우리가 공격했을 때 감녕 덕분에 하구를 지킬 수 있었음에도 황조는 그를 박대했다지 뭡니까? 황조의 도독 소비(蘇飛)가 몇번이나 감녕을 천거했으나, 황조는 '지난날 떠돌아다니던 도적에 불과하다'고 하며 끝내 감녕을 대접해주지 않았답니다. 감녕은 내심 황조에게 한을 품고 있었는데, 소비가 자기 집으로 청해 술을 대접하면서, '내가 공을 여러차례 천거했는데도 주공이 들은 척도 않으니 어쩔 도리가 없구려. 세월은 덧없이 흐르고 인생은 길지 않으니, 아무래도 앞일을 다시 생각해야겠소. 내 주공께 말씀드려 공을 주현(邾縣)의 현장(縣長)으로 보내줄 터이니, 거기 있든지 떠나든지 잘 생각해보고 거취를 정하시오' 하고 은근히 말하더랍니다. 일이 이렇게 되어 하구를 벗어난 감녕은 강동에 투항할 마음을 먹게 되었으나, 지난번에 황조를 위해 싸우다가 강동의 장수 능조를 쏘아 죽인 일 때문에 선뜻 올 수가 없더랍니다. 그래서 제가 감녕에게 말했습니다. '우리 주공께서는 어진 인재를 구하시기를 목마른 사람이 샘물 찾듯이 하시니, 지난날의 원한 같은 것은 마음에 두지 않으시오. 게다가 그때는 피차 주인을 위해서 한 노릇인데 그것을 가지고 어찌 원한을 삼겠소이까.' 그 말에 감녕은 흔쾌히 수하 무리를 이끌고 강을 건너와 주공을 뵈려 합니다. 부디 내치지 말고 받아주십사 간청드리는 바입니다."

이야기를 듣고 난 손권은 크게 기뻐했다.

"이제 감흥패(興覇, 감녕의 자)를 얻었으니, 황조는 이미 물리친 것이나 다름없소."

손권은 여몽에게 명해 감녕을 데려오게 했다. 감녕이 들어와 손권 앞에 엎드려 절하고 나자, 손권이 말한다.

"감흥패가 이렇듯 와주니 그 기쁨을 표현할 길이 없소. 내 어찌 지난 일을 두고 다시 말하겠소? 그런 것은 아예 근심도 말고, 황조를 칠 좋은 계책이나 알려주오."

감녕이 말한다.

"이제 한나라 사직이 날로 위태로워, 마침내 조조가 황제의 자리를 차지할 형세입니다. 형주 남쪽은 조조가 항상 엿보던 곳으로, 유표는 백년대계를 생각지 못하고 자식들 또한 용렬하여 능히 대업을 이을 인물이 못 됩니다. 명공(明公)께서는 한시바삐 도모하셔야 합니다. 만약 때를 놓치면 조조가 먼저 도모할 터이니, 우선 황조부터 치도록 하십시오. 황조는 이제 한낱 늙고 혼미한 필부일 뿐, 재물에 욕심 많아 토색질이 심한 까닭에 관리와 백성 들의 원성이 높고, 전쟁장비조차 제대로 정비하지 못한데다 군율이 바로 서지 않아, 명공께서 지금 공격하시면 단번에 쳐부술 수 있습니다. 황조를 쳐부순 뒤에 다시 서쪽으로 초관(楚關)을 손에 넣고 파(巴)·촉(蜀)

을 도모하시면 가히 패업을 이룰 수 있을 것입니다."

듣고 나서 손권이 말한다.

"참으로 금옥(金玉) 같은 말씀이오."

손권은 즉시 주유를 대도독으로 삼아 수륙 양군을 지휘하게 하고, 여몽을 전군의 선봉으로, 동습과 감녕을 부장으로 삼았다. 그리고 자신은 10만 대군을 거느리고 황조를 치러 출병했다.

이 소식을 들은 정탐꾼이 급히 하구로 가서 황조에게 알렸다. 황조는 몹시 놀라 급히 수하 문무 장수들을 불러모아 대책을 세웠다. 소비를 대장으로 삼고 진취(陳就)와 등룡(鄧龍)을 선봉으로 하여 강하(江夏)의 모든 군사를 일으켜 동오 군사를 막기로 했다.

진취와 등룡은 각기 전선을 거느리고 면구(沔口)에 이르러 수중 진지를 세웠다. 전선에는 각각 강궁(強弓)과 경노(硬弩) 1천여개를 설치하고 굵은 밧줄로 전선들을 서로 얽어 일렬로 벌여놓았다.

마침내 동오의 군사가 배를 몰고 당도했다. 순간 황조 진영의 전선에서 일제히 북소리가 울리며 활과 쇠뇌가 빗발치듯 쏟아졌다. 동오 군사는 그 기세에 움찔하여 감히 앞으로 나가지 못하고 한마장쯤 후퇴했다. 보다 못한 감녕이 동습을 돌아보며 분연히 말한다.

"이대로 있을 수는 없소. 앞으로 전진하겠소!"

감녕은 작은 배 1백여척을 고른 다음, 배마다 날쌘 병사 50명씩을 태웠다. 그중에서 20명은 오로지 노만 젓게 하고, 30명은 모두 갑옷 차림에 손에는 강철로 만든 칼을 들게 하고서 적군의 화살과 돌을 맞받으며 적선을 향해 전진했다.

드디어 적진 깊숙이 돌진한 감녕의 군사들은 고함을 지르며 적선을 매놓은 굵은 밧줄을 칼로 끊어버렸다. 그와 함께 감녕은 몸을 날려 적선으로 뛰어올라 한칼에 등룡을 찍어 거꾸러뜨렸다.

이때 진취가 배를 버리고 달아났다. 이번에는 여몽이 작은 배에 뛰어내려 몸소 노를 저으며 적선 한가운데로 쳐들어가 불을 놓았다. 다시 진취는 황급히 언덕을 향해 달아났다. 여몽이 날쌔게 그 뒤를 쫓아 단칼에 찔러죽였다.

전세가 위급해지자 소비는 급히 군사를 이끌고 언덕 위로 맞서 싸우러 나왔다. 하지만 이미 동오의 장수들이 모두 상륙한 뒤인지라, 도무지 그 기세를 당해낼 수 없었다.

황조의 군사는 대패했다. 소비는 퇴로를 찾아 허겁지겁 달아나다가 손권의 장수 반장과 맞부딪치고 말았다. 소비는 반장을 맞아 두어합 싸웠지만 이내 사로잡혀버렸다. 반장이 소비를 손권 앞으로 끌고 갔다. 손권이 좌우에 명하였다.

"소비를 함거(檻車)에 가두어두어라. 황조를 붙잡으면 그때 함께 처단하겠다."

이어 삼군을 독려해 주야를 가리지 않고 하구를 공격했다.

단지 금범적을 쓰지 않은 연유로	祇因不用錦帆賊
드디어 함대가 여지없이 패하였네	至令衝開大索船

손권과의 싸움에서 황조의 운명은 과연 어찌 될 것인가?

39
박망파 싸움

형주성 유기는 세번이나 계책을 묻고
공명은 박망파에서 처음으로 군사를 지휘하다

손권은 삼군을 독려해 하구를 총공략했다. 황조는 이미 군사들이 패한데다 장수들마저 죽은 터여서 더이상 버텨낼 수 없음을 깨닫고 마침내 강하를 버리고 형주로 달아났다.

감녕은 황조가 틀림없이 형주로 달아나리라 짐작하고, 미리 군사를 동문 밖에 매복시키고 기다리고 있었다. 아무것도 모르는 황조는 기병 수십명을 이끌고 동문을 빠져나가 한참 말을 몰고 달아났다. 그때 갑자기 함성이 크게 일더니 감녕이 한떼의 군사를 거느리고 달려와 길을 막는다. 황조가 감녕에게 한마디 건넨다.

"지난날 내가 너를 과히 박대하지 않았건만, 어떻게 이렇게 나를 핍박할 수 있단 말이냐?"

감녕이 목청을 높여 큰소리로 꾸짖는다.

"내가 강하에 있을 때 세운 공이 많았건만, 너는 끝내 나를 수적(水賊)으로만 취급하지 않았더냐. 그러던 네가 이제 와서 무슨 할 말이 있느냐!"

감녕의 태도로 보아 도무지 빠져나갈 구멍이 없다고 판단한 황조는 그대로 말을 돌려 달아나기 시작했다. 감녕이 급히 군졸들을 제치고 앞서 나가 황조의 뒤를 쫓는데, 갑자기 뒤쪽에서 함성이 일며 말발굽소리가 요란하게 들려왔다.

뒤돌아보니 장수 정보가 기병 5~6명을 거느리고 쫓아오고 있었다. 감녕은 행여 정보에게 공을 빼앗길까 두려워 다급하게 황조를 향해 활시위를 당겼다. 날카로운 시윗소리가 울린 것과 거의 동시에 황조의 등 한복판에 화살이 꽂혔다. 황조는 몸을 뒤채더니 그대로 말에서 떨어지고 말았다. 감녕이 달려들어 황조의 목을 벴다. 감녕은 정보와 함께 군사를 수습해 돌아와 손권에게 황조의 머리를 바쳤다. 손권이 수하에게 분부한다.

"그 머리를 나무상자에 넣어두도록 하라. 내 강동으로 돌아가는 날 아버님 영전에 바치고 제를 올릴 것이다."

손권은 삼군에 후한 상을 내리고 감녕의 벼슬을 높여 도위로 삼았다. 그러고는 일부 군사를 남겨 강하를 지킬 일을 의논했다. 장소가 나서서 말한다.

"강하는 외따로 떨어져 있어 방비하기가 어렵습니다. 지금은 모두 강동으로 돌아가는 게 좋겠습니다. 우리가 황조를 쳐 없앤 것을 알면 유표가 필시 원수를 갚으러 올 터이니, 우리는 편안히 기다리고 있다가 먼 길을 행군해 지친 유표와 맞서 싸운다면 쉽게 물리칠 수 있을 것입니다. 그뿐만 아니라, 그 기세를 몰아 공격하면 형주와 양양을 모두 수중에 넣을 수 있습니다."

손권은 장소의 말대로 강하를 버리고 군사를 거두어 강동으로 돌아갔다.

한편 함거에 갇혀 있던 소비는 가만히 사람을 시켜 감녕에게 구원을 요청했다. 감녕이 답했다.

"말하지 않더라도 내 어찌 그 은혜를 잊었겠는가?"

이윽고 대군은 오회(吳會)에 이르렀다. 손권이 좌우 사람들에게 명한다.

"어서 소비의 목을 베어 황조의 머리와 함께 바치고 제사지낼 채비를 하여라."

그때 감녕이 들어와 손권을 보고 울며 고한다.

"지난날 소비가 아니었더라면 이몸은 흙구덩이에 뼈마디가 묻혀 있을 터이니, 무슨 수로 지금 이렇게 장군을 모실 수 있었겠습니까? 비록 소비가 죽어 마땅한 죄를 지었으나, 지난날 그에게 입은 은혜를 저버릴 수가 없으니, 바라옵건대 저의 관직을 모두 내놓더라도 소비의 죄를 용서해주시기를 간청드립니다."

손권이 가만히 듣고 나서 대답한다.

"그대가 소비에게 은혜를 입었다면 내 그대를 위해 그를 용서하리다. 하지만 만일 도망이라도 치는 날에는 어쩌겠소?"

감녕이 아뢴다.

"소비가 목숨을 구한다면 그 은혜에 감복할 따름일 텐데, 어찌 달아날 생각을 하겠습니까? 만약 그래도 소비가 달아나는 날에는 대신 제 목숨을 장군께 바치겠습니다."

손권은 마침내 소비의 죄를 사하여, 황조의 머리만 놓고 제사를 지냈다. 그러고는 군사들을 위해 크게 잔치를 베풀었다.

문무 장수들이 모두 모여 그 공을 치하하며 술을 마시는데, 갑자기 한 사람이 통곡을 하며 일어나 급히 칼을 빼들고 감녕을 베려 했다. 감녕은 황망히 일어나 앉았던 의자를 집어들어 칼을 막았다. 손권이 깜짝 놀라 보니, 그 사람은 바로 능통이다.

일찍이 감녕이 강하에 있을 때 능통의 아버지 능조를 활로 쏘아 죽였으니, 능통은 오늘 이렇게 자리를 같이하게 되자 아버지의 원수를 갚아야겠다는 생각이 든 것이다. 손권은 황망히 자리에서 일어나 손을 내저어 능통을 만류한다.

"감녕이 그대의 아비를 죽였지만 그때는 서로 주인을 위해 힘을 다해 싸우지 않을 수 없었으니, 어찌하겠는가. 이제 두 사람 모두 한집안 사람이 된 마당에 지난날의 원수를 따져 무엇하겠나. 그러니 내 얼굴을 봐서라도 참아주기 바라네."

능통은 머리를 조아리며 더욱 서럽게 목놓아 운다.

"같은 하늘 아래 살 수 없는 원수를 어찌 그냥 두라 하십니까?"

손권과 다른 장수들이 거듭 좋은 말로 만류했으나, 능통은 노기에 차서 감녕을 노려볼 뿐이다.

손권은 즉시 감녕에게 군사 5천과 전선 1백척을 거느리고 하구로 가서 그곳을 지키라 명하여 능통을 피하도록 했다. 감녕은 손권에게 사례하고 군사를 거느리고 그날로 하구를 향해 떠났다. 손권은 또 능통에게 승렬도위(丞烈都尉)를 봉해 위로하였다. 능통은 가슴속에 한이 가득했으나 참는 도리밖에 없었다.

그후로 동오는 더 많은 전선을 건조하고 군사를 나누어 장강 연안을 지켰으며, 손정(孫靜)에게는 군사를 거느리고 가서 오회를 지키게 하였다. 그리고 손권은 몸소 대군을 거느리고 시상(柴桑)에 주둔했다. 또한 주유로 하여금 날마다 파양호(鄱陽湖)에서 수군을 조련하며 공격에 대비하도록 했다.

이제 이야기는 둘로 갈라진다.

유현덕이 사람을 보내 강동의 상황을 살펴보게 했더니 정탐꾼이 돌아와서 보고한다.

"손권은 이미 황조를 쳐 없애고 지금은 시상에 머물러 있습니다."

유현덕은 다시 공명을 청해 앞으로의 일을 의논했다. 그때 갑자기 유표가 사람을 보내왔다. 상의할 일이 있으니 현덕에게 형주로 와달라는 것이었다. 공명이 현덕에게 말한다.

"이는 분명 손권이 황조를 물리쳤으니, 유표가 주공을 청해다가 함께 원수 갚을 계책을 의논하자는 것입니다. 제가 주공을 모시고 가서 돌아가는 상황을 보아 대책을 궁리하는 게 좋겠습니다."

유현덕은 공명의 말대로 관운장에게 신야를 지키라 이르고, 장비와 군사 5백명을 거느리고 공명과 함께 형주로 향했다. 길을 가다가 현덕이 말 위에서 묻는다.

"이제 경승(景升, 유표의 자)을 만나면 어떻게 대답해야 좋겠소?"

공명이 대답한다.

"먼저 양양의 모임에서 자리 비운 일을 사죄하시고, 경승이 만약 주공더러 강동을 공격하라 하거든 절대 승낙하지 마십시오. 그저 우선 신야로 돌아가 군마를 정돈해보겠다고만 말씀하십시오."

현덕은 고개를 끄덕였다.

드디어 현덕 일행은 형주에 도착해 먼저 역관에 들어가 여장을 풀었다. 그리고 장비에게는 군사를 거느리고 성밖에 머물러 있으라 하고, 현덕은 공명과 더불어 성으로 들어가 유표를 만났다.

유표 앞에 이르러 절을 마친 현덕이 댓돌 아래 엎드려 양양에서의 일을 사죄하자 유표가 말한다.

"내 이미 지난번 양양에서 아우님이 크게 욕을 당한 일을 자세히 알고 있소. 그래서 즉시 채모의 머리를 베어다가 아우님에게 보내려 했으나, 주위에서 하도 만류하여 용서한 것이니, 아우님은 조금도 사죄할 것이 없소."

현덕이 말한다.

"채장군이 저지른 일이 아니라 필시 아랫사람이 한 짓일 겝니다."

유표가 비로소 의중을 밝힌다.

"이번에 황조가 죽고 장강 하구를 손권에게 빼앗겼기에 아우님과 함께 보복할 계책을 생각하고자 하오."

현덕이 조용히 말한다.

"본래 황조가 천성이 사납고 급할 뿐 아니라 제대로 사람을 쓰지 못하여 그렇게 화를 당한 것이지요. 원수를 갚는 것도 좋지만, 지금 군사를 일으켜 강동을 치다가 만에 하나 그 틈을 타서 조조가 북쪽에서 쳐들어오기라도 하면 어찌하시겠습니까?"

유표가 한숨을 내쉬며 말한다.

"이제 나도 늙고 병치레가 잦아 만사를 제대로 돌보기 어려운 처지라오. 부디 아우님이 와서 나를 돕다가 내가 죽은 다음에는 형주의 주인이 되어주면 좋겠소."

현덕이 말한다.

"형님께서는 무슨 말씀을 그리하십니까. 저 같은 위인이 어찌 그 막중한 소임을 맡을 수 있겠습니까?"

곁에 있던 공명이 가만히 현덕에게 눈짓을 보냈다. 그제야 현덕은 이렇게 덧붙여 말하고 일어섰다.

"그 일에 대해서는 천천히 좋은 방도를 생각해보지요."

유표에게서 물러나와 역관으로 돌아와서였다. 공명이 현덕에게 묻는다.

"유경승이 모처럼 형주를 주공께 드리려 하는데, 어찌 사양하셨습니까?"

유현덕이 대답한다.

"유경승이 나에게 은혜와 예로써 대하는데 어찌 내가 그의 불행을 기회로 삼아 형주를 탈취할 수 있겠소?"

공명이 찬탄한다.

"주공께서는 참으로 어진 분이십니다!"

두 사람이 이런저런 의논을 하고 있는 중에 유표의 맏아들 유기(劉琦)가 현덕을 찾아왔다는 전갈이 왔다. 유현덕이 유기를 맞아들이니, 유기는 현덕을 보자마자 바닥에 엎드려 울면서 호소한다.

"지난번에도 말씀드렸거니와 계모 채씨가 저를 미워하니 저는 언제 죽을지 모릅니다. 부디 숙부님께서는 저를 불쌍히 여기시어 구해주십시오."

유현덕이 말한다.

"그것은 조카의 집안일이니, 나더러 어찌하란 말인가?"

공명이 곁에서 빙그레 웃는다. 현덕이 공명에게 계책을 묻자 공명은 짐짓 딴청을 부린다.

"사사로운 남의 집안일에 관여하고 싶지 않습니다."

얼마 있다가 유현덕은 하직인사를 올리고 돌아가는 유기의 귀에 대고 가만히 일러주었다.

"내일 내가 공명을 인사하러 보낼 테니, 조카는 내가 이르는 대로 해보게. 공명이 좋은 계책을 일러줄 걸세."

유기는 감사하고 돌아갔다.

다음 날 유현덕은 복통이 났다고 핑계를 대고는 공명에게 자기 대신 유기에게 가서 회배(回拜, 찾아와준 상대를 답례로 방문하는 일)를 하도록 했다.

공명이 유기의 집 앞에 이르러 말에서 내리니, 유기가 나와 공명을 후당으로 맞아들였다. 차를 대접하고 나서 유기가 먼저 입을 연다.

“저는 지금 계모에게 미움을 받아 목숨이 경각에 달려 있습니다. 부디 선생께서는 좋은 계책을 일러주십시오.”

“나는 여기에 손님으로 와서 잠시 머무르는 처지인데, 어찌 남의 집안일에 함부로 입을 놀리겠소? 게다가 만에 하나 말이 새나가기라도 하면 그 화를 어찌 감당하란 말이오?”

말을 마치자 공명은 일어나 돌아가려 한다. 유기가 황망히 공명을 붙잡는다.

“모처럼 오신 터인데 이렇듯 섭섭하게 가실 수야 있습니까?”

유기는 공명을 이끌고 밀실로 들어가 술을 권했다. 술이 몇순배 돌고 나서 유기가 또다시 말을 꺼낸다.

“계모가 나를 미워하니 선생께서는 부디 저를 구해주십시오.”

공명은 단호하게 말한다.

“그것은 내가 간섭할 일이 아니오.”

짧게 대꾸하고 공명은 다시 몸을 일으켜 돌아가려 한다. 유기가 애원하듯 붙잡는다.

“말씀하시지 않으면 그만이지 돌아가실 것까지야 있습니까?”

공명은 마지못해 다시 자리에 앉았다.

“제게 고서(古書)가 한권 있는데, 선생께서 한번 봐주시지요.”

유기는 공명을 이끌고 조그만 누각 위로 안내했다. 누각에 오르자 공명이 묻는다.

"고서가 어디 있소이까?"

유기는 공명 앞에 울며 절하고 또다시 간청한다.

"계모의 미움을 받아 목숨이 조석에 있거늘, 선생께서는 끝까지 저를 모른 체하실 생각이십니까?"

공명은 불쾌한 듯 낯색이 달라져 벌떡 몸을 일으켜 누각을 내려가려 한다. 그런데 어찌 된 일인지 방금 딛고 올라왔던 사다리가 사라지고 없다. 유기는 그대로 꿇어엎드려 애원한다.

"제가 좋은 계책을 구하는데도 선생께서는 혹시 말이 새나갈까 두려워 말씀하시지 않으나, 이곳에서는 말이 하늘로 오를 수도 없고 땅으로 내려갈 수도 없습니다. 선생의 입에서 나오는 말씀은 오직 제 귀로만 들어올 뿐입니다. 부디 좋은 방도를 일러주십시오."

그래도 공명은 흔들리지 않는다.

"사람이 남의 친족끼리의 일에 참견하여 이간질하지 말라 했는데, 어찌 내가 공자를 위해 계책을 말할 수 있겠소?"

"선생께선 끝끝내 저를 못본 체하실 작정입니까? 어차피 지키지 못할 목숨이라면 차라리 선생 앞에서 죽고 말겠습니다."

유기는 허리에 찬 칼을 빼들어 자신의 목을 찌르려 했다. 공명이 황망히 만류하며 말한다.

"좋은 계책이 있소이다."

유기가 일어나 절하며 청한다.

"부디 일러주십시오."

공명이 천천히 입을 연다.

"공자는 신생(申生)과 중이(重耳)의 이야기를 아시지요? 신생은 안에 있다가 죽고, 중이는 밖에 나가 있어서 화를 면하였습니다. 지금 황조가 죽어 강하를 지킬 사람이 없으니, 공자는 아버님께 말씀드려 군사를 거느리고 나아가 강하를 지키겠다고 하면 화를 면할 수 있을 것이오."

유기는 두번 절하여 공명에게 사례하고, 즉시 사람을 시켜 사다리를 가져와 공명이 누각에서 내려갈 수 있게 해주었다. 유기와 헤어져 역관으로 돌아온 공명이 현덕에게 있었던 일을 이야기하자 현덕은 매우 기뻐했다. 이튿날, 유기는 아버지에게 글을 올려 군사를 거느리고 나아가 강하를 지키겠노라 청했다. 유표가 선뜻 결정을 내리지 못하고 현덕을 불러 의논하자 유현덕이 말한다.

"강하는 중요한 곳이니 아무에게나 맡길 수 없습니다. 공자가 스스로 지키겠다고 하니, 그보다 좋은 경우가 어디 있겠습니까? 동쪽과 남쪽은 형님 부자분이 맡아주시지요. 서쪽과 북쪽은 이 유비가 맡겠소이다."

유표가 말한다.

"최근에 들으니 조조가 업군에다 현무지를 파놓고 수군을 조련한다고 하오. 이는 필시 남쪽으로 쳐들어올 뜻이 있는 것이니 우리도 그에 대한 방책을 세워야 할 것이오."

"저도 이미 알고 있는 일이니 형님은 너무 심려 마십시오."

현덕은 유표와 작별하고 공명과 더불어 신야로 돌아왔다. 유표는 아들 유기에게 군사 3천을 내주고 강하로 나아가 지키게 했다.

한편 조조는 삼공(三公)의 직책을 없애고 승상인 자신이 모두 겸하기로 하였다. 그리고 아래로는 모개(毛玠)를 동조연(東曹掾)으로 삼고, 최염(崔琰)을 서조연(西曹掾)으로 삼는 한편, 사마의(司馬懿)를 문학연(文學掾)으로 삼았다. 사마의는 자가 중달(仲達)이며, 하내군(河內郡) 온현(溫縣) 사람이다. 영천 태수 사마준(司馬雋)의 손자며, 경조윤(京兆尹) 사마방(司馬防)의 아들이자 주부 사마랑(司馬朗)의 아우이다.

조조는 이렇게 문관들을 갖추어놓은 다음, 무장들을 불러 남쪽을 정벌할 일을 의논했다. 하후돈이 나서서 아뢴다.

"듣자하니 유비가 신야에서 매일 군사들을 조련하고 있다 합니다. 틀림없이 후환이 있을 것이니 일찌감치 무찔러버리는 게 좋을 듯싶습니다."

조조는 즉시 영을 내려 하후돈을 도독으로 삼고 우금(于禁)·이전(李典)·하후란(夏侯蘭)·한호(韓浩)를 부장으로 삼아, 10만 군사를 거느리고 박망성(博望城)으로 가서 신야를 엿보라 했다. 순욱이 간한다.

"유비는 당대의 영웅이고, 게다가 제갈량을 군사로 삼았으니 결코 가볍게 보아서는 안됩니다."

그러나 하후돈은 코웃음친다.

"유비는 쥐새끼 같은 무리라, 내 반드시 그를 사로잡겠소."

곁에서 보고 있던 서서가 한마디 한다.

"장군은 유현덕을 너무 경시하지 마시오. 더구나 이제 제갈량을 얻었으니, 범이 날개를 단 것이나 마찬가지요."

서서의 말을 듣고 조조가 묻는다.

"제갈량은 대체 어떤 사람이오?"

서서가 대답한다.

"제갈량의 자는 공명이요 도호(道號)는 와룡선생이라 하는데, 하늘을 움직이고 땅을 주름잡는 재주와 신출귀몰하는 계책을 가진 당대의 드문 인재입니다. 그러니 결코 우습게 보아서는 안됩니다."

"공과 비교하면 어떻소?"

"저같은 위인이 어찌 감히 제갈량과 견줄 수 있겠습니까? 제가 반딧불이라면, 공명은 바로 하늘에 떠 있는 달빛과 같습니다."

하후돈이 비웃듯 말한다.

"서원직의 말씀이 그릇되었소. 나는 제갈량이란 자를 지푸라기 따위로 보는데 두려울 게 뭐가 있겠소. 만일 이번에 싸워서 유비와 제갈량을 사로잡아오지 못한다면, 대신 제 머리를 베어 승상께 바치겠습니다."

조조가 마침내 허락했다.

"그럼 하루바삐 승전보를 올려 내 마음을 위로하도록 하라."

하후돈은 조조와 작별하고 분연히 군사를 거느리고 출병했다.

한편 유현덕은 공명을 얻은 뒤로 줄곧 스승에 대한 예로써 그를 대했다. 관우와 장비는 이런 현덕의 태도가 도무지 마땅치 않아 현덕에게 한마디 한다.

“공명은 아직 나이도 어린데다 재주나 학식이 대단한 것 같지도 않은데, 형님은 대접이 지나치십니다. 또 아직 진실로 솜씨를 보여준 바도 없지 않습니까?”

현덕이 답한다.

“내가 공명을 얻은 것은 그야말로 고기가 물을 만난 격이다. 앞으로 너희들은 다시 여러 말 말아라.”

관우와 장비는 그 말을 듣고 더이상 말하지 않고 그대로 물러나왔다.

어느날이었다. 누군가 검정소의 꼬리(원문 이우犛牛. 서남이西南夷의 산물이라 하니 지금의 티베트 지방 야크류로 생각됨)를 보내온 게 있어서 현덕은 그것을 몸소 엮어 모자를 만들고 있었다. 이때 공명이 들어와 보고는 정색을 하며 한마디 한다.

“주공께서는 어찌 큰 뜻을 품을 생각은 않고 이런 일이나 하고 계십니까?”

현덕은 곧 모자를 땅에 내던지며 사죄한다.

“소일거리 삼아 만지면서 잠시 시름이나 잊어볼까 했소이다.”

공명이 묻는다.

“주공께서 스스로 생각하시기에 조조와 비교해보면 어떠십니까?”

“내가 당해낼 수 없지요.”

"주공께서 거느린 군사는 수천명에 지나지 않는데, 만일 조조가 쳐들어오면 어찌 대적할 생각이시오?"

"안 그래도 그 일이 제일 큰 걱정인데, 도무지 좋은 방도가 서질 않는구려."

공명이 말한다.

"한시바삐 민병(民兵)을 모집하십시오. 제가 직접 그들을 조련하면 대적할 수 있을 것입니다."

유현덕이 신야 백성들 가운데 새로 민병을 뽑아 3천 군사를 얻었다. 공명은 그들에게 아침저녁으로 진법(陣法)을 가르치기 시작했다.

그러던 어느날 하후돈이 10만 대군을 거느리고 신야를 향해 출병했다는 급보가 전해졌다. 장비가 이 소식을 듣고는 관운장에게 투덜거린다.

"어디 한번 공명더러 나가서 막아보라지."

관우와 장비가 이렇게 이야기하는 중에 유현덕이 두 사람을 불러들였다.

"하후돈이 대군을 거느리고 쳐들어온다는데 너희들 생각엔 어떻게 대적하면 좋겠느냐?"

장비가 비꼬아 말한다.

"형님은 고기가 물을 만났다 했으니, 그 물더러 나가서 막으라면 될 거 아니우?"

유현덕이 좋은 말로 타이른다.

"지혜는 공명을 믿고 용맹스러움은 너희 둘을 믿고 있는 터인데, 어찌하여 아우들의 일을 남에게 미루느냐?"

두 사람이 물러갔다. 유현덕은 곧 공명을 청해 의논했다. 공명이 말한다.

"관우와 장비가 제 말을 잘 따르지 않을까 걱정입니다. 제가 군사를 지휘하기를 원하신다면 제게 주공의 칼과 인(印)을 빌려주십시오."

유현덕은 선뜻 칼과 인장을 공명에게 내주었다. 공명이 영을 내리기 위해 모든 장수들을 불러들였다. 장비가 관운장에게 한마디 한다.

"공명이 어찌하는가 꼴이나 봅시다."

장수들이 모두 모이자 공명은 마침내 영을 내린다.

"박망 왼쪽에 산이 하나 있으니 예산(豫山)이요, 오른쪽에 울창한 숲이 있으니 안림(安林)으로, 가히 군사를 매복할 만한 곳이다. 관운장은 군사 1천명을 거느리고 예산으로 가서 매복해 있다가 조조군이 오거든 그대로 지나가게 내버려두라. 그 뒤쪽에 반드시 적의 수레며 군량과 마초가 따라올 터이니, 남쪽 하늘에 불이 일어나면 즉시 군사들을 몰아쳐 군량과 마초를 일제히 불살라버리라. 그리고 익덕은 군사 1천명을 거느리고 안림 뒤쪽 산골에 매복해 있다가, 역시 남쪽 하늘에 불이 일어나는 대로 박망성으로 가서 적들이 군량이며 마초를 쌓아두는 곳을 찾아 불을 놓으라. 다음으로 관평(關平)과 유봉(劉封) 두 장수는 군사 5백명을 거느리고, 불이 붙을 만한 물건을 미리 준비해둔 다음 박망파(博望坡) 뒤 양쪽에서 기다리고 있다가 초경(밤 8시) 무렵 적병이 오거든 즉시 불을 놓도록 하라!"

공명은 번성에서 급히 불러온 조자룡에게 선봉에 서라고 영을 내리고는 당부한다.

"앞서 나아가 싸우되 절대로 이길 생각 말고 방어만 하라."

공명은 현덕을 돌아보며 말한다.

"주공께서는 한무리의 군사를 거느리고 그들을 후원하십시오."

그러고 나서 다시 말한다.

"모든 장수들은 각각 내 명령에 따라 실수 없이 거행하도록 하라."

듣고 있던 관우가 묻는다.

"우리가 모두 나가서 적군과 맞서 싸울 때 군사(軍師)는 무엇을 하시려오?"

"나는 여기서 성을 지키고 있으리다."

공명의 대답이 떨어지자마자 장비가 너털웃음을 터뜨린다.

"그래, 우리는 모두 나가서 목숨 걸고 싸우는 동안, 그대는 집 안에 편히 들어앉아 있겠단 말씀이구려."

공명이 단호하게 말한다.

"주공의 칼과 인이 여기 있소. 명령을 어기는 자는 누구라도 목을 벨 것이오!"

옆에 있던 현덕도 한마디 거든다.

유비의 칼과 인을 받아 공명은 처음으로 군사를 일으키다

"너는 장막 안에서 계책을 세워 천리 밖에서 승리를 거둔다는 말도 못 들었느냐? 두 아우는 기꺼이 영에 따르도록 하라."

장비가 냉소를 머금고 물러나오고, 관운장도 뒤따라나오며 중얼거린다.

"어디 그 계략이 제대로 들어맞나 안 맞나 두고보자. 그때 가서 따져도 늦지 않으리니."

두 사람은 각기 떠났다. 다른 장수들도 공명의 도략(韜略)을 제대로 알지 못하는 까닭에, 비록 명을 받기는 했으나 의혹을 금치 못했다. 공명은 장수들이 물러간 뒤 현덕에게 말한다.

"주공께서는 오늘 바로 군사를 거느리고 박망산 아래에 진을 치십시오. 내일 황혼 무렵에 반드시 적병이 당도할 것입니다. 적병을 보거든 주공께서는 즉시 영채를 버리고 달아나셨다가 불길이 이는 것을 보는 대로 되돌아와서 적병을 공격하십시오. 저는 미축·미방과 함께 군사 5백을 거느리고 성을 지키는 한편, 손건과 간옹에게 승전을 경축하는 연회를 준비하게 하고, 공로부(功勞簿)를 만들어 기다리고 있겠습니다."

유현덕도 공명의 말에 따라 채비를 갖추었으나, 내심으로는 걱정스럽기 짝이 없었다.

한편 하후돈은 우금 등과 더불어 군사를 이끌고 박망파에 이르렀다. 하후돈은 군사를 크게 둘로 나누어 반은 전위부대로 삼고, 나머지 절반은 군량과 마초를 호위하며 전진하게 했다.

때는 바야흐로 가을이라 소슬한 바람이 불어온다. 한창 전진하는 중에 문득 앞을 바라보니 먼지가 뽀얗게 일고 있는 게 아닌가. 하후돈은 군사를 멈추게 하고 길잡이에게 묻는다.

"여기가 어디냐?"

길잡이가 아뢴다.

"저 앞이 바로 박망파요, 뒤는 나천(羅川) 어귀입니다."

하후돈은 우금과 이전더러 뒤를 호위하게 하고, 몸소 말을 몰고 앞으로 나서서 멀리 바라보았다. 저만치 앞에 한떼의 군사들이 오고 있었다. 하후돈은 한동안 살펴보다가 갑자기 큰 웃음을 터뜨렸다. 수하장수들이 묻는다.

"장군께서는 무엇 때문에 그리 웃으십니까?"

"서원직이 승상 면전에서 제갈량을 천인(天人)이나 되는 듯이 추켜세우더니, 지금 그 용병하는 꼴을 보니 참으로 어이가 없어 웃는 것이다. 저따위 군마로 선봉을 삼아 우리와 대적하려 하다니, 이는 마치 개와 양떼를 몰아 호랑이와 싸우겠다는 격이 아니고 뭐란 말이냐? 내가 승상 앞에서 유비와 제갈량을 산 채로 잡아오겠다고 장담했는데, 이제 내 말대로 될 게 틀림없구나."

하후돈이 좌우를 돌아보며 말을 마치더니 그대로 말을 몰고 앞으로 달려나갔다. 순간 반대편에서도 조자룡이 마주 달려나온다. 하후돈은 조자룡에게 호통을 쳤다.

"너희가 유비를 따르는 것은 죽은 귀신을 섬기는 것과 같도다!"

조자룡은 진노하여 말을 몰아 덤벼들었다. 그렇게 두어합가량 싸우더니 패한 체하고 갑자기 몸을 빼어 달아난다. 하후돈은 급히 조자룡을 뒤쫓았다. 조자룡은 10여리쯤 달아나더니 다시 말머리를 돌려 하후돈과 맞서 싸운다. 이렇게 싸우기를 두어합, 조자룡이 또 다시 달아난다. 부장 한호가 급히 말을 몰아 하후돈을 뒤쫓아가 간한다.

"조자룡이 저렇게 유인하는 걸 보니 필시 복병이 있을 듯합니다. 장군께서는 뒤쫓지 마십시오."

그러나 하후돈은 듣지 않는다.

"적의 군사가 저꼴인데 설혹 사면팔방에 복병이 있다 한들 뭐가 두렵겠느냐!"

하후돈은 계속 조자룡을 뒤쫓아 박망파에 이르렀다. 이때 포소리가 울리더니 유현덕이 몸소 군사를 거느리고 와서 접전을 벌였다. 하후돈이 껄껄 웃으며 한호에게 말한다.

"저게 바로 그대가 말하던 복병이라는 것들이다. 내 오늘밤 안으로 신야로 쳐들어가지 못하면 절대로 군사를 거두지 않겠다!"

하후돈이 다시 군사를 재촉해 급히 전진하니, 유현덕과 조자룡은 다시 말머리를 돌려 달아난다.

날은 이미 저물었고, 하늘의 짙은 구름에 달빛마저 가려 사위가 어두웠다. 또한 낮부터 불어오던 바람은 밤이 되자 더욱 거세어졌다. 하후돈은 쉬지 않고 군사를 몰고 전진했다. 그 뒤를 따르던 우금과 이전은 좁은 산골짜기로 들어섰는데 양편이 모두 갈대밭이다. 이전이 나란히 가고 있던 우금에게 말한다.

"자고로 적을 업신여기는 자는 반드시 패한다 했소. 남쪽으로 가는 길이 이렇게 좁아지고 산과 내로 가로막힌데다 수목이 빽빽한데, 만일 적군이 화공(火攻)이라도 쓰면 어찌한단 말이오?"

이전의 말을 듣고 우금은 새삼스레 사방을 둘러본다.

"참으로 옳은 말이오. 내가 달려가서 도독께 말씀드릴 터이니, 그대는 뒤에서 후군을 정지시키시오."

이전은 즉시 말머리를 돌려 큰소리로 외친다.

"후군은 천천히 전진을 멈추고 그 자리에 서라!"

앞다투어 내처 달리던 중이라 그 말 한마디로 전군을 멈추기는 어려웠다. 우금은 또한 급히 말을 몰아 하후돈의 뒤를 쫓으며 소리높여 외친다.

"장군께서는 잠시 멈추십시오!"

하후돈은 우금이 뒤를 쫓아오며 여러차례 부른 뒤에야 비로소 알아듣고 말을 멈춘다.

"무슨 일이냐?"

우금이 급히 말한다.

"남쪽으로 가는 길은 몹시 좁은데 산천이 막고 있고 수목이 울창하니 적의 화공에 대비해야 할 것 같습니다."

하후돈은 그제야 깨닫고 즉시 영을 내린다.

"멈춰라!"

그 말이 채 떨어지기도 전에, 갑자기 등 뒤에서 함성이 일며 한줄기 불길이 치솟았다. 불길은 이내 양쪽 갈대밭에 옮겨붙어 삽시간에 사면팔방이 그대로 불바다를 이루었다. 때마침 기세 좋게 부는 바람이 불길을 더욱 맹렬하게 부추겼다. 불길 속에 조조의 군사는 서로 밟고 밟히면서 헤아릴 수 없이 많은 자가 죽어갔다.

조자룡은 이때를 놓치지 않고 군사를 돌이켜 하후돈을 급습했다. 하후돈은 미처 군사들을 돌볼 새도 없이, 그대로 불길 속을 헤집고 달아나기에 바빴다.

한편 후군에 남아 있던 이전은 형세가 크게 불리해지자, 급히 박망성을 향해 달려갔다. 하지만 얼마 못 가 불길 속에서 한떼의 군사가 길을 막고 나서는데, 앞선 대장은 바로 관운장이다. 이전은 맞붙어 싸워보려 하다가 당해낼 재간이 없음을 깨닫고 간신히 혈로를 뚫고 달아났다. 우금 또한 군량이며 마초에 불이 붙는 것을 보고는 그대로 샛길을 찾아 달아나버렸다.

하후란과 한호는 군량과 마초에 붙은 불길을 잡으러 달려왔다가 그대로 장비와 맞닥뜨리고 말았다. 불과 4~5합도 겨루지 못하고 장비가 장팔사모를 번쩍 들어 단창에 하후란을 찔러 거꾸러뜨리자, 한호는 그대로 달아나버렸다.

날이 밝을 때까지 싸우고 나니, 조조 군사의 시체가 골짜기를 뒤덮고 피가 흘러 내를 이루었다.

후세 사람이 시를 지어 이 일을 읊었다.

박망파전투에서 화공을 쓰니 博望相持用火攻
공명의 지휘 담소 가운데 이루어졌다네 指揮如意笑談中

조조의 간담은 놀라 찢어졌으리니　　　　直須驚破曹公膽
초려에서 나온 뒤 첫 공 이룬 때로다　　　初出茅廬第一功

하후돈은 남은 군사를 수습해 허도로 돌아갔다. 군사를 태반이나 잃은데다, 수많은 군량과 마초마저 다 타버리고 남은 것이라곤 하나도 없었다.

한편 공명은 군사를 거두었다. 관우와 장비는 돌아가면서 이구동성으로 감탄한다.

"공명이 참으로 영걸(英傑)이오!"

두 사람이 몇리를 못 가서였다. 문득 앞을 바라보니 미축과 미방이 군사를 거느리고 작은 수레 한채를 옹위하고 온다. 수레 위에 한 사람이 단정히 앉아 있는데, 바로 와룡선생 제갈공명이다. 관우와 장비는 급히 말에서 내려 수레 앞에 엎드려 절하였다. 얼마 후 현덕을 비롯해 조자룡·유봉·관평 등이 모두 군사들을 거느리고 모여들었다. 적군에게서 빼앗은 군량과 마초, 군기 등은 모두에게 상으로 나누어주었다.

이윽고 군사를 정비해 신야로 돌아오니, 남녀노소 할 것 없이 모든 백성들이 성밖까지 몰려와 엎드려 절하며 말한다.

"이렇게 저희들이 목숨을 보전할 수 있게 된 것은 모두 주공께서 어진 이를 얻은 덕이십니다."

신야로 돌아온 다음 공명이 현덕에게 말한다.

"하후돈이 크게 패하고 돌아갔으니, 반드시 조조가 몸소 대군을 이끌고 쳐들어올 것입니다."

현덕이 놀라며 묻는다.

"그럼 어찌하면 좋겠소?"

공명이 태연하게 대꾸한다.

"제게 조조의 군사를 넉넉히 대적할 방책이 있습니다."

적을 깨뜨리고 미처 전마가 쉴 새도 없이　　破敵未堪息戰馬
적을 피하려면 또 좋은 계책 내어야 하리　　避兵又必賴良謀

공명이 말하는 계책이란 과연 어떤 것일까?

40
불로 싸우고 물로 싸우다

채부인은 형주를 조조에게 바치기로 의논하고
제갈량은 신야를 불태우다

유현덕이 공명에게 조조의 군사를 막아낼 방법을 묻자, 공명이 대답한다.

"신야는 너무 작은 고을이라 오래 머무를 곳이 못 됩니다. 최근에 듣자니 경승(景升, 유표의 자)의 병세가 매우 위독하다는데, 이번 기회에 형주를 빼앗아 근거로 삼는다면 조조가 온다 해도 두려울 게 없습니다."

유현덕이 말한다.

"공의 말씀이 옳기는 하나, 그동안 나는 경승의 은혜를 입은 터인데 차마 어떻게 그 땅을 차지할 수 있겠소?"

"만약 지금 형주를 손에 넣지 않는다면 나중에 후회해도 그때는 이미 늦습니다."

"내 차라리 죽으면 죽었지 의리를 저버리지는 못하겠소."

무슨 말을 해도 현덕은 들을 성싶지 않자, 공명이 말한다.

"그 일은 나중에 다시 의논하도록 하지요."

한편 하후돈은 군사들을 수습해 허도로 돌아가서 스스로 제 몸을 결박하고 조조 앞에 나아가 땅에 엎드려 죽기를 청했다. 조조는 사람들에게 결박을 풀어주라 명한 다음 하후돈에게 패인(敗因)을 물었다. 하후돈이 아뢴다.

"제갈량의 계략에 속아 그만 화공을 당하는 바람에 패했습니다."

"그렇게 오래도록 군사를 부려온 사람이 어찌하여 좁고 막다른 길에서는 화공을 쓸 수 있다는 걸 생각지 못했단 말인가?"

"이전과 우금이 그 사실을 일깨워주었으나 이미 때를 놓친 뒤라 어쩔 수 없었습니다. 참으로 후회막급입니다."

조조는 곧 이전과 우금 두 장수에게 후하게 상을 내렸다. 하후돈이 다시 말한다.

"유비가 저렇게 세력이 강성해졌으니 큰 걱정거리입니다. 한시바삐 화근을 없애야 합니다."

조조가 말한다.

"내가 항상 근심해온 자가 바로 유비와 손권이다. 다른 무리들이야 모두 걱정할 것도 못 된다. 아예 이때를 타서 강남을 평정해버려야겠다."

조조는 즉시 영을 내려 50만 대군을 일으켰다. 조인(曹仁)과 조홍(曹洪)을 제1대로, 장요(張遼)와 장합(張郃)을 제2대로, 하후돈과 하후연(夏侯淵)을 제3대로, 우금과 이전을 제4대로 하고, 조조 자신은 여러 장수들을 거느리고 제5대가 되었다. 각 대마다 군사 10만씩을 거느리고, 또한 허저를 절충장군(折衝將軍)으로 삼아 3천 군사를 이끌고 선봉에 서게 했다. 마침내 건안 13년(208) 7월 병오일(丙午日)로 출병 날짜를 정했다. 태중대부(太中大夫, 천자의 고문관) 공융(孔融)이 간한다.

"유비와 유표는 모두 한실 종친이라 함부로 쳐서는 아니 되며, 손권은 범처럼 여섯 군(郡)에 웅거하고 있는데다 큰 강을 끼고 있어 형세가 험난하니 공격하기가 쉽지 않을 것입니다. 더구나 승상께서 이렇듯 대의명분도 없는 군사를 일으키다가는 천하의 인망을 잃을까 두렵습니다."

조조는 진노하여 말한다.

"유표와 유비, 손권은 모두 황제를 거스르는 역적인데 어찌 내버려두겠느냐!"

조조는 공융을 꾸짖어 물리치고는 엄명을 내렸다.

"만약 또다시 간하는 자가 있으면 반드시 목을 베리라!"

공융은 부중을 나서며 하늘을 우러러 탄식했다.

"지극히 어질지 않은 이가 지극히 어진 이를 치니 어찌 패하지 않을꼬……"

이때 어사대부(御史大夫, 오늘날의 검찰총장) 치려(郗慮)의 문객이 이 말을 듣고 즉시 치려에게 가서 고했다. 치려는 항상 공융에게 멸시를 받아와 마음에 한을 품고 있던 터라, 즉시 부중으로 조조를 찾아가 이 말을 그대로 전하며 한마디 덧붙인다.

"공융은 평소 승상을 업신여겨왔고, 또 예형(禰衡)과 절친한 사이여서, 예형은 공융에게 '중니(仲尼, 공자)가 아직 죽지 않았다' 하고, 공융은 또 예형더러 '안회(顔回, 공자의 수제자)가 다시 살아났도다' 하면서 서로 추켜올렸다 합니다. 지난번에 예형이 승상께 무엄한 말씀을 올린 것도, 사실은 모두 공융이 시켜서 한 일입니다."

이 말을 듣고 조조는 크게 화가 나서 정위(廷尉, 형벌을 집행하는 관리)에게 공융을 잡아들이라 명했다.

공융에게 아직 나이어린 아들 형제가 있었다. 형제가 집에서 마주 앉아 바둑을 두고 있는데, 갑자기 사람들이 급히 알린다.

"존군(尊君, 아버지)께서 정위에게 붙잡혀 가셨습니다. 장차 참수형을 당하실 터인데, 두분 공자는 어째서 피하지 않고 계십니까?"

형제가 담담하게 말한다.

"둥지가 깨어졌는데 알인들 어찌 온전하길 바라겠소."

말을 채 마치기도 전에 다시 정위가 들이닥쳐 공융의 식솔과 아들 형제를 모조리 잡아다가 죽였다. 조조는 공융의 시신을 저잣거리에 내다걸어 뭇사람들이 보도록 했다.

공융의 시체가 거리에 전시되자 경조(京兆) 지습(脂習)이 시신을 부여잡고 통곡했다. 이것을 본 한 군사가 조조에게 고하자, 조조는 크게 노해 지습을 잡아들여 죽이려 했다. 순욱이 나서서 말한다.

"제가 전에 들으니, 지습은 항상 공융에게 '공은 너무 강직하니 그대로 가다가는 큰 화를 당할 것이오' 하고 걱정했다 합니다. 이제 공융이 죽었다는 소식을 듣고 와서 우는 것을 보면 그는 틀림없이 의리가 있는 사람이니 죽이지 마십시오."

조조가 순욱의 말을 듣고 지습을 살려두니, 지습은 공융 부자의 시신을 거두어 장사를 지내주었다.

후세 사람들이 공융을 칭송하는 시를 지어 읊었다.

공융이 북해 태수로 있을 적에	孔融居北海
호협한 기상 무지개를 꿰뚫었네	豪氣貫長虹
자리에는 항상 손님이 가득하고	坐上客長滿
술 항아리엔 술이 비지 않았네	樽中酒不空
문장은 빼어나 세상을 놀라게 했고	文章驚世俗
웃고 말하는 중에 왕공을 비웃더라	談笑侮王公
사관의 붓 그를 충직한 사람으로 찬양하리니	史筆褒忠直
벼슬은 태중대부로 적혔구나	存官紀太中

조조는 공융을 죽이고 나서 다섯 부대의 군마에 영을 내려 차례로 출정하게 했다. 순욱을 허도에 남겨 지키게 했다.

이 무렵, 형주의 유표는 병세가 위중해지자 사람을 보내 신야에 있는 유현덕을 청하였다. 유현덕은 관우·장비와 더불어 형주에 이르러 유표를 찾아뵈었다. 유표가 말한다.

"나는 이미 병이 골수에까지 들어 죽을 날이 얼마 남지 않았소. 어진 아우님에게 내 자식들을 부탁하오. 내 자식들은 용렬하여 아비의 업을 이어나가지 못할 것이니, 내가 죽은 뒤에는 부디 아우님이 형주를 맡아 다스려주시오."

유현덕은 울며 말한다.

"그게 무슨 말씀이십니까. 이 유비는 있는 힘을 다해 조카를 도울 뿐, 어찌 다른 뜻을 품겠습니까?"

이야기를 나누는 중에 사람이 들어와 알리기를, 조조가 몸소 대군을 거느리고 오고 있다 한다. 유현덕은 즉시 하직인사를 올리고 밤을 새워 신야로 돌아갔다.

이 소식을 들은 유표는 병세가 더욱 악화되었다. 의논 끝에 유서를 작성하여 자기가 죽은 뒤에는 큰아들 유기를 형주의 주인으로 하고, 현덕으로 하여금 유기를 보좌해 형주를 다스려달라는 뜻을 남겼다.

이를 들은 채부인은 크게 노하였다. 채부인은 즉시 궁으로 통하는 내문(內門)을 닫아걸고, 채모와 장윤(張允) 두 장수에게 외문(外門)을 지키게 하고는 어느 누구의 출입도 금하였다.

한편 강하에 나가 있던 유기는 아버지의 병세가 위급하다는 소식을 듣고 급히 형주로 돌아왔다. 그러나 채모가 문밖에서 유기를 막고는 들어가지 못하게 한다.

"공자는 부친의 명을 받들어 강하를 지키는 막중한 소임을 받았거늘, 이렇게 함부로 떠나왔으니 이 틈에 동오의 군사가 쳐들어오기라도 하면 대체 어쩔 작정이오? 공연히 주공을 뵈었다가 주공께서 크게 역정이라도 내셔서 병세가 더 위중해지면 도리어 불효막심한 죄를 짓게 될 터이니, 공자는 지체하지 말고 어서 강하로 돌아가시오."

유기는 잠깐이라도 아버님을 뵙고 가겠다고 간청했으나, 채모는 끝내 문을 열어주지 않았다. 유기는 문밖에서 한바탕 통곡을 하고 말에 올라 강하로 돌아갔다.

이런 사정을 알 리가 없는 유표는 장자 유기가 오기만 기다리다가 끝내 보지 못한 채, 8월 무신일(戊申日) 크게 외마디소리를 지르고는 세상을 떠나고 말았다.

후세 사람이 유표를 탄식하는 시를 지었다.

옛날에 들으니 원씨는 하북에 웅거하고	昔聞袁氏居河朔
이제 보니 유표는 한양에서 형세를 떨치더니	又見劉君覇漢陽
모두 암탉이 울어 누를 끼치니	總爲牝晨致家累
가엾다, 오래지 않아 모두 멸망하였네	可憐不久盡銷亡

유표가 세상을 떠나자 채부인은 채모·장윤과 의논해 거짓유서를 작성하고 자기 소생인 둘째아들 유종(劉琮)을 형주의 주인으로 삼았다. 그러고 나서야 비로소 슬피 통곡하며 초상 치를 준비를 하였다.

이때 유종은 나이 14세로, 비록 어렸지만 지극히 총명했다. 유종은 모든 사람을 모아놓고 말한다.

"아버님께서 세상을 뜨셨으나, 형님이 지금 강하에 계시고 또 숙부 현덕공도 신야에 계신 터에 그대들이 나를 주인으로 삼았소. 만약 형님과 숙부가 함께 군사를 일으켜 내 죄를 묻는다면 대체 무어라고 해명해야 하나요?"

아무도 입을 열지 못하고 있을 때 한 사람이 나서니, 그는 막관(幕官, 정식 관위를 갖지 않은 채 보좌하는 사람) 이규(李珪)였다.

"지당하신 말씀입니다. 지금 당장 애서(哀書)를 강하로 보내 형님을 청해다가 형주의 주인으로 삼으시고, 현덕공에게 함께 정사를 돌보라고 명하신다면, 북쪽으로 조조를 대적할 수 있고 남쪽으로 손권도 막을 수 있을 것이니, 이야말로 만전지책(萬全之策)입니다."

이규의 말이 떨어지기가 무섭게 채모가 큰소리로 꾸짖는다.

"네가 무엇이기에 감히 어지러운 말로 주공의 유지를 거역하려 드느냐!"

이규도 마주 꾸짖는다.

"너희들이 안팎으로 짜고서 거짓유서를 꾸며 큰아들을 폐하고 둘째아들을 세워 형주와 양양의 아홉 군을 모두 채씨 수중에 넣으려는 속셈 아니냐! 만일 돌아가신 주공의 혼령이 계시다면, 반드시 너희를 그냥 두시지 않을 것이다."

크게 노한 채모는 즉시 사람을 시켜 이규를 끌어내 죽이게 했다.

이규는 목숨이 끊어지는 순간까지 그들을 저주했다.

채모는 즉시 유종을 세워서 형주의 주인으로 삼고, 채씨 일족이 군사들을 나누어 거느리게 했다. 또한 치중(治中, 주자사 보좌관) 등의(鄧義)와 별가(別駕, 주자사 보좌관) 유선(劉先)에게 형주를 지키게 하고, 채부인은 유종을 데리고 양양으로 가서 유기와 유비를 방비하기로 하였다. 유표의 영구는 양양성 동쪽 한양(漢陽) 들녘에 안장했는데, 끝끝내 유기와 유현덕에게는 부고도 보내지 않았다.

유종이 양양으로 옮겨온 지 얼마 되지 않았을 때다. 갑자기 사람들이 들어와 조조가 대군을 이끌고 양양을 향해 진격해오고 있다고 보고했다. 유종은 크게 놀라 즉시 괴월(蒯越)과 채모 등을 불러 상의했다. 동조연(東曹掾) 부손(傅巽)이 말한다.

"문제는 지금 조조의 공격만이 아닙니다. 큰 공자께서 강하에 계시고 현덕공이 신야에 계신데, 우리는 아직 주공의 부음조차 알리지 않았으니, 만일 두분이 군사를 일으켜 죄를 묻는다면 형주와 양양이 모두 위태로울 것입니다. 제게 한가지 계책이 있으니, 그렇게만 하시면 주공의 자리를 온전히 지킬 뿐 아니라 형주와 양양의 백성들을 태산처럼 평안하게 다스릴 수 있을 것입니다."

유종이 묻는다.

"그 계책이란 뭐요?"

부손이 답한다.

"형주와 양양 아홉 군을 모두 조조에게 바치는 것입니다. 그리하면 조조는 반드시 주공을 후하게 대접할 것입니다."

부손의 말을 듣고 유종이 언성을 높인다.

"그게 무슨 소리요! 아버님의 업을 이어받은 지 얼마 안되어 아직 자리도 편치 않은데, 모든 걸 남에게 내주란 말이오?"

이번에는 괴월이 나서서 말한다.

"공제(公悌, 부손의 자)의 말씀이 옳소이다. 무릇 거역하고 순종함이 모두 때를 봐야 하고, 강하고 약함은 인간으로선 어쩔 수 없는 대세입니다. 이제 조조는 남정북벌(南征北伐)을 모두 조정의 명이라고 할 터인데, 만약 주공께서 항거하신다면 조정을 따르지 않는 일이 됩니다. 그뿐만 아니라 주공께서 자리에 오르신 지 얼마 안되어 안팎이 모두 편안하지 않으니, 형주·양양의 백성들은 조조의 대군이 당도했다는 말만 듣고 싸우기도 전에 간담이 서늘해질 텐데, 무슨 수로 조조를 대적할 수 있겠습니까?"

유종이 말한다.

"공들의 좋은 말씀을 내 듣지 않으려는 게 아니라, 다만 아버님의 업을 하루아침에 남에게 내주어버리면 천하의 비웃음을 받지 않을까 두려울 뿐이오."

유종의 말이 미처 끝나기도 전에, 한 사람이 썩 나서며 말한다.

"부손과 괴월의 말이 모두 옳은데, 주공께서는 어찌하여 따르지 않으시려는 것입니까?"

사람들이 보니, 그는 바로 산양(山陽)땅 고평(高平) 사람으로 성은 왕(王)이요 이름은 찬(粲), 자는 중선(仲宣)이란 자다. 왕찬은 본래 몸이 마른데다 키가 매우 작아 볼품없는 사람이다. 한번은 그가 어렸을 때, 중랑 채옹(蔡邕)을 찾아간 일이 있었다. 마침 중요한 손님들이 모두 모여 한창 이야기를 나누는 중이었는데, 왕찬을 본 채옹은 갑자기 신을 거꾸로 신고 뛰어나가 맞이했다. 손님들이 일제히 놀라 물었다.

"대체 저 아이가 누구기에 그토록 공경하는 거요?"

채옹이 대답했다.

"이 아이에게는 실로 기이한 재주가 있어서 나도 따르지 못할 정도요."

왕찬은 워낙 보고 들은 게 많은데다 기억력이 뛰어난 까닭에 그를 따를 자가 없었다. 일찍이 길가에 세워놓은 비문을 한번 훑어보면 이내 외웠고, 남이 바둑 두는 것을 곁에서 보고 있다가 판이 흩어지자 처음부터 다시 벌여놓는데 한점도 틀리지 않았으며, 산술에 능하고 문장도 참으로 절묘했다. 17세에 황문시랑(黃門侍郞)에 발탁되었으나 벼슬에 나가지 않고 있다가, 난리를 피해 형주·양양에 와 있게 되었는데, 유표가 그의 재주를 사랑하여 상빈으로 대접했다.

왕찬이 이제 유종을 보고 말한다.

"주군께서 스스로 생각하시기에, 조조에 비해 어떠하신지요?"

유종이 대답한다.

"나는 그만 못하오."

왕찬이 말한다.

"조조는 군사가 강성하고 용맹스러운 장수를 많이 거느린데다 또한 지혜가 출중하고 꾀가 많은 사람입니다. 하비성에서 여포를 사로잡고 관도에서는 원소를 꺾었으며 농우에서 유비를 내쫓았고 백랑에서 오환을 물리쳤습니다. 그동안 싸워서 죽이고 이겨서 평정한 곳이 셀 수 없이 많지요. 한데 그가 대군을 거느리고 형주와 양양으로 내려오니, 그 형세를 무슨 수로 당하겠습니까? 부손과 괴월 두분의 말씀은 가히 상책이온데, 장군께서 공연히 시간만 끈다면 후일 크게 후회할 것입니다."

유종은 그제야 마음이 기울었는지 이렇게 말한다.

"선생의 가르침은 참으로 훌륭하나, 다만 어머님께서 뭐라 하실지 여쭈어본 후에 결정하겠소."

이때 채부인이 병풍 뒤에서 나오며 말한다.

"이미 왕찬과 부손과 괴월의 소견이 같은데, 구태여 내 뜻을 물을 게 뭐가 있겠느냐."

유종은 마침내 결단을 내리고 항서(降書)를 써서 송충(宋忠)에게 주면서 한달음에 달려가 비밀리에 조조에게 바치라 일렀다. 송충이 항서를 들고 완성(宛城)으로 가서 조조에게 바치니, 조조는 크게 기뻐하며 송충에게 후한 상을 내리고 이렇게 말하였다.

"너는 돌아가서 유종에게 전하기를 성밖으로 나와 우리 군사를 영접하라고 하라. 그리하면 유종을 형주의 주인으로 삼으리라."

송충은 조조에게 절하고 물러나와 형주와 양양을 향해 길을 재촉했다. 송충이 막 강을 건너려 할 때였다. 갑자기 한무리의 사람들이 달려오는데, 선봉에 선 장수는 바로 관운장이었다. 송충은 깜짝 놀라 재빨리 몸을 숨기려 했다. 그러나 피할 새도 없이 관운장에게 사로잡히고 말았다.

관운장은 송충에게 형주의 소식을 세세히 물었다. 송충은 처음에는 모든 일을 숨기고 입 밖에 내지 않았으나, 관운장이 심하게 다그치자 결국 숨기지 못하고 전후 사정을 이실직고하고 말았다. 크게 놀란 관운장은 송충을 잡아가지고 신야로 돌아와 현덕에게 이 일을 알렸다. 유현덕이 이를 듣고 통곡을 하는데, 장비가 불쑥 나서며 말한다.

"일이 이미 이 지경이 되었으니 우선 송충을 죽이고, 군사를 일으켜 강을 건넙시다. 그대로 양양을 쳐 빼앗고는 채씨와 유종을 죽이고 조조와 한판 붙읍시다."

유현덕이 단호하게 말한다.

"장비는 입 다물고 가만있거라. 내게 따로 생각이 있느니라."

그러고는 송충을 불러 호되게 꾸짖는다.

"너는 어찌하여 사람들이 그런 일을 꾸미는 줄 알면서도 내게 일찍 알리지 않았느냐? 이제 너를 죽인대도 하나도 이로울 게 없어 목숨만은 붙여줄 테니 어서 썩 물러가거라."

송충은 몸 둘 바를 몰라 쩔쩔매다가 머리를 싸안고 쥐새끼처럼 달아나버렸다.

유현덕이 근심에 싸여 있는데, 문득 이적이 유기의 명을 받들고 강하에서 당도했다는 보고가 들어왔다. 유현덕은 이적이 지난날 두차례나 위기에 빠진 자신을 구해준 은혜를 생각하고, 섬돌 아래로 내려가 영접하고 거듭 감사의 뜻을 전했다. 이적은 자리에 앉더니 곧 찾아온 연유를 고한다.

"강하에 계신 큰 공자께서 형주에 변고가 생겼는데도 채부인이 채모 무리와 의논하여 부음도 알리지 않은 채 상을 치르고 유종을 새 주인으로 세웠다는 소식을 듣고, 급히 양양으로 사람을 보내 알아봤더니 그 모든 게 사실이더랍니다. 혹시 유황숙께서 아직도 이 일을 모르고 계신 게 아닌가 하여 제게 이 편지를 전하라 하셨습니다. 부디 유황숙께서 휘하의 정병들을 일으켜 함께 양양으로 쳐들어가 그들의 죄를 문책하기를 원하십니다."

유기의 편지를 읽고 나서 현덕이 말한다.

"기백(機伯, 이적의 자)은 유종을 새 주인으로 삼은 것만 알지, 유종이 벌써 형주와 양양의 아홉 군을 모조리 조조에게 바친 사실은 모르고 계시는구려."

현덕의 말을 듣고 이적은 소스라치게 놀랐다.

"사군(使君)께서는 그 일을 어떻게 아셨습니까?"

유현덕이 송충을 사로잡아 알게 된 경위를 자세히 이야기하자 이적이 말한다.

"일이 이렇게 되었으니 사군께서는 유표 어른을 문상하러 왔다고 핑계를 대시고 양양으로 가십시오. 유종이 사군을 영접하러 나오거든 그 자리에서 그를 사로잡은 후에 잔당들을 모조리 없애시면 형주는 저절로 사군의 수중에 들어올 것입니다."

공명이 곁에서 거든다.

"기백의 말씀이 옳으니, 주공께서는 그 말을 따르시지요."

유현덕은 눈물을 흘리며 말한다.

"형님께서 눈감기 전에 내게 어린 자식들을 부탁하셨는데, 이제 와서 그 아들을 사로잡고 땅을 빼앗는다면, 내가 나중에 죽어 구천에 가서 무슨 낯으로 형님을 뵙겠소이까?"

공명이 다시 말한다.

"그리하시지 않겠다면, 지금 완성까지 밀고들어온 조조의 군사를 어찌 막아낼 작정이십니까?"

"우선 몸을 피해 번성으로 가 있는 게 좋겠소."

현덕과 공명이 의논하고 있는 중에 갑자기 정탐꾼이 달려와 알리기를, 조조의 대군이 이미 박망파에 이르렀다고 한다. 급히 현덕은 이적에게 강하로 돌아가 군마를 정돈하라 이른 뒤, 자신은 공명과 함께 적군을 물리칠 계책을 세웠다. 공명이 말한다.

"주공께서는 심려 마십시오. 지난번에 화공을 써서 하후돈의 군사를 절반이나 불태우지 않았습니까? 이번에도 계책을 써서 조조의 대군을 반드시 물리칠 것입니다. 말씀하신 대로 신야에서는 어떻게 해볼 도리가 없으니, 우선 번성으로 피하는 게 좋겠습니다."

공명은 즉시 사람을 시켜 4대문에 방을 내붙였다. 곧, 신야의 백성 가운데 남녀노소 가릴 것 없이 따르려는 자들은 오늘 즉시 번성으로 가서 난리를 피하여, 스스로 후회하는 일이 없게 하라는 내용이었다. 그리고 손건에게 강변으로 나가 배를 준비해 백성들이 무사히 건널 수 있도록 도우라고 일렀다. 미축에게는 모든 관원의 식솔을 번성으로 호송하게 했다. 그런 다음 공명은 장수들을 불러모아놓고 영을 내린다.

"먼저 관운장은 1천 군사를 거느리고 백하 상류로 가서 매복하되, 군사들마다 포대에 모래와 흙을 가득 담아 강물을 막도록 하라. 그랬다가 내일 3경(밤 12시)이 지난 후에 하류에서 군사들 소리와 말발굽소리가 들리거든 지체 말고 포대를 거둬들여 물을 터놓고, 하류로 내려와서 적을 공격하라."

공명은 다시 장비에게 영을 내린다.

"익덕은 1천 군사를 거느리고 박릉 나루터에 매복하라. 그곳은 물이 깊지 않은 터라 조조의 군사가 쏟아져내리는 백하의 물을 피해 도망쳐올 것이니, 그때를 놓치지 말고 공격을 퍼붓도록 하라."

이어 조자룡을 불렀다.

"조자룡은 군사 3천을 4대로 나누어, 3대는 서문·남문·북문 밖에 매복해두고, 나머지 1대는 직접 이끌고 동문 밖에 가서 매복하라. 매복하기 전에 성안에 있는 민가의 지붕 위에 유황·염초 같은 불이 잘 붙는 물질을 뿌려두도록 하라. 조조의 군사가 성안에 들어오면 필시 민가에 들어가 쉴 것이고, 내일 황혼이 되면 반드시 바람이 세차게 불 것이다. 바람이 불기 시작하면 즉시 서문·남문·북문 밖에 매복한 군사들에게 성안을 향해 일제히 불화살을 쏘게 하고, 성안에 불길이 일기 시작하면 성밖에서 고함을 질러 기세를 올리도록 하라. 오직 동문 하나만 남겨두어, 조조의 군사들이 그쪽으로 달아나오거든 그들을 공격하라. 날이 밝거든 즉시 관우와 장비

두 장수와 함께 군사를 거두어 번성으로 돌아오도록 하라."

마지막으로 미방과 유봉 두 장수에게 명한다.

"그대들은 군사 2천을 이끌되, 반은 홍기(紅旗)를 들고 반은 청기(靑旗)를 들게 하여 신야성 30리 밖 작미파(鵲尾坡) 앞에 주둔하라. 조조의 군사가 이르거든 홍기군은 왼편으로 달리고, 청기군은 오른편으로 달아나면, 적들은 무슨 일인가 의혹이 생겨 감히 뒤따르지 못할 것이다. 그대들은 양쪽에 매복해 있다가 성안에 불이 일어나는 즉시 내달아 적들을 공격한 뒤 곧장 백하 상류로 가서 우리 편 군사를 도우라."

공명은 각군을 떠나보내고 유현덕과 함께 높은 곳에 올라 관망하며 한시바삐 승전보가 오기를 기다렸다.

한편, 조인과 조홍은 10만 대군을 거느리고 전대(前隊)가 되어 진군하고, 그 앞에는 허저가 3천 철갑군(鐵甲軍)을 거느리고 호호탕탕하게 신야를 향해 길을 열며 달려오고 있었다.

그날 오시(午時, 낮 12시) 무렵 조조의 군사가 작미파에 이르러 바라보니, 앞에 한떼의 군마가 청홍기를 달고 진을 치고 있다. 허저가 군사들을 휘몰아 앞으로 내달리는데, 유봉과 미방은 군사를 4대로 나누더니 청기군과 홍기군을 각각 좌우로 돌아가게 한다. 허저는 말고삐를 당겨 멈춰서며 소리쳤다.

"앞에 복병이 있다. 다들 멈추어라."

그러고는 혼자 말을 돌려 조인에게 이 사실을 보고했다. 조인이 말한다.

“이는 필시 의병(疑兵)일 테니, 매복은 없을 것이오. 그대가 서둘러 진군해나아가면, 내가 급히 뒤를 따르겠소.”

제 위치로 돌아온 허저는 군사를 휘몰아 작미파로 나아갔다. 숲 아래 이를 때까지 적군은 단 한명도 보이지 않고, 어느새 해는 뉘엿뉘엿 저물고 있었다. 허저가 계속 전진하려 하는데 갑자기 산 위에서 나팔소리와 북소리가 크게 울린다. 허저가 고개를 들어 바라보니, 산마루에 깃발들이 꽂혀 바람에 휘날린다. 그 깃발들 사이에 두개의 일산(日傘)이 있는데, 왼쪽 일산 아래에는 현덕이, 오른쪽에는 공명이 마주 앉아 술을 마시고 있다.

화가 머리끝까지 오른 허저는 급히 군사들을 거느리고 산등성이를 향해 치닫기 시작했다. 미처 중턱에도 못 올랐는데, 산 위에서 통나무와 돌덩이가 쏟아져내린다. 허저의 군사들이 더이상 올라가지 못하고 있는데, 이번에는 또 산 뒤에서 천지를 진동하는 함성이 울린다. 허저가 공격하기 위해 길을 찾는데 어느덧 날이 저물어 어두워졌다. 마침 군사를 거느리고 뒤쫓아온 조인이 허저에게 말한다.

“날이 어두웠으니, 우선 신야성부터 빼앗아 말과 군사를 쉬게 합시다.”

허저와 조인의 군사가 신야성 아래 이르렀는데, 4대문이 열려 있고 성안으로 들어가보니 한 사람도 없이 텅 비어 있다. 조홍이 말한다.

“형세가 불리해진데다 계책이 궁하여 백성들을 모조리 이끌고 달아난 게 분명합니다. 우리는 여기서 하룻밤 편히 쉬고 내일 새벽에 다시 진군합시다."

온종일 먼 길을 달려오느라 지치고 배가 고픈 군사들이 주인 없는 집에 들어가 밥을 짓는 동안, 조인과 조홍은 관아에서 쉬고 있었다. 초경(밤 8시)이 지날 무렵이었다. 갑자기 바람이 크게 일더니, 문을 지키는 군사가 달려와 아뢴다.

"성안에 불이 났사옵니다!"

조인은 대수롭지 않게 여겼다.

"필시 군사들이 조심하지 않고 밥을 짓다가 실수한 모양이니, 공연히 놀랄 것 없다."

그 말이 채 끝나기도 전에 연달아 급보가 날아들었다. 서문·남문·북문이 모두 불바다라는 것이다. 조인이 깜짝 놀라 모든 장수들과 함께 급히 말에 올랐을 때는 이미 성안 가득 불길이 번져 있었다. 그날밤의 불길은 지난번 박망파에서 겪은 불길보다 더욱 거세었다.

후세 사람이 시를 지어 이 일을 탄식했다.

간웅 조조가 중원을 차지하더니	奸雄曹操守中原
9월에 남쪽을 치느라 한천에 이르렀네	九月南征到漢川
바람의 신이 노해 신야현에 나타나고	風伯怒臨新野縣
불의 신은 날아와 하늘을 태우네	祝融飛下焰摩天

조인이 수하군사들과 함께 불길을 무릅쓰고 길을 찾아나서는데, 문득 동문에만 불길이 닿지 않았다는 말이 전해졌다. 모두들 앞다투어 동문을 빠져나가려 하니, 저희끼리 서로 밀리고 채여 말굽에 밟혀 죽는 자가 부지기수였다.

조인의 무리는 가까스로 불길을 뚫고 동문을 나섰다. 그때 돌연 등 뒤에서 큰 함성이 일면서 조자룡의 군사가 공격해왔다. 정신없이 불길을 피해 달아나던 중이니 어떤 군사가 말을 돌려 싸움에 응할 것인가. 수많은 군사들이 뒤도 돌아보지 않고 살길을 찾아 달아나기 바빴다. 그런데 뒤이어 미방이 군사들을 거느리고 와서 한바탕 협공을 벌인다. 조인의 군사는 제대로 싸워보지도 못한 채 크게 패해 뿔뿔이 흩어졌다.

그때 또 유봉이 한떼의 군사를 거느리고 와서 달아나는 조조군의 앞길을 막으며 쥐잡듯 몰아세운다. 때는 어느덧 4경(새벽 2시)에 이르렀고, 달아나는 군사들은 지칠 대로 지쳤다.

겨우 목숨을 건져 혈로를 뚫고 도망쳐나온 조조의 군사들은 온통 머리가 그을리거나 이마에 화상을 입은 몰골로 간신히 백하 강변에 다다랐다. 다행히 백하강은 그리 깊지 않아 군사들은 말과 함께 강가에 엎드려 물을 마시느라 정신이 없었다. 사람들이 시끌시끌하고, 말도 콧김을 불어 떠들썩했다.

바로 그때, 관운장은 백하강 상류에서 모래와 흙을 담은 포대로 강물을 막아놓고 기다리고 있었다. 황혼 무렵 신야성에 불길이 일더니, 4경에 이르러 하류 쪽에서 사람소리, 말소리가 시끌시끌해지

공명은 신야성을 불태워 조조군을 물리치다

자 관운장은 영을 내려 일제히 포대를 거두어 막아놓았던 물을 한꺼번에 터버렸다. 물길은 미친 듯 날뛰며 무서운 형세로 하류를 향해 쏟아져내려갔다. 조조의 군사들은 갑자기 밀려오는 물길에 휩싸여 태반이 넘게 빠져 죽고 말았다.

조인은 급히 수하장수와 남은 군사들을 수습해 물흐름이 완만한 곳을 찾아 박릉 나루터에 이르렀다. 하지만 그곳에서도 함성이 크게 일며 한무리의 군마가 길을 막고 나섰다. 장비가 이끄는 군사들이다. 장비가 큰소리로 외친다.

"조조의 군사들은 어서 목숨을 내놓아라!"

장비의 호통소리에 조인의 군사는 대경실색하여 어쩔 줄 모른다.

성내에서 불길에 갇혔다가 겨우 나오니	城內纔看紅焰吐
물가에서 또 검은 바람을 만나누나	水邊又遇黑風來

과연 조인의 목숨은 무사할 것인가?